KB187640

불가리아 출신
율리안 모데스트의 에스페란토 원작 단편 소설집

상어와 함께 춤을
(에스페란토 포함)

율리안 모데스트 지음

상어와 함께 춤을

인　쇄 : 2021년 9월 17일 초판 1쇄
발　행 : 2021년 10월 12일 초판 2쇄
지은이 : 율리안 모데스트(JULIAN MODEST)
옮긴이 : 오태영(Mateno)
표지디자인 : 정유선(그림책 작가)
펴낸이 : 오태영(Mateno)
출판사 : 진달래
신고 번호 : 제25100-2020-000085호
신고 일자 : 2020.10.29
주　소 : 서울시 구로구 부일로 985, 101호
전　화 : 02-2688-1561
팩　스 : 0504-200-1561
이메일 : 5morning@naver.com
인쇄소 : TECH D & P(마포구)

값 : 15,000원
ISBN : 979-11-91643-14-5(03890)

불가리아 출신
율리안 모데스트의 에스페란토 원작 단편 소설집

상어와 함께 춤을
(에스페란토 포함)

율리안 모데스트 지음
오태영 옮김

진달래 출판사

JULIAN MODEST
DANCANTA KUN SARKOJ
Novelaro, originale verkita en Esperanto

Provlegis:
Tomasz Chmielik
Grafike aranĝis:
Josip Pleadin
Eldonis:
Dokumenta Esperanto-Centro
Đur đ evac (Kroatio), 2018
Presis:
Tiskara Horvat, Bjelovar
CIP zapis dostupan u računalnome katalogu
Nacionalne i sveučilišne knjižnice u Zagrebu
pod brojem 896832 .
ISBN 978-953-58418-0-7

번역자의 말

이 책을 구매하신 모든 분께 감사드립니다.

출판을 계속하는 힘은 구매자가 있기 때문입니다.

율리안 모데스트 작가의 아름다운 문체와 읽기 쉬운 단어로 인해 에스페란토 학습자에게는 아주 유용한 책이라고 생각합니다.

책을 읽고 번역하면서 다시 읽게 되고, 수정하면서 다시 읽고, 책을 출판하기 위해 다시 읽고, 여러 번 읽게 되어 저는 아주 행복합니다.

모든 에스페란티스토가 이 책을 읽고 실력을 향상하며 마음에 휴식과 기쁨을 누리기 바랍니다.

바쁜 하루에서 조그마한 시간을 내어 내가 좋아하는 책을 읽고 묵상하는 것은 힘든 세상에서 우리를 지탱해줄 힘을 얻기 때문입니다.

특히 이 책에서는 **이현숙 선생님(Jesa)**께서 전국 합숙 등에서 각각 2시간 이상 강의한 **'상어와 함께 춤을, 감사의 표현, 극장 입장권 2매'** 세 작품 자료를 담았습니다. 초보자와 번역을 희망하는 사람들에게 도움이 되기를 바랍니다. 에스페란토 학습을 위해 흔쾌히 자료를 제공해주심에 깊이 감사드립니다.

직역 위주의 문장을 아름답게 다듬어주신 **육영애 선생님**께 감사드리며, 읽다가 잘못된 부분을 찾아 언제든지 연락해주시면 반영하도록 하겠습니다.

평화를 위한 우리의 여정은 작은 실천, 에스페란토를 사용하는 것입니다.

오태영(mateno, 진달래출판사 대표)

Enhavo

목차

Budapeŝta aŭtuno — 1956

Eva ne sciis kio estas milito. Ŝi naskiĝis post la lasta mondmilito, kiu por ŝi estis io malproksima kaj nekomprenebla, sed Eva memoris kaj eterne memoros ion, kio similis al milito kaj kio postlasis en ŝia animo cikatrojn[1], kvazaŭ de tranĉilo, kiuj delonge cikatriĝis, sed ankoraŭ estas malglataj, por ke Eva neniam forgesu kion ŝi travivis.

Ĉio komenciĝis en frua novembra mateno. Eva vekiĝis pro foraj obtuzaj tondroj. En la unua momento ŝajnis al ŝi, ke komenciĝas ŝtormo. Estis malhela nuba mateno kaj eble pluvis. Eva kuŝis en la lito, rigardante la grandan fenestron de la ĉambro. Ŝia patrino estis en la kuirejo kaj Eva sciis, ke panjo baldaŭ venos en la dormĉambron. Ĉe Eva kuŝis la pluŝa urseto Gaŝpar, kiu jam estis ĉifita, sed ŝi amis ĝin kaj ne kutimis ekdormi sen ĝi.

Ŝajnis al Eva, ke longan tempon jam ŝi estis vekita, sed panjo ne venis kaj Eva ne komprenis kial panjo ne venas. Ĉiun matenon, kiam Eva vekiĝis, ŝi vidis la bluajn okulojn de panjo kaj ŝian rideton, varman kiel ĵus boligitan lakton. Eva ligis la rideton de panjo al varma lakto, ĉar matene el la kuirejo senteblis la aromo de boligita lakto.

---

1) cikatr-o   [G9] <醫> 상처 자국, 부스럼 자국 , 흉

부다페스트의 1956년 가을

에바는 전쟁이 뭔지 몰랐다. 제2차 세계대전 뒤에 태어나서 전쟁은 왠지 먼 데서 일어나는 이해할 수 없는 일로만 느꼈는데, 지금 에바의 마음엔 전쟁과 같이 마음에 상처를 준 그 일을 기억하고 있으며 영원히 기억할 것이다.

일은 아주 오래전에 칼에 살이 베인 것처럼 상처를 냈지만, 에바가 결코 겪은 일을 잊지 않도록 아직도 아물지 않았다. 그 모든 일은 11월 초순 아침에 시작됐다. 에바는 멀리서 들려오는 희미한 천둥소리에 잠이 깼다. 처음에는 폭우가 내리는 것처럼 보였다.

어두운 구름이 낀 아침이었는데 아마 비가 왔을 것이다. 에바는 침대에 누워서 방안의 커다란 창문을 바라보았다. 엄마는 부엌에 계시고 곧 침실로 오실 것을 알았다.

에바는 플러시 옷감으로 만든 새끼 곰 **가슈타르**를 안고 있다. 낡은 그 인형을 퍽 좋아해서 곁에 두지 않으면 잠을 못 이룰 정도였다.

꽤 긴 시간 깨어 있었지만, 엄마는 오지 않았다.

왜 엄마가 오지 않는지 알지 못했다.

아침에 잠이 깨면 에바는 늘 엄마의 파란 눈동자와 방금 끓인 우유 같은 따스한 웃음을 보았다.

에바는 엄마의 웃음을 떠올리면 항상 따스한 우유가 연상되는 것은 아침에 부엌에서 끓이는 우유의 향기가 풍기기 때문이다.

Tamen hodiaŭ matene panjo ne venis en la dormoĉambron kaj Eva kuŝis senmova, strabante la grizan fenestron. Kvazaŭ peza griza kurteno estis ekstere, kiu kovris la fenestron. Eva frostis kaj tremis sub la dormokovrilo. El la kuirejo ne alflugis eĉ plej eta bruo. Kiam Eva konstatis, ke panjo baldaŭ ne alvenos, ŝi ekstaris de la lito kaj fingropinte ekiris al la pordo, malfermis la pezan pordon kaj nudpiede ekpaŝis sur la ŝtonplata kuireja planko. La patrino staris ĉe la fenestro kaj rigardis al la korto de la granda domo. Silente Eva ekstaris malantaŭ la patrina dorso kaj provis same alrigardi tra la fenestro. La korto estis ĉirkaŭita de la alta konstruaĵo kaj en ĝi oni eniris tra grandega ligna pordo. La rigardo de la patrino estis direktita al la pordego, nun larĝe malfermita, ĉe kiu staris kanono, granda kaj timiga. Ĉirakaŭ la kanono estis kelkaj viroj, sed ne soldatoj. La viroj direktis la kanonon al la kontraŭa monteto Gelert, sur la alia bordo de Danubo. Nun Eva komprenis, ke la tondroj, kiuj vekis ŝin, estis pafoj de monteto Gelert. Iuj pafis, sed kial?

La patrino ne komprenis tuj, ke Eva staras malantaŭ ŝi. Kiam la patrino rimarkis Evan, tuj levis kaj portis ŝin en la dormoĉambron.

— Restu ĉi tie! – severe diris la patrino. – Ne venu en la kuirejon! Tie estas danĝere.

그러나 오늘 아침 엄마는 아직 침실로 오지 않아서 에바는 회색 창을 쳐다보면서 꼼짝도 하지 않고 누워 있다. 마치 검고 무거운 커튼이 창밖에 드리워 창문을 덮은 듯했다.

에바는 추위를 느끼며 담요 속에서 떨었다. 부엌에서는 아주 작은 소리도 들리지 않았다. 엄마가 곧 오지 않으리라는 확신이 들자 침대에서 일어나 문으로 가서 무거운 문을 열었다. 맨발로 돌처럼 평평한 부엌 마루 위를 걸어갔다. 어머니는 창가에 서서 큰 건물 옆 마당을 쳐다보고 계셨다.

에바는 조용히 어머니 등 뒤로 가서 똑같이 창밖을 쳐다보려 했다. 높은 건물에 둘러싸인 마당은 아주 커다란 나무문을 통과해야 들어갈 수 있다. 어머니는 활짝 열려 있는 커다란 문을 보고 있었는데, 거기에 커다랗고 무시무시해 보이는 대포가 버티고 있었다.

대포 둘레에는 남자 몇이 서성거렸는데 군인은 아니었다. 남자들은 대포를 **다뉴브강** 너머에 있는 작은 **겔레르트 산**을 향하게 했다.

이제야 에바는 자기를 깨운 천둥소리가 겔레르트 산에서 쏜 대포 소리임을 알았다. 누군가가 쏘았다.

그런데 왜?

어머니는 에바가 등 뒤에 서 있는 걸 바로 알아차리지 못했다.

잠시 후 에바를 보고는 곧 침실로 데리고 갔다.

"꼼짝말고 여기 있거라." 어머니는 엄하게 말했다.

"부엌엔 오지 마. 거긴 위험해.

Mi portos ĉi tien la matenmanĝon.

Eva restis sola en la obskura dormoĉambro. La pafoj ekstere aŭdiĝis pli forte kaj pli forte. Eva komencis plori. Ŝiaj varmaj larmoj fluis sur la vangojn kiel riveretojn. Ŝi ne sciis kiom da tempo estis sola en ĉambro. Subite la pordo malfermiĝis kaj eniris la patrino kun la matenmanĝo – teo kaj biskvitoj. Hodiaŭ ne estis lakto kun buterpano. Eva demande alrigardis la patrinon, sed ŝi silentis kaj aspektis ege maltrankvila. Eĉ ŝi kvazaŭ ne vidis Evan. La pleto kun la matenmanĝo tremis en la patrinaj manoj kaj la metala tea kulereto tintis kiel sonorilo. La patrino lasis la pleton kaj senvorte viŝis ŝiajn larmojn. Neniam Eva vidis la patrinon tiel maltrankvilan. Verŝajne ekstere okazis io terura. Eva penis kompreni kio okazis, kial estas pafoj kaj kial en la korto staras kanono. Pro la timo ŝia koro estis kiel frostigita pasero. La patrina maltrankvilo obsedis same Evan kaj ankaŭ ŝi komencis tremi, kvazaŭ en la ĉambro estis ege malvarme. La timo kiel serpento ekrampis en ŝia ventro, kiu konvulsiis. Kio okazis?

La patro de Eva estis en la laborejo kaj ĉu li sukcesos reveni hejmen? La tondroj ekstere plifortiĝis. La fenestraj vitroj tremis, tintis kvazaŭ subite dispeciĝos en sennombrajn kristalajn neĝerojn.

La patrino denove iris en la kuirejon.

여기로 아침을 가지고 올게."

에바는 다시 어두운 침실에 혼자 있었다.

대포 소리는 더욱 세게 들려왔다.

울음이 터져 나왔다.

따스한 눈물이 작은 강물처럼 에바의 뺨 위로 흘렀다.

얼마나 오랫동안 혼자 방에 있었을까.

갑자기 문이 열리고 어머니가 아침 -차와 과자-를 들고 들어왔다. 오늘은 버터 빵과 우유는 없었다. 에바는 문 듯이 어머니를 쳐다보았지만, 어머니는 말이 없이 아주 불안한 듯 보였다. 마치 에바를 보지 못한 듯했다.

아침을 든 쟁반이 어머니 손에서 떨렸고, 철제 찻숟가락이 종처럼 소리를 냈다. 어머니는 쟁반을 내려두고 말없이 눈물을 쏟았다. 엄마가 그렇게 걱정하는 모습은 처음 보았다. 정말 밖에는 뭔가 무서운 일이 일어났다. 에바는 무슨 일이 생겼는지 왜 대포 소리가 났으며 왜 마당에 대포가 서 있는지 알려고 애썼다.

에바의 심장은 무서움에 떠는 참새 같았다. 어머니의 불안이 에바에게 그대로 전이돼 방안이 몹시 추운 듯 덜덜 떨었다. 뱀이 배 위로 스멀스멀 기어 올라온 것처럼 두렵고 무서워 몸을 부르르 떨었다.

무슨 일이 일어났을까?

일터에 가신 아버지는 집에 무사히 돌아오셨을까? 바깥에서 들려오는 대포 소리는 더욱 거세졌다. 창문 유리가 갑자기 떨리고 셀 수 없는 수정 눈송이로 찢어지듯 요란한 소리를 냈다. 어머니는 다시 부엌으로 갔다.

Kion ŝi faras tie, demandis sin Eva. Ĉu ŝi kuiras aŭ gvatas tra la fenestro? La patrino ŝatis trinki kafon kaj matene la kafaromo odoris en la tuta loĝejo, sed ĉimatene ŝi verŝajne forgesis kuiri kafon. Eva perceptis paroladon en la kuirejo, streĉis orelojn kaj rekonis la voĉon de la najbarino, onklino Agi. Ŝi kaj la patrino vigle diskutis ion. La scivolemo de Eva varmigis ŝian ventron. Ŝi ne eltenis, atente kovris Gaŝpar per la dormokovrilo kaj diris al ĝi:

— Restu ĉi tie! Mi baldaŭ revenos.

Eva proksimiĝis al la pordo kaj provis aŭdi kion parolas la du virinoj en la kuirejo. La patrino kaj onklino Agi konversaciis ege maltrankvilaj. Certe ili estis forte timigitaj. De tempo al tempo ili flustris, kvazaŭ supozis, ke iu subaŭskultas[2] ilin, tamen Eva sukcesis percepti kelkajn vortojn. La plej ofte ili ripetis la vortojn "revolucio", "laboristoj", "studentoj". Eva ne komprenis la vorton "revolucio". Ŝi sciis la vorton "laboristo". Ŝia patro estis laboristo kaj laboris en granda uzino. Tamen ŝi ne estis certa kion ĝuste signifas la vorto "studento". En la najbara loĝejo loĝis Piŝta kaj oni diris, ke li estas studento. Ĉu panjo kaj onklino Agi ne parolas pri Piŝta? Li ĉiam estis tre serioza, kun okulvitroj kaj havis longan helan mantelon.

---

2) subaŭskulti 엿듣다, 몰래[훔쳐]듣다

거기서 무얼 할지 궁금했다. 요리하실까, 아니면 창밖을 보실까?

어머니는 커피를 좋아해서 아침에는 커피 향이 집 안 가득 풍겼는데 오늘 아침에는 아마 커피 타는 것을 잊은 듯했다.

에바는 부엌에서 나는 말소리에 귀를 기울였다.

이웃집 **아기** 아주머니 목소리였다.

어머니와 아기 아주머니는 뭔가를 열심히 이야기했다. 에바는 호기심에 가슴이 뜨거워졌다. 에바는 참지 못하고 담요로 가슈타르를 주의해서 덮고 말했다.

"여기 있어. 곧 돌아올게."

에바는 문으로 가까이 가서 부엌에서 두 여자의 말소리를 엿들으려고 했다. 둘은 아주 걱정스럽게 말했다. 분명 두려움에 떨었다. 누군가가 엿듣는다고 짐작한 듯 둘은 때때로 속삭였지만, 에바는 몇몇 단어만을 제대로 알아들었다.

그들이 가장 자주 들먹인 말은 혁명, 노동자, 학생이었다. 에바는 혁명이라는 말은 몰랐지만, 노동자는 확실히 알았다. 에바 아버지는 큰 철공장에서 일하는 노동자다. 학생이라는 단어도 무엇을 의미하는지 확실하게 알지는 못했다.

이웃집에 피슈타가 사는데 사람들이 학생이라고 말했다. 엄마와 아주머니는 피슈타 얘기를 하지 않았을까?

안경 쓰고 항상 밝은 색깔의 긴 외투를 입은 피슈타는 매우 진지해 보였다.

Eva sciis, ke Piŝta estas bona homo, neniam nenion malbonan li faris kaj li certe ne faris revolucion[3], tial panjo kaj onklino Agi ne devas timi lin. Ambaŭ virino tamen ege maltrankvilis kaj tra la pordo Eva klare perceptis iliajn veojn. Eva same estis maltrankvila, sed ŝi sciis, ke Piŝta ne estas kulpa. Eĉ ŝi deziris tuj malfermi la pordon kaj diri al panjo kaj al onklino Agi, ke Piŝta estas bona homo kaj nenion malbonan li faris. Eva tamen ne kuraĝis malfermi la portdon, ĉar sciis, ke panjo alrigardos ŝin severe kaj riproĉos ŝin. Ja, la patrino avertis ŝin resti en la dormoĉambro kaj ne eliru el ĝi.

La memoro pri Piŝta forte okupis la meditojn de Eva. Li aspektis iom ridinda kun la okulvitroj kaj la longa mantelo, kies rando estis preskaŭ ĝis la ŝuoj. Tamen estis io, kiu forte impresis Evan kaj kiu konstante tiklis[4] ŝian scivolemon. Piŝta ofte portis ian grandan nigran ujon kaj Eva tre deziris ekscii kio estas en ĝi. Ŝi supozis, ke en ĝi estas pupo, tamen Piŝta estis serioza homo kaj Eva ne kredis, ke li portas pupon.

Foje nokte Eva sonĝis Piŝtan kun la ujo. Li ridetis, malfermis la ujon kaj en ĝi Eva vidis miraklan lumon. Tio Eva ne komprenis. La ujo ŝajne estis malplena, sed el ĝi radiis lumo, multkolora kaj blindiga.

---

3) revoluci-o 혁명
4) tikl-i <他>간지르다. (간지러서)웃기다;기쁘게 하다

피슈타는 좋은 사람이라 나쁜 일을 하지 않을 테고, 분명히 혁명도 하지 않을 테니 엄마와 아주머니가 피슈타를 두려워할 이유가 없다는 걸 에바는 안다.

그러나 두 여자의 불안감은 문을 통해 에바에게도 분명히 전해졌다. 에바도 점점 불안해졌지만 피슈타에게는 아무런 잘못이 없다는 걸 에바는 알고 있다. 바로 문을 열고 엄마와 아주머니에게 피슈타는 좋은 사람이라 나쁜 일을 하지 않았다고 말하고 싶었다.

그러나 에바는 문을 열 용기가 없었다. 엄마는 엄하게 쳐다보면서 책망할 게 뻔하기 때문이다. 정말 어머니는 침실에서 나오지 말라고 엄히 경고했다. 에바의 머리 속에는 피슈타 생각으로 꽉 찼다. 거의 신발까지 닿는 긴 외투를 입은 피슈타는 안경을 써 조금 웃기게 보였다. 그러나 에바에게 깊은 인상을 심어준 피슈타에게는 꾸준히 에바의 호기심을 건드리는 무언가가 있다. 피슈타는 자주 커다란 검은 그릇을 가지고 오는데 그 속에 무엇이 들어있는지 궁금했다. 그 속에 든 것이 인형 같았지만 진지한 편인 피슈타가 인형을 가지고 오리라고는 믿기지 않았다.

가끔 꿈에 그릇을 든 피슈타가 나타난다. 웃으면서 그릇의 뚜껑을 여는데 그 속에서 이상한 빛이 비친다. 빛이 무엇인지는 전혀 알 수 없다. 그릇은 빈 것 같은데, 그 속에서 눈을 멀게 하는 여러 색깔 빛이 나온다.

Eva decidis, ke la sekvan tagon, kiam Piŝta preterpasos ilian loĝejon, ŝi petos lin malfermi la ujon kaj montri kio estas ene. Ja, ĝi aspektas ege stranga ujo kaj Eva nepre devas vidi kion ĝi entenas.

Nepostlonge onklino Agi foriris kaj panjo restis sola en la kuirejo. Nun Eva kuraĝis malfermi la pordon.

— Kial vi venas? – riproĉis ŝin la patrino. – Mi diris al vi esti en dormoĉambro!

— Mi timas sola – ekploris Eva.

— Ja, mi estas ĉi tie – provis trankviligi ŝin la patrino, sed ŝia voĉo vibris kaj tute ne estis trankvila.

Ekstere ŝajne la tondroj jam ne estis tiel oftaj. La kanono tamen daŭre staris ĉe la pordego, sed ĉirkaŭ ĝi ne videblis la viroj. Eva rigardis tra la fenestro kaj demandis sin kial la viroj forlasis la kanon en la korto kaj malaperis. Kvazaŭ neniu estis en la tuta granda domo, tamen Eva siciis, ke la homoj estas en sija loĝejoj kaj same kiel ŝia patrino gvatas tra la fenestroj.

Subite de la strato aŭdiĝis pafoj kaj krioj. En la korton enkuris du knaboj. Verŝajne iuj persekutis ilin. Unu el la knaboj estis Piŝta. Eva tuj rekonis lin. Li surhavis la longan helan mantelon kaj estis kun la ridindaj okulvitroj. Post la knaboj kuris viroj, vestitaj en verdaj soldataj uniformoj, kiuj kriis ion en nekomprenebla lingvo.

에바는 내일 피슈타가 집 앞을 지나갈 때, 그릇 안에 무엇이 있는지 보여 달라고 말해 보겠다고 마음먹었다. 아주 이상한 그릇처럼 보여 에바는 그 안에 무엇이 있는지 꼭 보고 싶었다.

얼마 후 아주머니는 자기 집으로 돌아가고 부엌엔 엄마만 남았다.

그제야 에바는 부엌문을 열 용기가 났다.

"왜 나왔니?" 어머니가 꾸중했다.

"침실에 있으라고 말했잖아."

"혼자는 무서워요." 에바는 울며 말했다.

"내가 여기 있잖니!" 달래는 엄마의 목소리가 떨리고 불안했다. 밖에서 나는 천둥소리는 잦아졌지만, 대포는 여전히 커다란 대문 옆에 그대로 있었다. 대포 옆에 서성대던 남자들은 이젠 보이지 않았다. 에바는 창밖을 보면서 왜 남자들이 마당에 대포를 그대로 둔 채 없어졌는지 궁금했다.

동네의 커다란 집들은 아무도 없는 듯 잠잠했지만, 사람들은 자기 집에 숨죽이며 어머니처럼 창밖을 줄곧 응시하고 있다는 것을 에바는 눈치챘다.

갑자기 길에서 총소리와 고함이 들렸다. 에바네 마당으로 남자아이 둘이 뛰어 들어왔다. 누군가가 그들을 괴롭힌 게 분명했다. 남자아이 하나가 피슈타인 걸 에바는 금세 알아차렸다. 밝은 색깔이 도는 긴 외투를 입고 웃기게 생긴 안경을 썼다. 남자아이 뒤를 따라 푸른색 군인 복장을 한 남자들이 달려와서 알아듣지 못하는 말로 크게 지껄였다.

Piŝta kaj la knabo rapidis trapasi la korton kaj kaŝi sin en la domo. Ekkrakis pafoj kvazaŭ iu dispecigis sekajn lignojn. La resono de la pafoj estis surdigaj. Piŝta stumblis kaj falis. Eva supozis, ke li surpaŝis la randon de sia mantelo. Piŝta falis vizaĝe kun etenditaj brakoj.

La alia knabo sukcesis eniri la domon. La viroj kun la pafiloj eniris post li. Piŝta restis kuŝi en la korto. Eva ne komprenis kial li ne stariĝas. Ŝi certis, ke li tuj ekstaros kaj alrigardos la ĉielon, kiu videblis super la korto. Antaŭ Piŝta kuŝis la okulvitroj kaj kvazaŭ liaj etenditaj brakoj deziris preni ilin.

Subite terura krio skuis la tutan domon. Ĝi venis el la dua etaĝo. Kriis la patrino de Piŝta. Ŝi kriis kaj kuris malsupren sur la ŝtuparo. Post sekundoj ŝi estis en la korto, klinita super Piŝta. Ŝiaj krioj estis teruraj kaj doloraj. Nun Eva rimarkis, ke ĉe la hela mantelo de Piŝta estas ruĝa makulo, simila la lageto, kiu iĝas pli kaj pli granda.

— Ĉu iu helpos min? – ploris onklino Marta, la patrino de Piŝta, sed neniu kuraĝis eliri el la granda griza domo.

Ekpluvis. Forte ekpluvis, sed onklino Marta restis klinita super Piŝta.

Tion memoras Eva de la fora Budapeŝta aŭtuno de 1956. Tiun ĉi teruran bildon ŝi neniam forgesos.

피슈타와 남자아이는 재빨리 마당을 가로질러 집 안으로 뛰어들려 했다. 누군가 마른 나무를 잘게 쪼개는 듯한 거센 총소리가 났다. 계속되는 총소리에 귀가 멀 지경이었다. 피슈타는 비틀거리며 쓰러졌다. 에바는 피슈타가 외투 가장자리를 밟았다고 생각했다. 피슈타는 두 팔을 뻗은 채 얼굴이 보이게 쓰러졌다.

다른 남자아이는 무사히 집 안으로 뛰어 들어갔다. 총을 든 남자들이 뒤따라 들어왔다. 피슈타는 마당에 누운 채로 있었다. 에바는 피슈타가 왜 일어나지 않은지 몰랐다. 곧바로 일어나 마당 위로 보이는 하늘을 쳐다볼 거라고 믿었다. 피슈타 앞에 안경이 떨어져 있는데 뻗은 팔이 그것을 잡으려는 것처럼 보였다. 갑자기 무서운 비명이 모든 집을 뒤흔들었다. 2층에서 난 소리였다. 피슈타의 어머니가 소리쳤다. 소리치면서 아래 계단으로 뛰어갔다. 잠시 뒤, 마당에 도착해 피슈타 위로 몸을 숙였다. 어머니의 외침에는 두려움과 고통이 뒤섞에 있었다. 피슈타의 밝은 외투에는 작은 호수 위로 파문(波紋)이 번지듯이 붉은 핏자국이 계속해서 커지고 있음을 에바는 비로소 알아차렸다. "누가 나를 도와주세요." 피슈타의 어머니 **마르타** 아주머니는 울부짖었다. 그러나 아무도 감히 커다란 회색 집에서 나올 용기가 없는 것 같았다. 비가 내렸다. 세게 비가 내렸다. 그러나 마르타 아주머니는 피슈타 위로 몸을 숙인 채 계속 흐느끼며 남아 있다. 에바는 1956년 부다페스트 가을을 생각할 때면 항상 이 일이 되살아난다.

이 무서운 장면은 절대 잊히지 않을 것이다.

Dancanta kun ŝarkoj

Ĉio komenciĝis en iu aŭtuna tago. La ĉielo super Romo estis senfine profunda kaj kristale blua. Neniam antaŭe mi vidis tian profundan kaj bluan ĉielon. Mi estis sur placo "Hispanio", rigardis la ĉielon kaj ŝajne mi profundiĝis en ĝi. Pli ĝuste mi malrapide flugis al la ĉielo. Ĉiam mi opiniis, ke tiel la animo flugas al la ĉielo, kiam post la morto forlasas la homan korpon.

Verŝajne mi restus longe sur placo "Hispanio", rigardante la ĉielon, sed fin-fine mi devis komenci ian laboron. Mi venis en Italion por labori. De kelkaj tagoj mi vagis sur la stratoj, gapis la homojn kaj mi jam komencis enuiĝi, ĉar ne kutimis esti sen laboro.

Mi ekstaris kaj ekiris. Nesenteble mi trovis min en parko, en kiu kviete promenadis viroj, virinoj, infanoj. Ili babilis, ridis. La italoj estas gajaj homoj kaj tio plaĉis al mi. Proksime al la parko mi rimarkis grandan cirkon. Antaŭ ĝi estis multaj homoj, kiuj verŝajne aĉetis biletojn por la spektaklo. Jen, kie mi trovos laboron, diris mi al mi mem. Mi eniris la cirkon tra la malantaŭa enirejo kaj alparolis junulon, kiun mi vidis antaŭ mi. Evidentiĝis, ke li estas serbo. Mi diris al li, ke mi serĉas laboron.

— Ho, ĉi tie estas laboro – respondis la junulo.

상어와 함께 춤을

모든 일은 어느 가을날 시작됐다.

로마의 하늘은 끝없이 깊어 수정같이 파랗다.

그렇게 깊고 파란 하늘은 처음 본 것 같다. 나는 '히스파니오' 광장에서 하늘을 쳐다보고 똑같이 그 속으로 깊이 빠졌다. 더 정확히 나는 천천히 하늘로 날아갔다. 사람이 죽고 나서 몸이 버려질 때 영혼은 그렇게 하늘로 날아간다고 생각했다. 정말 나는 히스파니오 광장에서 하늘을 쳐다보며 오래 머물고 싶었지만, 마침내 어떤 일을 시작해야만 했다. 일하러 이탈리아에 왔는데, 며칠 동안 길 위에서 헤매고 멍하니 사람들을 보며 시간을 보냈다. 일없이 지낸 적이 거의 없다 보니 벌써 따분해졌다. 일어서서 밖으로 나가 돌아다니다 보니 어느 틈에 공원에 도착했는데, 남자와 여자와 아이들이 조용하게 거닐고 있었다.

그들은 이야기하면서 큰 소리로 웃었다. 이탈리아 사람은 유쾌한 사람들이라 마음에 들었다. 공원 가까이 커다란 원형 곡마장이 있었다. 그 앞에 구경하려고 입장권을 산 사람들이 꽤 많이 줄지어 서 있었다. '여기서 일거리를 찾을 수 있을 거야.' 혼잣말하면서, 뒷문으로 곡마단에 들어가서 바로 앞에 서 있는 젊은이에게 말을 걸었다. 세르비아 사람이 분명한 그에게 일거리를 찾는다고 말했다.

"오, 여기 일거리가 있어요." 젊은이가 대답했다.

La cirko estis serba kaj nun gastis en Italio. La junulo prezentis min al korpulenta liphara viro kaj diris al li, ke mi deziras labori. La viro tuj respondis, ke estas laboro.

— Kion mi laboros? – demandis mi.

— Vi dancos kun ŝarkoj.

— Kion? – ne kredis mi al miaj oreloj.

— Jes, vi dancos kun ŝarkoj – ripetis la altstatura viro. – Mia cirka programo estas mondfama. Sur la maneĝo oni starigas grandegan vitran akvarion, en kiu naĝas du blankaj ŝarkoj, el la plej danĝeraj. Vi devas eniri la akvarion, naĝi inter la ŝarkoj kaj kune kun ili. Tamen vi devas atenti, ke la ŝarkoj ne disŝiru vin. Mia programo nomiĝas "La dancanta kun ŝarkoj". Ĝi estas ege fama kaj sennombraj homoj el diversaj landoj deziras spekti ĝin. Jes, ĉie la homoj sopiras panon kaj spektaklojn! Al tiu, kiu dancas kun la ŝarkoj, mi donas multe da mono. Ĉiu, kiu saviĝis, iĝis riĉulo.

— Ĉu iu saviĝis? – demandis mi hezite.

— Okazis – tramurmuris la lipharulo. – Diru ĉu vi akceptas la laboron aŭ ne, ĉar baldaŭ komenciĝos la spektaklo?

— Jes – respondis mi firme. – Mi akceptas la laboron. Mi bezonas monon!

Kun la viro mi eniris la cirkon.

세르비아 사람들이 운영하는 곡마단은 지금은 이곳 이탈리아에서 손님을 맞이하고 있다. 젊은이는 멋진 콧수염이 난 건장한 남자에게 나를 소개해 주고 내가 일하기를 원한다고 말했다. 남자는 일거리가 있다고 즉시 대답했다.

"무엇을 할까요?" 내가 물었다.

"상어와 함께 춤을 춰라."

"뭐라고요?" 나는 귀를 의심했다.

"상어랑 춤을 추라고." 키가 큰 남자가 되풀이했다.

"우리 곡마단 프로그램은 세계적으로 유명해, 말들 위에 커다란 유리 수족관을 올려놓지. 그 속에는 아주 위험한 두 마리 흰 상어가 헤엄쳐. 너는 수족관에 들어가! 상어 사이에서 그들과 함께 헤엄쳐! 하지만 상어가 너를 찢어버릴 수 없다는 것을 명심해. 우리 프로그램 명칭은 '상어와 함께 춤을'이야. 아주 유명해서 다양한 나라 수많은 사람이 그것을 보기 원해. 맞아. 모든 곳에서 사람들은 빵과 볼거리를 기대해. 상어와 함께 춤추는 사람에게 나는 거액을 주지. 살아난 사람은 부자가 돼."

"누가 살아나나요?" 주저하며 물었다.

콧수염의 남자가 중얼거렸다.

"살아나지. 그 일을 할 것인지 아닌지 말해. 곧 공연이 시작되니까."

"예." 나는 단호하게 대답했다.

"일할게요. 돈을 벌어야 하거든요."

남자와 함께 곡마단원들 틈으로 들어갔다.

La unua prezento estis brila. Oni starigis la akvarion sur la maneĝo. En ĝi trnkvile naĝis du blankaj ŝarkoj. En la cirko ne estis libera sidloko. Neniam mi vidis tiom da spektantoj. Eble ili estis kelkmil. De kie venis tiom da homoj por spekti la dancantan kun la ŝarkoj? Subite forte eksonis muziko. Pro la timo mia korpo tremis kiel folio, kvazaŭ mi havis febron. La muziko pli fortiĝis kaj pli fortiĝis kaj iĝis tre streĉa. Mi maltrankvile rigardis aŭ akvarion, aŭ elirejon. La muziko ĉesis kaj en la cirko ekregis profunda silento. La spektantoj sidis senmovaj kaj kvazaŭ ne kuraĝis enspiri. Ĉiuj atendis mian aperon. Mi eniris la maneĝon. Oni rigardis min per larĝe malfermitaj okuloj kaj certe opiniis, ke mi aŭ estas la plej kuraĝa viro en la mondo, aŭ la plej freneza.

Mi iris, provante, ke mia irmaniero estu trankvila, sed miaj kruroj tremis. Laŭ ŝtupareto mi supreniris al la rando de la akvario kaj post sekundoj mi kuraĝe ĵetis min en la akvon, dirante: okazu, kio okazu. Kiam mi trovis min en la akvo, mi klare komprenis, ke elirvojo ne estos.

La ŝarkoj komencis elegante proksimiĝi al mi. Mi rigardis ilin atente, dirante al mi mem: "Mi estas homo kaj ili ŝarkoj. Ili ne estas pli saĝaj ol la homoj, nek pli kruelaj.

첫 공연은 빛이 났다. 사람들이 말들 위에 수족관을 세
웠다. 그 안에서 상어 두 마리가 조용히 헤엄친다. 곡
마장에 빈자리는 없다.

그렇게 많은 관객을 본 적이 없을 정도였으니까, 아마
수천 명은 족히 될 것이다. 상어와 함께 춤추는 모습을
보려고 어디서 그렇게들 많이 왔을까?

갑자기 음악 소리가 크게 났다. 두려워서 내 몸은 열병
에 걸린 사람인 듯 꽃잎처럼 떨었다. 음악은 세게 더욱
세게 아주 극적이 되었다. 불안해진 나는 수족관이나
출구를 바라보았다. 음악이 멈추자 곡마장 안에는 깊은
침묵이 감돌았다. 관객들은 꼼짝하지 않고 앉아 있다.
마치 숨을 들이쉴 용기조차 없는 듯 고요했다. 모두 내
가 나타나기를 기다렸다. 나는 공연장 쪽으로 갔다. 눈
을 동그랗게 뜬 사람들이 나를 뚫어질 듯 보고 있었는
데 분명 나를 세상에서 가장 용기 있는 사람이거나 미
친 놈이라고 생각하는 듯했다.

나는 불안감을 감추려고 애써 편안한 듯 걸었지만, 발
이 떨렸다. 작은 계단을 따라 수족관 가장자리까지 올
라갔다.

잠시 뒤, 나는 용기 있게 '무슨 일이든지 일어날 테면
일어나라!' 하고 말하면서 물속에 나를 던졌다. 물속에
들어가서야 비로소 출구가 없는 것을 알았다.

상어는 우아하게 내게 다가왔다.

나는 주의 깊게 상어를 바라보면서 스스로 말했다.

'나는 사람이고 너희들은 상어다. 너희는 사람보다 더
현명하지 못하고 더 잔인하지 못해.

La ŝarkoj scipovas nur disŝiri sian predon[5], sed la homoj posedas sennombrajn rimedojn por neniigi siajn malamikojn. Do la ŝarkoj nur povus envii la homojn."

Unu el la ŝarkoj rapide proksimiĝis al mi, sed mi reagis fulme kaj ĝi ne sukcesis tuŝi min. La alia ŝarko kvazaŭ ĝuste tion atendis kaj atakis min dorse, tamen mi turnis min kaj ĝi naĝe preterpasis min. La ŝarkoj malproksimiĝis, sed ne rezignis ataki. Mi certis, ke subite ili denove eknaĝos al mi, tamen mi estis preta renkonti ilin. La ŝarkoj kiel torpedoj[6] direktiĝis al mi. Nun mi devis esti ege rapida. Se mi sukcesus eskapi de la unua, la alia mordos min. Tial mi atente rigardis ilin. Kiam la ŝarkoj estis apud mi, mi subakviĝis al la fundo de la akvario kaj ili pasis super mi. La ludo iĝis pli kaj pli kruela. La ŝarkoj jam estis ege incititaj. Verŝajne ilia liphara posedanto tutan semajnon ne nutris ilin kaj nun mi estis ilia sopirata vespermanĝo. Mi tamen plurfoje sukcesis lerte eviti ilin kaj la ŝarkoj ne povis mordi min.

La miloj da spektantoj senmovaj kiel stuporitaj rigardis la akvarion. Ili certis, ke subite la ŝarkoj disŝiros min, mia sango ruĝigos la akvon kaj mia korpo falos senmova sur la fundon de la akvario. Tamen la spektantoj ne havis tiun plezuron.

---

5) pred-o   <시문> 노획품, 약탈물, 탈취물
6) torped-o   <軍> 어뢰(魚雷), 수뢰(水雷);<魚> =torpilio

상어들은 먹이를 찢어 버릴 생각만 가지고 있지만, 사람들은 적(敵)을 없앨 수많은 방법을 가지고 있다. 그래서 상어들은 사람을 부러워 할 것이다.'

상어 한 마리가 빠르게 다가왔지만 내가 번개처럼 반응하니 물지 못했다. 다른 상어가 마치 기다렸다는 듯 등으로 나를 공격했지만 나는 몸을 돌렸고 상어는 헤엄쳐 나를 지나쳤다.

상어는 멀어졌지만, 공격을 멈추지는 않았다.

갑자기 그것들이 다시 내게 헤엄쳐 와 나는 만반의 준비했다. 상어는 어뢰처럼 나를 향했다. 지금 나는 아주 빨라야 한다. 내가 한 마리에게서 도망치는 데 성공한다면 다른 놈이 나를 물 것이다. 그래서 주의 깊게 그것들을 살폈다. 상어가 내 옆에 있을 때 수족관 바닥으로 잠수하자 그들이 내 위로 지나갔다. 놀이는 더욱더 잔인해졌다. 상어는 이미 자극을 크게 받은 듯했다. 정말 상어의 콧수염 난 소유자는 일주일 내내 잘 먹이지 않아 지금 나는 상어의 눈에 저녁 먹거리임이 틀림없다. 그러나 여러 번 능숙하게 피해서 상어들은 나를 잡아먹을 수가 없었다.

혼수상태에 빠진 것처럼 조금도 움직이지 않는 수천의 관객들은 수족관을 쳐다보았다.

그들은 갑자기 상어가 나를 찢고 내 피가 물을 붉게 만들고 내 몸이 수족관 바닥으로 움직임 없이 떨어지리라고 확신했다.

그러나 관객은 그런 즐거움을 누리지 못했다.

Mi ne scias kiom da minutoj mi dancis kun la ŝarkoj, sed neatendite iu kluzpordeto malfermiĝis kaj la ŝarkoj elnaĝis el la akvario. Mi eliris. La publiko aplaŭdis, kriis, kriegis. Ŝajne la cirko ruiniĝos. La muziko tondris. La anoncanto de la programo same kriegis:

— Aplaŭdojn, aplaŭdojn por la plej kuraĝa viro en la mondo. Aplaŭdojn por la dancanto kun la ŝarkoj!

Vespere la posedanto de la ŝarkoj donis al mi tiom da mono, kiom mi ne vidis dum mia ĝisnuna vivo. Se li havus oron, li certe orumus min.

La spektakloj sekvis unu post la alia. La cirko ĉiam estis plen-plena kaj mi ludis mian mortdancon kun la blankaj ŝarkoj. La posedanto de la ŝarkoj estis senlime feliĉa kaj ĉiam plenigis miajn poŝojn per mono, tamen li ne komprenis kaj verŝajne neniam komprenos, ke mi ne dancas kun la ŝarkoj por mono. La ludo kun ili estis por mi granda plezuro. Ĉiam, kiam mi eniris en la akvarion, mi iĝis alia homo kaj sentis, ke nur inter la ŝarkoj mi vere vivas. La ŝarkoj donis al mi energion kaj elanon[7]. En ilia ĉeesto mi estis potenca kaj mi sciis, ke neniu pli feliĉus ol mi, kiam mi dancas kun la ŝarkoj.

Iu dirus, ke mi estas aventuristo aŭ strebanto al ekstremaj travivaĵoj. Ne. Neniam mi estis aventuristo. Mi ĉiam plenumis ordinarajn laborojn.

---

7) elan-o   <哲 · 心> 약동(躍動)

나는 얼마 동안이나 상어와 함께 춤을 추었는지 모른다. 그러나 뜻밖에 누군가가 조그마한 출입문을 열어 상어가 수족관에서 빠져나갔고, 나도 나왔다.

대중은 손뼉 치고 외치고 고함질렀다. 곡마장이 무너질 뻔했다. 음악이 커다란 소리를 냈다. 프로그램의 사회자도 똑같이 소리쳤다.

'박수! 박수를! 세상에서 가장 용감한 자에게, 상어와 함께 춤을 춘 자에게 박수를!'

저녁에 상어의 소유자는 지금까지 내 삶에서 본 적이 없는 거액을 주었다. 그가 황금을 가졌다면 분명 나를 황금으로 칠했을 것이다. 공연이 계속 이어졌다. 곡마장은 항상 가득 찼고 나는 흰 상어와 죽음의 춤을 추었다. 상어의 소유자는 끝없이 행복해 했고, 내 호주머니는 항상 돈으로 가득하였다.

그러나 소유자는 내가 돈을 위해 상어와 춤을 추지 않는다는 사실을 결코 이해하지 못했다.

상어들과 노는 것이 내게는 큰 기쁨이다.

내가 수족관에 들어갈 때면 항상 나는 다른 사람이 되고, 오직 상어 사이에 있을 때 내가 살아 있다는 것을 느낀다. 상어는 내게 생의 약동과 힘을 준다. 상어들과 같이 있을 때 나는 능력자가 되고 내가 상어와 함께 춤출 때 누구도 나보다 행복해질 수 없음을 나는 안다.

누구는 내가 모험가여서 극단적인 경험을 하려고 애쓴다고 말한다. 아니다. 나는 절대 모험가가 아니다.

나는 항상 평범한 일을 한다.

Mi estis domkonstruisto, seruristo[8], aŭtoŝoforo. Mi venis en Italion por labori kaj mi ne supozis, ke mi dancos kun ŝarkoj, sed en tiu ĉi dancado mi trovis min mem. Estas feliĉo trovi la ŝatatan okupon. Mi opinias, ke la tuta homa vivo estas dancado kun ŝarkoj kaj ĝuste en tio estas la vera feliĉo.

---

8) serur-o   자물쇠. seruristo 자물쇠 장수[제조업자.직공].

나는 집 건축자, 자물쇠 장수, 자동차 운전사였다. 나는 일하러 이탈리아에 와서 상어와 함께 춤추리라고 상상조차 못 했지만, 이 춤에서 나 자신을 발견했다. 좋아하는 일을 발견하는 것은 행운이다. 모든 인간의 삶은 상어와 함께 춤을 추는 것과 같고, 바로 그 속에 참 행복이 있다고 나는 말하고 싶다.

학습에 도움이 되는 분석

1) 동사형: i -is, -as -os, u, us
komenc/iĝ/i시작되다 esti이다, 있다 vidi 보다 sidi 앉다
en/profund/iĝ/i 깊어지다 flugi 날아가다 pensi 생각하다
for/lasi 떠나다 *iĝ *for
2) 명사형:-o, -oj, -on, -ojn
tago 날 ĉielo 하늘 placo 광장 animo 영혼, 마음 morto
죽음 korpo 육체, 신체
3) 형용사형: -a, -aj, -an, -ajn
aŭtuna가을의 profunda깊은 blua파란 Hispana스페인의
homa인간의
4) 부사형:-e
sen/fine끝없이 kristale수정처럼 antaŭe이전에 ŝajne아마
도 ĝuste정확히 dir/it/e말하자면, 말해서 mal/rapide 천
천히, 느리게

1) 동사형: resti 머물다 devi -해야 하다 komenci 시작
하다 veni오다 labori 일하다 vag/ad/i 방황하다, 돌아다
니다 gapi입을 벌리고 멍하니 보다 ted/iĝ/i싫증나다, 지
루해지다, 물리다 kutimi습관이 들다 *ad:
2) 명사형: laboro 일 Italujo 이탈리아 strato 거리
3) 형용사형: kelka 몇몇의, 약간의
4) 부사형: Ver/ŝajne 아마도 longe 길게, 오래
rigard/ant/e 바라보면서 fin/fine 마침내, 드디어 jam 이
미 *ante *같은 어근 반복: finfine

- 34 -

1) lev/iĝ/i 일어나다 for/iri 멀리 가다, 가버리다 ek/trovi (sin) 있다, 자신을 발견하다 자신을 찾아내다 promen/ad/i 산책하다 babili이야기하다 수다 떨다 ridi 웃다 plaĉi (al) -의 마음에 들다 rimarki 주목하다, stari 서 있다 aĉeti 사다 trovi발견하다, 찾아내다 diri (al)-에게 말하다 al/paroli -에게 말걸다 ek/vidi 보이다 Evident/iĝ/i분명해지다 serĉi 찾다 respondi대답하다
2) viro남자 vir/in/o여자 infano아이 Italo 이태리 사람 homo 사람, 인간 cirko곡마장, 서커스장 bileto 표, 지폐 prezent/ad/o 공연 en/ir/ej/o입구 jun/ul/o젊은이, 청년
3) gaja 즐거운 granda큰 multa많은 mal/antaŭa 뒤의
4) Ne/sent/ebl/e 나도 모르게, 느끼지 못하게 kviete 조용히 Proksime (al)-가까이 Poste

1) gasti머물다, 손님으로 있다 prezenti소개하다, 제시하다 deziri원하다 demandi묻다 danci춤추다 kredi믿다 ripeti되풀이해서 말하다
2) orelo귀
3) serba세르비아인의 korpulenta키크고 뚱뚱한 lip/hara 코밑수염의 alt/statura키가 큰
4) nun지금 tuj 곧

1) star/ig/i세우다 naĝi 헤엄치다, 수영하다 en/iri들어가다 atenti 주의하다 dis/ŝiri 갈기갈기 찢다 nom/iĝ/i 불리어지다, 이름이 -다 spekti 관람하다, 보다 sopiri 열망하다 okazi일어나다, 발생하다 murmuri중얼거리다 akcept

받아들이다 bezoni필요로하다

2) programo프로그램 maneĝo회전목마 akvario수족관 specio종류 peco조각 program/er/o프로그램 amaso 무리 lando 나라 pano빵 ludo 놀이, 경기 mono돈 riĉ/ul/o부자 liphar/ul/o코밑수염 가진 자 *-er-

3) cirka 서커스의 mond/fama세계적으로 유명한 grand/eg/a 아주큰 vitra 유리의 blanka흰 danĝera 위험한 fama 유명한 diversa여러 가지의 sav/iĝ/i구해지다 komenc/iĝ/i시작되다

4) eg/e아주 kune 함께 multe많이 hezite머뭇거리며 responde대답으로 baldaŭ곧

1) al/veni도착하다 *al-

2) sid/loko 좌석 spekt/ant/o관객 milo천, 1,000 danc/ant/o 춤추는 사람 *anto

3) unua첫 번째의 brila빛나는, 훌륭한 libera비어있는, 자유로운

4) Eble 아마도

1) ek/soni 소리나다 tremi떨다 tondri벼락치다 iĝi되다 rigardi바라보다 ĉesi멈추다 ek/regi 지배하다, sidi앉아있다 spiri숨쉬다 atendi기다리다 *ek-

2) muziko음악 timo두려움 folio나뭇잎 febro열 el/ir/ej/o출구 silento침묵 apero나타남, 출현 okulo눈

3) streĉa긴장된 rigida긴장된, 뻐뻣한, 경직된 mal/ferm/it/a열린 kuraĝa용감한, 용기 있는freneza미친

4) Subite갑자기 tondre벼락치듯이 mal/trankvile초조하게 kuraĝ/ante/감히, 용기 있게 larĝe넓게 certe틀림없이

1) supren/iri 올라가다 ĵeti (sin) 던지다
kompreni 이해하다
2) paŝ/ad/o 걸음걸이 gambo다리 ŝtupar/et/o좁은 계단 rando가장자리 sekundo 초 akvo물 savo구원, 구함
3) kvieta 조용한
4) klopod/ant/e 노력하면서 kuraĝe용감하게, 용기 있게 dir/ant/e말하면서

1) komenci시작하다 proksim/iĝ/i다가오다, 가까워지다 saĝi 현명하다 krueli잔인하다kapabli-능력이 있다, -할 줄 알다 posedi소유하다 neni/ig/i없애다 envi/ad/i부러워하다 *ig *ad
2) predo사냥감, 먹잇감 rimedo방법, 수단 mal/amiko적
3) elegante 우아하게 atente 주의깊게 mult/eg/e많이

1) al/proksim/iĝ/i 가까이가다 re/agi반응하다 sukcesi성공하다 tuŝi 손대다 ataki공격하다turniĝi돌다 preter/pasi지나가다 mal/proksim/iĝ/i 멀어지다 rezigni단념하다, 포기하다 ataki공격하다 dubi의심하다 ek/naĝi 헤엄치기시작하다 renkonti만나다 direkt/iĝ/i향하다 eskapi도망가다 mordi 물다 sub/akv/iĝ/i물에 잠기다 pasi지나가다 far/iĝ/i되다 nutri먹을 것을 주다, 영양을 주다 el/turn/iĝ/i바꾸다 *re- *el-

2) torpedo어뢰, 가오리 fundo바닥 ludo놀이 posed/ant/o
소유자 semajno주일 vesper/manĝo저녁식사
3) alia다른 preta준비가 된 rapida빠른 kruela잔인한
incit/it/a자극된 tuta전체의 sopirata갈망하는 *-it-
4) rapide 빠르게 fulme번개처럼 ĝuste바로 정확히
atend/int/e기다리고 나서 mal/antaŭe뒤로 de/nove 다시
Ĉi-foje이번에 atente주의 깊게 apude옆에 hodiaŭ오늘
plur/foje여러 번 lert/eg/e교묘하게

1) ruĝ/ig/i빨갛게 하다 fali 떨어지다, 넘어지다
ĝis/atendi 끝까지 기다리다
2) sango피 plezuro즐거움, 기쁨 korpo/peco신체부분
3) certa확신하는
4) stupore마비되어, 아연실색하여 subite 갑자기
sen/move움직이지 않고, 꼼짝 않고, 가만히

1) el/naĝi헤엄쳐나오다 el/rampi기어 나오다 aplaŭdi박수
치다 krii외치다 kri/eg/i크게 외치다 dis/fali무너지다
Ŝajni ̄인 것 같다 tondri천둥치다 orumi금도금하다, 황
금 칠하다 *el- *dis-
2) minuto분 kluzo-pord/et/o수문, 갑문 rando가장자리
publiko관중, 대중 muziko음악 programo프로그램
aplaŭdo박수 anonc/ant/o아나운서 posed/ant/o소유주 oro
황금
3) kuraĝa용감한
4) ne/atend/it/e갑자기, 뜻밖에 same마찬가지로

Vespere저녁에

1) sekvi뒤이어지다 daŭr/ig/i계속하다, 지속하다 plen/ig/i
채우다 kompreni이해하다 en/iri들어가다 senti느끼다
vivi살다 scii알다 feliĉi 행복해하다 *-ig-
2) tendo텐트 morto/danco죽음의 춤 poŝo호주머니
energio에너지 vivo/volo삶의 의지 ĉe/esto동반 reg/ant/o
지배자
3) plen/plena꽉찬 feliĉa행복한 sen/brida고삐없는, 굴레
없는 해방된 potenca강력한
4) sen/lime끝없이 vere정말로
5) ĉiam항상 / nur ˜만, ˜뿐

1) plenumi수행하다 supozi가정하다, 상상하다, 예측하다
re/trovi되찾다 opinii ˜라고 생각하다 konsisti
2) aventur/ist/o모험가 serĉ/ant/o찾는 사람 tra/viv/aĵ/o
경험, 사건 dom/konstru/ist/o주택건축가 serur/ist/o열쇠
공, aŭto/ŝoforo자동차운전사 danc/ad/o춤 okupo직업
vivo삶, 인생 feliĉo행복 *-ist- *-aĵ-
3) ekstrema극단적인 ordinara보통의, 일반적인 ŝat/at/a
좋아하는 vera진정한, 참된
4) ĝuste정확히, 바로
5) Iu누군가

Dankesprimo

Lina kaj Radi, ŝia edzo, veturis al ĉefurbo. Ĉe la marbordo ili pasigis bonegan ferion kaj nun, sunbrunigitaj kaj kontentaj, ili veturis aŭte. Kiam proksimiĝis al urbo Plovdiv, Lina petis Radin, ke ili devojiĝu kaj vizitu ŝian naskan vilaĝon, kiu estis proksime al la ĉefvojo. Delonge Lina ne estis en la vilaĝo. Antaŭ kelkaj jaroj ŝiaj gepatroj fopasis, oni vendis ŝian naskan domon, kiu komencis ruiniĝi, ĉar neniu plu zorgis pri ĝi. Tamen Lina gardis en la koro la plej belajn memorojn de sia infaneco en la naska vilaĝo.

— Alifoje ni ne havos eblecon veni tien kaj nun la vilaĝo estas survoje – diris Lina. – Ni nelonge restos en ĝi kaj verŝajne mi renkontos iujn konatojn, malgraŭ ke miaj amikinoj delonge jam ne loĝas en la vilaĝo.

— Bone – konsentis Radi. – Ja, ni ne rapidas. Ni haltos en la vilaĝo. Ĝi estas kara por vi.

La aŭto forlasis la ĉefvojon kaj daŭrigis sur ŝoseo, ne tre bona, inter helianta kampo, kiu similis al vasta tapiŝo kun grandaj oraj moneroj.

La vilaĝo atendis ilin silente. Videblis, ke iam ĝi estis bela kun duetaĝaj domoj kaj vastaj kortoj, sed nun en multaj domoj loĝis neniu, iuj el ili delonge ne estis riparitaj, kun stukaĵo, kiu ie-tie falis.

감사의 표현

리나와 남편 **라디**는 수도 **소피아**를 향해 자동차를 타고 출발했다. 해안에서 퍽 즐거운 휴가를 보내고 지금 태양에 그을린 채 만족감에 젖어 있다.

한참을 달리다 **플로브디브** 시(市)가 가까워졌을 때, 리나는 남편에게 길을 바꿔 대로(大路)에서 가까운 고향 마을로 가자고 요청했다.

오래전에 리나는 고향을 떠났다. 몇 년 전 부모님이 돌아가시자 낡아져 가는 고향 집을 팔았다. 아무도 관리할 사람이 없어서였다. 리나는 고향 마당에서 어린 시절의 가장 아름다운 기억을 간직하고 있었다.

"달리 여기 올 일이 없는데 길가 마을이니까 지금 잠깐 머물다 가요. 내 친구들도 이미 오래전에 마을을 떠났지만, 누군가 아는 사람을 분명히 만날 거야!" 리나가 말했다. "좋아." 남편이 동의했다. "급할 거 없으니까 마을에 잠시 들릅시다. 당신에겐 소중한 곳이니까." 자동차가 대로를 벗어나자 커다란 황금 동전 같은 해바라기가 끝없이 펼쳐져 마치 융단 같다.

그 해바라기밭 사이 그리 좋지 않은 오솔길로 계속 차를 몰았다.

마을은 고요했다. 예전에 그곳은 넓은 마당을 가진 이층집들이 많아 예쁜 마을이었다. 그러나 지금은 아무도 살지 않은 집들이 많은데, 어떤 집은 오랫동안 수리를 하지 않았고 벽토(壁土)도 여기저기 떨어진 상태였다.

Estis kortoj kun herbaĉoj, kurbigitaj bariloj kaj sur iuj pordoj videblis grandaj metalaj pendseruroj kun pezaj ĉenoj.

Lina rigardis kaj doloro premis ŝian koron. Iam en ĉiuj kortoj estis floroj, legomoj kaj la ombroj de la fruktaj arboj estis tiel friskaj kaj molaj. Infanoj ludis en la kortoj kaj sur la stratoj, sed nun, en la varma somera posttagmezo, la tuta vilaĝo dronis en profunda silento, kvazaŭ subite ekestos ia plago.

Ili haltis sur la vilaĝa placo kaj ĉirkaŭrigardis por vidi iun, sed la placo estis senhoma.

Kiam antaŭ multaj jaroj Lina finis universitaton, ŝi venis en la vilaĝon kaj iĝis instruistino ĉi tie. Tiam en la lernejo lernis multaj lernantoj. Nun Lina rememoris iujn siajn gelernantojn. Kalina, malalta knabino, blonda kun lentugoj, similaj al oraj gutoj. Ŝi estis silentema, sinĝena, sed poste iĝis infana kuracistino. Stojan, la knabo, kiu sidis ĉe ŝi sur la benko, estis petolema, kun densa nigra haro kaj okuloj kiel metalaj globetoj. Li iĝis aŭtoriparisto. Penko, la plej alta knabo en la klaso, finis universitaton kaj estas inĝeniero, nun loĝas kaj laboras en la ĉefurbo. Milko - kun la helbluaj okuloj kaj suna bonanima rideto. Foje la patro de Milko renkontis Linan kaj petis ŝin:

— Sinjorino instruistino, Milko tre deziras esti piloto, sed li ne bone prosperas en matematiko.

대부분 마당은 잡초가 무성하고 울타리는 구부러졌는데, 어느 집 대문에는 커다란 철제 자물쇠가 무거운 체인과 함께 걸려 있다.

그런 모습을 쳐다보자 리나의 가슴이 답답해졌다.

예전엔 마을 집 모든 마당에 꽃과 채소, 과일나무의 그림자가 활기차고 부드러웠다.

아이들은 마당과 길 위에서 뛰어 놀았다.

그러나 지금 여름 오후에, 마을은 마치 전염병이 막 퍼지기 시작한 때처럼 깊은 침묵에 빠져 있다.

마을 광장에 차를 멈춘 리나 부부는 누군가를 만날 수 있을까 해서 주위를 살폈지만 아무도 없었다.

몇 년 전 리나가 대학을 마쳤을 때, 이 마을에 와서 교사가 되었다. 당시 학교에는 학생이 많았다.

지금 리나는 자신의 학생들을 기억해냈다.

칼리나는 키가 작고 황금 방울 같은 주근깨가 많은 금발의 어린아이였다. 말수가 적고 불안해 보였지만 나중에 아동 치료사가 되었다.

칼리나 옆에 앉은 장난꾸러기 남자아이 **스토얀**은 짙은 검은 머리카락에, 철로 만든 작은 공 같은 눈을 가졌는데, 자동차 수리공이 되었다. 교실에서 가장 키가 큰 **펜코**는 대학을 마치고 기술자가 되어 지금 수도에 살고 있다. 밀코는 밝은 파란색 눈에 해 같이 마음 착한 웃음을 가진 아이였다. 밀코의 아버지가 몇 번 리나를 만나 부탁했다.

"선생님, 밀코는 조종사가 되기를 몹시 원해요. 그러나 수학을 잘하지 못해요.

Vi estas instruistino pri matematiko, ĉu vi povus helpi lin?

— Jes, mi helpos – respondis Lina. – Post la lernohoroj, li restu en la lernejo kaj ni kune solvos la matematikajn taskojn kaj ekzercos la teoremojn.[9]

De tiu tago, post la lernohoroj, Milko regule restis en la lernejo kaj kun Lina ekzercis la matematikon. Obstina kaj diligenta lernanto li plenumis ĉion, kion Lina diris al li, atente aŭskultis ŝin kaj en liaj helbluaj okuloj videblis lia granda estimo al Lina.

Milko realigis sian revon, iĝis piloto. Pos jaroj kelkfoje Lina renkontis lin en Sofio kaj ĉiam li diris, ke dank'
al ŝi li estas piloto kaj flugas al diversaj landoj de la mondo.

— Do, ni vidis vian vilaĝon kaj ni eku al Sofio – diris Radi al Lina. – Bedaŭrinde ni ne renkontis konaton. Eble en tiu ĉi varma tago oni preferas esti en la domoj.

— Atendu iomete – petis Lina – ni eniru la kafejon trinki kafon.

— Bone – konsentis Radi.

Ili eniris la proksiman kafejon, alloga kaj agrabla, kun novaj tabloj kaj la seĝoj kaj kiam ili sidiĝis ĉe unu el la tabloj, al ili proksimiĝis virino, ne tre juna, verŝajne la posedantino de la kafejo.

---

9) teorem-o   <數>정리(定理), 법칙;정설(定設), 추단적(推斷的) 진리

선생님이 수학을 가르치니까 도와줄 수 있나요?"

"예, 제가 도와줄게요." 리나가 대답했다. "수업시간이 끝난 뒤, 교실에 남아 수학 과제를 같이 풀고 수학 공식을 연습할게요."

그날부터 수업을 마치면 밀코는 규칙적으로 교실에 남아 리나 곁에서 수학 공부를 했다. 끈기 있고 부지런한 밀코는 리나가 말한 모든 것을 따르고, 리나의 말을 주의깊게 들었다. 밝고 파란 눈에는 리나에 대한 깊은 존경심을 볼 수 있다.

밀코는 자기 꿈을 실현하여 마침내 조종사가 되었다. 몇 년 뒤 소피아에서 밀코를 만났는데, 그때마다 선생님 덕분에 조종사가 되어 세계 여러 나라를 날아다닌다고 고마워했다.

"그럼, 당신 고향을 둘러보았으니 이제 우리는 소피아로 갑시다. 아쉽게 한 사람도 만나지 못했네. 이 더운 날 사람들은 집에 있기를 더 좋아해." 남편이 리나에게 말했다.

"조금만 기다려요." 리나가 부탁했다.

"커피를 마시러 카페에 가요."

"좋아." 남편이 동의했다.

카페에 들어섰더니 새 탁자와 의자가 있어 매력적이고 쾌적해 보였다.

가까이 놓인 탁자에 가서 앉자 그리 젊지 않은 가게 주인이 다가왔다.

Antaŭ demandi ilin, kion ili bonvolus, ŝi alrigardis Linan kaj mire diris:

— Sinjorino instruistino, mi ne povis tuj rekoni vin. Bonan venon.

Lina turnis sin surprizita.

— Ros, ĉu vi estas?

— Jes, via iama lernantino.

— Kiel vi fartas? - demandis Lina.

— Dankon. Mi denove loĝas ĉi tie. Vi scias, ke mi kaj Milko edziniĝis. Ni loĝis en la ĉefurbo, sed kiam Milko pensiiĝis ni revenis loĝi ĉi tie, en nia naska vilaĝo. Ni konstruis tiun ĉi kafejon kaj jen mi laboras ĉi tie.

— Kaj kie estas Milko? - demandis Lina.

— Bedaŭrinde antaŭ du jaroj li forpasis. Aŭtomobila[10] katastrofo. Tiom da jaroj li estis piloto, li ne pereis dum flugado, sed nun — dum stirado.

— Akceptu miajn sincerajn kondolencojn - diris ĉagrenite Lina.

— Nun mi kaj mia filo zorgas pri la kafejo - klarigis Ros. - Ĝi memorigas nin pri Milko kaj ĉio ĉi tie estas tiel, kiel Milko faris ĝin, eĉ la tabulo kun la surskribo, sur la muro, bonvolu vidi ĝin.

Lina alrigadis la tabulon kaj surprizite tralegis: "Por instruistinoj la kafo estas senpaga."

Lina provis ekrideti, sed larmoj plenigis ŝiajn okulojn.

---

10) aŭtomobil-o 자동차. aŭtomobili 자동차를 타다[운전하다]

무엇을 원하느냐고 묻기 전에 리나를 보더니 반갑게 말했다.

"선생님, 바로 알아보지 못했어요. 어서 오세요."

리나는 놀라서 고개를 돌렸다.

"로스니?"

"예, 선생님의 제자였죠."

"어떻게 지내니?" 리나가 물었다.

"감사합니다. 다시 여기 와서 살아요. 아시다시피 저는 밀코와 결혼했어요. 수도에 살았지만 밀코가 은퇴한 후 고향에서 살려고 돌아왔어요. 이 카페를 짓고 저는 여기서 일해요."

"그럼 밀코는 어디 있니?" 리나가 물었다.

"안타깝게도 2년 전에 죽었어요. 교통사고죠. 수많은 세월 조종사였지만, 비행 중에는 죽지 않았어요. 그러나 자동차 운전 중에 그만."

"나의 진실한 위로를 받아 줘." 당황한 리나가 말했다.

"지금 저와 제 아들이 카페를 운영하고 있어요."

로스가 설명했다.

"카페는 밀코를 생각나게 해요. 여기 모든 것은 밀코가 만든 그대로예요. 서명이 적힌 판자, 벽 위, 이것을 봐 주세요." 리나는 판자를 쳐다보면서 놀라움을 금치 못하고 읽어 나갔다.

"여자 선생님들에게는 커피가 무료."

리나는 웃으려고 했지만, 눈물이 두 눈에 가득 고였다.

학습에 도움이 되는 분석

1) 동사형: i -is, -as -os, u, us
vojaĝi여행하다 feri/ad/i휴가를 보내다 veturi차를 타고
가다 proksim/iĝ/i가까워지다 peti청하다, 부탁하다
for/lasi떠나다 viziti방문하다 trov/iĝ/i있다,발견되다
for/pasi세상을 떠나다 vendi팔다 komenci시작하다
ruin/iĝ/i허물어지다 zorg/ad/i계속 돌보다 gardi간직하다
*ad *iĝ *for
2) 명사형:-o, -oj, -on, -ojn
edzo남편 ĉef/urbo수도 mar/bordo바닷가 nask/iĝ/vilaĝo
고향마을 aŭto자동차 vojo길
ge/patroj부모님 vilaĝo마을 jaro년, 해 nask/iĝ/domo고향
집 re/memoro추억
3) 형용사형: -a, -aj, -an, -ajn
ŝia그녀의 sun/bruna햇빛에 그을린 kontenta만족하는
ĉefa주된 kelka약간의, 몇몇의 bela아름다운 infana어린
이의, 어린 pasig/it/a보내었던 *it
4) 부사형:-e
bon/eg/e 아주 잘 de/longe오래전부터 proksime가까이에
*eg

1) 동사형: i -is, -as -os, u, us
al/veni도착하다 diri말하다 resti남다 renkonti만나다 loĝi
살다, 거주하다 konsenti동의하다 rapidi서두르다 halti멈
추다 ek/veturi차로 달리기 시작하다 *ek

2) 명사형:-o, -oj, -on, -ojn
ebl/ec/o가능성 kon/at/o지인, 아는 사람 amik/in/여자친
구 aŭto자동차 ĉef/vojo주된 길 ŝoseo작은 길 kampo밭,
들판 tapiŝo양탄자 mon/er/o동전
*ec *at *in *er
3) 형용시형: -a, -aj, -an, -ajn
kara소중한 sun/flora해바라기의 simila비슷한 vasta넓은
granda큰 ora황금의
4) 부사형:-e
ali/foje다음 번에, 다음 기회에 sur/voje도중에 longe길
게, 오래 ver/ŝajne아마도
5) 자멘호프 상관사: tien거기로 iujn어느
6) 기타: malgraŭ ˉ 임에도 불구하고 jam이미 ja정말로

1) atendi기다리다 vid/ebl/i볼 수 있다 de/fali무너지다
pendi매달려 있다
*ebl *de
2) domo집 korto뜰 stuk/aĵ/o회반죽칠을 한 벽 herb/aĉ/o
잡초 bar/il/o울타리 pordo문 seruro빗장 ĉeno사슬, 체인
 *aĵ *aĉ
3) du/etaĝa2층의 vasta넓은 multa많은 ripar/it/a고쳐진,
수선된 fal/ig/it/a metala금속의
peza무거운　　*it
4) silente조용히 mult/loke많은 곳에
5) 자멘호프 상관사: iam한 때 iuj어느
6) 기타: sed그러나, 그렇지만 ankaŭ또한

1) rigardi바라보다 premi억누르다 kreski자라다 ludi놀다 droni(물에) 빠지다, 익사하다

2) doloro고통 koro마음, 심장 floro꽃 legomo채소, 야채 ombro그림자 frukt/arbo유실수, 과일나무 infano어린이, 아이 strato거리 post/tag/mezo오후 silento침묵 plago재앙, 재난, 대파국 *aĵ *aĉ

3) mal/varm/et/a시원한 mola말랑말랑한 varma따뜻한 somera여름의 tuta전체의 profunda깊은 fal/ont/a내리려는, 떨어지려는 *mal *et *ont

4) subite갑자기

5) ĉiuj모두 ia어떤

1) halti멈추다 ĉirkaŭ/rigardi둘러보다 vidi보다 fini끝내다 re/veni돌아오다 ek/labori일하기 시작하다 vizit/ad/i re/memori기억하다 *re *ek *ad

2) placo광장 studo공부 instruist/in/o교사 lern/ej/o학교 ge/lern/ant/oj남녀학생들
*ej *ge *ant

3) vilaĝa마을의 multa많은 universitata대학의 mal/plena비어 있는 *mal

4) subite갑자기 tiu/tempe그 시간에

1) iĝi되다 sidi앉아 있다 diplom/iĝ/i학위를 얻다 *iĝ

2) knab/in/o소녀 lentugo주근깨 guto(물)방울 infan/kuracist/in/o소아과의사 benko의자 haro머리 okulo눈 glob/et/o구슬 알, 공기 돌 aŭto/ripar/ist/o자동차수리

공 klaso반 inĝeniero기술자 ĉef/urbo수도 rid/et/o미소 *in *et *ist

3) mal/alta키가 작은 blonda금발의 simila비슷한(+al ˘) ora황금의 mal/parol/em/a말수가 적은 hont/em/a부끄러워하는 petol/em/a장난치기 좋아하는 nigra검은 densa짙은, 숱이 많은(+haroj) metala금속의 alta키가 큰 hel/blua연한 파란색의, 연옥색의 serena고요한, 차분한 bon/kora마음씨좋은 *em

4) poste나중에

1) deziri원하다 instrui가르치다 helpi돕다 respondi대답하다 resti남다, 머물다 solvi(문제를)풀다 ekzerci연습하다

2) piloto비행사 noto성적 matematiko수학 leciono수업, 과 teoremo(피타고라스) 정리

3) matematika수학의

4) kune함께

1) rest/ad/i계속 남다 plen/um/i수행하다 aŭskulti듣다

2) lern/an/to학생 estimo존경

3) obstina고집스런 diligenta부지런한

4) atente주의 깊게

1) realigi실현하다 flugi날다, 비행하다

2) revo꿈 lando나라 mondo세계

3) diversa다양한, 여러

4) kelkfoje때때로

5) ĉiam항상, 늘
6) sia자신의

1) preferi더 좋아하다 atendi기다리다 peti청하다 en/iri
들어가다 trinki마시다 konsenti동의하다 *en
2) kaf/ej/o카페 *ej
4) bedaŭr/ind/e eble아마도 iom/et/e조금

1) en/iri들어가다 al/proksim/iĝ/i가까이가다 demandi묻
다, 질문하다 al/rigardi바라보다 *al
2) vir/in/o여자 posed/ant/in/o소유자 *in
3) proksima가까이 있는 al/loga마음을 끄는 agrabla쾌적
한 juna젊은
4) ver/ŝajne아마도, 십중팔구 mire놀라서

1) re/koni알아보다 turn/iĝ/i돌리다 farti지내다
ge/edz/iĝ/i결혼하다 emerit/iĝ/i퇴직하다
konstrui건축하다 *re *iĝ
2) bon/veno환영
3) surpri/zit/a놀란
4) de/nove다시
5) iama한때의 kiel어떻게 ĉi tie여기에
6) tuj곧 jen여기에 ĉu

1) perei죽다, 사라지다 akcepti받아들이다 zorgi돌보다
klarigi설명하다 memorigi기억시키다, 암기시키다

bonvoli기꺼이 하다

2) akcidento사건 flug/ad/o비행 stirado운전, 조종 kondolenco조의, 애도 filo아들 tabulo나무판 sur/skibo글씨 muro벽

3) aŭtomobila자동차의 sincera진실한 ĉagrena비탄의, 고통의 sama같은

5) kie어디에

6) eĉ ˜ 조차

1) kroĉi걸다 tra/legi통독하다, 독파하다 provi시도해보다, 시험해보다 ek/rid/et/i미소짓기 시작하다 plen/ig/i채우다

2) rigardo눈길 larmo눈물

3) sen/paga무료의, 공짜의

4) surpriz/it/e놀라서

Du biletoj por teatro

Dinko, la maljuna pensiulo, ĉiun posttagmezon venis en la parkon, sidiĝis sur unu el la benkoj kaj rigardis la homojn, kiu pasis pretr li. Estis gejunuloj, studentoj, lernantoj, aŭ viroj, virinoj, kiuj certe laboris en la proksimaj oficejoj. Ili ĉiuj rapidis kaj tute ne rimarkis Dinkon, kiu por ili verŝajne similis al monumento,[11] silenta kaj senmova. Monumento, kiu bezonas nenion. Vere, post la pensiiĝo Dinko bezonis nenion, nek monon, nek renkontiĝojn kun konatoj, kiuj delonge forgesis lin. Liaj tagoj jam pasis malrapide, ligitaj unu al alia kiel longa peza fera ĉeno kaj ofte li demandis sin ĉu hodiaŭ estas marde aŭ merkrede.

Foje, kiam li silente sidis sur la benko en la parko, rigardanta la florojn en bedo, antaŭ li ekstaris junulo kaj afable salutis lin:

— Bonan tagon, sinjoro Milov.

Dinko mire alrigardis la junulon, kiu ŝajnis al li tute nekonata. "De kie li scias mian nomon – demandis sin Dinko."

— Vi ne rekonis min? – ekridetis la junulo.

— Ne – konfesis iom ĝene Dinko.

— Mi estas Vesko. La knabo, al kiu vi sen bileto permesis spekti la dimanĉajn teatrajn prezentojn.

---

11) monument-o 기념비(記念碑), 기념건물; 기념물, 거작(巨作).

극장 입장권 두 장

딩코는 늙은 연금 수급자였다.

매일 오후 공원에 와서 의자에 앉아 지나가는 사람들을 바라본다.

남녀 젊은이, 학생, 대학생, 그리고 분명히 근처 사무실에서 일하는 남자와 여자들이다.

그들은 서둘러 종종걸음을 쳐서 말없고 움직임 없는 조각품 같은 딩코를 전혀 알아차리지 못한다.

조각품은 아무것도 필요치 않다.

정말 은퇴한 뒤 딩코는 아무것도 필요로 하지 않는다.

돈도, 오래전에 딩코를 잊어버린 지인과 만남도 필요가 없다.

하루가 벌써 천천히 지나가 길고 무거운 철 체인처럼 연결돼 오늘이 화요일인지 수요일인지 궁금할 정도다.

언젠가 공원 의자에서 화단의 꽃을 바라보며 조용히 앉아 있을 때 젊은이가 앞에 서더니 상냥하게 인사했다.

"안녕하십니까? 밀로브 선생님." 딩코는 놀라서 생판 처음 본 듯한 젊은이를 쳐다보았다.

'어디서 내 이름을 알았을까?' 딩코는 궁금했다.

"저를 못 알아보시겠죠?" 젊은이가 살짝 웃었다.

"잘 몰라요." 딩코가 미안해하며 솔직하게 말했다.

"저는 베스코입니다.

입장권 없이 일요일에 극장 공연을 보도록 허락해 주셨던 남자아이입니다."

Nun Dinko rememoris kaj antaŭ liaj okuloj aperis bildo, kiun li delonge forgesis. Antaŭ jaroj Dinko estis aktoro en la teatro. Tiam li ludis komikajn rolojn en preskaŭ ĉiuj teatraĵoj kaj same en la teatraĵoj por infanoj. Foje dimanĉe estis infana prezento. Antaŭ la enirejo de la teatro staris gepatroj kaj infanoj por eniri la salonon. Tiam estis kutimo, ke la geaktoroj bonvenigis la publikon ĉe la teatra enirejo kaj salutis la spektantojn per la vortoj: "Bonan venon kaj agrablan amuzon." Dinko estis ĉe la pordo kaj bonvenigis la gepatrojn kaj la infanojn, kiuj rapidis eniri. Kiam preskaŭ ĉiuj eniris, Dinko rimarkis, ke antaŭ la pordo staras nigrahara knabo kun grandaj malhelaj okuloj kiel olivoj.

— Kial vi ne eniras? – demandis Dinko la knabon.

— Mi ne havas bileton.

— Ĉu viaj gepatroj ne aĉetis por vi bileton?

— Ne.

— Kial?

— Miaj gepatroj ne estas ĉi tie. Ili laboras en Hispanio.

— Kaj kiu zorgas pri vi? – alrigardis Dinko la knabon.

— Mia avino.

— Ŝi certe povis aĉeti bileton kaj veni kun vi spekti la teatraĵon.

— Ŝi diras, ke ne ŝatas spekti infanajn teatraĵojn – respondis mallaŭte la knabo.

그제야 딩코의 기억엔 오래전에 잊었던 장면이 눈앞에 나타났다. 몇 년 전만 해도 딩코는 극장 배우였다. 당시 거의 모든 연극에서 웃긴 역할을 했는데 어린이 연극에서도 마찬가지였다.

가끔 일요일에 어린이 공연이 있었다. 극장 입구 앞에는 안으로 들어가려고 부모와 어린이들이 줄지어 서 있었다. 그 당시 남녀 배우들은 극장 입구에서 손님들을 맞이하면서 '환영해요! 즐거운 시간 보내세요!' 라는 말로 관객에게 인사했다.

딩코는 문 옆에서 부모와 어린이들이 서둘러 들어가도록 안내했다. 거의 모두 들어갔을 때, 딩코는 문 앞에 남자아이가 서 있는 것을 알아차렸다. 검은 머리카락에 올리브처럼 크고 어두운 눈을 가진 아이였다.

"왜 안 들어가니?" 딩코가 물었다.

"입장권이 없어요."

"부모님이 입장권을 사지 않았니?"

"안 샀어요."

"왜?"

"부모님이 여기 안 계세요. 스페인에서 일해요."

"그럼 누가 너를 돌보니?" 딩코가 남자아이를 쳐다보았다.

"할머니요."

"할머니가 분명 입장권을 살 수 있을 테니 연극을 보러 같이 와라."

"할머니께서 어린이 연극을 좋아하지 않는다고 말씀하셨어요." 남자아이가 조용히 대답했다.

— Kiel vi nomiĝas?

— Vesko.

— Bone, Vesko. Eniru kaj spektu la teatraĵon — diris Dinko kaj mane enkondukis la knabon en la salonon.

— Ĉu sen bileto? — demandis Vesko mire.

— Jes, sen bileto. Mi permesas al vi.

La grandaj olivaj okuloj de Vesko, kiuj jam naĝis en larmoj, ekbrilis pro ĝojo.

Post du semajno Vesko denove staris antaŭ la teatro kaj Dinko denove permesis al li eniri sen bileto. Tio ripetiĝis kelkfoje. Certe Vesko ege ŝatis la teatron kaj deziris spekti ĉiujn infanajn teatraĵojn.

— Vesko, vi jam estas plenkreska viro — diris Dinko. — Kion vi laboras?

— Mi estas aktoro, sinjoro Milev, kaj nun mi ludas en la sama teatro, en kiu vi iam ludis. Kelkfoje mi vidas vin ĉi tie, en la parko, kaj hodiaŭ mi decidis alparoli vin kaj doni al vi du biletojn, por vi kaj via edzino, por ĉivespera teatra prezento. Mi ĝojus, se vi venus spekti min.

— Dankon, Vesko, mi nepre venos, sed bedaŭrinde mia edzino antaŭ kelkaj jaroj forpasis, tamen mi venos kun iu amiko — diris Dinko kaj eksentis larmojn en siaj okuloj, similaj al la larmoj, kiujn li iam, antaŭ multaj jaroj, vidis en la grandaj olivaj okuloj de Vesko, kiam li staris sola ĉe la teatra pordo.

"이름이 뭐니?"

"베스코예요."

"알았다. 베스코야! 들어가서 연극을 보렴." 딩코가 말하고 손으로 극장 안으로 남자아이를 안내했다.

"입장권 없이요?" 베스코가 놀라서 물었다.

"그래, 입장권 없이. 내가 허락할게."

이미 눈물 속에서 헤엄치던 베스코의 커다란 올리브 눈은 기쁨으로 빛이 났다. 2주 뒤 베스코는 다시 극장 앞에 섰고 딩코는 또 입장권 없이 들어가도록 허락해 주었다. 그것이 몇 번 되풀이 되었다. 베스코는 연극을 아주 좋아해서 어린이 연극을 모조리 보기를 원했다.

"베스코야. 너는 이미 성인이 되었구나. 무슨 일을 하고 있니?" 딩코가 말했다.

"저는 배우예요. 밀레브 선생님. 언젠가 선생님이 활동했던 그 극장에서 지금 배우로 일합니다.

몇 번 여기 공원에서 선생님을 보았어요. 오늘 말을 걸고 선생님과 아내분을 위해 오늘 밤 연극 공연 입장권 두 장을 드리려고 마음먹었어요.

저를 보러 와 주신다면 기쁘겠습니다."

"고맙다. 베스코야. 나는 반드시 갈 거야. 하지만 유감스럽게도 내 아내는 몇 년 전에 죽었어. 그래서 내 친구와 함께 갈게."

딩코는 말하고 자기 눈에 눈물이 고이는 걸 느꼈다. 아주 오래전에 극장 문 앞에 혼자 서 있을 때 베스코의 커다란 올리브 눈에 담긴 눈물과 같이….

학습에 도움이 되는 분석

1) 동사: veni오다 sid/iĝ/i앉다 rigardi보다 preter/pasi지나가다 labori일하다 rapidi급히 가다 rimarki주목하다 simili비슷하다 bezoni필요하다 forgesi잊다 pasi지나가다 demandi (sin) 묻다

2) 명사: pensi/ul/o연금생활자 post/tag/mezo오후 parko공원 benko벤치 homo사람 ge/jun/ul/o/j청년들 studento학생 ge/lern/ant/o/j학생들 viro남자 vir/in/o여자 ofic/ej/o사무실 monumento기념물 emer/it/iĝ/o퇴직 mono돈 renkont/iĝ/o만남 kon/at/o아는사람 tago하루 ĉeno체인 mardo화요일 merkredo수요일

3) 형용사·부사: mal/juna늙은 certe분명히 proksima가까운 tute완전히 아주 ver/ŝajne아마도 silenta침묵의 sen/mova움직이지 않는 vere정말로 de/longe오래전부터 jam이미 mal/rapide느리게 inter/lig/it/a서로 연결된 longa긴 peza무거운 fera쇠로 된 ofte자주 hodiaŭ오늘

- 1) 동사: sidi앉아 있다 halti멈춰서다 saluti인사하다 al/rigardi보다 ŝajni인것같다 scii알다 re/koni알아보다 ek/rid/et/i미소짓다 konfesi고백하다 permesi허락하다 spekti관람하다

2) 명사: fojo번 floro꽃 bedo화단 jun/ul/o청년 sinjoro-씨 nomo이름 knabo소년 bileto표 prezent/ad/o공연

3) 형용사·부사: silente조용히 rigard/ant/e바라보면서 afable호의적으로 bona좋은 mire놀라서 ne/kon/at/a 알지 못하는 ĝen/it/e부담스러워 dimanĉa일요일의 teatra연극의

1) 동사: re/memori기억하다 aperi나타나다 forgesi잊다 ludi놀다 stari서 있다 en/iri들어오다 renkonti만나다 stari서 있다 bon/ven/ig/i환영하다

2) 명사: okulo눈 bildo그림 jaro해 aktoro배우 teatro극장 rolo역할 teatr/aĵ/o연극 infano아이 en/ir/ej/o입구 ge/patro/j부모 salon/eg/o홀 kutimo습관 ge/aktoro/j남녀배우 spekt/ant/o관람인 vorto말 단어 bon/veno환영 amuzo즐거움 pordo문 okulo눈 olivo올리브

3) 형용사·부사: nun지금 komika희극의 dimanĉe일요일의 infana어린이의 tiu/tempe그때 agrabla기분좋은 nigra/hara검은머리의 granda큰 mal/hela어두운

- 1) 동사: aĉeti사다 zorg/ad/i돌보다 diri말하다 ŝati좋아하다 respondi대답하다 nom/iĝ/i이름이-다 en/konduki들여보내다 naĝi헤엄치다 ek/brili빛나다

2) 명사: Hispan/uj/o스페인 av/in/o할머니 larmo눈물 *uj

3) 형용사·부사: mal/laŭte작은소리로 mane손으로 ĝoje기쁘게

- 1) 동사: ripet/iĝ/i반복되다 deziri원하다 ludi역할을 하다 aktori배우로 일하다 vidi보다 decidi결심하다 al/paroli말걸다 doni주다 ĝoji기뻐하다 / 2) 명사: semajno주일

3) 형용사·부사: den/ove다시 kelk/foje때때로 ege아주 plen/kreska완전히 자란, 성인의 sama같은 ĉi-vespere오늘 저녁에

-1) 동사: for/pasi돌아가시다 ek/senti느끼다 / 2) 명사: amiko친구 / 3) 형용사·부사: nepre꼭 bedaŭrinde유감스럽게도 kelka몇몇의 simila비슷한 multa많은 sola혼자의

Fazanĉasado

La fazanbredejo troviĝis ekster la urbo en Ora Valo. Neniu povis diri ĝuste kial oni nomis ĝin tiel. Iuj supozis, ke iam tie estis ora minejo, aliaj asertis,[12] ke antaŭ jaroj iu avo trovis tie oran tracan diademon.[13] La fazanbredejo estis ĉirkaŭita de densa arbaro kaj neniu supozis, ke tie troviĝas registara ripozejo. Antaŭ jaroj tra ĝi ne povis birdo traflugi, nek fremda rigardo enrigardi ĝin, tiel zorge oni gardis ĝin, sed post la sociaj ŝanĝoj oni forlasis la registaran ripozejon kaj dum longa tempo neniu iris tien. La masiva fera barilo estis faligita, la konstruaĵoj preskaŭ ruiniĝis, sed iu nuntempa riĉulo aĉetis la ripozejon kaj denove aperis la granda fera barilo. Tie oni konstruis luksan hotelon, basenon, faris belan parkon kaj denove oni komencis bredi fazanojn por ĉasado. En la ripoztagoj venis viroj, kiuj ĉasis kaj iliaj pafoj longe tondris super Ora Valo.
De unu jaro la patro de Ljubena laboris en fazanbredejo. Li zorgis pri la fazanoj kaj ĉisomere, kiam Ljubena revenis en la urbon, ŝi komencis helpi lin. Ljubena ekŝatis Oran Valon. Eble nenie alie estis tia trankvilo. Kvazaŭ la tuta valo, ĉirkaŭita de la malhela arbaro, dronis en silento.

---

12) asert-i   <他> 확언하다, 단언하다, 주장하다
13) diadem-o   * 왕관, (왕위를 상징하는)머리띠 장식

꿩 사냥

꿩 사육장은 도시 외곽 황금 계곡에 있다. 왜 황금 계곡이라고 부르는지 정확히 말할 수 있는 사람은 아무도 없다.

누군가는 언젠가 거기 황금 광산이 있었다고 하고, 누군가는 몇 년 전에 거기서 어떤 할아버지가 황금 트라키아 왕관을 발견했다고 확신에 차서 말했다.

꿩 사육장은 깊은 숲에 둘러싸여 아무도 거기 정식 휴게소가 있는지 짐작조차 못 했다. 몇 년 전에는 새들도 그 꿩 사육장 위로 날아갈 수 없고, 낯선 이들도 그곳을 보지 못하게 할 만큼 그렇게 조심히 지켰는데, 사회가 변한 뒤 사람들이 휴게소를 떠나고 오랫동안 아무도 꿩 사육장에 가지 않았다. 대형 철제 울타리는 떨어졌고 건축물은 거의 폐허가 되었는데 어느 부자가 휴게소를 사서 거대한 현대식 철 울타리로 바꾸어 놓았다. 거기에 화려한 호텔을 짓고 수영장과 아름다운 공원을 조성하고 사냥용 꿩 사육을 다시 시작했다. 휴일에 사냥하는 남자들이 몰려오고 그들의 총소리가 황금 계곡 위로 길게 큰소리를 냈다.

1년 전에 **류베나**의 아버지는 꿩 사육장에서 일했다. 그는 꿩을 잘 돌보았다. 올 여름에는 류베나가 이 도시로 돌아와 아버지를 도왔다.

류베나는 황금 계곡을 좋아하게 되었다.

다른 곳에서는 맛볼 수 없는 편안함이 감돈다.

여느 계곡처럼 어두운 숲에 둘러싸여 침묵에 잠겨 있다.

En la ĝardeno kreskis ekzotikaj floroj, la rozaj arbustoj estis pufaj nubetoj, la salikoj ĉe la torento kliniĝis kiel ombreloj, la pinoj ĉe la barilo similis al gardistoj kun verdaj pelerinoj kaj la akvo en la baseno brilis kiel mirakla okulo.

Kiam ne havis laboron Ljubena promenadis en la parko aŭ sidis sub la ombro de iu tilio. Ŝi plej ŝatis observi la fazanojn kaj dum horoj ŝi staris antaŭ iliaj kaĝoj. Ŝi opiniis, ke ne estas pli elegantaj kaj pli belaj birdoj ol ili, buntaj kun brilaj malhelverdaj kapoj kaj kuprokoloraj brustoj. La plej imponaj estis iliaj longaj vostoj. Ŝia patro, sperta kaj malnova ĉasisto, klarigis, ke estas du tipaj fazanoj, la unuajn oni nomas jambolaj, de urbo Jambol, kie oni bredas ilin, kaj la aliajn – ringaj, ĉar ili havas blankajn ringojn ĉirkaŭ la koloj.

Al Ljubena ege plaĉis juna virfazano kun reĝa aspekto. Kiam ŝi estis ĉi tie, ŝi ĉiam iris al ĝia kaĝo. Tiam la fazano komencis malrapide moviĝi, kvazaŭ por pli bone Ljubena trarigardu ĝin de ĉiuj flankoj. Ĝi etendis sian pompan voston, paŝis grave kaj solene, kaj de tempo al tempo ĝi rapide movis sian verdan metalbrilan kapon dekstren kaj maldekstren. Ljubena karese nomis ĝin Oreca Plum kaj mallaŭte ŝi vokis ĝin: "Plum, Plum". La fazano kvazaŭ rekonis ŝian voĉon kaj fiksis rigardon al ŝi.

정원에는 이국적인 꽃이 자라고, 장미 수풀은 불룩한 작은 구름 같고, 급류 쪽 버드나무는 우산처럼 구부려졌고, 울타리 앞 소나무는 푸른 목도리를 두른 경비원을 닮았고, 수영장 물은 기적의 눈처럼 빛났다.

일이 없을 때 류베나는 공원에서 산책하거나 버드나무 그늘에 앉았다.

꿩 보살피기를 무척 좋아해서 여러 시간을 꿩 우리 앞에 서 있다. 빛나는 짙푸른 머리와 구릿빛 가슴의 꿩보다 더 우아하고 예쁜 새는 없을 것으로 생각했다.

꿩의 긴 꼬리는 퍽 인상적이다.

노련하고 오랜 사냥꾼인 아버지의 말에 따르면 꿩은 두 종류가 있는데, 하나는 사육하는 **얌볼** 시(市) 이름을 따 '얌볼 꿩'이라고 하고, 또 다른 하나는 목둘레에 반지처럼 하얀 테를 두르고 있어 '반지 꿩'이라고 부른다.

류베나는 왕 같이 근엄한 자태를 지닌 젊은 수꿩이 가장 마음에 든다.

여기 있을 때면 항상 꿩 우리로 간다.

그러면 꿩은 류베나가 모든 방향에서 잘 살펴보도록 배려하는 것처럼 천천히 움직였다.

화려한 꼬리를 뻗고, 신중하고 위엄있게 걷고, 때로 푸른 철같이 빛나는 머리를 좌우로 재빠르게 움직였다.

류베나는 애칭을 '황금의 플룸'이라고 붙이고 작은 소리로 "플룸" "플룸" 하고 부른다. 꿩은 마치 류베나의 목소리를 아는 듯 시선을 고정한다.

De tempo al tempo, kiam estis humide, Ljubena kolektis vermojn[14] kaj donis ilin al Plum. Ŝia patro menciis, ke la fazanoj ŝatas vermojn, insektojn kaj grajnojn.

Ĉimatene Ljubena frue venis en Oran Valon. La patro petis ŝin helpi, ĉar oni atendis gravajn gastojn, kiuj venos ĉasi fazanojn. Ljubena kaj la patro purigis la kaĝojn kaj preparis la birdojn por ĉasado.

La gravaj gastoj venis antaŭtagmeze. Kelkaj nigraj aŭtoj malrapide kiel glitantaj boatoj eniris la Oran Valon, haltis antaŭ la blanka hotelo kaj el la aŭtoj eliris grupo da gejunuloj. Ilin jam atendis bongusta tagmanĝo kaj la friskaj elegantaj hotelĉambroj por ripozo. Ljubena alrigardis la gejunulojn, kiuj brue eniris la hotelon, kaj subite ŝi rimarkis inter ili sian kolegon de la universitato, Strahil Bienov. Kiam Ljubena vidis lin, ĉirkaŭita de gejunuloj, ŝia koro ektremis. Strahil estis inteligenta, saĝa studento. En la universitato preskaŭ ĉiuj konis lin kaj multaj studentinoj, kiel Ljubena, estis kaŝe enamiĝintaj en li.

La junulinoj, kiuj venis, estis ne nur belaj kaj allogaj, sed tiel elegante vestitaj, kvazaŭ ili preparis sin por Viena balo.

Ljubena ne deziris montri sin al Strahil kaj ŝi rapide kaŝis sin.

---

14) verm-o   벌레, 연충 《지렁이 · 거머리 등》. 구더기 ; 장충(腸蟲) (병)

때로 습기가 있을 때 류베나는 벌레를 모아 플룸에게 주었다. 아버지는 꿩이 벌레, 곤충, 곡식 낟알을 좋아한다고 알려 주셨다.

오늘 아침 류베나는 일찍 황금 계곡에 왔다. 아버지는 꿩사냥 하러 오는 중요한 손님을 기다려야 해서 류베나에게 도움을 청했다. 류베나와 아버지는 우리를 깨끗이 청소하고 사냥에 쓸 새들을 준비했다.

중요한 손님들은 오전에 도착했다. 검은 자가용 여러 대가 배처럼 미끄러지듯 천천히 황금 계곡으로 들어왔다. 하얀 호텔 앞에 멈춘 뒤, 차에서 남녀 젊은이 무리가 내렸다. 맛있는 점심을 먹고 휴식을 취할 수 있는 쾌적하고 멋진 호텔 방이 예약돼 있었다.

류베나는 왁자지껄 호텔로 들어서는 남녀 젊은이들을 바라보다 그들 가운데서 대학 동기 **스트라힐 비에노브**를 발견했다.

남녀 젊은이들에 의해 둘러싸인 스트라힐을 보자 류베나의 심장이 떨렸다.

스트라힐은 똑똑하고 지혜로운 대학생이었다.

대학교에서 거의 모두 스트라힐을 알고 류베나처럼 많은 여대생이 남몰래 그를 좋아했다.

그와 함께 온 아가씨들은 예쁘고 매력이 넘칠 뿐만 아니라 '비엔나 홀'을 위해 준비하듯 잘 차려입었다.

류베나는 자신을 스트라힐에게 보이고 싶지 않아 재빨리 숨었다.

Strahil certe ne sciis, ke Ljubena loĝas en la proksima al Ora Valo urbo kaj li eĉ ne atendis renkonti ŝin ĉi tie, ja tre malmultaj homoj sciis pri la hotelo kaj fazanbredejo en Ora Valo.

La gejunuloj bone amuziĝis en la restoracio. Aŭdiĝis iliaj gajaj krioj, tostoj, tondris senzorgaj ridoj. Kiam la suno komencis subiri kaj ĝiaj molaj rebriloj kolorigis karmezine la firmamenton, la gejunuloj eliris el la restoracio kaj ekiris al la kaĝoj de la fazanoj. En la unua momento Ljubena ne komprenis kio okazas kaj kion serĉas la gejunuloj antaŭ la kaĝoj, sed ŝi aŭdis ebrian voĉon diri:

- Venu ĉiuj ĉi tien, komenciĝas la nokta ĉasado.

De ie aperis la patro de Ljubena, kiu provis haltigi la gejunulojn.

- Geknaboj, ne eblas tiel, ni devas prepari la birdojn por ĉasado.

- For, oldulo, ne diru al mi stultaĵojn - puŝis lin iu el la junuloj. - Rigardu min kiel oni ĉasas fazanojn.

La ebria junulo eligis pistolon kaj komencis pafi al la kaĝoj.

- Knaboj, ne eblas ĉasi fermitajn birdojn! - provis denove haltigi ilin la patro de Ljubena.

- Baro, via pafcelilo ne estas preciza - ekridis Strahil. Ŝanceliĝante li proksimiĝis al la korpolenta nigrohara pafisto kaj eltiris el lia mano la pistolon.

스트라힐은 류베나가 황금 계곡 도시에 사는 걸 전혀 몰랐다. 극히 소수의 사람에게 알려진 이곳 황금 계곡 안에 자리한 호텔과 꿩 사육장에서 류베나를 만날 줄은 전혀 몰랐을 것이다.

남녀 젊은이들은 식당에서 잘 놀았다.

그들의 즐거운 외침과 건배 소리가 들리고, 호탕한 웃음은 천둥 치듯 했다.

해 질 무렵, 부드러운 석양이 하늘을 진홍색으로 색칠하자 남녀 젊은이들은 식당에서 나와 꿩 우리로 갔다.

류베나는 곧이어 무슨 일이 일어날지, 남녀 젊은이들이 꿩 우리 앞에서 무얼 찾는지 알지 못했다.

잠시 후, 이렇게 말하는 술 취한 목소리가 들려왔다.

"모두 이리 와. 저녁 사냥을 할 거야!"

어딘가에서 류베나의 아버지가 나타나 남녀 젊은이들의 계획을 막았다.

"젊은이들, 그것은 안 돼요. 사냥하려면 새를 준비해야 해요."

"저리 가세요, 어르신. 바보 같은 소리 하지 마시고요." 누군가가 류베나의 아버지를 밀쳤다.

"어떻게 꿩을 사냥하는지 나를 잘 쳐다봐." 술 취한 젊은이는 총을 꺼내 꿩 우리를 향해 쏘아댔다. "젊은이들, 갇힌 새를 사냥할 수는 없어요." 류베나의 아버지가 그들을 다시 멈추게 하려고 했다. "**바로야**, 너의 총 가늠쇠는 정확하지 않아." 스트라힐이 작은 소리로 웃었다. 스트라힐은 비틀거리며 건장한 검은 머리 사냥꾼에게 다가가 손에서 총을 **빼**앗았다.

Stupore[15] Ljubena rimarkis, ke Strahil direktas la pistolon al la kaĝo, en kiu estis Ora Plum. Aŭdiĝis du subitaj pafoj. Plum, ne supozante kio atendas ĝin, turnis sin, saltis supren, falis kaj komencis piedfrapi.

Ljubena ektremis. Nebulo, peza kaj glacia, falis antaŭ ŝiaj okuloj. Strahil turnis sin.

— Mi trafis, mi trafis – kriis li venke kaj en lia blua rigardo brulis kruela frenezeco.[16]

---

15) stupor-o   혼미(昏迷), 인사불성(人事不省), 황홀(恍惚), 혼수(昏睡) 마
비; 무감각; 망연(茫然), 아연
16) frenez-a   [G7]   미친, 광란(狂亂)의   frenezi<自> = esti
freneza 미치다

류베나는 스트라힐이 황금 플룸이 있는 꿩 우리로 총을 겨누는 모습을 넋을 놓고 바라보았다. '탕' '탕' 갑작스러운 총소리가 두 발 연속 났다. 무엇이 기다리는지 전혀 짐작조차 못 한 플룸은 몸을 돌리고 위로 풀쩍 뛰더니 아래로 떨어졌고 발을 떨었다. 류베나도 떨었다. 무거운 회색 안개가 눈앞에서 피어났다.

스트라힐은 몸을 돌렸다.

"내가 맞혔어. 내가 맞혔어."

승리한 듯 소리치는 그의 얼굴 파란 눈빛엔 잔인한 광기(狂氣)가 불타고 있었다.

La kuraĝa Hasan

La instruisto Donkov silentis kaj rigardis al la strato. Sur la trotuaro[17] paŝis knabo, dek aŭ dekdujara, ciganido, vestita en nigra mantelo, longa preskaŭ ĝis la tero. Li surhavis ĉapelon, tre similan al rondĉapelo, sed ne estis tia, ĉar ĝia periferio pendis kiel larĝa tegmentviziero.

Jam ne neĝis, sed ne eblis facile paŝi, ĉar la stratoj de vilaĝo Kumarica estis glaciaj kaj glitaj. La ciganido tamen iris rapide. Kiam li rimarkis la instruiston, li haltis levis brakon saluti Donkov kaj liaj blankaj dentoj ekbrilis kiel fazeolaj grajnoj.

— Tiu ĉi estas Borko — diris Donkov. — Mi instruis lin ĝis la tria klaso, sed plu li ne frekventas la lernejon. Ŝaĝa knabo, tamen vi scias, ke oni malfacile instigas la ciganojn lerni.

Borko malaperis en la blueca posttagmeza krepusko. Kun la longa nigra mantelo kaj la larĝa ĉapelo li similis al pastro.

— En Kumarica loĝas du aŭ tri ciganaj familioj, — daŭrigis Donkov — sed ni estimas ilin.

Mi ne bone komprenis lin. Donkov malrapide bruligis cigaredon. Malantaŭ liaj dikaj okulvitroj, liaj okuloj penetre min rigardis.

---

17) trotuar-o (길 옆의) 인(행)도(人(行)道), 보도(步道).

용감한 집시 하산

교사 **돈코브**는 조용히 거리를 바라보았다. 인도(人道)에는 열 살이나 열두 살 정도로 돼 보이는 집시 남자아이가 거의 땅에 닿을 만큼 길고 검은 외투를 입고 걸어가고 있다.

천주교 신부들이 쓰는 둥근 테 모자와 꼭 닮은 모자를 썼는데 자기 것은 아닌 것 같다. 지붕에 걸쳐있는 커다란 차양같이 테두리가 모자에 걸려 있다.

눈은 이미 그쳤지만, 쉽게 걸을 수는 없다. 쿠마리짜 마을길이 얼어서 미끄러웠다. 하지만 집시 아이는 재빠르게 눈길을 지나갔다. 돈코브 선생님을 알아보고 인사하려고 손을 들면서 잠시 멈췄다.

하얀 이빨이 강낭콩 낟알처럼 빛났다.

"**보르코**구나!" 돈코브가 말했다. "내가 3학년까지 가르쳤지. 하지만 그 이상은 학교에 오지 않았어. 똑똑한 아이였지. 하지만 집시에게 학업을 계속하도록 하는 것은 어렵다는 점은 알고 있겠지."

보르코는 파란빛이 도는 오후의 여명 속으로 사라졌다. 길고 검은 외투와 천주교 신부가 쓰는 커다란 모자와 함께. "쿠마리짜 마을에는 집시 두세 가족이 살지." 돈코브는 계속 말했다.

"그러나 우리는 그들을 존경해."

나는 돈코브를 잘 이해하지 못했다.

돈코브는 천천히 담뱃불을 붙였다. 두꺼운 안경 뒤에서 돈코브의 눈이 나를 뚫어지게 쳐다보았다.

- Tio ĉi estas tre malnova historio - komencis li. - Oni rakontas ĝin de patro al filo kaj ĝis hodiaŭ ĉiuj konas ĝin.

Mi antaŭsentis, ke li rakontos ion interesan. Donkov similis al biblia saĝulo. Ĉirkaŭ kvindekjara li havis densan grizan barbon, longan hararon kaj altan korpulentan[18] korpon.

- Dum la turka jugo, la pastro de Kumarica, avo Stoil, estis saĝa kaj ege bona viro. Li unua sendis sian filon lerni en la urbon. Kiam la filo revenis, avo Stoil mem konstruis lernejon kaj la filo iĝis la unua instruisto en la vilaĝo. Eĉ nun la nomo de nia lernejo estas "Avo Stoil". Je kvin kilometroj de Kumarica estas vilaĝo Pogledec, kie vastiĝis granda turka bieno. En tiu ĉi vilaĝo oni fondis revolucian komitaton, kies anoj estis avo Stoil kaj lia filo, tamen iu denuncis ilin kaj iun vesperon en Kumarican venis ĉirkaŭ kvindek turkaj soldatoj. Ili arestis avon Stoil kaj lian filon. La verdikto estis klara - morto. La turkaj soldatoj preparis la pendigilojn en la domo de avo Stoil. Tamen antaŭ pendigi ilin, la turkoj decidis aranĝi grandan festenon. La paŝao sciis, ke en la vilaĝo loĝas la cigano Hasan kaj ordonis venigi lin. Hasan estis talenta muzikanto. Li ludis hobojon kaj kiam li komencis ludi la sango de ĉiuj bolis kiel forta ruĝa vino.

18) korpulent-a 뚱뚱한, 비대(肥大)한, 몸통이 큰

"이것은 아주 오래된 역사지."

돈코브가 말을 시작했다. "이 이야기를 아버지가 자녀에게 전해줘서 오늘까지 모두 알고 있어."

나는 뭔가 재밌는 이야기일 거라고 미리 짐작했다.

돈코브는 성경의 선지자들을 닮았다. 쉰 살 정도 먹었고 짙은 회색 턱수염에, 긴 머리카락을 가졌고 키가 크고 체격이 건장했다. "터키가 지배하던 때 쿠마리짜 마을에 시무하던 천주교 신부 **스토일** 할아버지는 지혜롭고 매우 좋은 사람이었어. 큰아들을 도시로 공부하라고 보냈어. 아들이 돌아오자 스토일 할아버지는 스스로 학교를 세우고 아들을 마을의 첫 번째 교사가 되게 했어. 지금도 우리 학교 이름은 '아보 스토일'이야. 쿠마리짜에서 5km 떨어진 곳에 **포글레덱 마을**이 있는데 커다란 터키 땅이고 넓었어. 이 마을에서 혁명위원회를 세우고 스토일 할아버지와 아들이 위원이 되었는데 누군가가 그들을 고발했어. 어느 밤 쿠마리짜에 거의 50명쯤 되는 터키 군인이 들어왔어. 스토일 할아버지와 아들을 잡아갔지. 판결은 분명히 사형이었어. 터키 군인들은 스토일 할아버지 집에 교수대를 준비했어. 그러나 교수형에 처하기 전에 터키 사람들은 큰 잔치를 열기로 했어.

총독은 마을에 집시 **하산**이 사는 것을 알고 데려오도록 명령했지. 하산은 재능 있는 음악가였어. 오보에를 연주했는데, 연주를 하면 모든 사람의 피가 강하고 붉은 포도주처럼 끓어.

La edzino de Hasan, Sulie, juna kaj bela, havis okulojn kiel flamojn kaj kiam ŝi alrigardis iun, li kvazaŭ bruliĝis.

La turkaj soldatoj venigis Hasan kaj Sulie en la domon de avo Stoil, kaj la severa paŝao ordonis al ili ĝojigi lin, antaŭ la plenumo de la verdikto.[19]

— Vi ludos kaj Sulie dancos! – diris la paŝao. – Ĉivespere la tuta vilaĝo devas aŭdi la muzikon kaj ekscii, ke ni pendigos la ribelulojn – la popon kaj lian filon. Kaj ĉiu devas bone scii, kio lin atendos, se li ribelos kontraŭ la sultano.

Tremanta kiel folio, Hasan prenis la hobojon kaj komencis ludi. Sulie ekdancis antaŭ la paŝao kaj soldatoj. La turkoj sidis ĉe tablo, sur kiu estis rostita kokino, kuko, dolĉaĵoj, vino. La okuloj de la turkaj soldatoj lumis kiel la okuloj de sangavidaj lupoj. Antaŭ la turkoj staris avo Stoil kaj lia filo. Sur iliaj koloj jam estis la maŝoj de du fortaj ŝnuroj, kiujn oni ligis al du dikaj traboj sur la plafono.

— Pli forte ludu! – ordonis la paŝao al Hasan.

La cigano ludis kaj la ciganino dancis inter la soldatoj kaj la du kondamnitoj. La muziko ekis en la tuta domo kaj aŭdeblis ekstere, kie en mallumaj najbaraj domoj aŭskultis ĝin tremantaj kaj ŝtonigitaj homoj, ĉar ĉiuj en la vilaĝo jam sciis kio okazos ĉivespere.

---

19) verdikt-o   <法> 판결(判決), 판결문(文) ; 평판(評判), 판단(判斷)

하산의 부인 **술리에**는 젊고 예쁘고 불꽃 같은 눈을 가졌는데, 누군가를 쳐다보면 그 사람은 마치 불에 덴 듯했어. 터키 군인들이 하산과 술리에를 스토일 할아버지 집으로 데려오자 엄격한 총독이 평결을 내리기 전에 자기를 기쁘게 해달라고 명령했어.

'너는 연주하고 부인은 춤을 춰라.' 총독이 말했지. '오늘 밤 모든 마을에서는 음악을 듣고 우리가 반동분자 -주교와 아들-를 교수형 하는 것을 알아야 해. 술탄에 대항하면 무엇이 기다릴지 모두 알아야 해.'

하산은 꽃잎처럼 파르르 떨면서 오보에를 들고 연주를 했어. 술리에는 총독과 군인들 앞에서 춤을 추었지.

터키 사람들은 구운 닭고기, 과자, 음료수, 포도주가 놓여 있는 탁자 옆에 앉았어.

터키 군인들의 눈은 피에 굶주린 늑대처럼 반짝였지. 터키 사람들 앞에 할아버지와 아들이 서 있었어.

그들 목에는 천장 위 두꺼운 대들보에 묶어 놓은 강한 끈으로 만든 올가미가 하나씩 둘려 있었지.

'더 크게 연주해라.' 총독이 하산에게 명령했어.

군인과 두 명의 사형수 사이에서 집시는 연주하고 여자 집시는 춤을 추었지.

음악이 온 집에 가득 차고 밖에서도 들려 이웃의 어두운 집에서는 떨면서 돌처럼 굳어진 사람들이 음악을 들었지. 마을에서는 모두 오늘 밤에 무슨 일이 일어날지 알았기 때문이야.

Sulie dancis magie. Ŝia belega korpo fleksiĝis kiel kano, lulita de la vento, ŝiaj brakoj flugis kiel flugiloj de mevoj kaj ŝiaj flamantaj nigraj okuloj sorĉis la paŝaon. Li rigardis kontenta kaj de tempo al tempo li nur prononcis:

— Bonege, bonege.

La paŝao turnis sin al avo Stoil kaj diris al li:

— Aŭskultu, popo, ĉar en la transa mondo vi ne aŭdos, nek vidos – kaj la paŝao forte tondre ridis.

Hasan ne sciis kiom da tempo li ludis. La ŝvito kiel rivero fluis kaj lia ĉemizo gluiĝis sur lia dorso. Sulie tamen ne laciĝis, ŝi dancis kaj dancis. Ŝia tenera korpo kvazaŭ naĝis en la aero, ŝiaj piedoj ne tuŝis la teron. Ŝi similis al feino, kies malhelaj longaj haroj kiel nigra nokto vualis la rigardojn de la ebriaj soldatoj.

Ekstere komencis mateniĝi, aŭdiĝis la unuaj kokaj krioj kaj tra la malgrandaj fenestroj enŝteliĝis la palaj lumradioj kiel etaj rebriloj de kandeloj.

La paŝao levis manon kaj Hsan ĉesis ludi.

— Bonege – diris la turko. – Mi estas kontenta, ci gajigis mian animon. Diru nun, kion ci deziras. Mi donos ĉion, kion ci deziras.

Hasan ekstaris antaŭ la paŝao kiel grilo antaŭ lupo, tiel eta, maldika kaj nigra kiel karboŝtono li estis.

— Paŝao – diris Hasan – mi deziras la ŝnurojn.

술리에는 마술하듯 춤을 추었어. 아름다운 몸은 바람에 흔들리는 갈대처럼 휘어지고 팔은 갈매기 날개처럼 날았지. 불타는 검은 눈은 총독을 매혹했어. 만족해서 바라보며 때때로 한마디 했지.

'대단해! 훌륭해!' 총독은 스토일 할아버지에게 몸을 돌리고 말했어.

'잘 들으시오. 주교, 저세상에서는 들을 수도, 볼 수도 없으니까.'

그리고 총독은 천둥 치듯 세게 웃었어. 하산은 얼마 동안이나 연주했는지 몰라. 땀이 강물처럼 흐르고 셔츠는 등에 달라붙었지.

술리에도 지치지 않고 계속 춤을 췄어. 부드러운 몸은 마치 공중에서 헤엄치듯 했고 발은 땅을 밟지 않은 듯 했지. 검은 밤처럼 길고 까만 머리카락으로 술 취한 군인들의 시선을 가린 여자 요정을 닮았어. 밖에는 동이 터오기 시작해서 수탉의 첫 울음소리가 들리고 작은 창으로는 작은 촛불처럼 희미한 달빛이 스며들었지.

총독은 손을 들어 하산의 연주를 그쳤어.

'잘했어.' 터키 사람이 말했지.

'아주 만족해. 내 영혼을 사로잡았어. 무엇을 원하는지 말해라. 무엇을 원하든 들어 줄게.'

하산은 총독 앞에 섰는데, 늑대 앞의 귀뚜라미같이 작고 마르고 석탄처럼 검었어.

'총독님,' 하산이 말했지.

'저는 끈을 원합니다.'

— Kion? – ekkriis la paŝao.

— Mi deziras la ŝnurojn per kiuj vi pendigos la popon kaj lian filon.

Kaj Hasan montris la ŝnurojn, kiuj pendis de la plafono kaj kiuj estis ligitaj ĉirkaŭ la koloj de du mortkondamnitoj.

— Ci estas freneza. Se mi donos ilin al vi, per kio mi pendigos tiujn ĉi sentaŭgulojn.

— Mi deziras la ŝnurojn – insistis la cigano.

La paŝao rigardis, rigardis kaj turnis sin al Sulie.

— Kaj ci, kion ci deziras? – demandis li.

- Ankaŭ mi deziras la ŝnurojn – respondis Sulie kaj ŝi alrigardis la paŝaon per rigardo, kiu povis tuj degeli[20] lin.

Silentis la paŝao, rigardis kolere aŭ Hasan, aŭ Sulie kaj fin-fine li diris:

— Dirita vorto, ĵetita ŝtono. Donu la ŝnurojn al ili.

La soldatoj malligis avon Stoil kaj lian filon kaj ĵetis la ŝnurojn al Hasan kaj al Sulie, kaj forpelis ilin. Tiel Hasan kaj Sulie savis avon Stoil kaj lian filon.

La instruisto Donkov eksilentis.

— De tiam en Kumarica oni estimas la ciganojn. La ciganoj, kiuj nun loĝas ĉi tie, estas bonaj kaj laboremaj. Ĉu tiel okazis aŭ ne, mi ne scias, sed en la fabeloj ĉiam estas iom da vero.

---

20) degel-i [자] (눈,어름,서리 따위가)녹다. 해빙하다.

'무엇이라고?' 총독이 소리쳤어.

'주교와 아들을 교수형 할 끈을 원합니다.'

하산은, 천장에 묶여 두 사형수의 목둘레에 연결된 끈을 가리켰지.

'미쳤구나. 내가 그것들을 너에게 주면 무엇으로 부적절한 놈들을 교수형 하겠냐?'

'저는 끈을 원합니다.' 집시가 고집을 부렸어.

총독은 보고 또 보다가 술리에한테 몸을 돌렸지.

'그럼 너는 무엇을 원하느냐?' 총독이 물었어.

'저도 끈을 원합니다.' 술리에가 대답했지.

그리고 총독을 바로 녹여버릴 듯한 강렬한 시선으로 바라보았어. 총독은 낮은 목소리로 화를 내며 하산이나 술리에를 향해 마침내 말했지.

'한번 뱉은 말은 던져진 돌이다. 그들에게 끈을 주거라.' 군인들은 스토일 할아버지와 아들을 풀고 끈을 하산과 술리에에게 던져주고 쫓아냈어.

그렇게 해서 하산과 술리에는 스토일 할아버지와 아들을 구했지."

돈코브는 조용해지더니 다시 말을 이었다.

"그때부터 쿠마리짜에서는 집시들을 존경하게 됐어. 지금 여기 사는 집시들은 좋은 사람들이고 부지런해. 그런 일이 실제로 있었는지 아닌지 나는 모르지만, 동화에는 항상 얼마간의 진실이 담겨있지."

Ekstere vesperiĝis. Ni ambaŭ ekiris tra la senhomaj stratoj. La februara vento siblis[21] kaj ŝajnis al mi, ke de ie tre malproksime alflugas la melodio de Hasan. Li ludas, ludas, ne haltas, kaj li ne povas esprimi ĉion, kio amasiĝis en lia povra[22] cigana animo.

---

21) sibl-i   <自> 쉬[시잇]소리내다(뱀.수증기 등), 윙.팡 소리내다(총알.활 등), 시잇하고 바람이 나뭇잎을 거치는 소리내다; 재재거리다(새들이); 치 찰음(齒擦音)내다 (ĵ.z 등).
22) povr-a   = malriĉa, kompatinda.

밖에는 어둠이 내렸다. 우리는 인적 없는 거리를 걸어
갔다. 2월 찬바람이 '쉬' 하고 불고 내게는 어딘가 아
주 먼 곳에서 하산의 오보에 선율이 들리는 듯했다. 하
산의 연주는 멈추지 않았다. 가난한 집시의 영혼 속에
꽉 찬 그 모든 것을 표현할 수는 없다.

Kristnaska kafo

Maria estis edukistino en la domo por infanoj sen gepatroj. Estis io, kion ŝi ne komprenis. En la domo de la infanoj sen gepatroj de jaro al jaro la infanoj iĝis pli multaj kaj pli multaj. Ĉu la gepatroj ne amis siajn infanojn kaj lasis ilin en tiuj ĉi domoj, por ke la ŝtato zorgu pri ili, aŭ la gepatroj ne havis monon por zorgi pri siaj infanoj.

Antaŭ la Kristnaskaj festo Maria forte sentis la tristecon en la domo. Kiam la familioj kolektiĝas en siaj varmaj loĝejoj, ĉirkaŭ la kristnaska arbo, ĉe la tabloj kun multe da manĝaĵo, kiam oni donacas unu al alia belegajn multekostajn donacojn, en la domo de la infanoj sen gepatroj estis malĝoje. Ĉi tie la infanoj ne ricevis kristnaskajn donacojn kaj nur foje-foje iu anonima donacanto sendis al la domo donacojn.

Unu el tiuj anonimaj donacantoj estis juna viro, kiu ĉiam la 23-an de decembro venis en la domon kaj alportis al la infanoj fruktojn kaj diversajn ludilojn. Neniam li diris sian nomon, nek de kie li venas. Estis enigmo. Ordinare li haltigis sian aŭton antaŭ la domo kaj elprenis el ĝi la donacojn. Estis juna viro, ĉirkaŭ tridekjara, svelta, alta kun iom griziĝanta hararo kaj okuloj, kiuj similis al brilaj prunoj. Liaj vestoj estis elegantaj kaj modaj.

성탄절 커피

마리아는 부모 없는 어린이를 돌보는 보육원에서 교육을 맡고 있다.

알 수 없는 일은 부모 없는 어린이집에 해마다 아이가 더 많아진다는 것이다.

부모가 자녀를 사랑하지 않아서 나라가 돌봐 주라고 이 집에 버리는가, 아니면 부모에게 자녀를 부양할 돈이 없는가?

성탄절 전, 마리아는 몹시 슬펐다.

가족이 따뜻한 집안에서 모이고, 성탄 트리 둘레 탁자에는 먹을 것이 많고, 아주 예쁘고 비싼 선물을 서로 나눌 그때, 부모 없는 어린이를 위한 보육원은 슬픔만이 감돈다.

이곳 어린이들은 성탄절 선물을 받지 않는다. 다만 몇 차례 어느 이름 모를 기부자가 보육원에 선물을 가져다 준다.

그 이름 모를 기부자 중 한 명은 젊은 남자인데, 항상 12월 23일이면 보육원에 와서 어린이에게 과일과 장난감을 준다.

한 번도 자신의 이름이나 사는 곳을 밝히지 않아 수수께끼로 남아 있다.

보통 차를 보육원 앞에 세워 두고 선물을 내린다.

서른 살가량인 젊은 남자는 말랐고 키가 크며, 회색빛 머리카락에 서양자두를 닮은 빛나는 눈을 가졌다.

옷은 유행하는 세련된 것이었다.

Kiu li estas? Kion li laboras, de kie li venas – demandis sin Maria, sed neniam kuraĝis alparoli lin. Ŝi sciis, ke la direktorino de la domo kelkfoje provis demandi lin pri la nomo, sed la juna viro neniam respondis al ŝiaj demandoj.

Denove hodiaŭ Maria senpacience[23] atendis la misteran junan donacanton. Li ege plaĉis al ŝi kaj ŝi atendis lin maltrankvila kaj sentis ĝenon, ke ne kuraĝas alparoli lin kaj konatiĝi kun li. Ŝajnis al Maria, ke la montriloj de la horloĝo ne moviĝas kaj neniam ili proksimiĝos al la kvina horo. Ŝi staris ĉe la fenestro, rigardanta al la strato. Ĉirkaŭ ŝi la infanoj ludis, kriis, sed Maria ne aŭdis kaj ne vidis ilin, ŝi meditis nur pri la juna viro kaj atendis lin kun tremanta koro. Maria deziris nur vidi lin en la momento, kiam li trapasas la korton de la domo kun la sakoj plenaj da donacoj.

Subite la montriloj de la horloĝo montris kvinan horon posttagmeze kaj en tiu ĉi momento Maria aŭdis bruon de aŭto. Kaj vere la nigra aŭto aperis. Ĝi malrapide pasis tra la korto kaj haltis antaŭ la granda pordo de la domo. Li eliris el ĝi, prenis la sakojn da donacoj kaj ekiris al la pordo. Maria ekkuris renkonti kaj saluti lin.

– Bonan tagon, bonvolu – diris ŝi.

La viro eniris kaj lasis la sakojn.

---

23) senpacience 참을성 없이. 성급히. 조급히

누구일까? 어디서 살며 무슨 일을 할까? 마리아는 퍽 궁금했다.

하지만 그에게 말을 걸 용기는 없었다.

보육원 사무국장이 몇 번 이름을 물어보았지만, 젊은 남자는 대답하지 않은 것을 마리아는 알고 있다.

올해 다시 마리아는 참을성 없이 신비로운 젊은 기부자를 기다리고 있다.

기부자가 마리아의 마음에 퍽 들었기에 안절부절못하며 기다렸다. 말을 걸어 서로 알고 지낼 용기가 없어 걱정스러웠다.

시곗바늘이 얼마나 천천히 움직이는지 절대로 5시가 되지 않을 것 같았다.

거리가 바라다보이는 창가에 서 있는 자신의 주위에서 어린이들이 소리치며 놀았지만, 마리아는 귀담아듣거나 돌아보지 않고 젊은 남자만을 생각하며 떨리는 마음으로 기다렸다.

선물이 가득한 가방을 들고 집 마당을 지나치는 순간의 그 사람을 보고 싶었다.

시곗바늘이 어느새 오후 5시를 가리켰고, 바로 그 순간 마리아는 차 소리를 들었다.

드디어 검은 차가 모습을 드러내더니 천천히 마당을 지나 보육원 큰 대문 앞에 멈추었다.

그 사람은 차에서 내리더니 선물 가방을 들고 문 쪽으로 왔다. 마리아는 인사를 하려고 뛰어갔다.

"안녕하세요. 어서 오세요."

남자는 들어와서 가방을 놓았다.

Maria iom peze spiris pro emocio kaj ĝene proponis:

— Se vi ne rapidas, mi ŝatus regali vin per kafo. Mi kuiras bonegan kafon, kiu certe varmigos vin en tiu ĉi malvarma vintra tago.

La viro alrigardis ŝin surprizite. Ĝis nun neniu en la domo proponis al li trinki kafon.

— Vi verŝajne estas instruistino ĉi tie? – demandis li.

— Ne. Mi estas edukistino – respondis Maria.

— Kaj vi kutimas kuiri kafon?

— Jes. Mi ege ŝatas trinki kafon.

— Bonege. Dankon – akceptis li.

Tiuj ĉi liaj vortoj lumigis la vizaĝon de Maria kaj ŝi invitis lin en la gastĉambron.

— Bonvolu – diris Maria – vi povus demeti vian mantelon. Ĉi tie estas varme.

Li demetis la mantelon kaj sidiĝis ĉe la kafotablo. Maria alportis porcelanajn[24)] glasetojn kaj verŝis en ilin la varman kafon.

— La agrabla kafaromo revenigas min en mian infanecon – diris Maria. – Kiam mi estis infano, mia patrino kaj avino ofte trinkis kafon. Tiam oni boligis ĝin sur la forno en la kuirejo kaj la tuta ĉambro odoris je bongusta varma kafo. Vintre tie estis ege agrable, varme, silente kaj odorante je kafo.

---

24) porcelan-o [G9]   <鑛> 백도토(백도토(白陶土) ;<動> 포르셀라나. porcelanaĵo 자기, 사기 그릇, 도자기

마리아는 감정이 고조된 탓에 조금 힘겹게 숨을 쉬며 난처한 듯 권유했다.

"급하지 않다면 커피를 대접하고 싶습니다. 이 추운 겨울날 선생님을 따뜻하게 해줄 맛있는 커피를 대접하고 싶습니다."

남자는 놀라서 마리아를 보았다.

지금까지 보육원 사람 아무도 커피를 마시자고 권유하지 않았다.

"이곳 선생님입니까?" 남자가 물었다.

"아닙니다. 저는 교육자입니다." 마리아가 대답했다.

"그럼 커피를 자주 타십니까?"

"예, 커피를 정말 좋아해요."

"좋습니다. 감사합니다." 남자가 흔쾌히 받아들였다.

이 일로 마리아는 얼굴이 밝아졌고 응접실로 남자를 안내했다. "이쪽으로 오세요." 마리아가 말했다.

"외투를 벗어도 됩니다. 이쪽이 따뜻해요."

남자는 외투를 벗고 커피용 탁자에 앉았다.

마리아는 작은 도자기 잔을 가져와 거기에 뜨거운 커피를 부었다.

"따뜻한 커피 향기가 어린 시절을 생각나게 해요." 마리아가 말했다.

"제가 어렸을 때 엄마와 할머니는 자주 커피를 마셨죠. 그때 사람들은 커피를 부엌 난로 위에서 끓였는데 방안엔 따뜻하고 맛있는 커피 향기가 가득했죠. 겨울에 그곳은 정말 유쾌하고 따뜻하고 조용하고 커피 향이 물씬 풍겼죠."

— Mirinde — diris li. — Miaj infanaj rememoroj estas similaj, sed la kafo memorigas al mi ion alian, kion mi neniam forgesos.

Maria alrigardis lin. Iomete ŝi ordigis sian tritikkoloran hararon kaj scivolaj briloj eklumis en ŝiaj helbluaj okuloj.

— Kiam mi estis infano, mi loĝis en fora kvartalo de la urbo — komencis rakonti la juna viro. — Tiam la kortoj dronis en verdeco, estis multaj arboj kaj floroj. La somerajn tagojn ni pasigis en la kortoj sub la ombroj de la fruktaj arboj. Ni, la familianoj, sidis ĉirkaŭ la ligna tablo en la korto, trinkis kafon kaj babilis. En iu aŭgusta tago, kiam panjo, mia avino, nia najbarino onklino Vjara kaj mi sidis ĉe la tablo, en la korton eniris stranga nekonata viro. Li estis ĉirkaŭ kvindekjara, vestita en verda pluvmantelo, malgraŭ ke ege varmis, surhavis pajlan ĉapelon kaj li aspektis tre ridinde. Lia nigra barbo estis longa kaj densa kaj liaj verdaj okuloj similis al du vitraj globetoj. Panjo, avino kaj onklino Vjara alrigardis lin mire. La strangulo proksimiĝis al ni kja tre mallaŭte diris:

— Estimataj sinjorinoj, pardonu min pro la ĝeno, ĉu vi bonvolus doni al mi, la vaganto, glason da malvarma akvo. Ja, estas varmege kaj mi terure soifas.

Impresis min lia parolmaniero kaj la neordinara vortesprimo.

"놀랍네요." 남자가 말했다.

"제 어린 시절의 기억과 닮았어요. 또 커피는 제게 결코 잊을 수 없는 뭔가 다른 일을 기억하게 해요."

자신의 밀색 머리카락을 살짝 다듬으며 남자를 바라보는 마리아의 호기심 어린 밝은 파란 눈에서 빛이 났다.

"저는 어렸을 때 도시에서 멀리 떨어진 시골에서 살았어요."

젊은 남자가 이야기를 꺼냈다.

"그때 마당은 온통 푸르렀고, 꽃과 나무가 우거졌어요. 여름날을 마당의 과일나무 그늘에서 보냈어요. 우리 가족은 마당에 있는 나무 탁자에 앉아 커피를 마시고 대화했지요.

어느 8월에 엄마, 할머니, 이웃집 **뱌라** 아주머니 그리고 제가 탁자에 앉아 있을 때, 마당으로 낯선 남자가 불쑥 들어왔어요.

쉰 살 정도였는데 몹시 더운 날씨에 푸른 비옷에다 밀짚모자까지 눌러 써서 무척 웃기게 보였어요. 검은 수염은 길고 진하고, 푸른 두 눈은 작은 유리 전구를 닮았지요.

엄마, 할머니, 뱌라 아주머니는 놀라서 쳐다보았죠.

낯선 남자는 우리에게 다가와 아주 조용히 말했죠.

'존경하는 여러분, 귀찮게 해서 죄송합니다. 나그네인 제게 시원한 물 한 잔 주시겠어요? 정말로 너무 더워서 무척 목이 말라요.'

말하는 태도와 평범하지 않은 단어표현이 인상적이었어요.

Panjo kiel sorĉita tuj stariĝis, eniris hejmen kaj post kelkaj minutoj alportis al li kristalan glason da malvarma akvo. La viro prenis la glason kaj komencis trinki. Tiam mi rimarkis, ke liaj fingroj estas neordinare longaj kaj delikataj kiel la fingroj de violonludistoj.

Li fortrinkis la akvon, metis la glason sur la tablon, dankis kaj diris "ĝis revido, estu sanaj kaj feliĉaj".

Tamen panjo demandis lin:

— Ĉu vi ne bonvolus trinki kun ni kafon? Posttagmeze ni kutimas trinki kafon.

— Dankon – respondis la viro. - Vi estas ege kara. La kafo certe freŝigos min.

Li sidiĝis ĉe la tablo kaj panjo verŝis al li kafon. La viro komencis trinki ĝin plezure. Li alrigardis min kaj malrapide ekparolis:

— Tiu ĉi knabo havos grandan talenton kaj post jaroj estos tre fama.

Ĉiuj ĉirkaŭ la tablo ekridetis.

— Jes – ripetis la viro – li estos tre fama.

Kaj mi, kiel ĉiuj frivolaj infanoj, subite demandis lin:

— Kaj ĉu mi havos multe da mono?

— Jes – respondis la viro. - Vi havos multe da mono kaj vi multe helpos la homojn. Tamen mi deziras peti vin ion. Ĉi tie, en la urbo estas domo por infanoj sen gepatroj.

마술에 걸린 사람처럼 엄마는 벌떡 일어나서 집 안으로 들어가 몇 분 뒤 시원한 물이 든 수정 컵을 가지고 왔어요. 남자는 컵을 받아서 마시기 시작했어요. 그때 나는 그 남자의 손가락이 바이올리니스트처럼 길고 섬세한 것을 알아차렸어요.

물을 다 마신 뒤 컵을 탁자 위에 놓은 그는 감사하며 '안녕히 계세요. 건강하고 행복하세요.' 하고 말했어요.

그때 엄마가 물었어요.

'우리랑 함께 커피를 마시지 않을래요?

우리는 오후에 커피를 즐겨 마시거든요.'

'감사합니다.' 남자가 대답했어요.

'아주 친절하시네요. 커피가 분명 시원할 겁니다.'

남자가 탁자에 앉자 엄마는 커피를 부었어요.

남자는 커피를 기쁘게 마셨어요.

나를 쳐다보면서 천천히 말했죠.

'이 남자아이는 큰 능력을 가겠네요.

몇 년 뒤 아주 유명해질 겁니다.'

탁자 둘레에서 모두 웃었어요.

'예.' 남자는 되풀이했어요.

'아주 유명해질 겁니다.' 그때 나는 어린이답게 까불거리며 물었죠.

'그럼 제가 많은 돈을 버나요?'

'응.' 남자는 대답했어요. '너는 많은 돈을 벌 것이고 사람들을 많이 도울 거야.

그러나 네게 무언가 부탁하고 싶어. 여기 이 도시에 부모 없는 어린이를 돌보는 보육원이 있어.

Kiam mi estis infano, mi loĝis en tiu ĉi domo. Promesu al mi, ke kiam vi iĝos aĝa, riĉa kaj fama, vi helpos la infanojn en tiu ĉi domo.

Mi tuj promesis kaj la nekonata viro adiaŭis nin kaj foriris. Mi forgesis liajn vortojn kaj mian promeson, sed post multaj jaroj mi vidis, ke la strangulo pravis.[25] Mi iĝis riĉa kaj fama kaj tiam mi rememoris mian promeson. Tial mi komencis helpi la infanojn en la domo. Dankon pro la bonega kafo. Mi deziras al vi agrablajn Kristnaskajn festojn - diris li al Maria.

- Dankon, mi same al vi - dankis Maria.
- Mia nomo estas Emanuil. Estu sana kaj feliĉa.

La viro surmetis sian mantelon kaj ekiris al la pordo.

---

25) prav-a 옳은, 정당한, 정의(正義)의, prave 정당하게, 확실히, prave dirite! 옳소 pravo 정당, 이유(理由) <自> 옳다, 정당하다, 이치에 맞다, 도리가 있다, 당연하다

내가 어렸을 때 그곳에서 살았어. 네가 나이 들어 부자가 되고 유명해지면 이 보육원 어린이를 돕겠다고 약속해.'

나는 곧 약속했고 모르는 남자는 우리와 헤어져 떠났어요. 나는 그분의 말과 내가 한 약속을 잊었어요. 그러나 여러 해 뒤 그 이상한 분이 했던 말이 맞았다는 것을 생각해 냈죠. 나는 부자가 되고 유명해졌어요. 그때 내가 한 약속도 기억했어요. 그래서 이 집 어린이를 돕기 시작했어요. 아주 맛있는 커피 감사해요. 즐거운 성탄절이 되길 바랍니다." 남자는 마리아에게 말했다.

"감사합니다. 선생님께도 똑같이." 마리아가 감사했다.

"제 이름은 **에마누일**입니다. 건강하고 행복하세요." 남자는 외투를 입고 문을 나섰다.

La bebo

Aleksi staris ĉe la pordo. Li ekis foriri, sed haltis kaj alrigardis Dan, la patron. Dan konjektis kion Aleksi deziras diri al li, tamen Aleksi ne kuraĝis komenci aŭ verŝajne pripensis kiel komenci la konversacion. Dan sidis ĉe la tablo en la kuirejo kaj atendis. Pasis eble minuto. Aŭdiĝis nur la ritmaj frapoj de la malnova vekhorloĝo, kiu estis sur la bufedo.

Fin-fine Aleksi kuntiris siajn densajn brovojn kaj iel obtuze ekparolis. Li strebis esti trankvila, sed Dan sentis, ke lia animo estas streĉita kiel gitara kordo kaj liaj vortoj falis kiel pezaj akvogutoj.

— Paĉjo – traglutis Aleksi, ŝajne lia lango estis gluita al la palato . – Mi miras, je via aĝo vi tiel agis. Pardonu min, sed vi jam ne estas juna. Jen, en junio vi iĝos kvindek kvin jara kaj ŝi estas nur trdek kvin jara. Dudekjara diferenco. Oni ridas kaj diras: "Dan trovis junan amatinon." Pro la homaj klaĉoj mi hontas iri sur la stratoj. Kaj ŝi estas graveda kaj baldaŭ naskos. Hontinde. Panjo, Dio absolvu ŝin, same hontus en la tombo. Ĉu eblas. Baldaŭ vi havos nepojn kaj mi, kaj mia frato Ivano antendas de vi frateton aŭ fratineton. Nekredeble!

Dan silentis. Aleksi pravis. Ne estis normale, sed tiel okazis.

아기

알렉시는 문 앞에 섰다. 나가려고 했지만 멈춰서서 아버지를 바라보았다. 아버지는 알렉시가 무엇을 말하고 싶은지 짐작했지만, 알렉시는 말을 꺼낼 용기가 없거나 어떻게 말을 시작할까 생각하는 듯했다. 아버지는 부엌 탁자에 앉아 기다렸다. 몇 분이 지났다. 천장에 매달려 있는 오래된 자명 시계의 규칙적인 움직임 소리만 들렸다.

마침내 알렉시는 짙은 눈썹을 찌푸리며 조금 모호하게 말을 꺼냈다. 평안해 보이려고 애썼지만, 아버지는 아들의 마음이 기타 줄처럼 긴장되어 있고, 말이 무거운 물방울처럼 떨어지는 것을 느꼈다.

"아버지." 혀가 입천장에 달라붙은 것처럼 알렉시는 말을 더듬었다. "그 연세에 그렇게 행동하신 것을 보고 놀랐어요. 용서하세요. 이젠 젊지 않으세요. 6월이면 55세가 되시는데, 그 여자분은 이제 35세예요. 20년 차이가 나죠. 사람들이 웃으며 '아빠가 젊은 애인을 찾았구나!' 라고 말해요. 사람들 비방 탓에 길에 나가기가 부끄러워요. 그 여자는 임신 중이라 곧 아이를 낳을 거예요. 안타깝게도 이미 돌아가신 엄마도 무덤에서 부끄러워하실 테고요. 가능한가요? 곧 할아버지가 되실 텐데 나와 동생 **이바노**는 동생을 기다려야 해요. 믿을 수 없는 일이에요."

아버지는 조용했다. 알렉시의 말이 맞다.

정상적이지는 않지만 일이 그렇게 되었다.

— Mi kaj Ivano opinias, ke ankoraŭ ne estas malfrue. Diru al ŝi aborti kaj foriri – daŭrigis malrapide kaj hezite Aleksi – ŝi foriru tiel, kiel ŝi venis. Ŝi ankoraŭ estas juna, ŝi povus edzinigi viron je sia aĝo, ili havos infanojn kaj estos feliĉaj⋯

Aleksi elspiris. Li ne sciis kion ankoraŭ diri por konvinki la patron. Li estis konfuzita. Ne decis paroli tiel al la patro kaj konsili lin. Aleksi amis la patron, estimis lin. La tutan vivon la patro laboris kaj faris ĉion por Aleksi kaj Ivano edukiĝu. La patro konstrius por ili domojn. Se ne okazis tio, li daŭre helpos al ili, sed nun ĉio ŝanĝiĝis. Aleksi ne deziris mencii, ke la edzino Radka senĉese ripetis al li: "Ĉu via patro ne hontas? Li vivas kun junulino. Li, la maljunulo, nun decidis havi junan edzinon. Tiu ĉi senhontulino ekloĝis kun li kaj baldaŭ ŝi naskos infanon kaj poste postulos heredaĵon. Tiam vi kun Ivano ĉion devas dividi je tri kaj tio, kion havas via patro tute ne estas multe! Tamen la ruza vulpino venis nuda, enkuŝis en la liton de via patro kaj diros, ke ŝi estas lia sola heradantino."

Tiuj ĉi vortoj de Radka venenigis la animon de Aleksi kaj fin-fine li ekkuraĝis paroli kun la patro kaj provi konsili lin forpeli "la ruzan vulpinon" kiel nomis ŝin Radka.

Dan daŭre silentis.

"저와 이바노는 아직 늦지 않았다고 생각해요. 그 여자분에게 유산시키고 떠나라고 말하세요." 천천히 주저하며 알렉시가 계속 말했다. "온 것처럼 가라고 하세요. 그 여자분은 아직 젊잖아요. 자기 나이와 맞는 남자랑 결혼할 수 있어요. 그리고 자녀를 낳고 행복할 수 있어요." 알렉시는 숨을 내쉬었다.

아버지를 설득시키려면 무엇을 더 말해야 할지 몰랐다. 혼란스러웠다. 아버지에게 그렇게 말하면서 설득하는 것이 적절하지는 않다. 알렉시는 아버지를 사랑하고 존경한다. 아버지는 평생 일했고 알렉시와 이바노를 교육하느라 모든 것을 다 쏟아 부었다. 아버지는 자식들을 위해 집을 장만했다. 그 일이 일어나지 않았다면, 계속해서 그들을 도우셨을 테지만 지금은 모든 것이 변했다. 알렉시는 그의 아내 **라드카**가 끊임없이 되풀이하는 말을 언급하고 싶지 않았다. '아버님은 부끄럽지도 않으시나? 지금 젊은 여자랑 살고 계셔. 늙으셨으면서 젊은 부인을 두려고 해. 이 부끄러움을 모르는 여자는 아버님이랑 같이 살고 곧 아이도 낳을 거예요. 나중에는 유산도 요구하겠죠? 그때 당신은 이바노와 함께 모든 것을 셋으로 나눠야 하는데, 아버님이 가진 것은 그리 많지도 않아요. 하지만 교활한 여우 같은 여자는 맨몸으로 와서 아버님의 침대에 들어오더니 아버님의 유일한 상속녀라고 말할 거예요.' 라드카의 말들이 알렉시 머리에서 맴돌아 마침내 용기를 내서 아버지와 대화하고, 라드카가 이름 붙인 교활한 여우 같은 여자를 내쫓으라고 설득했다. 아버지는 계속 조용했다.

Tio turmenta silento pli maltrankviligis Aleksi kaj li ne povis diveni kion opinias la patro, kion li decidis. La patro eĉ vorton ne prononcis, Aleksi malfermis la pordon kaj diris:

— Mi iros. Iun tagon mi denove venos, sed same li venu al ni. De kiam la juna virino loĝas kun vi, vi ne gastis ĉe ni. Venu.

— Bone – respondis Dan.

Aleksi foriris kaj Dan restis sidi ĉe la tablo, rigardanta tra la fenestro al la korto. Jam estis preskaŭ kvina horo posttagmeze kaj Keti baldaŭ venos de la laborejo. Ŝi estis kasistino en granda vendejo. De kiam Dan kaj Keti estas kune, la vivo de Dan ŝanĝiĝis. Antaŭe la soleco turmentis lin. Dum pluraj jaroj li loĝis sola kaj la tagoj ŝajnis al li senfinaj. Li estis armea piloto, pensiiĝis, sed malfeliĉe lia edzino Roza forpasis kaj li restis sola. La filoj Aleksi kaj Ivano havis familiojn, siajn zorgojn kaj preskaŭ ne interisiĝis pri li. Ili gastis al Dan tre malfote kaj serĉis lin, nur kiam Dan devis helpi ilin, ripari ion aŭ aĉeti ion.

Iun nokton Keti alkuris al Dan vere nudpieda. Ŝia edzo Panajot estis kolego de Dan, same piloto, pli juna, sed li havis malbonan kutimon, multe drinkis kaj kiam estis ebria li batis Ketin kaj kulpigis ŝin, ke kokras lin. Ili ne havis infanojn kaj tio pli forte kolerigis Panajot.

그 괴로운 침묵이 알렉시를 더 불안하게 만들었다. 아버지가 무슨 생각을 하고 무엇을 결정할지 짐작할 수 없었다. 아버지는 한 마디도 꺼내지 않았다. 알렉시는 문을 열고 나가면서 말했다. "가겠습니다. 언젠가 다시 오겠습니다. 이바노도 같이 올게요. 젊은 여자분이 아버지랑 사신 때부터 우리를 초대하지 않으셨어요. 오겠습니다."

"알았다." 아버지가 대답했다.

알렉시는 떠나고 아버지는 창으로 마당을 바라보면서 탁자에 계속 앉아 있다. 벌써 오후 5시다.

케티는 곧 일터에서 돌아올 것이다.

케티는 큰 판매점 회계원이다.

케티와 함께 산 뒤, **단**의 삶은 변했다. 전에 단은 무척 외로웠다. 여러 해 동안 단은 혼자 살았고, 그런 날이 계속될 것처럼 보였다. 단은 전투 조종사로 일하다 은퇴했다. 불행하게도 아내 **로자**가 죽자 홀로 남았다. 아들 알렉시와 이바노는 결혼해서 자기 가족을 돌보느라 단에게 거의 관심을 두지 않았다. 아주 가끔 단을 초대할 뿐이었다. 도와야 할 문제가 있을 때, 무엇을 고치거나 무엇을 살 때만 단을 찾았다.

어느 날 밤 케티는 거의 맨발로 단에게 달려왔다. 케티의 남편 **파냐옷**은 단의 직장 동료이자 같은 조종사였고 젊었다. 파냐옷에게는 나쁜 습관이 있었는데 술을 많이 마셔서 취하면 아내를 때리고 바람피운다고 질책한다. 파냐옷과 케티 사이에는 자녀가 없는데, 그 일이 파냐옷을 더욱 화나게 했다.

Post simila koŝmara nokto kaj terura bato, Keti forkuris kaj venis en la loĝejon de Dan. Nenien alien ŝi povis iri. Antaŭe ŝi loĝis en malproksima vilaĝo kaj tie jam ŝi ne havis parencojn, ŝiaj gepatroj estis mortintaj. Keti konis Dan, ĉar Dan kaj Panajot estis kolegoj. Ofte Dan parolis kun Panajot kaj provis konvinki[26] lin, ke li ne drinku, ĉar tiel li periigas sin kaj sian familion, sed Panajot tute ne akceptis liajn konsilojn.

Keti ekloĝis kun Dan kaj Dan provis helpi ŝin. Li bone komprenis, ke tiu ĉi kunvivado ne estas deca. Keti estis tre juna kaj li jam sufiĉe aĝa, sed li ekamis Ketin. Neniam antaŭe li tiel forte amis iun. Kiam li rigardis la grandajn nigrajn okulojn de Keti, lia koro pli forte batis. Li ne konis alian tian belan virinon. La densaj haroj de Keti odoris kiel matura tritiko, ŝia korpo estis svelta kaj ellasta kiel truto.

De kiam Keti estis en lia loĝejo, ĉio ekbrilis. Ŝi kuiris, purigis, aĉetis. Ŝi kvazaŭ neniam laciĝis. Tio ĝojigis Dan, sed same maltrnakviligis lin. Li ne kutimis, ke iu zorgu pri li. Ofte li diris al si mem: "Jes, mi helpis ŝin, sed ne decas, ke ni kune loĝu. La vivo estas antaŭ ŝi. Ŝi devas serĉi sian feliĉon."

Foje, tute neatendite, Keti diris al Dan, ke estas graveda.

---

26) konvink-i   <化> 확신시키다, 수긍시키다, 설복(說服)시키다

계속된 악몽 같은 밤과 잔인한 폭력 탓에 케티는 집을 나와 단의 집으로 왔다. 다른 어디에도 갈 곳이 없었다. 전에는 먼 마을에서 살았는데, 거기에 살던 부모님은 이미 돌아가셨고 친척도 없다.

케티는 단을 알았다. 단과 파냐옷이 직장 동료였기 때문이다. 단은 파냐옷에게 술을 마시지 말라고 자주 타일렀다. 계속 술을 마시다가는 자신도, 가족도 잃게 될 것이기 때문이다.

하지만 파냐옷은 단의 충고를 받아들이지 않았다. 케티는 단과 함께 살기 시작했고 단은 케티를 도와주려고 했다. 이런 동거가 적절치 못하다는 것을 단은 잘 알고 있다. 케티는 아주 젊고 자신은 이미 늙수그레했다. 그러나 케티를 사랑하게 되었다. 전에는 그렇게 세차게 누군가를 사랑한 적이 없었다. 케티의 커다란 검은 눈동자를 바라볼 때면 심장이 크게 뛰었다. 그렇게 아름다운 여자를 알지 못했다. 케티의 검은 머리카락에서는 잘 익은 밀 냄새가 났고, 몸매는 날씬해서 송어처럼 탄력이 있다. 케티가 집에서 같이 살면서 모든 것은 빛이 났다. 케티는 요리하고 청소하고 물건을 샀다. 결코, 지치는 법이 없었다. 그것이 단을 기쁘게 했고 똑같이 불안하게 했다. 누군가가 자신을 돌보는 것에 익숙하지 않았다. 자주 스스로 말했다. '그래, 내가 그 여자를 도와주었다. 그러나 같이 사는 것은 적절치 않아. 그 여자 앞에는 창창한 앞날이 있어. 자신의 행복을 찾아야 해.' 한 번은 전혀 기대하지 않았는데 임신했다고 케티가 단에게 말했다.

Tutan nokton li ne dormis, estis feliĉa, ke denove estos patro, sed en la sama momento sentis turmenton, kvazaŭ iu ĵetis lin en kaldronon[27] kun boligita akvo. "Kion diros la homoj – meditis li. – Oni komencos klaĉi kaj primoki min." Li intencis diri al Keti, ke ŝi abortu, sed li ne havis fortojn eldiri tion kaj ne povis imagi, ke tiel li mortigos sian infanon. Ĝi ne estis kulpa.

Keti same plu nenion diris. Ja, la gravediĝo surprizis ŝin. Tiom da jaroj ŝi kunvivis kun Panajot kaj ne gravediĝis. Tiam ŝi opiniis, ke la kaŭzo estas ĉe ŝi, ĉar Panajot ĉiam riproĉis ŝin. Li nomis ŝin "sterila bovino" kaj batis ŝin terure. Nun Keti estis senlime ĝoja. Fin-fine ŝi donos novan vivon, sed ŝi same maltrankviliĝis. Ĉu Dan ne opinias, ke ŝi intence gravediĝis por devigi lin edzinigi ŝin. De kiam Keti komprenis, ke ŝi estas graveda, ŝi kaj ĝojis kaj malĝojis kaj ŝi ne povis decidi kion fari. Ŝi pretis tuj foriri, estis dankema al Dan, ke akceptis ŝin. Ja ŝi ekamis lin, sed bone komprenis, ke ilia kunvivo incitas liajn parencojn. Ŝia streĉo iĝis pli kaj pli granda, sed nenion ŝi povis decidi.

La momento de la nasko venis subite. Ili ĵus finis la vespermanĝon kaj Keti eksentis la dolorojn.

– Mi naskos – diris ŝi.

---

27) kaldron-o (금속의) 큰솥, 큰 남비: <地> 남비 모양의 함락(陷落).

밤새 잠을 이루지 못했다. 다시 아버지가 된다니 몹시 행복했다. 동시에 누군가가 물이 끓는 큰솥에 자신을 집어넣는 것 같은 고통을 느꼈다. '사람들이 뭐라고 말할까?' 단은 생각했다. '사람들이 비방하면서 나를 놀리겠지!' 단은 케티에게 유산하라고 말하려 마음먹었지만, 용기가 없었다. 자기 자식을 죽인다는 것은 상상조차 할 수 없었다. 임신은 잘못이 아니다. 케티도 다시는 아무 말 하지 않았다.

정말 임신은 케티를 놀라게 했다. 케티는 수많은 세월 동안 파냐옷과 살았지만 임신하지 못했다. 원인이 자기에게 있다고 생각했다. 파냐옷이 항상 책망했기 때문이다. 파냐옷은 케티를 '임신하지 못하는 암소'라고 부르고 심하게 때렸다. 지금 케티는 한없이 기뻤다. 마침내 새 생명을 출산할 수 있게 된 것이다. 마찬가지로 걱정이 됐다. 단이 자기와 결혼하도록 강제하려고 고의로 임신했다고 생각하지 않을까? 케티는 임신 사실을 안 때부터 기쁘고 한편으론 슬펐다. 무엇을 할지 결정할 수가 없었다. 곧 떠날 준비를 하고 자신을 받아 준 단에게 감사하려고 마음먹었다.

케티는 단을 정말 사랑하게 되었지만, 같이 사는 것이 단의 가족을 자극한다는 점을 잘 알았다. 케티는 긴장이 더욱 커졌지만, 아무것도 결정할 수 없었다. 출산의 순간이 갑자기 닥쳐왔다. 그들이 저녁 식사를 마친 뒤 케티는 진통을 느꼈다.

"아이가 나오려고 해요." 케티가 말했다.

Dan rapide ekstaris de la seĝo, helpis ŝin sidiĝi kaj diris, ke tuj li preparos la aŭton por la ekveturo al hospitalo. Post kelkaj minutoj ili jam veturis al la hospitalo. La akuŝistinoj renkontis kaj akceptis ŝin. Dan revenis hejmen, sed tutan nokton ne dormis. Li paŝis de unu ĉambrangulo al alia. Kiam liaj filoj Aleksi kaj Ivano naskiĝis, li ne estis tiel maltrankvila kiel nun. Frumatene li denove estis en la hospitalo. Oni diris al li: "Knabo" kaj tio kvazaŭ levigis lin alten. Li eksentis sin flugila kaj ekflugis, same kiel antaŭ jaroj, kiam li estis piloto.

Sur la strato li marŝis kiel ebria, kvazaŭ li rapide fordrinkis du glasojn da konjako. Li iris kaj ne ĉesis demandi sin: "Kion diros la homoj? Ja, maljunulo, sed havas bebon. Ĉu li ne hontas?" Tiuj ĉi demandoj premis lin kiel pezega ŝtono. Lia koro galopis simile al timigita ĉevalo.

— Mi diros al ŝi lasi la bebon por adopto – flustris al si mem Dan. – Kaj se ŝi ne deziras lasi la bebon, ŝi iru loĝi ie alie kaj ne ĉe mi.

Pasis kelkaj streĉitaj tagoj. La maltrankvilo de Dan kreskis. Li emis renkonti neniun. Keti telefonis de la hospitalo kaj diris al li, kiam venos kun la bebo hejmen, tamen Dan ne iris en la hospitalon renkonti ilin. Li hontis. Kiel li, la maljunulo, ĉirkaŭbrakos la bebon kaj konfesos, ke li estas la patro.

단은 서둘러 의자에서 일어나 케티가 편안히 앉도록 돕고, 곧 병원으로 가도록 차를 준비하겠다고 말했다. 몇 분 뒤 그들은 병원에 도착했다. 산파에게 케티를 데려갔다. 단은 집에 돌아왔지만 밤새 잠들지 못했다. 이방 저방을 걸어 다녔다. 아들 알렉시와 이바노가 태어났을 때는 지금처럼 불안하지 않았다. 이른 아침에 다시 병원으로 갔다. 사람들이 남자아이라고 말했다. 그 말에 단은 하늘 높이 올라간 듯한 기쁨을 맛보았다.

날개가 돋아난 것처럼 느껴졌고 수년 전 비행 조종사였을 때처럼 날아가기 시작했다.

거리에서는 마치 코냑 두 잔을 황급히 마신 사람처럼 비틀거리며 걸어갔다. 걸어 다니면서도 궁금증이 멈추지 않았다. '사람들이 무엇이라고 말할까? 늙은이가 아이를 가졌구나! 부끄럽지도 않나?' 이런 질문들이 무거운 돌처럼 단의 가슴을 짓눌렀다.

무서워하는 말처럼 심장이 마구 뛰었다. '케티에게 아이를 입양 보내자고 말할 거야.' 단은 혼자서 속삭였다. '만약 케티가 입양시키기를 원하지 않으면 다른 어딘가에서 살라고 말해서 내 곁을 떠나게 해야지.'

긴장 속에 며칠이 지났다. 단은 더욱 불안해졌다. 누구도 만나고 싶지 않았다. 케티는 병원에서 전화를 걸어 언제 아이와 함께 집에 돌아올 것인지 말했지만 단은 병원으로 그들을 데리러 가지 않았다.

단은 부끄러웠다.

자기같은 늙은이가 아이를 안고서 자기가 아버지라고 고백할 것이다.

Tio ŝajnis absurda.

Keti venis de la hospitalo. Dan sentis kulpon, ke li ne venigis ŝin per la aŭto, sed kredis, ke Keti komprenos lin. Kiam Keti eniris la ĉambron, Dan miris. Ŝi estis sola, sen la bebo.

— Kie estas la bebo? – demandis li.

— Mi lasis ĝin por adopto.[28]

Tiu ĉi vortoj ŝtonigis lin. La sango enfluis en lian kapon kiel varmega torento, liaj piedoj iĝis molaj kiel gumo.

— Kion mi faras! Kiel eblas! – diris Dan.

Li rapide surmetis la jakon kaj ekiris al la pordo.

— Kien vi iras? – demandis Keti.

— En la hospitalon por preni kaj alporti la bebon. Ja ĝi estas mia propra filo! – respondis li kaj eliris.

---

28) adopt-i   [G8]<他> 양자[양녀]로 삼다. (의견, 방침 등을) 채택하다, 채용하다. adoptit[ul]o 양자; adoptinta patro 양부;

그것은 불합리하게 여겨졌다.

케티가 병원에서 돌아왔다.

단은 차로 케티를 데리러 가지 않아 죄책감을 느꼈지만 케티가 이해하리라 믿었다.

케티가 방에 들어왔을 때 단은 놀랐다.

아기 없이 혼자였다.

"아기는 어디 있어요?" 단이 물었다.

"입양시키려고 보냈어요."

이 말이 단을 돌처럼 굳게 만들었다. 피가 머리로 뜨거운 급류처럼 흐르고 발은 고무처럼 흐물흐물해졌다.

"내가 무슨 일을 했지? 어떻게?" 단이 말했다.

단은 재빨리 웃옷을 입고 문으로 나갔다.

"어디 가세요?" 케티가 물었다.

"병원에 가서 아기를 찾아 데려오려고! 그 아이는 내 아들이요." 단은 대답하고 밖으로 나갔다.

La inundo

Andrej kaj Katja venis en la vilaon je la kvina posttagmeze. La junia suno ankoraŭ forte brilis kaj la rivero malrapide kaj enue lulis sin kiel maljunulino, laca kaj elĉerpita de somera varmo. Andrej parkis la aŭton ĉe la vojo, prenis la sakojn, kaj kun Katja trapasis la riveron tra la ligna ponteto.

La vilao estis sur negranda insulo, meze de la rivero kaj Andrej tre fieris kun tiu ĉi pitoreska loko, kiu restis de lia patro. La patro konstruis ĉi tie la vilaon kaj en la korto li plantis fragojn, frambojn, pomajn kaj pirajn arbojn.

Antaŭ jaroj Andrej kaj Katja ofte venis ĉi tien, sed dum la lastaj monatoj ili preskaŭ forgesis la vilaon. La laboro kaj oficaj problemoj dronigis kaj sufokis Andrej. Jam de duon jaro li kvazaŭ rampis sur la fundo de kota marĉo, el kiu li ne povis elnaĝi. Andrej estis esplorjuĝisto kaj okaze de iu juĝproceso li kontraŭstaris al sia ĉefo. De tiam trankvilan tagon Andrej ne havis. La ĉefo komencis amasigi al li juĝprocesojn, esperante kaŝe, ke Andrej ne sukcesos solvi ilin kaj forlasos la oficon. Andrej tamen decidis ne rezigni. Frumatene li iris en la laborejon kaj eliris vespere la lasta. Li ŝatis sian laboron kaj ne deziris abdiki.

홍수

안드레이와 **카탸**는 오후 5시에 빌라에 들어왔다.
6월의 해는 아직 뜨겁게 빛나고, 강은 천천히 지루하게
여름 더위에 지쳐 피곤한 할머니처럼 흔들렸다.
안드레이는 차를 길가에 세운 뒤, 가방을 들고 카탸와
함께 나무로 만든 작은 다리를 밟아 강을 건넜다.
빌라는 강 가운데 작은 섬에 있다. 안드레이는 아버지
가 남겨준 이 아름다운 장소를 자랑스러워한다.
아버지는 이곳에 빌라를 짓고 마당에 딸기, 나무딸기,
사과, 배를 심었다.
수년 전 안드레이와 카탸는 자주 여기에 왔지만, 지난
몇 달 동안 거의 빌라를 잊었다.
안드레이는 일과 사무실 문제로 숨이 막혔다.
이미 반년 전부터 흙이 있는 늪 바닥에서 기는 듯해서
여기서 **빠져나올** 수 없었다.
안드레이는 조사 재판관인데 어느 재판 절차에서 상관
에게 반대 견해를 냈다.
그때부터 안드레이는 평안히 지낼 수 없었다.
상관은 안드레이가 그것들을 푸는 데 성공하지 못하고
일을 그만두기를 바라며 재판 절차를 안드레이에게 몰
아주었다.
그러나 안드레이는 그만두지 않을 결심이었다.
이른 아침 사무실에 가서 저녁에 가장 늦게 퇴근했다.
일을 좋아해서 그만두고 싶지 않았다.

Foje-foje laca kaj streĉita Andrej demandis sin ĉu estas senco? Eble li devis eviti la intervjuon, kiun petis de li ĵurnalistino, sed tiam Andrej estis konvinkita, ke respondante al la demandoj, li helpos por la justa solvo de unu el la plej grandaj kaj skandalaj[29] juĝprocesoj. Tamen ĝuste tiu ĉi intervjuo kolerigis Vaklinov, la ĉefon, kaj de tiam li kaj Andrej ne povis rigardi unu la alian. La malagrablaĵoj de la laborejo transiris al la familio kaj kiel serpentoj, varmigitaj de la printempa suno, ili elrampis el sub la ŝtonoj kaj venenis lian familian vivon.

Al Katja ne plaĉis, ke Andrej kontraŭstaris al sia ĉefo. Ŝi miris kaj ne komprenis kial li konsentis esti intervjuita pri konfidencaj oficaj problemoj.

— Kion vi gajnis de tio? – grumblis Katja. – Anstataŭ zorgi pri via trankvilo, vi sidis sur erinacon. Nun viaj kolegoj laboros nenion. Vi plenumos ilian laboron kaj poste vi estos kulpa.

Andrej ne respondis. Li silentis. Almenaŭ Katja devis kompreni lin, tamen li bone sciis, ke neniu povas helpi lin. Andrej iĝis silentema kaj animpremita. La bluaj okuloj de Katja rigardis lin de ege malproksime kaj similis al glaciaj lagoj. Kiam Andrej kaj Katja estis kune, Andrej evitis paroli kun ŝi, ĉar li bone sciis, kion ŝi diros.

---

29) skandal-o   치욕, 면목없는 것, 불명예: 추행(醜行), 추문(醜聞)

어쩌다 피곤하고 긴장되면 안드레이는 스스로 의미가
있는지 질문한다.

아마도 여기자가 요청한 인터뷰를 피해야만 한다.

 그러나 질문에 답하면서 가장 크고 좋지 않은 소문 있
는 재판 절차에 하나의 바른 해결책을 위하여 도움이
된다고 확신했다. 하지만 바로 이 인터뷰가 상관인 바
크리노브를 화나게 해서 그 뒤부터는 서로 쳐다볼 수도
없었다. 사무실의 스트레스가 가정에도 전이됐다. 봄
햇볕의 따뜻함 때문에 돌 밑에서 기어 나온 뱀처럼 가
정생활에 해를 끼쳤다. 카탸는 안드레이가 상관과 대립
하여 싸우는 것이 마음에 들지 않았다.

아내는 남편이 왜 사무실의 비밀 문제에 관해 인터뷰했
는지 놀랐고 이해하지 못했다.

"그것으로 무엇을 얻나요?" 카탸가 불평했다.

"편안하게 지내는 대신 고슴도치 위에 올라앉았어요.
지금 당신의 동료는 아무 일도 안 해요. 당신이 그들의
일도 해야 하고 나중에는 잘못되겠지요."

안드레이는 대답하지 않았다. 그저 조용히 했다. 적어
도 아내는 자기를 이해해야 한다고 생각했다.

그러나 누구도 자기를 도와줄 수 없다는 것을 안드레이
는 잘 알고 있다. 말수가 줄고 정신이 압박받았다.

자기를 아주 멀리서 바라보는 아내의 눈은 차디찬 얼음
호수를 닮았다.

안드레이는 카탸와 같이 있을 때 말하는 것을 피했다.
아내가 무슨 말을 할지 알기 때문이다.

Katja denove ripetos, ke li ne devas opinii sin ĉiopova, ke li ne solvos la problemojn de la mondo, ke li devas pensi pri si mem kaj sia familio, ĉar li ne vivas sola, li havas infanojn kaj taskojn.

La atmosfero en la oficejo kaj hejme tiel lacigis Andrej, kvazaŭ nevidebla hirudo[30] soife suĉis liajn fortojn. Andrej devis ripozi, haltigi tiun ĉi frenezan radon, kiu kruele turnis lin.

Vendrede estis varma kaj suna tago, kaj Andrej proponis al Katja, ke ili iru en la vilaon. Surprize ŝi konsentis kaj tuj, post la fino de la labortago, ili ekveturis. Kiam Andrej kaj Katja trapasis la riveron kaj ekpaŝis sur la insulo, Andrej kvazaŭ malfermis nevideblan pordon kaj eniris alian nekonatan mondon. Ĉi tie ĉio estis neordinara, la verdeco, la silento, la trankvila susuro de la rivero, la montara aero, kiu onde plenigis lian bruston kaj tuj forpelis la kapdoloron kaj liajn malhelajn pensojn, kiuj kiel vespoj rondflugis en lia kapo.

Andrej malŝlosis la malnovan kverkan pordon, eniris la vilaon kaj tuj frapis lin la malfreŝa, mucida odoro. Rapide li malfermis la fenestrojn. La rivera frisko eniris la ĉambron kiel petola bubo, kiu kurante enrigardis en ĉiujn angulojn kaj tuj ekestis lumo kaj freŝeco.

---

30) 거머리

아내는 다시 되풀이할 것이다. 남편이 모든 것을 할 수 있다고 생각해서는 안 된다고, 세상 문제를 풀 수 없을 것이라고, 자신과 가족을 생각해야 한다고….

왜냐하면, 남편은 혼자 살지 않고 자녀와 일이 있기 때문이다.

사무실과 가정의 분위기는 안드레이를 피곤하게 해서 마치 보이지 않는 거머리가 목마른 듯 자기 힘을 빨아들이는 것 같았다.

안드레이는 자기를 잔인하게 돌리는 미친 바퀴를 멈추고 쉬어야 했다.

금요일은 따뜻하고 햇볕이 있는 날이다.

안드레이는 아내에게 빌라에 가자고 제안했다.

놀랍게 아내가 동의해서 안드레이는 일을 끝내고 나서 바로 출발했다.

안드레이와 카탸가 강을 건너 섬 위로 올라갈 때, 안드레이는 마치 보이지 않는 문을 열고 다른 미지의 세계로 들어간 것 같았다.

여기에서는 모든 것이 달랐다. 푸르름, 조용함, 잔잔히 흐르는 강물 소리, 산 공기가 파도처럼 가슴을 가득 채우고 두통과 말벌처럼 머릿속으로 날아드는 어두운 생각을 날려 보냈다.

안드레이는 오래된 떡갈나무 문을 열고 빌라 안으로 들어가 오래된 곰팡내를 맡았다.

재빨리 창을 열었다.

시원한 강 바람이 모든 구석구석을 쳐다보면서 달리는 장난꾸러기처럼 방으로 들어와 빛과 신선함이 생겼다.

Dum Andrej estis en la vilao kaj kontrolis ĉu ĉio estas tiel, kiel antaŭ jaro, Katja preparis la vespermanĝon. Ŝi lavis tomatojn, kukumojn, faris salaton kaj metis la botelon de brando en la puton por malvarmiĝi. Andrej kaj Katja metis la tablon kaj seĝojn eksteren, sur la teraso. Andrej plenigis la glasetojn per brando.

— Je via sano – diris li.

La tinto de la glasoj aŭdiĝis en la silenta antaŭvespero. Katja sidis surhavanta dikan, hejmtrikitan puloveron. Ĉi tie, en la intermonto, ĉe la rivero, la vesperoj estis humidaj kaj malvarmaj. Rigardanta al la arbaro, Katja similis al eta birdo, kies kapo nur videblis de la flava plumaro. Ankaŭ nun ili ne konversaciis, kvazaŭ ambaŭ delonge diris ĉion unu al alia kaj jam ne estis pri kio paroli, aŭ eble ili ne deziris per la voĉoj rompi la profundan montaran silenton.

Andrej observis la verdajn montetojn, kiuj nun iom post iom malaperis en la krepusko, kvazaŭ sur ilin lante falis mola violkolora kurteno. Supre palpebrumis la steloj, similaj al scivolemaj infanaj okuloj. La arbaro kvazaŭ flustris kaj rakontis longan senfinan fabelon. Kaj nun, en la silenta somera nokto, Andrej eksentis la spiron de la arbaro, simila al virino, kiu dormas profunde kaj trnkvile.

Andrej kaj Katja longe sidis sur la teraso.

안드레이가 빌라의 모든 것이 몇 년 전과 같이 잘 있는지 점검하는 동안 카탸는 저녁 식사를 준비했다.

토마토와 오이를 씻어 샐러드를 만들고 시원해지도록 우물에 브랜디 병을 두었다.

안드레이와 카탸는 탁자와 의자를 바깥 테라스에 차렸다.

안드레이가 브랜디로 작은 잔을 가득 채웠다.

"당신의 건강을 위하여." 남편이 말했다.

잔 부딪치는 소리가 저녁이 되기 전 조용한 가운데 들렸다.

카탸는 집에서 짠 두꺼운 스웨터를 입고 앉았다.

여기는 산 속인데다 강 옆이라 저녁에 습기가 끼고 추웠다.

숲을 쳐다보고 있는 카탸는 노란 깃털 속에 파묻혀 머리만 내민 작은 새 같았다.

마치 둘이 오래전에 서로 모든 것을 말해 말할 거리가 없는지. 아니면 깊은 산속의 고요를 깨고 싶지 않은지 아무런 대화를 하지 않았다.

안드레이는 마치 부드러운 보라색 장막이 천천히 떨어지는 것처럼 조금씩 석양에 사라지고 있는 푸른 언덕을 지켜보았다.

하늘에서는 호기심 많은 어린아이 눈을 닮은 별들이 깜박거렸다.

숲은 길고 끝없는 동화를 속삭이며 이야기하는 듯했다.

그리고 조용한 여름밤에 깊고 편안하게 잠자는 여인을 닮은 숲의 숨소리가 느껴졌다.

안드레이와 카탸는 오랫동안 테라스에 앉아 있다.

Super iliaj kapoj kiel flava okulo lumis la lanterno. Ĉi tie ne estis kurento kaj nur la lanterno ĵetis malfortan citronkoloran lumon. Kiam iĝis tre mallume kaj malvarme Katja kaj Andrej eniris la vilaon. Ili jam ne kutimis dormi kune. Andrej enlitiĝis en la unua ĉambro kaj Katja en alia.

Post la noktomezo Andrej vekiĝis. Ekstere pluvis – forte kaj torente. Ekis tondroj. Fulmoj kiel drakaj langoj disŝiris la firmamenton. Andrej restis senmova en la lito. De kie venis tiu ĉi pluvo, ja estis varma kaj agrabla tago – meditis li. La pluvo vipis la fenestrojn, la vento ekstere skuis kaj fleksis la arbojn kaj kvazaŭ proksime plorĝemis virino. Ĝis mateno Andrej ne ekdormis. Li aŭ dormetis, aŭ subite vekiĝis de la torenta pluva tamburo. Kiam mateniĝis, Andrej saltis de la lito kaj ekstaris ĉe la fenestro. Tion, kion li vidis ekstere, timis li. La rivero elbordiĝis kaj inundis la korton de la vilao. Andrej vestis sin kaj rapide eliris eksteren. Maltrankvile li ĉirkaŭrigardis. Nur je kvindek metroj de la domo la rivero fluis kiel furio, torenta, malhela ĝi trenis branĉojn kaj arbojn. Tion Andrej neniam vidis. Li eĉ ne supozis, ke tiu ĉi kvieta pigra rivero povas esti tiel terura. Dum li staris sur la teraso de la vilao, la rivero antaŭ liaj okuloj kiel malkluzita akvobarilo forportis la lignan ponton kiel pajlero. Andrej mordis lipojn.

그들 머리 위에는 노란 눈알처럼 가로등이 켜져 있다. 여기에는 전기가 없어 가로등에서만 희미한 회색 불빛을 낸다. 아주 어둡고 추워지자 안드레이는 빌라 안으로 들어갔다. 그들은 함께 자지 않은 지 오래됐다.

안드레이는 첫째 방에 들어가서 눕고, 카탸는 다른 방 침대에 누웠다. 한밤중 지나 안드레이가 깼다. 밖에는 비가 오고 있었다. 세차고 급박한 천둥소리도 났다. 용의 혀같은 번개가 하늘을 찢었다.

안드레이는 침대에서 움직이지 않았다.

'어디에서 이런 비가 올까? 정말 따뜻하고 화창한 날이었는데.' 안드레이는 깊이 생각에 잠겼다.

비는 창을 때리고 바람은 나무를 흔들고 휘게 해서 마치 가까운 곳에서 여자가 신음하며 우는 듯했다.

안드레이는 아침까지 잠들지 못했다. 언뜻 잠들었다가도 갑자기 다급한 북 치는 것 같은 빗소리에 깨어났다. 아침에 안드레이는 침대에서 일어나 창가에 섰다.

안드레이가 본 밖은 너무 무서웠다. 강은 경계를 넘어 빌라 마당까지 범람했다. 안드레이는 옷을 입고 재빨리 밖으로 나갔다. 걱정스럽게 주변을 살폈다. 집에서 50 m 떨어진 곳에서, 강물은 복수의 여신처럼 급하게 나무와 가지들을 끌고 흘렀다. 그런 광경을 안드레이는 전에 한번도 본 적이 없다. 이 조용하고 한산하던 강이 그렇게 무서워지리라고 짐작조차 하지 못했다. 빌라 테라스에 서 있는 동안 안드레이 눈앞에서 무너진 방죽처럼 강물이 흐르면서 나무다리를 밀짚처럼 멀리 끌고 갔다. 안드레이는 입술을 깨물었다.

De la alia flanko, ĉe la vojo, estis lia aŭto, sed la rivero jam portis ankaŭ ĝin kaj la aŭto eknaĝis kiel boato malproksimen. Andrej ne kredis al siaj okuloj. La pluvo malsekigis lin, kvazaŭ li staris sub la duŝo.[31] Li rigardis kiel stuporigita kaj ne sciis kion fari. La rivero inundis la korton kaj ĉio antaŭ liaj okuloj malaperis. La korto jam similis al lago, pli ĝuste al maro, kies bordo nevideblas. Andrej ne eksentis, kiam el la domo eliris Katja kaj staris apud li. Ŝi rigardis la inundon per larĝe malfermitaj okuloj. Neniam Andrej vidis tian teruron en ŝia rigardo. Nun Katja certe diros, ke li estas kulpa, li venigis ŝin ĉi tien kaj se ili ne estis alvenintaj en la vilaon, ili ne travivos tiun ĉi koŝmaron, sed ŝi rigardis la inundon kaj sonon ne prononcis, kvazaŭ ŝi estis perdinta kaj menson, kaj parolkapablon.

Andrej ne sciis kiom da minutoj ili staris sub la pluvo. Ili eniris enen kaj komencis kontroli kiom da nutraĵo kaj akvo ili havas. Evidente tiu ĉi inkubo[32] ne finiĝos rapide kaj la inundo riglos ilin ĉi tie, verŝajne dum longa tempo.

La rivero iĝis pli terura kaj pli terura. La domo staris en la korto kiel soleca insulo. La nutraĵo kaj la akvo eble sufiĉos por du tagoj.

---

31) duŝ-o 샤워, 관수욕(灌水浴) duŝi <他> 샤워 시키다, 관수욕 시키다
32) inkub-o 악몽(惡夢) , 흉몽(凶夢) ,가위.

길가 다른 쪽에 안드레이의 차가 주차해 있었는데, 강이 벌써 그것도 옮겨서 차는 멀리서 배처럼 떠다니고 있다. 안드레이는 자기 눈을 믿을 수 없다.

샤워기 아래 서 있는 것처럼 온통 비에 젖었다.

혼수상태에 빠진 것처럼 멍하니 쳐다보면서 무엇을 해야 할지 알지 못했다.

강물은 마당에도 차고 넘쳐 눈앞의 모든 것이 사라졌다. 마당은 이미 호수 같았는데, 더 정확히 말하면 경계가 보이지 않는 바다 같았다.

안드레이는 카탸가 언제 집에서 나와 자기 옆에 서 있는지 깨닫지 못했다. 아내는 눈을 크게 뜨고 홍수를 바라보았다. 안드레이는 아내의 눈에서 극심한 공포를 보았다.

이제 카탸는 분명히 말할 것이다. 남편에게 잘못이 있다고, 왜 여기로 자기를 데려왔냐고, 그들이 이 빌라에 오지 않았다며 이런 악몽을 경험하지 않았을 텐데 하고 말이다. 그러나 아내는 홍수를 바라보면서 마치 정신을 잃어 말하는 능력을 잊어버린 것처럼 아무 소리도 내지 못했다.

안드레이는 얼마 동안이나 빗속에 서 있었는지 모른다. 그들은 안으로 들어가 가지고 있는 양식과 물을 챙겼다. 분명 이 악몽은 빨리 끝나지 않을 것이며, 이 홍수는 그들을 여기에 정말 오랜 시간을 묶어둘 것이다.

강은 점점 험악해졌다.

건물은 마당에 외로운 섬처럼 서 있다.

양식과 물은 아마 이틀을 버틸 정도였다.

Andrej kaj Katja ne alportis plu, sed nun ili devis tre ŝpareme manĝi kaj trinki, ĉar ili ne sciis kiom da tagoj restos ĉi tie, en tiu ĉi kaptilo. Al neniu ili povis telefoni kaj ĉu iu povus helpi ilin? La gefiloj sciis, ke ili estas ĉi tie kaj certe provos helpi ilin, sed kiam? Eble ankaŭ en Sofio la pluvo torentis kiel ĉi tie.

Posttagmeze la akvo inundis la ĉambrojn. Andrej kaj Katja sidiĝis sur la granda manĝotablo. Ĝi estis la plej alta kaj sola seka loko en la ĉambro. Ni sidas sur la manĝotablo – meditis Andrej – sur la tablo, ĉe kiu ni manĝas kaj ĝi estas unusola, kiu ligas nin.

Vesperiĝis kaj la mallumo iom post iom kovris ilin kiel peza, malseka tolo. Katja ekparolis:

— Andrej.

Li ne certis ĉu li aŭdis sian nomon, sed li respondis:

— Jes.

Ekstere la rivero muĝis[33)] kiel sangavida besto, kiu tuj saltos kaj disŝiros sian predon.

— Mi deziras diri ion al vi – flustris Katja.

— Kion?

Ŝi proksimiĝis al li kaj Andrej eksentis, ke ŝi tremas kiel malvarmumita hirundo.

- Andrej – ripetis Katja. – Ne koleru al mi. Mi kredas vin. Mi ĉiam kredis vin.

Li ne komprenis bone kion ŝi deziras diri.

---

33) muĝ-i   <自>(사람 · 사자등이) 포효(咆哮)하다, 외치다, 고함치다

안드레이와 카탸는 더 가져오지 않았다. 그래서 매우 아끼면서 먹고 마셨다. 며칠 동안이나 이곳에 갇힌 채로 머무는지 알지 못하기 때문이다

누구에게도 전화할 수 없고 전화를 해도 누가 도울 수 있을까? 아이들은 그들이 여기 있는 것을 알기에 분명 도우려고 할 것이다. 그러나 언제?

아마 소피아에도 비가 이곳처럼 세게 내릴 것이다. 오후에 물은 방까지 범람했다.

안드레이와 카탸는 커다란 식탁 위에 앉았다,

그것이 방에서 가장 높고 젖지 않은 유일한 곳이었다.

'우리는 식탁 위에 앉아 있다.' 안드레이는 묵상했다. '탁자 위에, 우리가 밥을 먹었던 그곳이 우리를 지켜줄 유일한 곳이다.'

저녁이 되고, 어둠이 무겁고 젖은 옷감처럼 조금씩 그들을 덮었다. 카탸가 말을 꺼냈다. "여보!"

안드레이는 자기를 불렀는지 확신하지 못하지만 대답했다. "응" 밖에서 강물은 피에 굶주려 먹이에 곧 달려가 물어뜯을 것 같은 짐승처럼 울부짖었다.

"당신에게 뭔가 말하고 싶어요." 카탸가 속삭였다.

"무엇을?" 아내가 가까이 다가왔다.

안드레이는 아내가 추위에 떠는 제비처럼 떨고 있음을 느꼈다.

"여보!" 카탸는 되풀이했다.

"내게 화내지 마세요. 나는 당신을 믿고 있었어요. 나는 항상 당신을 믿었어요." 안드레이는 아내가 무엇을 말하려고 하는지 잘 알지 못했다.

─ Post via intervjuo en la ĵurnalo, oni komencis telefoni al mi, ke vi havas amatinon kaj vi pasigas multe da tempo kun ŝi. Kompreneble mi ne kredis, sed nun mi deziras diri al vi, ke mi kredas vin, ĉiam mi kredis vin.

Ŝi eksilentis kaj enspiris profunde. Andrej etendis manon kaj en la mallumo li tuŝis ŝian etan malvarman manplaton.[34]

---

34) polm-o   <解> 손바닥(=manplato).

"잡지에서 인터뷰한 뒤 사람들이 내게 당신에게 애인이 있고 많은 시간을 함께 보낸다고 전화했어요. 물론 나는 믿지 않았죠. 그러나 지금 나는 당신을 믿었고 항상 당신을 믿었다는 것을 말하고 싶어요."

아내는 조용해지더니 깊이 숨을 들이마셨다.

안드레이는 손을 뻗어 어둠 속에서 아내의 작고 차가운 손바닥을 어루만졌다.

La perdita domo

Vesperiĝis, kiam Istvan alvenis. Ĉe la flughaveno[35] li eniris taksion kaj nur mallaŭte diris: "Hotelo "Astoria" . Multajn jarojn li ne parolis hungare, tamen la lingvo estis en lia memoro. Istvan timis, ke se nun li alparolus iun hungare, la vortoj ne eksonus nature. Tial li diris al la taksiŝoforo nur "Hotelo "Astoria" . Li supozis, ke tiu ĉi hotelo ankoraŭ ekzistas. Dum la lastaj kvardek jaroj eble en Budapeŝto oni konstruis multajn hotelojn.

La veturado per la taksio de la flughaveno al la centro de la urbo ŝajnis al li senfina. Li sidis sur la malantaŭa sidloko, apogante frunton al la fenestro kaj dolorsente observis la stratojn kaj la konstruaĵojn preter kiuj veturis la aŭto. Li deziris rimarki ion, kio memorigos lin pri la iama Budapeŝto, sed vane. La taksio rapide veturis preter domoj kun kortoj. Tamen baldaŭ ili malaperis kaj la aŭto eniris stratojn, kie estis multetaĝaj konstruaĵoj. Poste ili veturis tra loĝkvartalo kun grandaj domoj. Post kelkaj minutoj la taksio estis en la malnova parto de la urbo kaj Istvan komprenis, ke proksimiĝas al hotelo "Astoria" . Li komencis tremi tiel kvazaŭ baldaŭ renkontos amatan virinon, kiun li de jaroj ne vidis.

---

35) flughaveno 공항(空港).

잊어버린 집

저녁 무렵에 **이스트반**이 도착했다.

공항에서 택시를 타고서 한마디만 천천히 말했다.

"호텔 **아스토리아**."

헝가리 말을 여러 해 하지 않았다.

언어가 기억 속에만 있어 만약 지금 누군가에게 헝가리 말을 한다면 단어 구사가 자연스럽지 않을 것 같아 이스트반은 두려웠다.

그래서 택시기사에게 '호텔 아스토리아'라고만 말했다. 호텔이 그대로 있을 거라 짐작했다.

지난 40년 동안 **부다페스트**에는 많은 호텔이 지어졌다.

공항에서 택시를 타고 도심으로 가는 길이 끝없이 길게 느껴진다. 차창에 이마를 댔다.

뒷좌석에 홀로 앉아 차창 밖으로 지나쳐 가는 거리와 건물들을 고통스럽게 바라보았다.

예전의 부다페스트를 떠오르게 하는 것이 있나 보려 했지만, 소용이 없었다.

택시는 **빠르게** 마당 있는 집들을 지나쳤다.

곧 그것들이 사라지고 차는 고층건물이 자리잡은 거리로 들어섰다.

나중에 큰 집들이 있는 주거지역을 지나갔다.

몇 분 뒤, 택시는 도시의 오래된 지역에 도착하자 이스트반은 호텔 아스토리아가 가까이 있다고 느꼈다. 이스트반은 마치 곧 수년간 떨어져 지낸 사랑하는 여자를 만날 것처럼 떨었다.

Subite la taksio haltis sub neona surskribo "Hotelo "Astoria". La ŝoforo diris ion, sed Istvan ne komprenis lin, nur etendis brakon kaj donis al la ŝoforo kelkajn bankbiletojn. La ŝoforo redonis al li mil forintojn.[36]

Jam antaŭ la ekflugo de Ĉikago, Istvan supozis, ke nun, en la komenco de la aŭtuno, en la hotelo ne estos multe da homoj. Oni loĝigis lin en ĉambro sur la tria etaĝo. La juna grumo akompanis lin al la etaĝo kaj malŝlosis la pordon de la ĉambro. Istvan eniris, tuj sidiĝis en unu el la foteloj kaj enpensiĝis. Fin-fine, post kvardek jaroj, li estas en Hungario, en Budapeŝto. Kvardek jarojn li loĝis en diversaj landoj kaj urboj. Lia memoro similis al albumo kun fotoj de urboj, kvartaloj, stratoj, domoj kaj lia ĝisnuna vivo estis longa laciga veturado. Liaj gepatroj kaj li vagis de lando al lando, de urbo al urbo. Ili pasis tra Vieno, Romo, Parizo, Amsterdamo kaj en ĉiuj urboj ili estis nur du aŭ tri jarojn. Tiel dum tiu ĉi longa laciga vagado tra Eŭropo Istvan perdis siajn gepatrojn. Unue mortis la patro. Dum frosta vintro en Hamburgo ili loĝis ĉe maljuna germanino. Tiam la patro estis senlabora. Unu vesperon li revenis hejmen peze spiranta, havis febron kaj tuj kuŝis en la liton. La patrino donis al li iajn kuracilojn kaj kuiris teon.

---

36) forint-o   포린트(헝가리의 화폐단위).

네온 간판에 호텔 아스토리아라고 적힌 건물 아래 차가 갑자기 멈췄다.

운전사가 뭔가를 말했지만 알아듣지 못하고 팔을 뻗어 지폐를 건넸다.

운전사는 1000포린토를 돌려주었다.

시카고에서 출발하기 전, 이스트반은 지금이 가을 초반이라 호텔에 사람이 많지 않을 거로 추측했다.

호텔 측에서는 3층 방을 내주었다.

젊은 직원이 3층까지 안내해 주고 객실 문을 열었다.

이스트반은 들어가서 안락의자에 앉아 생각에 잠겼다.

마침내 40년 만에 헝가리 부다페스트에 왔다.

그동안 여러 나라와 도시에서 살았다.

거쳐온 여러 도시, 지역, 거리에 대한 기억이 사진첩을 넘기듯 선명했다.

지금까지 삶은 길고 지친 여행이었다.

부모님과 이스트반은 이 나라 저 나라, 이 도시 저 도시를 떠돌아다녔다. 비엔나, 로마, 파리, 암스테르담을 비롯해 여러 도시에서 지냈고 모든 도시에서 2년이나 3년쯤 살았다. 유럽을 두루 돌아다니는 길고도 지친 여행 중에 이스트반은 부모님을 잃었다.

처음엔 아버지가 돌아가셨다. 추운 겨울날 함부르크에서 늙은 독일 사람 집에 살 때였다.

당시 아버지는 일거리가 없었다.

어느 밤, 힘겹게 숨을 쉬면서 집에 들어오시더니 열이 나서 바로 침대에 누우셨다.

어머니가 약을 주고 차를 끓였다.

Matene ili vokis kuraciston, sed ne havis monon aĉeti la kuracilojn, kiujn preskribis la kuracisto. La maljuna germanino donis al ili monon por la aĉeto de la kuraciloj, sed ili ne efikis. La patro dum longa tempo restis malsana. Kelkajn monatojn li kuŝis, iĝis pli kaj pli maldika kaj pala. Lia vizaĝo kvazaŭ plilongiĝis, liaj vizaĝtrajtoj iĝis pli akraj kaj ŝajne en la lito kuŝis nekonata viro. La patro mortis. Li subite kvietiĝis kaj en la ĉambro ekregis profunda silento. Post du jaroj forpasis la patrino. Profesie ŝi estis instruistino pri hungara lingvo kaj literaturo, tamen ĝis la fino de sia vivo ŝi purigis oficejojn, sed neniam ŝi diris, ke estas laca kaj elĉerpita.

Istvan trarigardis la hotelan ĉambron. Jam estis nokto, sed li ne emis dormi. Li deziris, ke rapide tagiĝu kaj li ekiru la budapeŝtajn stratojn kaj trovu la domon, en kiu iam loĝis la gepatroj kaj li. Foje-foje la patro menciis, ke la domo estas proksime al hotelo "Astoria". Li rakontis, ke ĉe la hotelo estis kruelaj interpafadoj. Verŝajne ie ĉi tie oni vundis la patron, kiu batalis kontraŭ la sovetiaj soldatoj okupantoj. Tiam en la aŭtuno de 1956 Istvan estis sepjara, sed li memoris la terurajn pafojn kaj la grandegajn tankojn kun ruĝaj steloj. Ili restis kiel monstroj en lia konscio. Ofte nokte tiuj ĉi monstroj premis lian gorĝon kaj li vekiĝis ŝvita.

아침에 의사를 불렀지만, 의사가 처방한 약을 살 돈이 없었다. 늙은 독일 사람이 약을 사라고 돈을 주었지만 소용없었다. 아버지는 오랫동안 아프셨다.

몇 달 뒤에는 누워만 계시고 점점 마르고 창백해졌다. 얼굴이 길어진 듯, 얼굴 형태가 점점 날카롭게 돼서 침대에 낯선 남자가 누워 있는 것 같았다.

아버지가 돌아가실 때 갑자기 조용해지셨고 방 안엔 깊은 침묵만이 흘렀다.

2년 뒤엔 어머니도 돌아가셨다.

어머니는 헝가리어와 문학 교사로 일했다. 삶의 마지막까지 사무실을 청소하셨던 어머니는 피곤하거나 지친다고 말한 적이 한 번도 없다.

이스트반은 호텔 방을 둘러 보았다.

어느새 밤이 됐지만 자고 싶지 않았다.

빨리 아침이 되면 부다페스트 거리로 나가 부모님과 함께 살았던 집을 찾고 싶었다.

집이 호텔 아스토리아에서 가깝다고 아버지는 가끔 말씀하셨다.

호텔에서 무서운 총격전이 일어났다고도 하셨다. 소련 군인 복무에 반대하여 싸운 아버지를 정말 여기저기서 상처를 주었다.

1956년 가을에 이스트반은 일곱 살이었는데, 잔인한 총격과 붉은 별을 단 커다란 탱크를 기억한다.

그것들은 기억 속에 괴물처럼 남아 있다.

밤에 자주 이 괴물들이 목을 졸라 땀이 범벅되어 깬다.

Li ne povis forgesi la multajn homojn kun kiuj la gepatroj kaj li veturis en la karuselo de malnova kamiono. Tiam Istvan ne sciis kien ili veturas. La vizaĝoj de ĉiuj estis grizaj kiel nuboj kaj neniu el ili eĉ vorton diris. Istvan sidis inter la patro kaj la patrino. Estis ege malvarme, malgraŭ ke brilis suno. Estis novembra suno. Istvan tremis, sed ne certis ĉu pro malvarmo aŭ pro timo. Pli verŝajne pro timo. Li vidis timon same en la okuloj de la homoj en la kamiono kaj en la okuloj de la gepatroj. Subite la kamiono haltis. Unu post la alia la homoj descendis de la karuselo. Verŝajne la ŝoforo diris, ke plu li ne povas veturigi ilin kaj tiam la homoj iris al la ŝoforo kaj donis al li monon. Poste oni piediris. Istvan paŝis ĉe la gepatroj. Li estis laca kaj dormema. Tiam la patro levis lin kaj ekportis lin surdorse. Ili marŝis tra arbaro, inter arbustoj. Estis obskure kaj silente. Ne vorto, nek ĝemsopiro aŭdiĝis. Nur de tempo al tempo iu seka branĉo krakis sub ies piedo kaj tuj de la kolonio iu flustris: "Silente". Istvan ne sciis kiom da tempo ili iris tra la arbaro. Lia kapo pezis kaj liaj okuloj fermiĝis. De tempo al tempo li skuiĝis kaj levis kapon. La fortaj patraj brakoj tenis lin kaj tio trankviligis lin. Li sentis, ke dum la patro portas lin, nenio malbona okazos eĉ en tiu ĉi obskura densa arbaro, en kiu verŝajne estas sovaĝaj bestoj.

오래된 화물차에서 이리저리 뒹굴며 함께 이동했던 많은 사람을 잊을 수 없다. 그때 이스트반은 그들이 어디로 가는지 알지 못했다. 모든 사람의 얼굴색은 구름처럼 잿빛이고, 그들 중 아무도 말을 꺼내지 않았다. 이스트반은 아버지와 어머니 사이에 앉았다.

해가 비쳤는데도 몹시 추웠다. 11월이었으니까. 그때 이스트반은 떨었는데 추워서인지 아니면 두려움 때문인지 확실치 않았다. 아마 두려움 때문이었을 것이다.

화물차에 탄 사람들과 부모님의 눈에도 같은 두려움이 서려 있었다. 화물차가 갑자기 멈추었다. 한 명씩 짐칸에서 내렸다. 더는 데려다줄 수 없다고 운전사가 말하는 것 같았다.

그때 사람들이 운전사에게 가서 돈을 주었지만, 그들은 걸어가야 했다. 이스트반은 부모님 곁에서 걸었다. 피곤하고 졸렸다.

그때 아버지가 이스트반을 들어서 등에 짊어졌다.

수많은 숲을 지나고 수풀 사이로 걸어갔다.

어둡고 조용했다. 어떤 말도, 신음도 들리지 않았다. 때로 마른 나뭇가지가 누군가의 발밑에서 부스럭거리면 무리에서 누군가 '조용히' 하고 속삭였다. 숲을 지나 얼마 동안이나 걸었는지 모른다. 머리가 무거워지고 눈이 감겼다. 때로 몸이 흔들려서 머리를 들었다. 힘센 아버지의 팔이 꽉 붙잡아주어 안전했다. 아버지가 데리고 가는 동안 이 깜깜하고 짙은 숲에서라도 정말 야생동물이 있을지라도 앞으로 어떤 나쁜 일도 일어나지 않을 것 같았다.

Ĉe la patro rapide marŝis la patrino, kiu foje-foje etendis brakon kaj tuŝis Istvan, por ke estu certa, ke Istvan ankoraŭ estas sur la dorso de la patro. Tiu ĉi marŝado ne havis finon. Ŝajnis al Istvan, ke la nokto estos eterna, neniam aperos la suno kaj la gepatroj, kaj li tutan vivon vagos en tiu ĉi terura arbaro. Tiuj ĉi meditoj pli forte timigis lin kaj li tremis kiel folio.

Matene, kiam li vekiĝis, li vidis, ke la gepatroj kaj la homoj sidis sur senarbejo lacaj kaj malviglaj.

— Kie ni estas? - demandis Istvan la patrinon.

— Silentu - respondis flustre ŝi. - En Aŭstrio.

Tiam Istvan ne sciis kio estas Aŭstrio kaj kial ili venis ĉi tie. Tion li komprenis nur poste.

La matena suno lumigis la la fenestrojn de la hotela ĉambro. Ja, vespere Istvan nesenteble ekdormis, sidante en la fotelo.

Li ion sonĝis, sed ne bone memoris kion. Ŝajne sonĝe li vagis en granda nekonata urbo, eniris, eliris el diversaj domoj kaj ion serĉis, sed kion li ne memoris. Mane li tenis nigran valizeton,[37] en kiu estis dokumentoj kaj mono.

Subite li rimarkis, ke la valizeto malaperis. Ie li forgesis ĝin, revenis serĉi ĝin, kurante al la konstruaĵo, el kiu li ĵus eliris, rapide supreniris la etaĝojn, sed la valizeto nenie estis.

---

37) valiz-o 여행용 손가방. 슷케이스

아버지 옆에서 빠르게 걸어가던 어머니는 때로 이스트반이 아버지 등 위에 잘 있는지 확인하려고 팔을 뻗어 만졌다.

이런 발걸음은 끝이 없었다. 이스트반에게 이 밤이 영원할 것처럼, 결코 해가 뜨지 않을 것처럼, 그리고 부모님과 자기가 평생 이 무서운 숲에서 헤맬 것처럼 느껴졌다.

이런 생각이 이스트반을 더욱 두려움에 휩싸이게 해 꽃잎처럼 떨었다.

아침에 일어나자 부모님과 사람들이 피곤에 지쳐 나무 없는 곳에 앉아 있었다.

"여기가 어디예요?" 어머니에게 물었다.

"조용히!" 어머니가 속삭이듯 대답했다.

"**오스트리아야!**" 그때 이스트반은 오스트리아가 어딘지, 왜 그들이 여기 온 것인지 알지 못했다. 그 모든 것은 나중에 알게 되었다.

아침 해가 호텔 방의 창문을 비추었다. 저녁에 안락의자에 앉았다가 그대로 잠들었다. 꿈을 꾸었지만, 내용은 잘 기억나지 않았다. 꿈에 이름 모를 커다란 도시에서 헤매며 여러 건물에 들어갔다 나오며 뭔가를 찾았는데 무엇인지 기억 나지 않았다.

서류와 돈이 들어있는 검은 여행용 가방을 손에 들고 있었는데, 그 여행용 가방이 없어진 것을 알아차렸다. 어딘가에서 잊어버린 것이다. 그것을 찾으려고 방금 나왔던 건물로 달려가서 빠르게 올라갔지만, 어디에도 가방은 없었다.

Istvan maltrankviliĝis kaj en tiu ĉi momento li vekiĝis, kelkajn minutojn restis senmova en la fotelo, rigardante al la fenestroj, kie la suno provis penetri en la ĉambron tra la dikaj brunaj kurtenoj. La mola lumo iom post iom trankviligis lin. Li meditis pri la sonĝo kaj ŝajnis al li, ke la perdo de la valizeto en la sonĝo estas bona aŭguro. Laŭ li la sonĝo montris, ke li liberiĝos de iuj zorgoj, ĉar la mono, kiu estis en la valizeto, signifas malfeliĉon.

Antaŭ jaroj, antaŭ la ekveturo al Usono, li planis veni en Budapeŝton kaj serĉi la domon, en kiu li naskiĝis kaj loĝis ĝis sia sepjariĝo. Li supozis, ke nun en tiu ĉi domo loĝas aliaj homoj, sed li firme decidis aĉeti la domon kaj proponi al la nunaj loĝantoj tiom da mono, kiom da ili deziras. Tio estis lia ĉefa celo. Istvan nepre devis aĉeti la domon. Ja, en ĝi estis lia antaŭa vivo, lia plej sennuba kaj bela infana vivo. Istvan decidis proponi al la nunaj loĝantoj diversajn eblecojn. Unue li proponos monon, due li aĉetos por ili alian loĝejon. Li kredis, ke li sukcesos konvinki ilin kaj pretis eĉ pagi la transportadon de iliaj mebloj al la nova loĝejo. Ja, li havis sufiĉe da mono.

Istvan razis sin, vestiĝis kaj eliris el la hotelo. Li ne matenmanĝis, rapidis, ĉar multe da taskoj li havis hodiaŭ. Lia naska domo troviĝis sur strato "Molnar". Ĉu ĝi ankoraŭ nomiĝas "Molnar" – cerbumis li?

이스트반은 걱정하다가 잠에서 깼고 몇 분 동안 안락의 자에서 꼼짝하지 않고 두꺼운 갈색 커튼을 통과해서 방으로 들어오려는 햇빛이 반짝거리고 있는 창문을 바라보았다.

부드러운 빛이 조금씩 이스트반을 편안하게 했다. 꿈에 대해 생각해보니 꿈에서 가방을 잊어버린 것이 좋은 징조처럼 느껴졌다.

가방 속에 든 돈은 불행을 의미하기 때문에 걱정거리에서 벗어나는 꿈이라고 해몽했다.

몇 년 전, 미국으로 떠나기 직전에 부다페스트에 와서 태어나 일곱 살까지 살았던 집을 찾겠다고 계획했다. 현재는 그 집에 다른 사람들이 살리라고 짐작하고 그들이 원하는 만큼 돈을 주고 집을 사겠다고 굳게 마음먹었다. 이것이 주된 목적이었다.

이스트반은 반드시 그 집을 사야 한다. 그곳에서 자신의 인생 전반부인 가장 티 없고 아름다운 어린 시절을 보냈다.

이스트반은 현 거주자에게 여러 다양한 가능성을 제시하려고 결심했다. 첫째 돈을 제안할 것이고, 둘째 그들에게 다른 집을 사 줄 것이다. 그들을 설득하는 데 성공할 줄 믿고 새 집으로 그들의 가구를 옮길 비용도 지급할 준비를 했다. 돈을 충분히 마련해 뒀다.

이스트반은 면도하고 옷을 입고 호텔을 나왔다. 많은 일을 오늘 처리해야 해서 아침을 먹지 않고 서둘렀다. 태어난 집은 '몰나르' 거리에 있다.

아직 '몰나르'라고 부를까? 이스트반은 생각했다.

La strato devis esti proksime al la hotelo, preskaŭ ĉe Danubo. Kiam li estis infano, li ŝatis sidi sur la bordo de Danubo kaj rigardi la ŝipojn. Tiam la patrino ne permesis al li ludi ĉe Danubo. Ŝi timis, ke li falos en la riveron. Tiam ŝi ankoraŭ ne supozis, ke ili triope: ŝi, la patro kaj Istvan estos en la granda bruanta politika rivero kaj ili ege pene savos sin.

Istvan ekiris sur la strato kaj por esti pli certa, li haltigis viron kaj demandis lin ĉu Danubo estas en la direkto al kiu li iras. La viro respondis:

— Igen.

Istvan trankvile plu iris sur la strato. Kiam li atngis la bordon de Danubo, li vidis monteton Gelert. Nun li devis demandi kie ĝuste troviĝas strato "Molnar". Li demandis maljunan virinon kun neĝblankaj haroj kaj okuloj kiel etaj bluaj butonoj. Ŝi levis kapon kaj ridetis.

— Jen strato "Molnar" – diris la virino kaj montris dekstren.

Istvan dankis kaj ekrapidis tien. Eble nun li nepre rekonos la domon. Li iris kaj atente rigardis la altajn grizajn konstruaĵojn. Jes, li memoras ilin. Estas la samaj kiel antaŭ kvardek jaroj. La strato mallarĝas. Istvan memoris, ke ilia loĝejo troviĝis sur la unua etaĝo. Estis du ĉambroj, kiuj rigardis al la strato kaj dum la tago en ili preskaŭ ne estis sunlumo.

거리는 다뉴브 강 인접한 곳에 있어 호텔에서 가까웠다. 이스트반은 어렸을 때 다뉴브 강변에 앉아 배를 바라보는 걸 좋아했다. 어머니는 다뉴브 강에서 놀도록 허락하지 않았다. 강에 빠질까 두려워 하셨다. 그때는 어머니도, 우리 세 식구가 크게 소용돌이치는 정치적인 강에서 살려고 호되게 애쓰게 되리라는 것을 짐작조차 하지 못했다.

이스트반은 거리로 나와 확실히 하려고 어떤 남자를 멈춰 세운 뒤 자기가 가려는 방향에 다뉴브 강이 있는지 물어보았다. 남자가 '이겐'이라고 대답했다.

이스트반은 편안한 마음으로 거리를 걸어갔다.

다뉴브 강변에 이르러 겔레르트 언덕을 보았다.

이제 **'몰나르' 거리**가 정확히 어디 있는지 물어봐야만 한다. 눈같이 하얀 머리카락에 단추같이 작은 파란 눈을 가진 할머니에게 물었다.

할머니는 머리를 들더니 웃었다.

"여기가 몰나르 거리예요." 할머니가 말하며 오른쪽을 가리켰다.

이스트반은 감사하고 그쪽으로 서둘러 갔다.

아마 반드시 그 집을 알아차릴 것이다.

가서 주의 깊게 높은 회색 건물을 바라보았다.

정말로 기억 속의 그 집이었다. 40년 전과 다를 바 없었다.

거리는 좁았다. 이스트반은 자기 집이 1층이라고 기억했다. 거리로 난 방이 두 개 인데 낮에는 거의 햇빛이 들지 않았다.

Istvan iris kaj provis rememori iun detalon, kiu montros al li, ke tio ĝuste estas la domo, kiun li serĉas. Li dolore streĉigis[38] sian memoron, sed vane.

Ĉiuj konstruaĵoj sur la du stratflankoj similis unu al alia kiel ĝemelojn. La diferencoj sur iliaj fasadoj estis tre malgrandaj. Istvan certis, ke la domo troviĝas sur la maldekstra flanko, ĉe Danubo, kaj li marŝis sur la maldekstra trotuaro.

Li bedaŭris, ke ne memoras la numeron de la domo aŭ verŝajne li neniam sciis ĝin. Ja, tiam li estis nur sepjara.

Tiam, en la aŭtuno de 1956 li ĵus komencis frekventi lernejon. Eble li lernis nur du monatojn kaj komenciĝis la varma aŭtuno kun pafoj, eksplodoj de bomboj, tankoj, soldatoj, kiuj parolis nekompreneblan strangan lingvon.

Istvan venis al la fino de la strato kaj kolero obsedis lin. Li konstatis, ke ne povas rekoni la domon, tamen li ne senesperiĝis. Li turnis sin kaj denove ekiris, rigardante pli atente la domojn. Li haltis antaŭ granda ligna pordo, malfermis ĝin kaj eniris korton. Ĝi tre similis al la korto de la domo, en kiu iam li loĝis. Istvan staris en la centro de la korto kaj levis la kapon al la terasoj. Varmon li eksentis kaj komencis ŝviti. Obsedis lin emocio. Lia koro rapide batis.

---

38) streĉ-i　<他>잡아늘이다. 잡아당기다; 쭉펴다. 무리하다

이스트반은 그곳이 찾는 집임을 확실히 해줄 어떤 세부적인 점을 기억하려 했다.

힘들게 기억을 끄집어내려 했지만 소용없었다.

거리 양옆에 있는 건물들은 쌍둥이처럼 서로 닮았다.

외관상 차이점이 매우 적었다.

이스트반은 집이 왼쪽에 있다고 확신했다.

다뉴브 강에서 왼쪽 길로 접어들었다.

당시 일곱 살이라 집의 번지를 기억하지 못하는 것이 안타까웠다.

1956년 가을, 이스트반은 막 학교에 다니기 시작했다.

아마 두 달가량 배웠을 무렵, 총소리, 폭탄 터지는 소리, 탱크, 알아들을 수 없는 이상한 말을 하는 군인들이 있는 따뜻한 가을이 시작되었다.

이스트반이 거리 끝으로 갈 때쯤엔 화가 났다.

어느 집인지 도무지 알아차릴 수 없었지만 절망하지는 않았다.

몸을 돌려 더 자세히 집들을 살피면서 다시 걸었다.

커다란 목재 문 앞에 멈춰 서 문을 열고 마당으로 들어갔다.

언젠가 살았던 집의 마당과 아주 비슷했다.

이스트반은 마당 가운데 서서 머리를 들어올려 테라스를 쳐다보았다.

더워서 땀이 흐르고, 감정도 북받쳐 올랐다.

심장이 빠르게 뛰었다.

Li deziris tuj ekiri al la unua etaĝo, al la loĝejo, kiu estis en la angulo de la teraso, premi la sonorilon kaj diri al la homoj, kiuj nun loĝas tie: "Mi loĝis ĉi tie. Mi naskiĝis en tiu ĉi domo. Jen, en tiu ĉi ĉambro mi dormis, en tiu ĉi kuirejo ni manĝis kun panjo kaj paĉjo. Ĉi tie, ĉe tiu ĉi kameno, panjo legis al mi fabelojn. Mi memoras, estis tre belaj, interesaj fabeloj."

Istvan ekiris al la unua etaĝo, ekstaris antaŭ la pordo. Estis masiva ligna pordo, verde fabrita kun vitra fenestreto kaj fera krado. Por momento li hezitis. Li ne memoris ĉu tiel aspektis la pordo. Li premis la sonorilon. Aŭdiĝis obtuza sonoro. Li atendis eble du minutojn. La tempo pasis tre malrapide. Eble neniu estas en la loĝejo. Li turnis sin por foriri, sed subite la pordo malfermiĝis kaj eliris maljunulino, ĉirkaŭ okdekjara.

— Kiun vi serĉas? — demandis ŝi kaj ŝiaj grizaj okuloj alrigardis lin esploreme kaj suspekteme.

Istvan embarasiĝis, ne sciis kion ĝuste diri. Post iom da hezito li komencis malrapide:

— Pardonu min – diris li. – Ĉu ĉi tie antaŭ jaroj loĝis familio Szabo? Ili elmigris en 1956. Ĉu tiu ĉi estis ilia loĝejo?

La maljunulino rigardis lin rigore.

— Jes, familio Szabo, Gabor kaj Ilona – ripetis Istvan.

테라스 구석에 있는 단층집으로 걸어갔다.

초인종을 누르고 지금 거기 사는 사람에게 말하고 싶었다.

'내가 여기 살았어요. 이 집에서 태어났고요.

여기 이 방에서 자고 이 부엌에서 엄마 아빠랑 밥 먹었어요.

여기 이 난로 옆에서 엄마는 내게 동화책을 읽어 주셨어요.

아주 아름답고 재미있는 동화라고 기억해요.'

이스트반은 1층으로 가서 문 앞에 섰다.

푸른 색에 작은 유리창과 쇠창살이 있는 대형 목재 문이다.

잠깐 망설였다. 문이 그렇게 생겼는지 기억이 나지 않았다. 초인종을 눌렀다. 희미한 소리가 들렸다. 2분 정도 기다렸다. 시간은 아주 천천히 흘러갔다.

집에 아무도 없는 것 같아, 돌아가려고 몸을 돌리는데 갑자기 문이 열리더니 80세로 보이는 할머니가 나왔다.

"누구를 찾으시나요?" 할머니가 물었다.

회색 눈은 호기심과 의심에 차서 이스트반을 쳐다보았다.

이스트반은 당황해서 정확히 무엇이라고 말할지를 몰랐다.

조금 망설이다가 천천히 말했다.

"죄송합니다. 여기서 수년 전 스자보 가족이 살았나요? 1956년에 이사 갔어요. 여기가 그들 집인가요?"

할머니는 딱딱하게 바라보았다.

"예, **스자보 가족, 가보르와 일로나.**"

이스트반이 되풀이했다.

— Mi ne konas ilin – respondis la maljunulino. – Mi loĝas ĉi tie de 1945, sed mi pri Gabor kaj Ilona unuan fojon aŭdas.

— Ĉu vi certas? – demandis Istvan maltrankvile.

— Jes. Mi konas ĉiujn, kiuj loĝas ĉi tie. Mia edzo estis domadministranto.

— Dankon – tramurmuris Istvan.

Certe li eraris. Verŝajne estas la najbara konstruaĵo. Li ekiris al la strato, eniris la najbaran domon. Estis simila interna korto, similaj etaĝterasoj. Ja, ĉiuj konstruaĵoj en la centro de Budapeŝto preskaŭ similis unu al alia. Istvan ekstaris en la korto kaj rigardis al la etaĝoj. Liaj okuloj strabis la loĝejon sur la unua etaĝo, en la angulo de la teraso. Li supreniris, ekstaris antaŭ la pordo kaj premis la sonorilon. Ankaŭ ĉi tie eliris maljunulino, tamen pli afabla kaj diris al li, ke delonge loĝas ĉi tie, sed ne konas familion Szabo, nek Gabor, nek Ilona.

— Ilia filo nomiĝis Istvan. Li estis sepjara, kiam ili elmigris – klarigis Istvan, esperante, ke la maljunulino ion rememoros.

— Ne. Ne – diris la maljunulino. – En tiu ĉi domo ne loĝis familio Szabo, Gabor kaj Ilona.

Istvan dankis kaj foriris. En la korto li provis ion rememori, ion tre gravan, kiu montru al li, ke tiu ĉi estas la domo, en kiu iam li loĝis.

"나는 그들을 몰라요." 할머니가 대답했다.

"나는 이 집에서 1945년부터 살아요. 그러나 가보로, 일로나라는 이름을 한 번도 들은 적이 없어요."

"확실합니까?" 이스트반은 불안해서 물었다.

"예, 나는 여기 사는 사람을 모두 알아요. 내 남편이 건물관리자였거든요."

"감사합니다." 이스트반이 우물거렸다. 분명히 잘못 안 것이다. 바로 옆 건물 같았다. 거리로 나가 이웃집으로 들어갔다. 내부 마당이 비슷하고, 테라스도 비슷한 층에 있었다.

그러고보니 부다페스트 중심지에서는 모든 건물이 거의 비슷했다. 이스트반은 마당에서 일어나 층계를 바라보았다. 눈이 테라스 구석 1층에 있는 집을 곁눈질했다.

위로 걸어가서 문 앞에서 초인종을 눌렀다.

역시 집에서 할머니가 나왔다.

그러나 오래전부터 여기서 살았으나 스자보 가족이나 가보르, 일로나를 알지 못한다고 더 친절하게 말했다.

"그들 아들 이름이 이스트반입니다. 이사했을 때 일곱 살이었습니다."

이스트반도 할머니가 뭔가를 기억하기 바라며 덧붙였다. "아니요, 아니요." 할머니가 말했다.

"이 집에서 스자보 가족, 가보르, 일로나는 살지 않았어요." 이스트반은 인사하고 떠났다.

마당에서 뭔가 아주 중요한 것, 여기가 언젠가 살던 집이라고 암시(暗示)해 줄 뭔가를 기억하려 애썼다.

Dum li staris kaj rigardis al la etaĝoj, de ie eliris viro je lia aĝo kaj malĝentile demandis:

— Kion vi serĉas, sinjoro?

— Mi serĉas familion, kies nomo estis Szabo, Gabor kaj Ilona. Ili loĝis ĉi tie ĝis 1956.

La viro rigardis Istvan severe.

— Ne mensogu! – diris li. – Mi vidas, ke neniun vi serĉas. Vi observas nur la loĝejojn. Foriru aŭ mi tuj vokos la policon. Mi estas la domadministranto kaj mi bone scias kiuj loĝis kaj loĝas ĉi tie.

— Mi serĉas la domon, en kiu mi naskiĝis – provis klarigi Istvan.

— Vi serĉas vian plagon. Foriru, ĉar mi vokos la policon.

Estis klare, ke kun tiu ĉi ulo Istvan ne povas interkompreniĝi. Li foriris. Sur la strato li denove komencis serĉi la domon, en kiu iam li loĝis. Li iris de domo al domo, sed vane. Jam ŝajnis al li, ke li serĉas ion, kio neniam ekzistis kaj li nur imagis aŭ sonĝis, ke kiam li estis infano, li loĝis sur strato "Molnar" en Budapeŝto. Verŝajne li neniam loĝis en tiu ĉi urbo. Li neniun konis ĉi tie kaj neniu konis lin.

Vesperiĝis. La mallumo komencis kovri lin kiel mola kurteno. Subite li rememoris la obskuran densan arbaron, tra kiu li kaj la gepatroj marŝis por transiri la landlimon.

서서 층계를 바라보고 있을 때 어딘가에서 비슷한 나이 또래 남자가 나타나서 퉁명스럽게 물었다.

"무엇을 찾고 있나요? 아저씨!"

"스자보, 가보르, 일로나라는 이름의 가족을 찾고 있습니다. 1956년까지 여기서 살았어요."

남자는 이스트반을 엄한 표정으로 바라보았다.

"거짓말하지 마시오." 그 남자가 말했다.

"내가 보기에 그 누구도 찾지 않았죠. 그저 집들만 살피고 있어요. 당장 나가시오. 아니면 경찰을 부르겠소. 나는 건물관리자라서, 과거 누가 여기에 살았는지 지금은 누가 살고 있는지 잘 알아요."

"나는 내가 태어난 집을 찾고 있어요." 이스트반이 설명했다.

"재앙을 찾고 있군요. 저리 가시오. 내가 경찰을 부르기 전에." 지금 이 남자를 설득하기란 불가능할 것이 분명했다. 그래서 떠났다. 거리에서 예전에 살던 집을 다시 찾아보았다.

이집 저집 둘러보았지만 소용없었다.

그 집은 절대 존재하지 않을지도 모른다. 어렸을 때 부다페스트 '몰나르' 거리에서 살았다는 것은 상상이거나 꿈을 꾼 것이 아니었나 벌써 느끼고 있었다.

이 도시에서 산 적이 없는 것 같았다. 이곳을 모르고 이곳 사람들도 이스트반 자기를 모른다.

저녁이 되었다. 어둠이 부드러운 장막처럼 덮었다. 갑자기 부모와 함께 국경선을 건너려고 걸었던 어둡고 짙은 숲이 기억났다.

Ĉi tie, en la centro de Budapeŝto, sur la malgranda strato "Molnar", estis tiel obskure[39] kiel en la arbaro kaj li estis sola. Liaj gepatroj delonge malaperis kaj li restis tute sola, sen domo, sen patrujo.

---

39) obskur-a   어두운, 어두컴컴한, 깜깜한, 어둠의; 흐린, 몽롱(朦朧)한;
    (빛깔이)거무칙칙한, 텁텁한; 분명하지 않은, 불명료한; 해석하기 어려운,
    모호(模糊)한.

여기 부다페스트 중심지에서, 작은 거리 '몰나르' 나 숲에서처럼 그렇게 어두운 곳에 혼자 남았다.
부모님은 오래전에 돌아가셨고 집도 나라도 없이 완전히 혼자였다.

La senpekiĝo

En la urbo ĉiuj evitis Dragoilon, ne parolis kun li, kaj kiam hazarde vidis lin sur la strato turnis sin. Tio ege turmentis Dragoilon, sed li konsciis, ke la homoj pravas. Li ne riproĉis ilin kaj ne koleris al ili. Dragoil mem same evitis la homojn. Tre malofte li eliris el la domo kaj ne vizitis lokojn, kie eblis renkonti konatulojn. Li ne butikumis, ne eniris vendejojn. Tion faris liaj edzino kaj filino. Horojn li pasigis sola sur la balkono de la loĝejo, rigardante la straton, kie tumultis homoj kaj aŭtomobiloj. Li rigardis la trafikon, meditante, ke la akcidentoj ĉiam okazas rapide, subite, neatendite kaj nur por sekundo ili renversas kaj frakasas la homan vivon.

Neniam antaŭe Dragoil eĉ supozis, ke lin trafos akcidento, sed foje-foje la sorto estas tre kruela kaj subite forprenas ĉion: la aŭtoritaton, la estimon de la homoj, la laboron, la amikojn, la parencojn.

Antaŭ kelkaj jaroj Dragoil estis direktoro de unu el la plej grandaj fabrikoj en la urbo – la kudra fabriko "Eleganteco" . En ĝi laboris ĉefe virinoj, kiuj kudris vestojn por eksporto. La laboro pli kaj pli vastiĝis. La vestoj estis ege kvalitaj kaj oni amase aĉetis ilin. Dragoil, la direktoro, konstante subskribis novajn kontraktojn kaj luis novajn kudristinojn.

사죄(謝罪)

도시 사람은 모두 **드라고일**을 피했다. 아무도 그와는 말하지 않고 우연히 거리에서 보면 몸을 돌린다. 그것이 드라고일을 아주 힘들게 한다.

하지만 드라고일은 사람들의 행동이 옳다는 점을 인정한다. 그들에게 책망하거나 화내지 않는다.

드라고일 자신도 똑같이 사람들을 피한다.

거의 집밖으로 외출하지 않고, 아는 사람을 만날 만한 곳을 찾아가지도 않는다.

물건도 사지 않아 판매점엔 안 들어간다.

아내와 딸도 그렇게 한다. 집 발코니에서 사람들과 차량으로 혼잡한 거리를 바라보면서 혼자 시간을 보낸다.

사고는 항상 빠르고 갑자기, 기대하지 않은 때 일어나서 잠깐동안에 인간의 삶을 넘어뜨리고 부순다고 묵상하면서 교통현장을 바라보았다.

예전에 드라고일은 자기에게 사고가 일어나리라고는 상상해본 적이 없다.

그러나 가끔 운명은 몹시 잔인해서 갑자기 모든 것, 권위, 사람들의 존경, 친구, 친척을 뺏어간다.

몇 년 전만 해도 드라고일은 도시에서 가장 큰 공장인 방직 공장 **엘레간테쪼**의 관리자였다. 그곳에서는 주로 여성들이 일하며 수출용 옷을 만들었다. 일은 점점 더 늘어났다. 품질이 매우 좋아 대규모로 팔렸다. 드라고일은 관리자로서 명확한 판단력을 가지고 새 계약서에 서명하고 새 여직원들을 채용했다.

En la urbo oni estimis lin, ĉar li, kiel direktoro, bone zorgis pri la laboristinoj. Laŭ lia iniciato[40] ĉe la fabriko estis infanĝardeno. Pro bona laboro li ofte ordonis kromsalajri la laboristinojn. Sed oni diras, ke multe da bono, ne estas bone.

En iu vintra vespero, kiam Dragoil ŝoforis sian aŭton, okazis granda akcidento. La ŝoseo estis glita pro la glacio kaj Dragoil karambolis je alia aŭto, en kiu estis junaj geedzoj, kiuj tuj mortis. Oni konstatis, ke la mortintoj estis Kraso kaj Slavena. Slavena laboris en fabriko "Eleganteco" kaj tiu ĉi tragedio frakasis Dragoilon. Li estis ŝokita kaj preskaŭ frenezita. Neniel li povis klarigi al si mem kiel okazis la katastrofo.

Slavena estis unu el la plej belaj junulinoj en la fabriko, kun bluaj okuloj kiel kristala lago, densaj haroj kaj svelta staturo. Ŝi estis dudek du jara. Slavena kaj Kraso havis knabeton Jonkon, kiu orfiĝis.

Antaŭ la tribunalo Dragoil konfesis sian kulpon kaj oni kondamnis lin. Kelkajn jarojn li pasigis en malliberejo. Kiam oni liberigis lin, li jam estis tute alia homo. Plu li ne havis laboron. Longajn kaj turmentajn tagojn li pasigis nur hejme. Malofte li eliris el la loĝejo kaj evitis la homojn. "Kial mi vivas? – demandis li sin mem. – Ĉu havas sencon tia vivo. Estus pli bone, se mi mortus en la katastrofo."

---

40) iniciato 창시(創始) , 발기(發起) ,창의(創意)

도시 사람들이 드라고일을 존경했다.

그가 관리자로서 여성 노동자들을 잘 관리하기 때문이다. 공장에는 드라고일의 제안에 따라 유치원이 생겼다. 좋은 성과 덕에 여성 노동자들에게 상여금을 자주 주었다.

그러나 사람들은 아주 많은 좋은 것은 좋은 것이 아니라고 말했다.

어느 겨울밤에 드라고일이 차를 운전할 때 큰 사고가 일어났다. 얼음 탓에 미끄러워진 큰 길에서 드라고일이 탄 차가 젊은 부부의 차와 충돌했는데 그들이 그 자리에서 죽었다. 죽은 사람이 **크라소**와 **슬라베나**인 것을 확인했다. 슬라베나는 엘레간테쪼 공장 노동자였다.

그 비극이 드라고일을 파괴했다.

충격을 받아 거의 미칠 지경이 되었다.

사고가 어떻게 일어났는지 설명할 수조차 없었다. 슬라베나는 공장에서 가장 예쁜 여직원이었는데 수정 호수같이 파란 눈에 짙은 머리카락과 날씬한 몸매를 가졌다. 나이는 스물두 살이었다. 슬라베나와 크라소에게는 어린 자녀 **용코**가 있었는데 이제 고아가 되었다. 법정 앞에서 드라고일은 자신의 잘못을 자백하고 재판을 받았다. 몇 년간 감옥에서 지냈다. 감옥에서 나온 뒤 완전히 딴사람이 되었다. 다시는 일을 하지 않았다. 길고 고통스러운 나날을 집에서만 보냈다.

가끔 집 밖으로 나와도 사람들을 피했다. '왜 내가 사는가?' 궁금했다. '그런 삶은 의미가 있는가? 교통사고 때 죽었더라면 더 좋았을 텐데.'

Vane lia edzino provis trankviligi kaj esperigi lin, sed Dragoil iĝis pli silentema kaj pli depresita.[41]

Iun tagon tamen ĉio ŝanĝiĝis. Surstrate la homoj komencis denove saluti lin kaj denove konversacii kun li. Oni ne plu turnis rigardojn, kiam preterpasis lin. Foje onklino Nadja, unu el la kudristinoj en la fabriko "Eleganteco", demandis najbarinon de Dragoil:

— Kio okazis? Mi pli ofte vidas Dragoilon surstrate kaj ŝajnas al mi, ke li jam ne estas tiel depresita kiel antaŭe. Ĉu li forgesis la katastrofon?[42]

— Ne - respondis la najbarino. - Dragoil ne forgesis la katastrofon, sed li kaj lia edzino adoptis Jonkon, la orfon,[43] la filon de Kraso kaj Slavena. De tiam li iĝis tute alia homo. Nun li havas kialon vivi.

---

41) depresi-o * <경제> 디프레이션, 통화수축. * <의학> 우울증, 의기
 소침, 침울, = deprimo
42) katastrof-o 갑작스러운 큰 변동:(인생의)큰 재앙; 천재(天災); <地
 質>대격변(=kataklismo); (희곡. 특히 비극의) 끔찍한 마지막 장면; 파멸
 파국(破局).
43) orf-o 고아(孤兒). orfejo 고아원(院).

아내는 편안하게 해주고 희망을 심어주려고 했지만 소용없었다. 드라고일은 말수가 더 없고 좌절에 빠졌다. 어느 날 모든 것이 변했다.

거리에서 사람들이 드라고일과 다시 인사하고 다시 대화했다. 옆을 지나면서 더는 고개를 돌리지 않았다. 가끔 엘레간테쪼 공장의 여재단사중 하나인 **나댜** 아주머니는 드라고일의 이웃 여자에게 물었다.

"무슨 일이 있어요? 나는 거리에서 드라고일 씨를 더 자주 보는데 이젠 예전처럼 그렇게 좌절에 빠진 몰골로 보이지 않아요. 교통사고를 잊었나요?"

"아니요." 이웃 여자가 대답했다.

"드라고일 씨는 교통사고를 잊지 않았어요. 그러나 드라고일 씨와 부인은 크라소와 슬로베나의 아들 고아 용코를 입양했어요. 그때부터 완전히 다른 사람이 되었어요. 지금 그들은 살아야 할 이유가 있어요."

La filo

Antaŭ kelkaj monatoj Karina ekloĝis en tiu ĉi domo. La kvartalo plaĉis al ŝi. Ĝi estis trankvila, silenta, proksime al la centro de la urbo. La stratoj estis mallarĝaj kaj je du stratflankoj staris kvaretaĝaj domoj. Antaŭ la domo, en kiu loĝis Karina, estis malgranda ĝardeno kaj iu zorgis pri ĝi, akvumis la florojn, tranĉis la herbon, de tempo al tempo fosis la bedojn. Oni diris, ke pri la ĝardeno zorgas onklino Nina, najbarino de Karina, sed Karina ne konis ŝin persone.

La loĝejo de Karina estis sur la dua etaĝo, duĉambra, oportuna kun du balkonoj, lumigitaj matene de la suno. De la balkonoj videblis la montaro, kiu ĉiam estis alloga. Somere – verda, vintre – blanka. Ordinare en la loĝejo de Karina estis silento. Ŝi malofte aŭskultis muzikon kaj nur vespere funkciigis la televidilon por aŭdi la novaĵojn aŭ spekti iun filmon.

Karina revis trovi amikon en la granda urbo kaj tio estis la kialo veni ĉi tien. En la urbo, kie ŝi naskiĝis kaj loĝis, ŝi ne trovis la amon, la viron pri kiu ŝi revis. Jam tridekjara ŝi deziris nepre edziniĝi. Ŝi laboris kiel finansistino en granda entrepreno, bone salajris kaj ŝia sola revo estis trovi bonan edzon.

Kelkfoje en la enirejo de la domo ŝi vidis junan viron, kiu forte impresis ŝin.

아들

몇 달 전 **카리나**는 이 집으로 이사했다.

이 지역이 마음에 들었다.

편안하고 조용하고 도심에서 가까웠다.

거리는 좁고 길 양옆에는 4층짜리 건물이 서 있다.

카리나가 사는 집 앞에는 화단이 있는데 누군가 관리하고 꽃에 물을 주고 잡초를 잘라주고 때로 땅을 일구었다. 사람들이 카리나의 이웃 여자인 **니나** 아주머니가 화단을 돌본다고 말했지만, 카리나는 니나 아주머니를 개인적으로 알지 못했다.

카리나의 집은 2층에 있는데 방이 두 개 있고, 아침에 해 비치는 발코니가 두 개나 있어 편리하다.

발코니에서 산을 볼 수 있는데, 여름에는 푸르고 겨울에는 하얘서 항상 매력이 넘친다.

가끔 음악을 듣고, 저녁에는 TV를 켜서 뉴스를 듣거나 영화를 본다.

카리나는 큰 도시에서 남자 친구를 만나고 싶어 했는데, 그것이 여기로 이사 온 이유다.

나고 자란 도시에서는 자기가 꿈에 그리던 사랑하는 남자를 찾지 못했다.

어느새 서른 살이 된 카리나는 꼭 결혼하고 싶었다.

큰 회사의 재정 업무를 맡고 있어 급여도 좋은 편인 카리나는 좋은 남편을 찾는 것이 유일한 소망이다. 건물 입구에서 몇 번 아주 인상적인 젊은 남자를 보았다.

Li estis alta, eleganta, nigrohara kun malhelaj okuloj kiel migdaloj. Karina ne sciis kiu li estas, kio estas lia nomo, sed ĉiam li afable salutis ŝin. Certe li estis inteligenta kaj bone edukita. Eĉ foje li alparolis Karinan:

— Ĉu vi loĝas sur la dua etaĝo? – demandis li.

— Jes – respondis ŝi – iom embarasite.

— Mia patrino loĝas super vi, sur la tria etaĝo. Mia nomo estas Atanas – kaj li etendis brakon al ŝi.

— Mi estas Karina – respondis ŝi kaj iom ruĝiĝis.

Ja, li estas la filo de onklino Nina, diris al si mem Karina. Post tiu ĉi renkontiĝo ŝi atendis denove vidi lin, sed la tagoj pasis kaj Atanas ne venis en la domon. Certe li loĝis en alia kvartalo de la urbo kaj nur de tempo al tempo vizitis sian patrinon, sed Karina esperis, ke iun tagon ŝi denove vidos lin. Eble li alparolos ŝin kaj povas esti, ke invitos ŝin kafumi aŭ rendevui.

Unu vesperon je la oka horo, ĝuste kiam Karina spektis la televizinovaĵojn, aŭdiĝis krioj, kiuj venis de la loĝejo de onklino Nina, la patrino de Atanas:

— Helpon! Mi petas helpon!

La malesperigaj kaj korŝiraj krioj timigis Karinan. Io okazis al onklino Nina. Ĉu ŝtelistoj eniris ŝian loĝejon? La maljuna virino loĝis sola kaj verŝajne iu atakis ŝin. Aŭ eble ŝi falis kaj ne povas stariĝi.

키가 크고 멋진 남자였다. 복숭아처럼 생긴 암갈색 눈동자에 검은 머리카락이었다.

카리나는 그 남자가 누군지, 이름이 뭔지 모르지만, 그 사람은 항상 카리나에게 친절하게 인사했다.

교양 있고 교육을 잘 받은 것이 분명했다.

카리나에게 가끔 말을 걸기도 했다.

"2층에 사시나요?"

"예" 조금 당황해서 대답했다.

"제 어머니께서 그 위층인 3층에 살고 계세요. 제 이름은 **아타나스**입니다." 그리고 팔을 내밀었다.

"저는 카리나입니다. " 대답하면서 얼굴이 조금 붉어졌다. '정말 이 남자는 니나 아주머니의 아들이구나.' 카리나는 속으로 말했다.

그 뒤 다시 만나기를 기다렸지만, 날짜가 지나가도 아타나스는 건물에 오지 않았다. 분명 그 남자는 도시 다른 지역에 살면서 때때로 어머니를 찾아오지만, 카리나는 어느 날 다시 보기를 바랐다. 아마 말을 걸 테고 그때 커피를 마시거나 만나자고 초대할 수도 있다.

어느 날 저녁 8시에 카리나가 TV 뉴스를 보고 있을 때, 아타나스의 어머니인 니나 아주머니 집에서 외침 소리가 들렸다. "도와주세요, 나를 도와주세요." 절망적이고 마음을 찢는 비명이 카리나를 두렵게 했다. 니나 아주머니에게 무언가 일이 생긴 것이다. 집에 도둑이 들어왔나? 혼자 사는 할머니를 누군가 공격했다. 아마 넘어져서 일어나지 못할 수도 있겠구나.

Verŝajne rompis[44] kruron aŭ brakon.

Kelkajn sekundojn Karina hezitis kion fari, ĉu telefoni al polico aŭ al rapida medicina helpo. Tamen ŝi decidis supreniri kaj vidi kio ĝuste okazis. Rapide ŝi eliris el la loĝejo kaj ekkuris al tria etaĝo. La pordo de la najbarino estis ŝlosita kaj Karina vane provis malfermi ĝin. Ene daŭre aŭdeblis la korŝiraj veoj por helpo, kiuj tamen komencis iĝi pli malfortaj kaj pli obtuzaj.

Dum Karina staris antaŭ la ŝlosita pordo, de la najbara loĝejo eliris virino, kiun Karina ne konis.

— Ĉu al onklino Nina okazis io? – demandis la virino

– Eble ŝi falis kaj ne povas stariĝi.

— Mi telefonos al rapida medicina helpo, sed la pordo estas ŝlosita – diris Karina.

-Mi havas la telefonnumeron de Atanas, ŝia filo. Mi vokos lin.

Kaj la virino telefonis al li.

— Atanas, venu rapide. Via patrino verŝajne falis kaj rompis aŭ kruron, aŭ brakon. Ŝi vokas por helpo, sed la pordo estas ŝlosita kaj mi ne povas eniri. Venu rapide!

Atanas ion diris kaj la virino estingis la poŝtelefonon. Ŝia vizaĝo iĝis kolera kaj pala.

— Kion li diris? – demandis Karina.

---

44) romp-i <他> 부수다, 깨뜨리다, 쪼개다; 꺾다; 끊다; 다치다, 삐다; 으스러뜨리다; 기를 죽이다, 세력을 꺾다, 꺾어 누르다; 멈추게 하다

분명히 다리나 팔이 부러졌을 수도 있다. 몇 분간 카리나는 경찰이나 응급실에 전화할지 말지 주저했다.

위로 올라가 무슨 일이 일어났는지 정확히 봐야겠다고 마음을 먹었다.

서둘러 집에서 나와 3층으로 뛰어 올라갔다.

이웃집 문은 열쇠로 잠겨 있어, 열려고 해 봤자 소용이 없었다. 안에서는 여전히 마음을 찢는 도와 달라는 외침이 들려왔다.

그 소리는 점점 약해지고 희미해졌다.

카리나가 잠긴 문 앞에 서 있을 때 이웃집에서 카리나가 모르는 여자가 나왔다.

"니나 아주머니에게 무슨 일이 있나요?" 그 여자가 물었다.

"아마 넘어져서 일어날 수 없나 봅니다."

"내가 응급실로 전화할게요."

"하지만 문이 잠겨 있어요." 카리나가 말했다.

"내가 아주머니의 아들 아타나스 전화번호를 가지고 있으니 부를게요."

그 여자가 아들에게 전화했다.

"아타나스, 빨리 오세요. 어머니가 넘어졌는데 다리나 팔이 부러진 것 같아요. 도움을 청했지만, 문이 안으로 잠겨 있어서 들어갈 수 없어요. 빨리 오세요."

아타나스가 무언가를 말하자 여자는 휴대 전화를 끊었다. 얼굴은 화가 나고 창백해졌다.

"뭐라고 말해요?" 카리나가 물었다.

— Kion! Mi ne deziras ekkredi al miaj oreloj. Li ne estas filo, sed fiulo! Li diris, ke mi telefonu al lia fratino kaj mi ne maltrankvilgu lin.

— Kiel eblas! – alrigardis ŝin Karina ŝokita.

— Jes, antaŭ kelkaj monatoj onklino Nina atribuis[45] la loĝejon al la filino, kiu havas grandan familion kaj ne havas loĝejon. Tial Atanas estas kolera al la patrino.

La virino komencis telefoni al la filino de onklino Nina kaj Karina senmove stuporite rigardis ŝin. De la loĝejo ankoraŭ aŭdeblis la veoj de la maljunulino.

Post monato Karina vidis Atanas en la enirejo de la domo. Li ekridetis, afable salutis ŝin kaj provis alparoli ŝin, sed Karina preterpasis sen alrigardi lin.

---

45) atribu-i <他> (결과 따위를 …의) 탓으로 하다; (결과[원인 · 동기]를) …에 돌리다; (어느 일을) …의 것으로 하다; …에게 주다, 할당[배당]하다

"무엇인지, 내 귀를 믿고 싶지 않아요. 그 사람은 아들도 아니고 나쁜 놈이에요. 자기 누나에게 전화하고 자기는 귀찮게 하지 말라고 말했어요."

"어떻게 그런 말을!" 카리나는 충격에 빠져 그 여자를 바라보았다.

"예, 몇 달 전에 니나 아주머니는 집을 대가족과 사는, 집 없는 딸에게 물려주었어요. 그래서 아타나스는 어머니께 화가 났지요."

여자는 니나 아주머니 딸에게 전화 걸었고 카리나는 멍하니 움직이지 않은 채 그 여자를 바라보았다.

집에서는 아직 할머니의 신음이 들렸다.

몇 달 뒤 건물 입구에서 아타나스를 마주쳤다.

그 남자는 살짝 웃으며 인사했다. 그리고 말을 걸려고 했지만, 카리나는 쳐다 보지도 않고 지나쳤다.

La terura lago

Naum eniris la kelon por preni ŝovelilon kaj miris. Ĝuste en la mezo de la kelo estis marĉeto, ne tre granda, eble dudekcentimetra. Li alrigardis ĝin kaj foriris. La sekvan matenon denove li eniris la kelon kaj rimarkis, ke la marĉeto iĝis pli granda, jam ĝi estis preskaŭ unumetran diametre. Tio tute ne plaĉis al Naum kaj li atente trarigardis la marĉeton. La akvo estis malhela, senmova kiel spegulo kaj respegulis lian nerazitan vizaĝon. De kie venis tiu ĉi akvo? – demandis sin Naum. Sub la kelo ne estis akvokondukilaj tuboj, nek kanalo. Ne estis ankaŭ difektita tubo. Li kliniĝis kaj flaris la akvon. Ĝi odoris je marĉo. Kia estis ĝia koloro, ŝajne verdeca? Naum eliris el la kelo, sed daŭre demandis sin de kie aperis tiu ĉi akvo.

La sekvan tagon li pli frue eniris la kelon. Nun la marĉeto estis multe pli granda. Jam la tempo urĝis, li devis tuj ion fari. Naum prenis sitelon kaj komencis elĉerpi la akvon, sed ŝajnis al li, ke la marĉeto iĝas pli granda kaj pli profunda. Diable. Naum koleriĝis kaj laboris ĝis tagmezo. Kiam li eniris la domon, lia edzino, onklino Gena, demandis lin kion li faris tutan antaŭtagmezon en la kelo. Kiel kutime Naum kurte respondis, ke li havis laboron.

무서운 호수

나움은 삽을 가지러 창고에 들어갔다가 깜짝 놀랐다. 창고 한가운데 그리 크지 않고 20cm쯤 되는 작은 늪이 생긴 것이다. 그것을 가만히 내려다보다 나왔다.

다음 날 아침 다시 창고에 들어갔을 때는 늪이 조금 더 커져서 직경이 벌써 1m 정도 했다.

나움은 내키지 않았지만 주의해서 늪을 살폈다. 탁하고 거울처럼 움직이지 않아 수염을 자르지 않은 얼굴이 비쳤다.

'어디서 이 물이 나왔을까?' 나움은 궁금했다.

창고 아래는 물을 끌어오는 관이나 운하가 없다.

고장난 수도관도 없다.

고개를 숙이고 물 냄새를 맡았더니 늪 냄새가 났다.

'물 색깔에 푸른 빛이 감도는 건 무슨 이유일까?'

나움은 창고에서 나왔지만 계속해서 어디서 이 물이 생겼는지 궁금했다.

다음날 더 일찍 창고에 들어갔다.

늪은 훨씬 더 커져 있었다.

바로 뭔가 조치를 하지 않으면 큰일날 것 같았다.

나움은 양동이로 물을 퍼냈다.

그러나 늪은 더 커지고 더 깊어졌다.

나움은 화가 났지만 점심때까지 그 일을 했다.

집에 들어가자 아내가 오전 내내 창고에서 무엇을 했느냐고 물었다.

보통 때처럼 나움은 일이 있다고 짧게 대답했다.

La situacio iĝis pli maltrankviliga. La akvo inundis la duon kelon kaj ĉio odoris je ŝlimo.[46] Naum konvikiĝis, ke per sitelo li faros nenion kaj se li ankoraŭ iomete atendos, la akvo ruinigos la domon. Li ne estis mallaborema kaj tuj komencis dreni la kelon.

La domo de Naum estis bela, stabila, duetaĝa. Li mem konstruis ĝin antaŭ tridek jaroj, kiam li edziĝis al onklino Gena. En tiu ĉi domo estis lia koro. Tiam Naum aĉetis bonkvalitajn konstrumaterialojn. Li mem elektis la ŝtonojn, la brikojn, la tegolojn. Li veturis al diversaj urboj por aĉeti bonajn kverkajn fenestrojn kaj pordojn.

En tiu ĉi domo li loĝas jam pli ol tridek jarojn. Ĉi tie naskiĝis liaj infanoj, ĉi tie ili kreskis kaj de ĉi tie ili forflugis kiel birdoj, kiam ili iĝis plenaĝaj.

Preskaŭ la tutan tagon Naum faris la drenilon. Li laciĝis, sed estis kontenta de la farita laboro. Vespere li iris en la vilaĝan drinkejon por vidi siajn amikojn. Kiel ĉiam la drenkejo zumis kiel plena abelujo. La vilaĝanoj konversaciis, brue diskutis, ŝercis kaj ridis. Ili estas gajaj, meditis Naum, ili ne havas zorgojn, verŝajne iliaj keloj ne estas akvoplenaj kaj ili ne devas fosi drenilojn. Naum sidiĝis ĉe Stoil kaj Velko. Li konis ilin jam de la infaneco. Stoil estis ŝercemulo kaj Velko – silentema.

---

46) ŝlim-o   진흙, 진창, 수렁,감탕, 곤경(困境)

상황은 점점 불안스러웠다.

물은 창고 두 곳에 넘치고 진창 냄새를 풍겼다.

양동이로는 더 아무것도 할 수 없을 것 같았다. 시간이 조금 더 지나면 물이 집을 무너뜨릴 것이 분명했다.

부지런한 편인 나움은 창고에서 배수를 시작했다. 예쁘고 튼튼한 2층 집이었다.

30년 전 **게나**와 결혼할 때 나움이 손수 지었다.

집을 잘 짓고 싶은 마음에 양질의 건축 재료를 사서 사용했다. 나움이 손수 돌, 벽돌, 기와를 골랐다.

좋은 도토리나무 소재인 창과 문을 사려고 여러 도시를 차로 돌아다녔다. 이 집에서 30년 넘게 살고 있다.

자녀들이 여기서 태어나서 자랐고 어른이 되자 새처럼 멀리 날아갔다.

거의 모든 날을 배수 공사를 하느라 피곤했지만, 한 일 때문에 만족했다.

저녁에 친구를 만나러 마을 술집에 갔다.

언제나처럼 술집은 벌집처럼 웅성거렸다. 마을 사람들은 이야기하고 크게 토론하고 농담하고 웃었다. 아무런 걱정이 없는 듯 즐거워 보였다.

그들의 창고는 물이 가득 차지 않아서 배수구 파는 일을 할 필요가 없을 것 같았다.

나움은 어린 시절부터 알고 지낸 **스토일**과 **벨코** 옆자리에 앉았다.

스토일은 농담을 잘하고 벨코는 말수가 적다.

Ambaŭ parolis pri la rikolto: tritiko, maizo,[47] sekalo···
Ĉu mi diru al ili pri la akvo en la kelo, demandis sin
Naum, sed li decidis ne diri. Ili triope trinkis brandon,
konversaciis, sed subite Naum ekflaris ŝliman odoron,
kiu eble venis de liaj amikoj. Eble ankaŭ ili faris
drenilojn – supozis Naum, sed ili nenion menciis pri
tio.

Naum daŭrigis la drenilfosadon, sed la laboro aspektis
sensenca. Kiom da li fosis, tiom pli da akvo fontis.
Naum viŝis la ŝviton de la frunto kaj decidis ekscii ĉu
nur en lia kelo aperas akvo. Stoil estis lia najbaro kaj
unue Naum iris al li. La ĝardena pordo estis ŝlosita.
Naum longe vokis:

– Stoil, Stoil···

La hundo Valkan bojis kolere, sed Stoil ne eliris.
Fin-fine Stoil montris sin.

– Kio okazas, amiko? – demandis Naum. – Jam
duonhoron mi vokas vin, sed vi ne aperas.

– Ho, mi dormis kaj mi ne aŭdis vin – balbutis Stoil.

Evidente li mesogis, ĉar Naum tre bone sciis, ke Stoil
ne kutimis dormi tage. Krome li surhavsi laborveston
sur kiu oni povis rimarki kotmakulojn. Eble ankaŭ Stoil
faris derenilon, supozis Naum.

– Stoil, diru al mi ĉu hazarde en via kelo ne fontis
akvo?

---

47) maiz-o <植>옥수수

둘은 밀, 옥수수, 라이보리 수확에 관해 말했다.

'이들에게 창고에 물이 찬다고 말해 버릴까?'

나움은 자문했지만 말하지 않기로 했다. 셋이 브랜디를 마시며 대화하던 중, 갑자기 친구들한테서도 진창 냄새가 풍겼다. 그들도 배수 공사를 하는 거라고 나움은 짐작했다. 그러나 그들은 공사에 관해 아무것도 언급하지 않았다. 나움은 배수 공사를 계속했지만 일은 의미없게 보였다. 퍼내는 만큼 물이 샘솟았다.이마의 땀을 씻어 낸 나움은 자기 창고에서만 물이 나오는지 알아 보려고 마음먹었다. 먼저 이웃에 사는 스토일에게 갔다.

마당에 딸린 문은 닫혔다.

나움이 꽤 오랫동안 '스토일'을 불렀다,

발칸산(産) 개가 험하게 짖어도 스토일은 나오지 않더니, 한참만에 나왔다.

"무슨 일 있니? 친구!" 나움이 물었다.

"30분 동안 불렀는데 이제야 나타나니."

"미안해. 자느라 소리를 못 들었어."

스토일이 더듬거렸다.

분명히 거짓말하고 있었다. 스토일에게는 낮잠 자는 습관이 없다는 걸 나움은 잘 알고 있었다. 그 밖에 스토일은 진흙 얼룩이 묻은 작업복을 입고 있었다.

스토일도 배수구를 만들고 있다고 나움은 짐작했다.

"스토일, 창고에서 갑자기 물이 솟아 나오지 않았니? 내게 솔직히 말해 봐."

— Kia akvo! – rigardis strange lin Stoil. – Mia kelo estas seka kiel pulvodeponejo.

Li mensogis. Naum ofendiĝis, sed nenion diris. Li iris al Velko por demandi ankaŭ lin, sed ankaŭ Velko respondis kiel Stoil:

— Ĉu akvo? Mia kelo estas tute seka.

Kio okazis – ne komprenis Naum. Ĉu mi freneziĝis aŭ ili ŝajnigas sin frenezaj? Kial ili mensogas, kial ili ne deziras diri, ke iliaj keloj estas inunditaj? Naum tamen decidis demandi ankaŭ la aliajn najbarojn, sed ĉiuj diris, ke eĉ guton ili ne rimarkis en siaj keloj. Tamen videblis, ke ĉiuj kaŝe faras drenilojn. Neniu deziris diri, ke lia domo estas inundita.

Dalevo estis belega, kampara vilaĝo, banloko kun mineralakva fonto kaj somere pluraj homoj venis ĉi tien ripozi kaj kuraci sin. Nur post monato komenciĝos la ripozsezono. Eble tial neniu menciis pri la inundo, ĉar se oni ekscios, ke la domoj en Dalevo estas inunditaj, neniu venos ĉi tien ripozi kaj kuraci sin. Dalevo iĝos dezerta, sed la vilaĝanoj ĉi tie vivtenas sin de la ripozantoj, kiuj venas ĉiun someron.

Eble miaj samvilaĝanoj pravas silenti pri la inundo, meditis Naum. Kial mi demandu ĉu iliaj domoj estas inunditaj, mi fosu mian drenilon kaj ankaŭ mi silentu. Ĉiu mem devas solvi sian problemon. Naum daŭrigis fosi, sed rezulto ne estis.

"무슨 물?" 스토일은 이상하다는 듯 나움을 쳐다보았다. "내 창고는 화약 보관소처럼 말랐어." 거짓말이 분명했다. 나움은 감정이 상했지만 아무런 말도 하지 않았다. 역시 똑같은 말을 물어보려고 벨코에게 갔다. 그러나 벨코도 스토일처럼 말했다. "물이라고? 내 창고는 완전히 말랐어. 무슨 일이 있어?" 나움은 정말 이해할 수 없었다. '내가 미쳤나? 아니면 내 눈에 그들이 미친 사람마냥 보이는 것일까? 왜 거짓말을 할까? 왜 창고에 물이 차고 넘친다고 솔직히 털어놓으려 하지 않나?' 나움은 다른 이웃에게 물어보려 마음 먹었다. 하지만 모두 창고에 물 한 방울 없다고 말했다. 그렇지만 모두 몰래 배수 공사를 하고 있는 낌새를 엿볼 수 있었다. 자기 집에 물이 찬다고 아무도 말하고 싶지 않았다. **달레보**는 퍽 아름다운 농촌마을로 광천수가 나오는 온천이 있다. 여름에 많은 사람이 쉬면서 치료하려고 이곳에 왔다. 불과 몇 달 뒤면 휴가철이 시작된다. 그래서 모두 물이 차는 것을 언급하지 않았다. 달레보가 물이 가득 찬 것을 알게 된다면 누구도 이곳에 휴양차 오지 않을 것이기 때문이다. 달레보는 사막같이 텅 비게 될 게 뻔했다. 마을 사람들은 매년 여름 찾아오는 휴양객으로 생계를 유지한다. 마을 사람이 범람에 대해 말하지 않는 것이 옳다고 나움은 생각했다. '왜 내가 그들에게 집에 물이 찼냐고 물었을까? 나는 내 배수구를 파고 조용히 있어야지. 모든 사람은 스스로 자기 문제를 풀어야만 해.' 나움은 계속해서 배수구를 팠다. 그러나 결과는 아무런 진전도 없었다.

La akvo fontis kaj fontis.

Ĝi komencis aperi en la kortoj, en la ĝardenoj, sed ĉiuj silentis kaj ŝajnigis, ke ne rimarkas ĝin. La akvo jam fluis sur la stratoj. La homoj surmetis botojn.

La malbono okazis, kiam en la akvo dronis[48] la bovino de Dragoj. Foje posttagmeze Dragoj revenigis la bovinon de la paŝtejo. La bovino paŝis antaŭ Dragoj kaj por momento li haltis por konversacii kun Penko, la najbaro. Post kelkaj minutoj la bovino malaperis. Ĝi dronis en la akvo kaj neniu plu vidis ĝin. Ĉiuj eksciis kio okazis, sed neniu eĉ vorton diris, nur la vilaĝanoj komencis atente ĉirkaŭrigadi, kie ili paŝas, ĉar la inunditaj stratoj jam similis al la kanaloj de Venecio.

Neniu tamen supozis, ke la plej terura baldaŭ venos. En la akvo dronis ankaŭ Nada, la filino de familio Peevi. La knabino eliris sur la strato kaj plu ne revenis. Ŝi dronis. Tiam la vilaĝanoj serioze ektimis, sed jam estis malfrue. La akvo fontis kaj fontis. La keloj estis plenplenaj kaj la akvo komencis inundi la unuajn etaĝojn. Kiam ĝi atingis la tegmentojn, Naum iris sur la tegmenton de sia domo kaj komencis krii:

— Kial vi silentis, kial vi ŝajnigis, ke nenion vi vidas? – kriis li kaj lia rigardo estis terura kaj freneza.

Post tri monatoj sub la akvo estis ĉiuj domoj de Dalevo.

---

48) dron-i   [자] ＊ 익사하다. ＊ (배가)침몰하다.

물은 계속 솟구쳤다. 물은 마당으로, 정원으로 흘러 나왔다. 모든 사람은 아무도 그것을 알아차리지 못하는 듯 조용히 행동했다. 물은 벌써 거리로 흘러 나왔다. 사람들은 장화를 신고 다녔다. 그 물에 드라고의 암소가 빠지는 나쁜 일이 일어났다.

한번은 오후에 드라고가 목초지에서 암소를 데리고 왔다. 드라고는 암소를 앞세우고 걸어갔다. 이웃 펜코와 이야기하려고 몇 분간 멈췄다. 그런데 암소가 사라졌다. 물에 빠진 것이다. 아무도 그 장면을 보지 못했다. 무슨 일이 일어났는지 모두 알지만, 누구도 말 한마디 하지 않았다. 마을 사람들은 그들이 지나다니는 곳을 더 주의해서 살피기 시작했다. 물에 가득 찬 거리는 이미 베네치아 운하와 비슷했기 때문이다.

하지만 아무도 끔찍한 일이 곧 닥치리라고는 짐작치 못했다. 물속에 **페에비** 가족의 딸 **나다**가 빠졌다.

거리로 나갔던 어린 여자아이는 집에 돌아오지 않았다. 물에 빠진 것이다.

그때 비로소 마을 사람들은 심각하게 떨었지만 이미 늦었다. 물은 솟구치고 또 솟구쳤다.

창고는 물로 가득 찼고 물은 1층까지 차올랐다.

물이 지붕까지 이르자 나움은 자기 집 지붕 위로 올라가 외쳤다.

"왜 조용했느냐? 왜 아무 것도 보지 못한 척 했느냐?" 소리치는 그의 눈빛은 무서워 보였다.

마치 미친 듯 했다.

석 달 뒤, 달레보의 모든 집이 물에 잠겼다.

Je la loko de la pitoreska[49] vilaĝo vastiĝis[50] granda silenta lago kaj neniu eĉ supozas, ke iam ĉi tie estis vilaĝo, kiu nomiĝis Dalevo. Iam nokte, kiam regas profunda silento, aŭdiĝas fora krio:

— Kial vi silentis, kial vi ŝajnigis, ke nenion vi vidas? Tamen neniu jam scias kion signifas tiuj ĉi vortoj.

---

49) pitoresk-a   그림같은, 아름다운, 화취(畫趣) 있는; (언어·문체가) 생생한.

50) vast-a   [G5] 광대(廣大)한, 거대(巨大)한, 광막한, 넓은, 묘망한, 방대한, 허허망망한, 광박(廣博)한. vaste 광대[무변]하게, 넓게 ; 헐겁게, 느슨하게, (올이) 성기게. vastigi, plivastigi 넓히다, 확대(擴大)시키다

- 174 -

그림 같은 마을이 있던 곳에 커다랗고 조용한 호수가 넓게 자리잡았다. 이제는 누구도 언젠가 이곳에 달레보라 이름한 마을이 있었다는 사실을 짐작조차 못 한다. 밤에 깊은 침묵이 장악할 때면 멀리서 외침이 들려온다. "왜 조용했느냐? 왜 아무것도 보지 못한 척했느냐?" 그러나 어느새 이 말이 무엇을 의미하는지 아무도 알지 못한다.

Mirka

La patro kaj la filino staris en la koridoro[51] de la lernejo, ĉe la kabineto de la direktoro. La patro aspektis maljuna. Alta, maldika li similis al nigra seka poplo. Lia vizaĝo estis osteca, la haroj mallonge tonditaj kiel akraj erinacaj pikiloj, la okuloj – kiel du sekaj lagoj. Klare videblis, ke li estas laboristo. Tion montris lia vizaĝo, malhela kiel malseka pruno kaj liaj longaj brakoj kun manplatoj kiel ŝoveliloj. Lia korpo estis iom kurbiĝinta. Li surhavis malnovmodan brunkoloran kostumon kaj blankan ĉemizon kun malbotonumita kolumo. Jam malvarmis, sed li estis en leĝera ĉokoladkolora pluvmantelo, kiu tute ne povis protekti lin de la akra novembra vento. La filino senmove staris ĉe li kiel tenera arbido, ne pli alta ol metro kaj duono. Ŝi estis ege maldika kaj fragila. En la unua momento oni rimarkis nur ŝiajn grandajn nigrajn okulojn, kiuj brilis kiel du pecoj da ŝtonkarboj. Kvazaŭ ŝi, tenera kiel herbeto, havis nur okulojn. La knabino forte premis la grandan, varman manplaton de la patro kaj kviete rigardis sen kompreni kie ili estas kaj kion ili atendas. Ŝi surhavis mallongan, eluzitan mantelon, kiu iam estis violkolora, sed nun oni malfacile povis diri kian koloron ĝi havas.

---

51) koridor-o 복도; 회랑(回廊); (광산의) 갱도(坑道); 지하도(地下道)

미르카

아버지와 딸은 교장실 옆 교실 복도에 서 있다.

아버지는 늙어 보인다. 키가 크고 마른 아버지는 검고 마른 포플러나무를 닮았다.

얼굴은 광대뼈가 튀어나왔고 머리카락은 날카로운 고슴도치 털 같이 짧고 눈은 마른 호수 같았다.

노동자라는 것을 분명히 알 수 있다.

물기를 머금은 자두빛 어두운 얼굴, 삽같은 손바닥을 가진 긴 팔이 그 사실을 말해 주었다.

몸은 앞으로 약간 휘었다. 옛날에 유행하던 갈색 웃옷과 단추 없는 깃을 한 하얀 셔츠를 입었다.

이미 추워진 11월의 날카로운 바람을 전혀 지켜 피하지 못하는 가벼운 초콜릿색 비옷을 입고 있었다. 딸은 움직이지 않고 부드러운 묘목처럼 아버지 옆에 서 있는데 1m 50cm보다 크지 않다.

빼빼 마르고 연약했다. 처음에 석탄 조각처럼 빛나는 커다란 검은 두 눈만 보였다.

연한 풀처럼 부드러운 눈을 가진 듯했다. 여자아이가 아버지의 커다랗고 따뜻한 손바닥을 세게 붙잡았다.

그들이 어디 있는지 무엇을 기다리는지 전혀 알지 못한 채 쳐다보았다.

여자아이는 짧고 낡은 외투를 입었다.

언젠가 보라색이었을 텐데 지금은 무슨 색이었는지 거의 알아볼 정도였다.

La pordo malfermiĝis kaj eliris la lerneja direktoro Stalev, juna, alta, svelta viro kun bluaj okuloj kiel norvego.[52]

— Pardonu min – li diris al la patro – sed vi devas ankoraŭ iomete atendi. Kiam finiĝos la lernohoro mi parolos kun ankoraŭ unu instruistino.

La patro nur kapjesis.

— La lernojaro komenciĝis antaŭ du monatoj – daŭrigis la direktoro – kial vi venigas ŝin. Nun. En kiu klaso mi enskribu ŝin? En ĉiuj unuaj klasoj jam estas tro da lernantoj, la instruistinoj rajte protestas kaj ne deziras novajn lernantojn. Ne eblas instrui tiom da lernantoj en unu klaso. Kaj kiel ŝi sukcesos atingi la aliajn. Ili jam legas kaj skribas, via filino nun komencos lerni.

La viro staris kiel enbatita en la tero paliso kaj li kvazaŭ ne aŭdis kion diras al direktoro.

En tiu ĉi momento la lerneja sonorilo eksonoris kaj etaj geknaboj elflugis el la klasĉambroj kvazaŭ iu el siteloj verŝis ilin. Juna instruitino kun haroj kiel ora aŭreolo kaj glata lakta vizaĝo proksimiĝis kaj eniris en la kabineton de la direktoro.

— Varadinova – diris al ŝi Stalev – eble vi vidis la patron kaj filinon, kiuj staras ekstere, antaŭ la pordo.

— Jes – respondis la instruistino.

---

52) norveg-o 노르웨이 사람.norvegi[uj]o 노르웨이

문이 열리고 노르웨이 사람처럼 파란 눈의 젊고 키 크고 마른 교장 스탈레브가 나왔다.

"죄송합니다." 교장이 아버지에게 말했다.

"하지만 조금 더 기다리셔야 합니다.

수업시간이 끝나면 다른 교사와 이야기해야 하거든요." 아버지는 단지 머리를 끄덕였다.

"학년 수업은 두 달 전에 시작되었습니다." 교장이 계속 말했다.

"왜 아이를 이제야 데려오셨습니까?

지금 어느 교실에서 그 아이를 받습니까?

1학년 반은 모두 학생으로 꽉 차서, 교사는 거부하거나 바라지 않을 권리가 있습니다.

한 반에 너무 많은 학생을 가르칠 수 없습니다.

또 이렇게 늦게 와서 아이가 어떻게 다른 학생들을 따라가겠습니까? 그들은 이미 읽고 쓰는데, 따님은 이제 배우기 시작합니다."

아버지는 땅속에 박힌 말뚝처럼 서 있고 교장이 말하는 것을 듣지 않은 듯했다.

그때 수업 종이 울리고 어린 남녀 학생들이 교실에서 두레박에서 쏟아낸 물처럼 날아가듯 밀려 나왔다.

황금 후광 같은 머리카락에 미끄러운 우윳빛 얼굴의 젊은 여교사가 가까이 와서 교장실로 들어왔다.

"바라디노바 선생님!" 교장이 말했다.

"문 밖에 서 있는 아버지와 딸을 보았죠?"

"예." 여교사가 대답했다.

― La patro venigis la filinon por enskribi[53] ŝin en la unua klaso.

― Ĉu nun? Jam pasis du monatoj de la komenco de la lernojaro.

― Jes, nun! ― diris kolere la direktoro.

― Sed kial nun? ― ne ĉesis demandi Varadinova.

― Li klarigas, ke ili ne loĝis ĉi tie, ke okazis io, sed ŝajnas al mi, ke la kialo estas alia kaj li ne deziras diri ĝin. Tamen tio ne gravas, mi estas deviga enskribi la knabinon en la lernejo.

― Kiel ili loĝas? ― demandis Varadinova.

― Kie, kie! ― iĝis pli kolera Stalev. ― Ili loĝas sur alia bordo de la rivero, tie, kie estas la kaŭĉukfabriko.[54]

― La infanoj de tiu ĉi loĝkvartalo estas en la klaso de Vasileva.

― Jes, mi scias, sed la klaso de Vasileva jam estas plen-plena.

― Ankaŭ mia klaso estas plen-plena.

― Ankaŭ tion mi scias. En tiu ĉi lernojaro por la unua fojo ĉiuj unuaj klasoj estas plenŝtopitaj. Kaj via, kaj de Vasileva, kaj de Atanasova, sed la knabino devas lerni, ŝi ne povas resti sur la strato, ĉu ne?

― Tamen la reguloj pri la nombro de la lernantoj en unu klaso··· ―provis argumenti Varadinova.

---

53) enskribi <他> 등기하다, 기입하다
54) kaŭĉuk-o 탄성(彈性)고무. 탄성수교(樹膠). kaŭĉuka ~ 제(製)의

"아버지가 딸을 1학년에 입학시키겠다고 데려왔어요."

"지금요? 이미 학년 초가 두 달이나 지났는데요."

"예. 지금." 교장이 화가 나서 말했다.

"그런데 왜 지금이죠?" 여교사가 계속 물었다.

"무슨 일이 생겨 여기 살지 않았다고 아버지가 설명하지만, 내가 보기에 다른 이유가 있는 거 같은데 말하고 싶어 하지 않아요.

그리고 그것은 중요하지 않아요.

나는 학교에 그 여자아이를 입학시켜야 해요."

"그들은 어디서 사나요?" 바라디노바가 물었다.

"어딘가의 어디." 교장은 더 화를 냈다.

"그들은 강가 고무공장이 있는 곳에 살아요."

"그 지역 아이들은 바실레바 선생님 반이거든요."

"예, 나도 알아요. 하지만 바실레바 선생님 반은 이미 가득 찼어요."

"저희 반도 가득 찼거든요."

"나도 그것을 알아요.

이번 학년에 처음으로 1학년 반이 모두 가득찼어요.

선생님, 바실레바, 아타나소바의 반이죠.

그러나 어린 여자아이는 배워야 해요.

거리에서 지낼 수는 없지요."

"그러나 한 반 학생 수에 대한 규칙은?" 바라디노바가 따지려고 했다.

— La reguloj! Mi tre bone scias, kial neniu instruistino deziras akcepti la knabinon en sia klaso.

La kvartalo sur la alia bordo de la rivero estas laborista kvartalo. Tie loĝas nur laboristaj familioj. Pluraj el la gepatroj neniam frekventis lernejon. Ili estas analfabetaj,[55] maledukitaj.

Mi scias, ke por vi, la instruistinoj, estas tre malfacile instrui tiujn ĉi infanojn.

Ili malbone lerans, ofte forestas de la lernejo, tamen mi enskribos la knabinon en vian klason. Mi decidis!

— Bone – respondis ofendita Varadinova kaj eliris el la direktora kabineto.

— Jen, ŝi lernos en la klaso de tiu ĉi instruistino – diris Stalev al patro kaj montris Varadinova.

Varadinova prenis la manon de la knabineto kaj demandis ŝin:

— Kiel vi nomiĝas?

— Mirka – respondis la knabineto.

— Venu, Mirka, ni iru al la infanoj, diru ĝis revido al paĉjo.

Mirka svingis sian etan manon al la patro kaj ekiris kun la instruistino al la fino de la lerneja koridoro.

La patro adiaŭis la direktoron kaj ekiris al la ŝtuparo, ŝanceliĝante kiel barko sur ondega maro.

La septembra suno karesis la fenestrojn de la lernejo.

---

55) analfabet-o 문맹(文盲).

"규칙? 어느 여교사도 자기 반에 여자아이를 받기 원치 않는 것을 나도 잘 알아요.

강 반대편은 노동자 지역이죠.

거기는 노동자 가족들만 살아요.

부모님들이 아무도 학교에 다닌 적이 없어요.

알파벳도 모르고 교육도 받지 않아요.

선생님 같은 여교사가 이 아이들을 가르치는 것이 아주 어렵다는 것을 알아요.

배우는 태도도 좋지 않고 자주 학교에 오지도 않지만 선생님 반에 아이를 등록시킬게요. 내가 결정했어요."

"알겠습니다."

마음 상한 바라디노바가 대답하고 교장실에서 나갔다.

"여기, 이 여자 선생님의 반에서 공부할 거예요." 교장이 아버지에게 말하고 바라디노바 선생님을 가리켰다. 바라디노바는 여자아이의 손을 잡고 물었다.

"이름이 무엇이니?"

"미르카입니다." 아이가 대답했다.

"이리 와. 미르카, 아이들에게 가자. 아빠에게 작별 인사 해." 미르카는 아버지에게 작은 손을 흔들었다.

그리고 여선생님과 함께 교실복도 끝까지 갔다.

아버지는 교장에게 작별 인사를 하고 거센 파도가 치는 바다 위의 범선처럼 흔들리며 계단으로 갔다.

9월의 해가 교실 창문을 어루만졌다.

En la koridoroj ekis viglaj[56] infanaj krioj, bruo, kvazaŭ sur la tegmento de la lernejo haltis kosma ŝipo kaj en la klasĉambroj vagis eksterteruloj en skafandroj. Hodiaŭ Stalev havis bonhumoron. La somera ferio finiĝis, komenciĝis nova lernojaro kaj kiel en la komenco de ĉiu lernojaro li estis energia kaj freŝa kun la agrabla antaŭsento, ke ĝuste dum tiu ĉi lernojaro okazos io bela kaj neordinara. Antaŭ li estis Varadinova, iom sunbrunigita, bela kun okuloj, similaj al helaj vinberoj kaj kun la ora haraŭreolo.

– Kio okazis Varadinov – ekparolis Stalev – pasintan jaron neniu instruistino deziris Mirkan en sia klaso kaj ĉijare ĉiuj deziras ŝin. Nun Vasileva rememoris, ke Mirka loĝas en la kvartalo pri kiu ŝi respondecas kaj ŝi insistas, ke Mirka nepre estus en ŝia klaso.

– Ŝi insistas, sed mi ne donos Mirkan – firme deklaris Varadinova.

– Kaj ankaŭ la aliaj instruistinoj deziras, ke Mirka estu en iliaj klasoj. Mi ne komprenas kio okazis. Unuan fojon estas batalo inter la instruistinoj pri unu knabino – miris la direktoro.

– Mirka estas ege saĝa knabino. Delonge en nia lernejo ne lernis tia saĝa knabino – diris Varadinova.

– Jes, nekredeble! Ankaŭ mi estas surprizita. Oni eĉ ne povis supozi tion.

---

56) vigl-a 생기있는, 싱싱한, 밝은, 산뜻한, 명랑한. ; 민첩한, 재빠른

복도에는 마치 교사(校舍) 지붕 위에 우주선이 멈춰 교실 안에 우주복 입은 외계인이 돌아다니는 것처럼 활기찬 어린아이들의 외치는 소리, 소란스런 소리가 들려왔다. 오늘 스탈레브 교장은 기분이 좋다.

여름방학이 끝나고 새 학기가 시작됐다. 매 새학년 시작 때는 바로 이번 학기에는 뭔가 멋지고 보통과는 다른 일이 일어나리라는 유쾌한 예감의 기운이 넘치고 신선하다. 지금 앞에는 해에 살짝 그을리고 밝은 색 포도를 닮은 예쁜 눈과 황금 후광 같은 머리카락을 가진 바라디노바 선생이 있다.

"무슨 일이 일어났나요? 바라디노바 선생님!" 교장이 말을 걸었다. 지난해는 어느 선생님도 자기 반에 미르카를 원하지 않았다. 그런데 올해는 모두가 원했다. 지금 바실레바는 미르카가 사는 지역은 자기가 책임지는 곳임을 기억하고 미르카가 반드시 자기 교실에 있어야 한다고 세게 주장했다.

"선생님이 주장하지만 저는 미르카를 내드릴 수 없어요." 굳세게 바라디노바가 단언했다.

"그리고 다른 여자 선생님들도 미르카가 자기들 반에 있어야 한다고 원해요. 저는 무슨 일이 일어났는지 알지 못해요. 처음으로 한 여자아이를 두고 선생님들 사이에 싸움이 났네요." 교장이 놀랐다.

"미르카는 아주 현명한 아이입니다. 오래전부터 우리 학교에 그런 똑똑한 아이가 없었어요." 바라디노바가 말했다. "예, 믿을 수 없어요. 저도 놀랐어요. 누구도 그것을 짐작할 수조차 없었어요."

— Mirinde, ĉar ŝiaj gepatroj estas analfabetaj, ili neniam frekventis lernejon – aldonis Varadinova.

— Jes, sed kion ni scias pri ŝiaj gepatroj? – demandis sin Stalev.

– Pasintan aŭtunon, kiam la patro venigis Mirkan en la lernejon, mi konjektis,[57] ke li ne diras al mi la veron, sed tiam mi ne deziris pridemandi lin detale. Tamen nenio restas kaŝita. Pli frue aŭ pli malfrue oni ekscias ĉion. Eble ankaŭ vi jam aŭdis. Oni adoptis Mirkan. Ŝi naskiĝis en vilaĝo Dobril, sed ŝia naska patro verŝajne estis mensmalsana. Li tre forte ĵaluzis la patrinon kaj iun vesperon li verŝajne havis nervan krizon[58] kaj li ĵetis la edzinon en la puton.[59] Kiam li konsciis kion li faris, li tuj saltis en la puton. Tiel Mirka iĝis orfino. La familio, kiu loĝas sur la alia bordo de la rivero adoptis ŝin.

Stalev eksilentis. La septembra suno amike enrigardis tra la granda fenestro. La infanaj krioj en la lernejaj koridoroj ne ĉesis, ili iĝis eĉ pli fortaj kaj pli fortaj.

— Estu trankvila, Varadinova, Mirka restos en via klaso. Vi akceptis ŝin kaj ŝi restos ĉe vi. Ŝi estas via ŝanco, Dio sendis ŝin al ni.

---

57) konjekt-i <他> 추측하다, 억측하다,짐작하다, 알아맞추다
58) kriz-o　(운명의) 분기점(分岐點), 액운(厄運), 위기(危機), 위급(危急), (정계의) 중대국면(重大局面) ; (경제계의) 위기, 공황(恐慌) ; (병의) 고비, 위험한때. krizi <自> 위기에 빠지다(놓여있다).
59) put-o　우물(井).

"놀랍네요. 부모님은 알파벳도 모르고 학교에 다닌 적이 없는데." 바라디노바가 덧붙였다.

"예. 하지만 그 아이 부모님에 대해 우리가 무엇을 알고 있죠?" 교장은 궁금했다.

"지난가을 아버지가 미르카를 학교로 데리고 올 때 진실을 말하지 않았다고 생각해요. 그때는 자세히 묻고 싶지도 않았어요. 아무것도 숨긴 것은 없어요. 일찍 이든 늦게 든 우리는 모든 것을 알았어요. 아마 선생님도 이미 들었죠? 미르카는 입양되었어요. 도브릴 마을에서 태어났지만, 친아버지는 정신병자였어요. 아내를 아주 많이 질투해서 어느 날 밤에 정신 발작으로 아내를 우물에 던졌어요. 자기가 한 일을 알아차렸을 때 바로 우물에 뛰어들었죠. 그렇게 해서 미르카는 고아가 되었어요. 강 반대편에 사는 가족이 입양했어요."

교장은 조용해졌다. 9월의 해가 커다란 창문을 통해 친구처럼 안으로 스며들었다. 학교 복도에서 듣는 아이들의 외침은 멈추지 않고 오히려 더욱 커졌다.

"안심하세요. 바라디노바 선생님, 미르카는 선생님 반에 있을 겁니다. 선생님이 받아주셨으니 계속 두겠습니다. 그 아이는 선생님께 행운입니다. 하나님이 우리에게 그 아이를 보내셨습니다."

Ora cervo

Boris, la nevo eksilentis kaj alrigardis Genadi-n. Jam kiel Boris alvenis Genadi konjektis, ke Boris venas peti ion de li. Genadi same silentis kaj atendis la ekparolon de Boris. Sur la tablo estis du glasetoj da brando kaj telero da salato, kiun onklino Neda, la edzino de Genadi, pretigis.

Boris tamen ne rapidis. Lia rigardo direktiĝis al la muro, kie pendas la foto de Genadi kaj Neda, kiam ili estis junaj. Sur la foto Genadi surhavis nigran kostumon kaj blankan ĉemizon, kaj onklino Neda – silkan robon,[60] helflavan. La haro de Genadi estis nigra kiel korva flugilo kaj la haro de onklino Neda – longa, blonda, densa.

Boris silentis, ŝajne ankoraŭ pripensis tion, kion li deziris diri. Tridekjara li estis alta, dika kun vangosta vizaĝo kaj brunaj okuloj, kiuj rigardis esploreme kaj suspekteme. Lia kostumo estis multekosta, malhelverda, lia ĉemizo – ruĝa. Li ne havis kravaton kaj videblis la peza ora ĉeno, kiu pendis sur lia kolo. Neniu sciis kia estas la okupo de Boris. Lia patro Manol estis frato de Genadi. Boris maldiligente lernis kaj post la fino de la lernejo forlasis la vilaĝon kaj ekloĝis en la ĉefurbo. Dum la lastaj jaroj li preskaŭ ne venis en la vilaĝon.

---

60) rob-o   <服> 길고 헐거운 겉옷, 긴 원피스의 여자 옷, 긴 간난애 옷

황금 사슴

조카 **보리스**는 조용해지더니 **게나디**를 바라보았다.
게나디는 보리스가 온 것을 보자 자기에게 뭔가 요청하러 왔다고 짐작했다.
게나디는 조용히 보리스의 말을 기다렸다.
탁자에는 브랜디 잔이 두 개 있고, 게나디 부인인 **네다**가 준비한 샐러드 접시가 놓여있다.
보리스는 서두르지 않았다. 젊은 시절의 게나디와 네다 사진이 걸려 있는 벽에 시선을 향했다.
사진 속의 게나디는 검은 양복에 하얀 셔츠, 네다는 밝은 노란색 비단 정장을 입었다.
게나디의 머리카락은 새 날개처럼 검고, 네다의 머리카락은 길고 짙은 금발이었다.
보리스는 말하고 싶은 것을 아직 생각하는 듯 조용했다. 30세에 훤칠한 키에 광대뼈가 있는 얼굴인 보리스는 갈색 눈동자로 호기심 서린 의심하는 빛으로 쳐다봤다. 양복은 값비싸 보이는 짙은 푸른색이고 셔츠는 **빨갛다.**
넥타이는 하지 않고 목에 걸고 있는 황금색 목걸이가 무거워 보인다. 그 누구도 보리스의 직업이 무엇인지 모른다. 아버지 **만돌**은 게나디의 형제다.
공부에 열심히 없었던 보리스는 학교를 마치자 마을을 떠나 수도에서 살았다.
지난 여러 해 동안 거의 마을에 오지 않았다.

Nur foje-foje li aperis ĉi tie per multekostaj modernaj aŭtoj. Manol, la patro, fieris, ke Boris estas riĉa, prosperanta viro, sed Genadi skeptike[61] aŭskultis liajn fanfaronaĵojn kaj miris, ke Manol ne komprenas, ke Boris okupiĝas per suspektindaj negocoj.

Boris denove alrigardis sian onklon, iom tusis kaj malrapide ekparolis:

— Oĉjo, via pension estas mizera. La mono ne sufiĉas. Onklino Neda estas serioze malsana. Oni devas baldaŭ operacii ŝin, sed vi ne havas sufiĉe da mono por la operacio.

— Vi pravas – diris mallaŭte Genadi.

Onklino Neda, kiu kuŝis en la lito, iom leviĝis kaj ŝiaj okuloj ekbrilis. Eble ŝi opiniis, ke Boris deziras doni al ili monon por la operacio.

— Mi povus helpi vin – daŭrigis Boris.

Genadi pretis tuj diri, ke ili ne bezonas lian monhelpon, sed li perceptis la esperplenan rigardon de onklino Neda kaj silentis.

— Mi havas amikon – klarigis Boris. – Li estas tre fama persono, politikisto, ege riĉa kaj li donos multe da mono por la branĉkrono de Ora Cervo.

Genadi stuporiĝis kaj alrigardis Boris tiel kvazaŭ deziras bruligi lin per la okuloj, sed Boris ŝajnigis, ke ne rimarkis tion.

---

61) skeptik-a   의심 많은. 회의(懷疑)(론자)적.

가끔 비싼 최신식 차를 타고 나타났다.

아버지 만돌은 보리스가 부자고 유망한 남자라고 자랑하지만, 게나디는 비꼬듯 쳐다봤다.

그런 허풍을 늘어놓는 걸 보니 보리스가 의심스런 상거래를 한다는 사실을 만돌이 모르고 있는 것 같아 놀랐다.

보리스는 다시 삼촌을 쳐다보더니 헛기침을 하고 천천히 말을 꺼냈다.

"삼촌의 연금은 비참할 정도여서, 생활비가 충분치 안잖아요. 네다 숙모는 많이 아파요. 곧 수술해야 한다고 사람들은 말하는데 수술비도 없잖아요."

"네 말이 맞다." 게나디가 조그맣게 대답했다.

침대에 누워 있는 네다는 조금 몸을 일으키더니 눈이 빛나기 시작했다.

아마도 보리스가 수술비를 주기 원한다고 생각하는 듯했다.

"제가 도와드릴게요." 보리스가 계속했다.

게나디는 돈 지원이 필요치 않다고 말하려 했지만, 네다의 희망에 가득한 시선을 생각하고 조용했다.

"제게 친구가 있는데요." 보리스가 말했다.

"유명한 사람이고 정치가인데, 아주 부자여서 황금 사슴의 가지 관에 많은 돈을 줄 거예요."

게나디는 망연자실해져서 마치 눈으로 보리스를 태울듯 강하게 쳐다보았지만, 보리스는 알아차리지 못한 듯했다.

"Ĉu Oran Cervon li menciis?" demandis sin Genadi.

Ĉi tie, en la vilaĝo, jam de monato oni parolis, ke proksime en la montaro aperis cervo kun pompa[62] branĉkorno. La viroj, kiuj vidis ĝin, nomis ĝin Ora Cervo kaj senĉese pri ĝi parolis. La cervo estis ege bela, granda, forta. Tian cervon neniu vidis ĝis nun kaj jen, la famo pri ĝi vastiĝis ĝis la ĉefurbo kaj unu el la riĉaj amikoj de Boris ekdeziris havi ĝian pompan branĉkornon.

— Ne! Pri tio eĉ vorton mi ne deziras aŭdi – kolere diris Genadi. – Mi ne bezonas tian monon!

— Sed, oĉjo, vi estas la plej sperta ĉasisto. La tutan vivon vi ĉasis kaj ĉu gravas unu cervo. Mia amiko donos al vi multe da mono. Pripensu. Vi ne devas plu prokrasti la operacion de onklino Neda.

Genadi iĝis pli kolera kaj deziris pli firme respondi al Boris, sed la rigardo de onklino Neda pikis lin. Nun ŝi rigardis la edzon persiste, petante kaj ŝiaj grandaj malĝojaj okuloj silente demandis: "Genadi, kiu estas pli kara por vi, ĉu mi aŭ la cervo? Ja, mi estas ĉe vi tiom da jaroj…"

Turmentita de la kruela malsano onklino Neda aŭskultis la konversacion de Genadi kaj Boris kaj tristis, ke Genadi ne konsentas mortpafi la cervon kaj preni la monon de la riĉa amiko de Boris.

---

62) pompa화려한, 호화로운. pompi <自> 화려하게 빛나다

'누가 황금 사슴을 언급했는가?' 게나디는 궁금했다.
한 달 전부터 이 마을 산 근처에 화려한 가지 관을 가
진 사슴이 나타난다고 사람들이 말했다.
그것을 본 사람들은 황금사슴이라 부르면서 계속 그것
에 대해 말했다.

사슴은 아주 예쁘고 크고 힘이 세 보인다고 했다. 지금
까지 아무도 본 적이 없는 그 사슴의 소문이 수도에까
지 퍼져서 보리스의 부자 친구가 그 화려한 가지 관을
갖기 원했다.

"아니다. 그것에 대해서는 한마디도 듣고 싶지 않구
나!" 화를 내며 게나디가 말했다.

"나는 그런 돈을 원하지 않아."

"삼촌, 삼촌은 가장 뛰어난 사냥꾼이시잖아요. 평생
사냥하셨는데 사슴 한 마리가 뭐 그리 대단한가요? 제
친구가 돈을 많이 준답니다. 생각해 보세요. 더 이상
네다 숙모의 수술을 미뤄서는 안 되잖아요." 게나디는
더 화가 나서 보리스에게 단호하게 대답하고 싶었지만,
아내의 시선을 느꼈다. 지금 아내는 부탁하듯 남편을
계속 쳐다보았다. 아내의 커다랗고 슬픈 눈이 조용하게
묻는 듯했다. '여보! 누가 더 사랑스러운가요? 나인가
요? 사슴인가요? 정말 나는 수많은 세월 당신 곁에 있
었어요.' 잔인한 질병으로 고통스러워하면서 아내는 남
편과 조카의 대화를 들었다.

남편이 사슴을 사냥해서 죽이는 데 동의하지 않아 조카
의 부자 친구에게 돈을 받지 않는다고 해서 슬펐다.

— Jen, mia amiko donas al vi antaŭpagon — diris Boris kaj metis sur la tablon faskon de bankbiletoj.

— Reprenu la monon! — diris severe Genadi. — Mi ne deziras tian monon! Krome, mi jam estas maljuna, mia vidpovo ne estas bona kaj mi ne povas ĉasi.

— Vi estas perfekta ĉasisto. Vi kutimis bonege trafi kaj viaj manoj ne tremas — replikis Boris.

Genadi kolere prenis la faskon de bankbiletoj kaj gestis redoni ĝin al Boris, sed Boris repuŝis lian monon kaj ekstaris por foriri.

— Do, mi foriras — diris li. — Mi venos post semajno. Ĝuste nun estas la momento por ĉasado de la cervo. Oĉjo, ne prokrastu. Onklino Neda ne devas plu atendi. Ŝia sanstato ne estas bona.

Genadi alrigardis lin severe, sed Boris jam rapidis al la pordo. Sur la strato estis lia luksa aŭto.

Post la foriro de Boris, Genadi diris:

— Tio ne okazos! Mi redonos al li la monon. Se li ne reprenos ĝin, mi donos ĝin al lia patro.

Onklino Neda ekflustris:

— Genadi⋯

— Jes, mi scias. Ni urĝe bezonas monon. Mi nepre havigos monon. Mi prunte petos de parencoj kaj amikoj.

Genadi alrigardis Nedan kaj eksentis doloron. La malsano tute elĉerpigis ŝin.

"여기, 제 친구가 선물을 주었어요." 보리스가 말했다. 탁자 위에 돈다발을 놓았다.

"돈을 가져가거라." 게나디가 엄하게 말했다.

"나는 그런 돈을 원치 않아.

게다가 이제 나는 늙었어.

시력도 좋지 않아. 사냥할 수도 없어."

"삼촌은 유능한 사냥꾼이시잖아요.

평소 능숙하게 쏘시고 손도 떨리지 않으시잖아요."

보리스가 대답했다.

게나디는 화를 내며 돈다발을 쥐어 보리스에게 주려는 행동을 취하지만, 보리스는 밀어내면서 떠나려고 일어섰다. "그럼 가볼게요." 보리스가 말했다.

"다음 주에 올게요. 바로 요즘이 사슴 사냥 철입니다. 삼촌, 지체하지 마세요.

네다 숙모는 더 기다릴 수 없어요.

건강 상태가 좋지 않아요."

게나디는 딱딱하게 쳐다보았지만, 보리스는 서둘러 문으로 갔다. 거리에는 보리스의 값 비싼 자동차가 있다. 보리스가 떠난 뒤에 게나디가 혼잣말했다.

'그런 일은 없을 거야. 나는 돈을 돌려줄 거야. 그것을 받지 않는다면 보리스 아버지에게 줄 거야.'

아내가 속삭였다. "여보!"

"그래, 나는 알아. 우리는 급하게 돈이 필요해. 꼭 돈을 마련할게. 친척이나 친구들로부터 빌려 달라고 부탁할게." 게나디는 아내를 보고서 아픔을 느꼈다.

질병이 아내를 무척 지치게 했다.

Ŝia vizaĝo havis citronan koloron. Ŝiaj belaj kaŝtanaj okuloj nun estis grizaj kiel cindro kaj ŝia korpo similis al bruligita arbo.

"Mi nepre devas trovi monon – diris al si mem Genadi. – Eĉ tagon mi ne devas prokrasti la operacion.

Kelkajn tagojn Genadi ests nervoza.[63] Li iris tien-reen. Sur la tablo ankoraŭ estis la fasko de bankbiletoj, lasita de Boris. Ĝi pikis la okulojn de Genadi kiel akra tranĉilo. Fin-fine li decidis. Li prenis la ĉasfusilon kaj komencis diligente purigi ĝin. La okuloj de onklino Neda ekbrilis, sed nenion ŝi diris.

La sekvan matenon,vestita en sia ĉasista vesto kun dorsosako kaj la ĉasfusilo Genadi eliris el la domo. Li bone sciis kie devas serĉi Oran Cervon.

Estis belega septembra mateno. La arbaro dormis en profunda silento. Aŭdiĝis nur la mallaŭtaj singardaj paŝoj de Genadi. La arboj kaj la arbustoj jam estis flavaj kaj oranĝkoloraj kvazaŭ mirakla mano ornamis ilin per ora fadeno. Genadi profunde enspiris la freŝan friskan aeron kaj sentis agrablan plezuron. Tutan tagon li vagis tra la arbaro, sed ne trafis la cervon. Malfrue posttagmeze li revenis hejmen kaj denove renkontis lin la demandantaj petantaj okuloj de onklino Neda. Nenion ŝi diris.

---

63) nervoz-a   신경과민의, 신경쇠약의, 신경질의, 신경불안의

얼굴은 레몬 빛이었다. 아름답던 밤 같은 눈동자는 지금 재처럼 회색이고 몸은 타버린 나무 같았다.

'내가 꼭 돈을 마련할 거야.' 게나디는 혼잣말했다. '하루라도 수술을 지연시켜서는 안 돼.'

며칠간 게나디는 신경과민이 되었다.

이쪽저쪽을 서성거렸다.

탁자 위에는 보리스가 두고 간 돈다발이 아직 그대로 있다.

그것은 날카로운 칼처럼 게나디의 눈을 찔렀다.

마침내 결심했다.

사냥용 총을 들고 부지런히 그것을 닦았다.

네다 숙모의 눈은 빛났지만 아무 말도 하지 않았다.

다음 날 아침 사냥복을 입고 배낭과 총을 든 게나디는 집을 나섰다.

황금 사슴을 어디서 찾아야 하는지 잘 알았다.

화창한 9월 아침이다.

숲은 깊은 침묵 속에서 자고 있다.

게나디의 조심스러운 발소리만 들린다.

나무와 수풀은 마치 기적의 손이 황금 실로 꾸민 것처럼 벌써 노란 주황색이었다.

게나디는 신선하고 맑은 공기를 깊이 들이마시면서 유쾌한 기쁨을 느꼈다.

종일 숲속에서 헤맸지만, 사슴을 만나지 못했다.

늦은 오후에 집으로 돌아오자, 다시 아내의 질문하듯 부탁하는 눈을 만났다.

아내는 아무 말도 하지 않았다.

Ja, estis klare, ke li ne trovis la cervon.

La sekvan tagon Genadi denove ekiris al la arbaro, sed nun al alia direkto. Malrapide atente li paŝis, traŝovis[64] sin inter la arbustoj kaj gvatis[65] malantaŭ grandaj arboj. Nun obsedis lin la trankvileco kaj certeco, kiujn li sentis, kiam ĉasis antaŭ jaroj. Subite li vidis la cervon. Ĝi paŝtis sin sur eta herbejo. Genadi ekstaris senmova. Li rigardis la cervon kaj ne kredis al siaj okuloj. Tian belan cervon li neniam vidis. Ĝi estis alta, forta kun majesta branĉkorno. La naturo kreis ĝin belega. Tre malrapide Genadi levis la fusilon kaj preparis sin tiri la ĉankroĉilon. Kelkajn sekundojn li staris senmova, glaciita kun rigardo fiksita en la cervo.

— Ne! Mi ne povas! – diris li al si mem. – Mi ne povas mortpafi tiun ĉi belegan estaĵon. Se mi mortigos ĝin, mi faros grandan pekon. Ora Cervo devas vivi. Ĝi devas havi idojn. Por la operacio de Neda mi nepre trovos monon. Mi nepre trovos! Neda resaniĝos kaj vivos!

Genadi mallevis la fusilon kaj silente foriris, malproksimiĝis de Ora Cervo, kiu restis tie sur la eta herbejo. La sunradioj lumigis ĝin. Majesta kaj belega la cervo kvazaŭ estis skulptita el oro.

---

64) traŝoviĝi 슬그머니. 미끌어져 나가다. 스쳐지나가다
65) gvat-i   <他> 몰래 주의하여 보다(동정·기회 등을) ; 감시(監視)하다

정말 게나디가 사슴을 찾지 못한 것은 분명했다.

다음 날 게나디는 다시 숲으로 출발했지만, 이번엔 다른 방향으로 갔다.

천천히 주의해서 수풀 사이를 헤치며 걸었다.

큰 나무 뒤에서 감시했다.

수년 전 사냥할 때 느꼈던 편안함과 익숙함이 온몸과 정신에 가득 찼다. 갑자기 사슴이 나타났다.

작은 풀밭에서 풀을 뜯고 있었다.

게나디는 소리 없이 일어섰다. 사슴을 쳐다보면서 눈을 의심하지 않았다. 그렇게 예쁜 사슴을 결코 본 적이 없다. 키가 크고 위엄 있는 가지 관을 가진 힘이 센 놈이다. 자연이 아주 예쁘게 만들어 놓았다.

아주 천천히 총을 들고 방아쇠를 당기려고 준비했다. 몇 분 뒤, 사슴에 고정된 시선은 얼음처럼 굳어 소리 없이 일어났다.

'아니야, 나는 할 수 없어.' 혼자 말했다. '이렇게 예쁜 피조물을 총으로 쏴 죽일 수 없어. 내가 죽인다면 큰 잘못을 저지르는 거야. 황금 사슴은 살아야만 해. 새끼도 가져야만 해. 아내의 수술을 위해 나는 꼭 돈을 찾아야 해. 반드시 찾을 거야. 아내는 다시 건강해지고 살 거야.'

게나디는 총을 내리고 조용히 떠났다.

거기 작은 풀밭 위에 남겨진 황금 사슴과 멀어졌다.

햇빛이 사슴을 비추었다. 위엄있고 아주 예쁜 사슴은 마치 황금으로 조각한 것 같다.

Patrino

La virino aperis ĉiam dum la granda interleciona paŭzo. Arjanov vidis ŝin de la fenestro sur la dua etaĝo. Nun, en la komenco de la printempo, ŝi ankoraŭ surhavis brunkoloran vintran mantelon, larĝan, ne laŭ ŝiaj mezuroj. Ŝiaj longaj malhelaj haroj falis sur la ŝultrojn kiel flugiloj de hirundo.[66) Videblis, ke ŝi estas bela. Ŝiaj grandaj helaj okuloj similis al maturaj orecaj vinberoj kaj ŝia vizaĝo estis iom pala kiel ĉina porcelano. Ŝia irmaniero memorigis la molajn movojn de kapreolo. Arjanov ne povis difini kiomjara estas la virino, eble tridek aŭ tridekkvin. Ŝi staris kun levita kapo ĉe la lerneja barilo, aŭ vagis tien reen ĉe la granda pordo. Ofte oftege ŝi rigardis al lernejaj fenestroj kaj atendis la eksonoron de la sonorilo por la interleciona paŭzo.

Vintre kaj printempe, post la eksonoro de la sonorilo, la gelernantoj inundis la korton kiel malbarita rivero kaj en la vasta areo kvazaŭ ekrampis sennombraj skaraboj. La virino, kiu staris ĉe la barilo, kvazaŭ rekonsciiĝis, eniris la korton kaj ekiris, rigardante dekstren kaj maldekstren. Ŝi ĉirkaŭiris la korton, ŝovis sin inter la gelernantoj kaj fin-fine ŝi trovis tiun, kiun ŝi serĉis.

---

66) hirund-o   <鳥> 제비(燕).

어머니

여자는 항상 수업 사이 쉬는 시간에 나타났다.

교사 **아랴노브**는 2층 창문 너머로 여자를 보았다.

봄이 시작된 지 꽤 됐는데도 아직 자기 몸에 헐렁한 큰 갈색 겨울 외투를 입고 있다.

길고 어두운 머리카락이 제비 날개처럼 어깨 위에 내려져 있다. 예쁘장했다.

크고 밝은 눈은 잘 익은 황금빛 포도를 닮았고, 얼굴은 중국 도자기처럼 조그마했다.

걸음걸이는 개구리의 부드러운 움직임을 연상시킨다. 아랴노브는 여자가 몇 살인지 정확히 가늠할 수 없었지만 대략 30살이나 35살 정도로 보였다.

학교 차단 봉 옆에서 고개를 들고 서 있거나 학교 대문 옆에서 서성거린다.

자주, 아주 자주 교실 창문을 올려다보고, 수업 사이 쉬는 시간의 종소리가 울리기를 기다린다.

겨울과 봄에, 종소리가 난 뒤 남녀 학생들이 둑이 무너진 강물처럼, 넓은 지면으로 기어가는 장수풍뎅이들처럼 운동장으로 쏟아져서 나온다.

차단 봉 옆에 서 있던 여자는 정신을 차린 듯 운동장으로 들어와 이쪽저쪽을 쳐다보면서 걸어갔다.

운동장을 한 바퀴 돌고 남녀 학생들 사이로 끼어들어 마침내 찾던 아이를 만난다.

Li estis Vasko de sepa "bo" klaso, malalta, fragila knabo kun krispa hararo kaj brilaj okuloj kiel koloraj riveraj ŝtonetoj. La virino eltiris lin flanken kaj longe ŝi parolis ion al li. Kun klinita kapo, senmova, Vasko aŭskultis ŝin. Kiam la sonorilo denove eksonoris por memorigi la lernantojn, ke interleciona paŭzo finiĝis, Vasko kun aliaj knaboj ekiris al la lerneja konstruaĵo. Liaj kunklasanoj komencis primoki lin, nomis lin "la fileto de panjo" kaj "bebo", sed Vasko silentis, rigardis teren, ŝvita kaj ruĝa kiel elektra forno. Larmoj plenigis liajn helajn okulojn, tamen li premis dentojn kaj ne montris sian koleron. Ofte la infanoj estas ege kruelaj – meditis Arjanov.

La patrino de Vasko trapasis malrapide la grandan lernejan korton, kiu jam estis senhoma kaj similis al raketa dromo, ŝi eliris tra la vasta pordo kaj ekiris sur la strato, preter la lernejo. Arjanov rigardis ŝin dum ŝia malhela figuro malaperis post la stratangulo. Li ne komprenis kial la patrino de Vsko ĉiutage venas en la lernejon kaj kion ŝi parolas al la filo dum la dudekminuta interleciona paŭzo. En la kapo de la instruisto ŝvebis diversaj supozoj, sed eĉ unu ne ŝajnis al li logika.

Vasko estis silentema, sinĝena knabo. Li evitis siajn samklasnojn kaj tre malofte partoprenis en iliaj petoloj, konversacioj kaj incitetoj.

그 아이는 '보'반의 7세 **바스코**인데 작은 키에 곱슬 머리카락, 그리고 강가의 빛깔 좋은 작은 돌 같이 빛나는 눈을 가진 연약한 남자아이다.

여자는 바스코를 옆으로 잡아끌고 오래도록 무언가를 말했다. 바스코는 머리를 기댄 채 움직이지 않고 들었다. 쉬는 시간이 끝났다고 알려주는 종이 다시 올릴 때 바스코는 다른 아이들과 함께 학교 건물로 들어갔다.

동료 학생들이 놀려대며 '엄마의 작은 아들' '아기'라고 불렀다. 하지만, 바스코는 말이 없고 전기난로처럼 땀 흘리며 벌게져서 땅을 내려다보았다.

눈물이 밝은 눈에 가득 찼지만, 이빨을 세게 물고 화를 나타내지 않았다.

자주 '너무 잔인한 애들이야.' 아랴노브는 종종 생각했다.

바스코 어머니는 로켓을 쏘는 비행장을 닮은 커다란 학교운동장을 천천히 지나쳐서 넓은 교문을 통과해 거리로 나갔다.

아랴노브는 여자의 어두운 얼굴이 거리 모퉁이 너머로 사라질 동안 계속 내려다보았다.

아랴노브는 바스코 어머니가 왜 매일 학교에 와서 수업 사이의 쉬는 시간 20분 동안 아들에게 무엇을 말하는지 알 수 없었다. 교사의 머릿속에 여러 추측이 생겼지만 어느 것 하나도 논리적이지 않았다. 바스코는 말이 없고 불안한 남자아이다. 동료 학생들을 피하고 아주 가끔 농담이나 대화, 장난에 동참했다.

Vasko penis en la lernado, tamen ofte dum la lernohoroj, liaj pensoj ŝvebis[67) ie. Li strabis la nigran tabulon, sed evidente li flugis ien malproksimen.

Arjanov havis la strangan senton, ke li kaj Vasko similas unu al alia. Kiam Arjanov estis knabo, lia patrino, kiel la patrino de Vasko, ege zorgis pri li. La patro de Arjanov forpasis, kiam Arjanov estis en la unua klaso de la baza lernejo kaj li havis nek fraton, nek fratinon. Arjanov ne povis forgesi, ke lia patrino vekiĝis frue matene por kuiri por li teon kaj ŝmiri pantranĉaĵon per butero, kaj poste ŝi akompanis lin al la lernejo. Tiam Arjanov hontis kaj li ne deziris, ke ŝi akompanu lin, sed la patrino estis ege obstina. Ĉiumatene ŝi iris kun li ĝis la lerneja pordo. Nun Arjanov opiniis, ke por ŝi tio estis iu rito, ege grava rito. Ŝi certe ĝojis, ke li lernas, ke li estas diligenta lernanto kaj ŝi nepre deziris helpi lin, instigi lin, aŭ eble ŝi provis gardi lin de io, ŝi maltrankviliĝis pri li. Ja, li estis ŝia sola infano, sed tiam Arjanov hontis pri ŝi. Tiam li opiniis sin aĝa, deziris esti memstara kaj suferis, ĉar la aliaj knaboj primokis lin.

Kiam li estis lernanto en gimnazio kaj se iam hazarde li malfruis vespere, lia patrino tuj iris serĉi lin ĉe liaj amikoj kaj samklasanoj. Tiam Arjanov deziris droni sub la tero pro honto.

---

67) ŝveb-i   [자] * (새,벌 따위가) 공중에 떠 있다(떠돌다)

공부에 힘쓰지만, 수업시간에 자주 딴 생각을 했다. 칠판을 보면서도 생각은 분명히 어딘가 먼 곳을 날아다닌다. 아랴노브는 자신과 바스코가 닮았다는 이상한 생각을 했다. 아랴노브가 어렸을 때, 어머니는 바스코 어머니처럼 아주 크게 자식에게 관심을 가졌다.

아버지는 아랴노브가 초등학교 1학년 때 돌아가셨고 아랴노브에게는 형제, 자매가 없었다.

아랴노브는 어머니가 아침 일찍 일어나 차를 준비하고 빵을 잘라 버터를 발라주고 나서 학교까지 바래다주신 일을 잊을 수 없다.

그때 아랴노브는 부끄러워서 학교에 데려다 주는 것을 원치 않았지만, 어머니는 고집이 셌다. 매일 아침 함께 학교 문까지 갔다. 지금에 와서 돌이켜 보면 아랴노브는 그것이 어머니께는 어떤 의식, 아주 중요한 의식이었다고 생각한다.

어머니는 아랴노브가 부지런히 공부하는 학생인 것이 분명 기뻤다. 그래서 꼭 돕고 싶고, 아니면 걱정거리로 격려하기를 원했고 아이를 지키려 했다. 그대에게 아랴노브는 유일한 자식이었다. 그러나 당시 아랴노브는 어머니가 부끄러웠다. 자신은 충분히 혼자 할 수 있을 만큼 나이가 들었다고 생각해 자립하기를 원해서 다른 아이들의 놀림감이 되는 것이 고통스러웠다. 고등학교 학생일 때 언젠가 어쩌다 저녁에 늦게 귀가했는데, 어머니는 아랴노브를 찾으려고 친구와 동료에게로 곧장 갔다. 그때 아랴노브는 부끄러워서 땅 속으로 기어들어가고 싶었다.

Pro la patrino li ne kuraĝis inviti knabinon al rendevuo, ĉar li ne sciis kiel reagos la patrino, aŭ pli ĝuste li bone sciis kaj tial li evitis knabinojn kaj amikojn, ĉar la patrino tuj diros, ke por li ŝi laboras de matene ĝis vespere, por ke li estu sata kaj bone vestita, sed li promenas kun knabinoj kaj li lasas ŝin sola hejme kun ŝiaj doloro kaj ĉagreno.[68] Post tiuj ĉi pezaj kiel ŝtonoj riproĉoj Arjanov sentis konsciencriproĉon, bruligis lin terura kulpo kaj li estis preta al ĉio nur ke lia patrino ne suferu. Li ne povis trankvile aŭskulti ŝian turmentitan voĉon kaj rigardi ŝiajn dolorplenajn okulojn, en kiuj li vidis riproĉon. Li ne deziris, ke la patrino pensu, ke li ne zorgas pri ŝi, dum ŝi pretas doni sian vivon por li.

Nun, post tiom da jaroj, Arjanov jam komprenis, ke en la konduto de la patrino estis kruelo kaj egoismo, sed tiam, kiam li estis infano, li ne konsciis tion kaj li suferis. Kiel stranga kaj nekomprenebla estas iam la patrina amo, meditis li. En la granda strebo helpi al siaj infanoj, la patrinoj ofte kripligas ilin, senkompate tranĉas iliajn flugilojn kaj kiam venas la momento, ke la infanoj ekflugu, ili falas en abismon kaj neniam plu ili sukcesas leviĝi al la firmamento, sed kiu klarigu tion al la patrinoj, kiu diru al ili, ke tio, kion ili faras, estas malbona kaj tiel ili ne helpas al siaj infanoj.

---

68) ĉagren-i [타] * ~를 괴롭히다, ~에게 불쾌하게 하다 = aflikti.

어머니 때문에 여자아이를 집으로 초대할 용기조차 없었다. 왜냐하면, 어머니가 어떻게 행동할지 알지 못하기 때문이다. 아니면 더 정확히 말해 잘 알기 때문이다. 그래서 여자아이나 친구들을 피했다.

왜냐하면, 어머니가 아들이 배불리 먹였고 옷을 잘 입도록 하려고, 아들을 위해 아침부터 밤까지 일했다고 바로 말할 것이기 때문이다. 그러나 아랴노브는 여자아이랑 함께 산책하였고 어머니를 아프고 화나게 한 채집에 홀로 두었다. 돌같이 무거운 책망을 듣자 아랴노브는 양심의 가책을 느꼈다. 무서운 죄책감이 불타올랐다. 그 때문에 어머니가 고통당하지 않도록 모든 것을 하리라고 다짐했다. 어머니의 고통스러운 소리와 고통에 가득 찬 책망하는 눈을 편안하게 듣거나 볼 수 없었다. 어머니가 자신을 위해 삶을 바치는 동안, 어머니를 돌보지 않는다는 생각을 일절 하지 않았다. 수많은 세월 뒤에 아랴노브는 어머니의 행동 속에 잔인함과 이기주의가 있었다는 것을 알았다. 그러나 어린아이였을 때 그것을 알지 못해 고통스러웠다.

언젠가 어머니의 사랑이 얼마나 이상하고 이해할 수 없는 것인지 깊이 생각했다. 아이를 돕는다고 애쓰면서 어머니는 자주 아이를 넘어뜨리게 하고, 가차 없이 아이의 날개를 자르고, 아이가 날아가야 할 순간이 왔을 때, 깊은 나락으로 떨어지게 해서 결코 하늘로 날아가는 데 성공하지 못하게 한다. 그러나 누가 어머니에게 그것을 설명할까? 누가 그런 어머니들에게 그들이 한 일이 나쁘니 아이를 내버려 두라고 말할까?

Foje, post la interleciona paŭzo, Arjanov vokis Vaskon.

– Kial via patrino venas ĉiutage en la lernejon? – demandis li.

Vasko alrigardis la instruiston, li iĝis ruĝa kvazaŭ seka dezerta vento subite trafis lin, sed nenion li respondis kaj kelkajn sekundojn senmova li gapis al la tero.

– Bone, diru al via patrino veni, mi deziras paroli kun ŝi – diris Arjanov.

La sekvan tagon la patrino de Vasko venis en la lernejon. Arjanov invitis ŝin en la instruistan ĉambron, li proponis al ŝi seĝon, sed ŝi restis staranta. Ŝi strabis lin streĉe kaj maltrankvile kiel mustelo en kaptilo, eble ŝi supozis, ke Arjanov plendos pro Vasko. Ŝi piedtretis kaj ĉirkaŭrigardis kvazaŭ ŝi tre rapidis ien. Ŝiaj okuloj, kiuj similis al maturaj orecaj vinberoj, nun brilis vitrece.

– Sinjorino, – komencis Arjanov – via filo estas bona lernanto, diligenta kaj mi estas kontenta de li, sed kial ĉiutage vi venas en la lernejon? Vasko jam lernas en la sepa klaso kaj li estas sufiĉe aĝa⋯

Ŝi ne tuj respondis. Eble ŝi hezitis kion diri, sed subite ŝi firme ekparolis:

– Tio koncernas nur min. Mi estas ŝia patrino. Kiam li diras, ke li iras en la lernejon, mi devas kontroli ĉu li vere estas en la lernejo.

Arjanov alrigardis ŝin mire kaj nenion plu demandis.

한 번은 쉬는 시간 뒤에 아랴노브가 바스코를 불렀다.

"왜 어머니가 학교에 매일 오시니?" 아랴노브가 물었다. 바스코는 선생님을 쳐다보더니 마른 사막의 바람이 갑자기 자기에게 불어온 듯 얼굴이 빨갛게 상기되었다. 아무 대답도 하지 못했다. 얼마 동안 움직이지 않은 채 땅을 멍하니 내려다보았다.

"알았어. 내가 어머니랑 말씀 나누고 싶다고 어머니에게 오시라고 해." 아랴노브가 말했다.

다음 날 바스코 어머니가 학교에 왔다. 아랴노브는 어머니를 교무실로 안내해서 의자를 권했지만 그대로 선 채로 있었다. 우리에 갇힌 족제비처럼 불안한 듯 신경질적으로 교사를 쳐다보았다. 아마도 아랴노브가 바스코 때문에 불만을 말할 거라고 짐작한 듯했다.

발을 디디고 서서 서두르듯 주위를 살폈다.

익은 황금빛 포도를 닮은 눈은 유리처럼 빛났다.

"어머니." 아랴노브가 말을 시작했다. "아들은 부지런하고 좋은 학생입니다. 나는 아주 기쁩니다. 그런데 왜 매일 학교에 오시나요? 바스코는 이미 7세반이고 충분히 나이를 먹었어요."

어머니는 곧 대답하지 않았다. 아마 무엇을 말할지 주저하더니 갑자기 굳세게 말을 꺼냈다.

"그것은 내가 관여할 일입니다. 나는 어머니예요. 학교에 간다고 말할 때 정말 학교에 있는지 점검해야 해요." 아랴노브는 놀라서 쳐다보고 더는 아무 말도 묻지 않았다.

― Mi estas lia patrino kaj ne vi! ―ripetis krude[69] ŝi, turnis sin kaj foriris. Eĉ "ĝis revido" ŝi ne diris. Arjanov akompanis ŝin ĝis lerneja pordo. Kiam li revenis, Vasko staris antaŭ la klasĉambro kaj atendis lin.

― Vasko, kial vi estas ĉi tie? ― demandis Arjanov.

― Sinjoro instruisto, ― ekflustris[70] la knabo ― ne koleru al panjo. Ŝi estas malsana. Mi ne koleras al ŝi, ke ĉiutage ŝi venas en la lernejon, malgraŭ ke la knaboj min primokas…[71]

Arjanov alrigardis lin.

― Mi scias tion, Vasko ― malrapide diris la instruisto.

---

69) krud-a 생(生)[날]것의, 덜익은[구운](요리 따위가), 조잡한, 원료 그대 로의, 미가공(未加工)의 ; 다루지않은, 정제하지 않은; 무경험의, 미숙한, 익숙치 않은; 조폭(粗暴)한; 거칠(粗野)은

70) flustr-i <自·他> 속삭이다, 귓속말하다, 중얼거리다, 수군거리다; <聲> 저음(低音)으로 발음하다

71) mok-i <他> 조소(嘲笑)하다, 조롱(嘲弄)하다, 놀려대다

"어머니는 나지 선생님이 아닙니다." 어머니는 거칠게 되풀이하고 몸을 돌려 나갔다.

'안녕히 계세요.'라는 말도 하지 않았다.

아랴노브는 학교 문까지 배웅했다.

돌아오자 바스코가 교실 앞에서 기다렸다.

"바스코야! 왜 여기 있니?" 선생님이 물었다.

"선생님!" 어린 남자아이가 속삭였다.

"엄마에게 화내지 마세요. 엄마가 아파요. 나는 엄마에게 매일 학교에 오신다고 화내지 않아요. 아이들이 나를 놀릴지라도요." 아랴노브는 아이를 쳐다보았다.

"나도 그것을 안다. 바스코야!"

천천히 선생님이 말했다.

Peĉjo, Manjo kaj Hektor

Peĉjo kaj la hundo Hektor promenadis. Ĉinokte neĝis kaj hodiaŭ matene la stratoj, la eta ĝardeno antaŭ la loĝejo, la arboj kaj la arbustoj estis blankaj kiel en mirakla fabelo. Hektor ĝojis, kuris, saltis, sed dronis en la mola neĝo kaj pene eliris.

Sur la stratoj ne estis homoj kaj la tuta loĝkvartalo aspektis dezerta. Antaŭ du tagoj estis Kristnasko, kaj hieraŭ, kaj hodiaŭ ne estis labortagoj. La homoj estis en siaj loĝejoj kaj ne rapidis eliri kaj aĉetadi en la vendejoj.

Peĉjo kun Hektor ekiris al lerneja korto.[72] Antaŭ unu loĝdomo Peĉjo vidis knabinon kun glitilo. Ŝi estis samaĝa kiel li, eble ok aŭ naŭ jara kaj certe ŝi rapidis eliri el la domo por provi sian novan glitilon. Peĉjo pasis preter ŝi survoje al la lernejo, sed la knabino alparolis lin:

— Kiel belan hundeton vi havas! Kio estas ĝia nomo?

Peĉjo haltis.

— Hektor - respondis li.

— Kial Hektor? - mire alrigardis lin la knabino.

— Ĉar tio estas ĝia nomo kaj kio estas via nomo? - demandis li la knabinon.

— Manjo - respondis ŝi.

---

72) kort-o (궁정의) 울안, 뜰, 안뜰, 마당, 정원

페쵸, 마뇨 그리고 헥토르

소년 **페쵸**와 강아지 **헥토르**는 산책한다.

어젯밤 눈이 펑펑 내렸다. 오늘 아침 거리에, 호수 앞 작은 정원이며, 나무와 수풀은 마법의 동화책처럼 온통 하얗다.

헥토르는 마냥 기뻐하면서 눈 위를 달리고 뛰다가 부드러운 눈밭에 빠져서 나오려고 낑낑대며 애를 썼다.

거리에 사람들이 없어 모든 거주지역은 사막처럼 보인다. 이틀 전이 크리스마스여서 어제와 오늘까지 계속 연휴(連休)다. 사람들은 집에 있고 가게로 나가거나 물건 사러 가는데 서두르지 않았다.

페쵸는 헥토르와 함께 학교 운동장으로 갔다.

한 주거용 건물 앞에서 페쵸는 미끄럼기구를 가진 어린 여자아이를 보았다.

자기와 비슷한 나이인 여덟 살이나 아홉 살쯤이었다.

미끄럼기구를 타려고 집에서 서둘러 나온 듯했다. 페쵸는 학교 가는 길이라 여자아이를 지나쳤는데 여자아이가 먼저 말을 걸었다.

"개가 정말 예쁘구나. 개 이름이 뭐니?"

페쵸는 멈춰 섰다. "헥토르야." 페쵸가 대답했다.

"왜 헥토르야?" 놀란 여자아이가 페쵸를 바라보았다.

"그게 개 이름이니까.

네 이름은 뭐니?" 페쵸가 물었다.

"**마뇨**야." 여자아이가 대답했다.

Ŝiaj okuloj estis bluaj kaj ŝiaj vangoj ruĝaj pro la frosto. Sub ŝia blanka trikita ĉapo videblis ŝia blondaj haroj.

— Bela glitilo — rimarkis Peĉjo.

— Ĝi estas nova — diris Manjo — estas mia Kristanaska donaco de paĉjo kaj panjo.

— Tamen sola vi ne povas uzi ĝin. Iu devas tiri la glitilon

— Jes ĉi tie ne estas monteto kaj mi ne povas malsupren glitiĝi. Paĉjo promesis al mi, ke ni iros al la montaro kaj tie mi povus senprobleme glitiĝi.

— Tio estos bonege — kapjesis Peĉjo kaj ekis kun Hektor al la lerneja korto, sed Manjo haltigis lin.

— Ĉu vi deziras, ke ni kune glitiĝu? Mi sidos en la glitilo kaj vi tiros ĝin kaj poste vi sidos kaj mi tiros. Peĉjo iom hezitis, sed respondis:

— Bone, ni provu. Sidiĝu kaj mi tiros — konsentis li. Manjo rapide sidiĝis en la glitilo kaj Peĉjo prenis la rimenon kaj komencis tiri la glitilon.

— Ĉu vi ne povus iom pli rapide — petis lin Manjo.

— Jes, mi povas — diris Peĉjo kaj provis ekkuri, sed falis en la neĝo kaj iĝis tute blanka.

Manjo komencis voĉe ridi kaj ŝia rido ektintis kiel arĝenta sonorilo. Peĉjo alrigardis ŝin iom ofendita, sed nenion diris. Ja, ŝi estas knabino kaj ĉiuj kbabinoj estas la samaj, ŝatas primoki la aliajn.

마뇨의 눈은 파랗고 뺨은 추워서 빨갛다.

뜨개질한 하얀 모자 아래로 금발 머리카락이 보였다.

"예쁜 미끄럼기구구나." 페쵸가 알아차렸다.

"이것은 새 거야." 마뇨가 말했다.

"엄마와 아빠 크리스마스 선물로 받은 거야."

"이건 혼자서 사용할 수 없어. 누가 끌어 줘야 해."

"맞아. 여기는 작은 언덕이 없어서 아래로 미끄럼 탈 수 없어. 아빠랑 산에 같이 가기로 했어. 거기서는 문제없이 미끄럼 탈 수 있을 거라고 하셨지." "그것이 훨씬 좋지." 페쵸는 맞다고 말을 마치자 헥토르와 함께 학교 운동장으로 향했다.

그때 마뇨가 페쵸를 불러 세웠다. "미끄럼 타보고 싶니? 내가 미끄럼 기구에 앉을 테니까 네가 그것을 끌어 줘, 그 다음엔 네가 앉아, 내가 끌어 줄게." 페쵸는 주저하다가 대답했다. "좋아, 그렇게 해 보자. 앉아, 내가 끌게." 페쵸가 동의했다.

마뇨는 재빨리 미끄럼 기구에 앉았다. 페쵸는 끈을 잡아 미끄럼 기구를 끌기 시작했다. "조금 더 빨리 할 수 없니?" 마뇨가 부탁했다. "그럼, 할 수 있고말고." 페쵸가 말하고 달리려고 했는데, 눈 속에 빠져서 완전히 하얗게 되었다. 마뇨의 입에서 터져나온 웃음은 은빛 종같은 소리를 냈다. 페쵸는 조금 속상한 듯 여자아이를 쳐다보고는 아무 말도 하지 않았다.

마뇨 같은 여자아이는 모두 똑같이 다른 사람들을 놀리기 좋아한다.

Li daŭrigis tiri la glitilon, sed laciĝis kaj komencis profunde spiri.

– Sufiĉe – diris Manjo. – Dankon. Nun sidiĝu vi kaj mi tiros.

– Vi ne povas – kontraŭstaris Peĉjo – mi estas pli peza.

–Ne. Mi estas forta. Vi vidos – insistis Manjo.

Peĵo sidiĝis en la glitilo kaj Manjo forte kaptis la rimenon. Ŝi faris kelkajn paŝojn tirante kaj haltis. Estis malfacile por ŝi.

– Mi devas profunde enspiri – diris Manjo.

– Ja, mi diris al vi, ke vi ne povas tiri. Mi pezas.

– Vi vidos, ke mi povas – daŭre insistis Manjo, - sed mi devas koncentriĝi, kiel la sportistoj.

– Bone – konsentis Peĉjo.

– Kaj diru kiajn donacojn vi ricevis okaze de Kristnasko? – demandis Manjo.

– Panjo donacis al mi libreton kaj ĉokoladon – respondis fiere Peĉjo.

– Kaj via patro kion donacis al vi? – demandis ŝi.

– Mi ne havas patron – tramurmuris Peĉjo iom konfuzite. - Panjo diras, ke li delonge forveturis ien kaj ankoraŭ li ne revenis.

– Strange, kial li ne revenas? – alrigardis lin Manjo.

– Mi ne scias.

– Do, vi loĝas nur kun via patrino.

페쵸는 미끄럼 기구를 계속 끌었지만 지쳐서 숨을 깊이 내쉬었다.

"이제 되었어." 마뇨가 말했다.

"고마워, 이제 네가 앉아. 내가 끌게."

"너는 할 수 없어." 페쵸가 반대했다. "내가 무겁거든." "아니야, 나 힘이 세. 보면 알 거야." 마뇨가 고집을 피웠다.

페쵸가 미끄럼 기구에 앉자 마뇨는 끈을 세게 쥐고 잡아당기면서 몇 걸음 가더니 멈췄다.

여자에게는 힘에 부쳤다.

"숨을 더 깊이 쉬어야 해." 마뇨가 말했다.

"넌 끌 수 없다고 말했잖아. 내가 꽤 무거워." "내가 할 수 있다는 걸 보여 줄 거야." 마뇨는 계속 우겼다. "그러려면 운동선수처럼 집중해야 해."

"알았어." 페쵸가 동의했다.

"이제, 성탄절에 어떤 선물을 받았는지 말해 봐." 마뇨가 물었다.

"엄마가 작은 책과 초콜릿을 선물했어." 페쵸가 자랑스럽게 대답했다. "네 아빠는 무엇을 선물하셨니?" 여자아이가 물었다. "나는 아버지가 없어." 조금 당황한 듯 페쵸는 머뭇거리며 말했다.

"아버지는 오래전에 어딘가로 멀리 떠나서 돌아오시지 않았다고 엄마가 말씀하셨어."

"이상하네, 왜 안 돌아 오신데?" 마뇨가 남자아이를 쳐다보았다. "몰라."

"그럼 엄마랑 둘이서 사는구나."

— Jes. Ni loĝas nur duope, sed panjo ofte malfrue revenas hejmen kaj tial ŝi aĉetis Hektor por ke mi ne estu sola en la loĝejo. Hektor estas mia amiko, mi zorgas pri ĝi. Mi nutras ĝin, ni promenadas kaj mi tre amas ĝin.

— Mi komprenas. Hektor estas via vera amiko – kapjesis Manjo.

— Hieraŭ panjo diris, ke vespere ŝi revenos malfrue. Mi atendis ŝin, sed ŝi ne revenis la tutan nokton. Mi tamen faris por ŝi donacon. Mi deziris surprizi ŝin.

— Kian donacon? – scivolis Manjo.

— Mi pentris por ŝi koloran Kristnaskan arbeton, kiel sur la bildkartoj kaj sub la pentraĵo per grandaj literoj mi skribis "Mi amas vin, panjo!" , sed mi ne povis doni la donacon al ŝi.

— Ne gravas, hodiaŭ vi donos ĝin al ŝi – trankviligis lin Manjo.

— Jes, hodiaŭ.

Manjo alrigardis lin.

— Venu morgaŭ denove ĉi tien, ni kune glitiĝos – proponis Manjo. – Mi estos kun vi la tutan tagon.

— Bone – respondis Peĉjo.

— Ĝis – diris Manjo kaj ekiris al sia loĝejo

— Ĝis – respondis Peĉjo kaj vokis Hektor, kiu kuris ien-tien en la ĝardeno. "Hektor la plej bone fartas – diris al si mem Peĉjo.

"응, 둘이서만 살아. 엄마는 자주 늦게 집에 돌아오셔. 내가 집에서 혼자 있을까 봐 헥토르를 사 오셨어. 헥토르는 내 친구야. 내가 돌봐. 먹을 걸 주고 같이 산책해. 무척 좋아해."

"알겠어. 헥토르는 진짜 네 친구구나." 마뇨가 동의했다.

"어제 엄마는 저녁에 늦게 돌아오신다고 말씀했어. 나는 엄마를 기다렸지. 밤늦도록 돌아오지 않으셨어. 나는 엄마를 위해 선물을 만들었어. 엄마를 놀라게 하고 싶었거든."

"어떤 선물?" 마뇨가 궁금해서 물었다.

"엄마를 위해 그림엽서에서 본 작은 성탄절 트리를 그렸어. 그림의 아랫부분에 큰 글자로 이렇게 썼어. '엄마를 사랑해요.' 엄마에게 그 선물을 줄 수 없었어."

"그래, 오늘 네 엄마에게 그것을 줄 수 있을 거야." 마뇨가 페쵸를 안심시켰다. "그래, 맞아. 오늘."
그리고는 페쵸를 쳐다보며 말했다.

"내일 다시 이리로 와. 우리 함께 미끄럼 타자." 마뇨가 제안했다.

"난 하루 종일 너랑 같이 있고 싶어."

"좋아." 페쵸가 대답했다.

"잘 가." 마뇨는 인사를 하고 자기 집으로 갔다.

"잘 가." 페쵸도 역시 대답하고 마당에서 이리저리 뛰어 다니는 헥토르를 불렀다. "헥토르가 가장 잘 지내는구나." 페쵸가 혼잣말을 했다.

– Ĝi pensas nek pri sia patro, nek pri sia patrino. Ĝi ne deziras donacojn kaj ne atendas, ke iu donacu al ĝi ion."

— Ek – diris Peĉjo al Hektor – sufiĉe ni estis ekstere, ni revenu hejmen.

헥토르는 아버지도 어머니도 생각지 않아. 선물도 원하지 않아. 누가 무슨 선물을 줄 것인지 기다리지도 않아.

"가자." 페쵸가 헥토르에게 말했다.

"우리는 한참동안 밖에 있었어.
어서 집으로 돌아가자."

Traca ĉevalrajdanto

Slav Vasilev delonge deziris viziti vilaĝon Dragino. Lia patrino rakontis, ke kiam ŝi estis graveda kun li, ŝi instruis en tiu ĉi vilaĝo. Post la fino de la universitato kelkajn jarojn ŝi estis instruistino pri bulgara lingvo kaj literaturo en Dragino. Kiam Slav Vasilev estis infano, foje kun la gepatroj li estis en Dragino, sed de tiu ĉi fora vizito en lia memoro naĝis nur palaj spuroj kiel respegulo de nuboj en trankvila lago. Li ne komprenis kial li komparas la tiamajn memorojn al lago, sed eble tio ne estis hazarda.

Foje, sabate, en la komenco de majo, Slav decidis iri en Draginon. Li proponis al Lina, sia edzino, ke ili iru kune. La vetero estis varma, suna kaj Dragino troviĝis nur je kvindek kilometroj de la urbo. Lina tamen ne deziris. Ŝi diris, ke ne fartas bone kaj kial ŝi iru en iun vilaĝon.

— Vilaĝo, kiel ĉiuj vilaĝoj — rimarkis Lina.

Slav ekiris sola. Li enaŭtobusiĝis kaj preparis sin por agrabla ekskurso en la varmeta maja tago. La aŭtovojo zigzagis kiel silka rubando preter verdiĝantaj kampoj kaj arboj, malsupreniris en valojn kaj poste grimpis sur montetojn, pli alten kaj pli alten al la friska sino de la montaro.

Antaŭ Dragino Slav iom miris.

트라키아의 기병(騎兵)

슬라브 바실레브는 오래 전부터 드라기노 마을을 방문하고 싶었다.

그의 어머니가 슬라브를 임신했을 당시 교사로 일하셨던 마을이다. 어머니는 대학을 마친 뒤 몇 년간 드라기노에서 불가리아 언어와 문학을 가르쳤다.

슬라브 바실레브가 아이였을 때, 딱 한 번 부모님과 함께 드라기노 마을에 가 보았다. 이 오래된 방문은 기억 속에서 잔잔한 호수에 구름이 비치듯 희미한 흔적만 헤엄치고 있다.

그때의 기억을 왜 호수에 비교하는지는 모르지만, 그것은 우연이 아니다. 한 번은 슬라브가 5월이 시작되는 토요일에 드라기노에 가기로 마음먹었다.

따뜻한 해가 비치는 날씨였다. 아내 리나도 같이 가자고 제안했으나, 몸이 좋지 않던 리나는 원치 않았다. 왜 도시에서 50km 떨어져 있는 모르는 마을에 가야 하느냐고 말했다. "드라기노가 뭐 특별한가요? 마을은 모두 똑같아요." 리나가 말했다.

슬라브는 하는 수 없이 혼자 출발했다.

고속버스에 타서 따뜻한 오월 하루를 즐겁게 여행하리라 마음먹었다. 고속도로는 비단 리본처럼 푸른 들과 나무 사이로 Z자로 끝없이 이어졌다.

계곡을 따라 내려간 뒤 작은 언덕을 올라가서 산 한가운데까지 계속 올라가서, 드라기노 마을 앞에 도착했을 때 슬라브는 놀랐다.

La aŭtobuso preterpasis negrandan lagon kaj ŝajnis al li, ke ĝuste la rememoro pri tiu ĉi lago restis de lia infanaĝa vizito en Dragino. La lago similis al granda blua reno, kuŝanta kviete inter du montetoj. Ie-tie ĉirkaŭ la lago videblis senmovaj figuroj de fruvekiĝintaj fiŝkaptistoj. Slav rigardis tra la fenestro de la aŭtobuso kaj meditis ĉu eblas memori la lagon, se ĉion alian li delonge forgesis, aŭ tio estas ia hazarda asociacio, kiu enplektiĝis en liajn memorojn.

La aŭtobuso haltis sur la placo de Dragino kaj la malmultaj vojaĝantoj eliris el ĝi kiel aro da infanoj el la klasĉambro post la eksono de la lerneja sonorilo. La homoj, kiuj eliris el la aŭtobuso, certe loĝis en la urbo kaj ĉi tie ili havis vilaojn aŭ parencojn. La vilaĝo, eta, silenta, kaŝita en la faldoj de la montaro, estis ege oportuna por vilaoj. La veturintoj rapide malaperis kaj Slav restis sola sur la placo. Li ĉirkaŭrigardis. Tra la placo fluis malgranda rivero, sed nun, en majo, ĝi estis akvoplena kaj impeta. La ponto super ĝi aspektis forta, eble antaŭnelonge konstruita.

Sur la alia flanko de la placo videblis du duetaĝaj konstruaĵoj, eble tie estis la vilaĝdomo kaj la medicina servo. Sur la teretaĝo de unu el konstruaĵoj estis restoracio kaj dolĉaĵejo. Sur benko, antaŭ la restoracio, sidis tri olduloj, kiuj levis kapojn kaj scivole alrigardis Slav.

고속버스가 작은 호수를 지났고, 정말 이 호수에 대한 기억이 어린 시절 드라기노 마을의 방문에서 생긴 것 같았다. 커다랗고 푸른 빛을 띠는 호수는 콩팥을 닮았는데, 두 개의 언덕 사이에 조용하게 누워 있다. 호수 주변 여기저기에 일찍 잠을 깨고 나온 낚시꾼의 무표정한 얼굴이 보였다.

슬라브는 고속도로의 차창을 통해 바라보면서 다른 모든 것을 오래전에 잊었다면 호수를 기억하는 것이 가능한지, 그것은 기억 속에서 안으로 엮어진 우연한 연상인지 깊이 생각했다.

고속버스가 드라기노 광장에 멈추자, 얼마 되지 않은 여행자들이 학교 종소리가 난 뒤 교실에서 나오는 아이 무리처럼 내렸다.

고속버스에서 내린 사람들은 분명 도시에 살면서 여기에 빌라나 친척을 가지고 있다.

산기슭에 숨겨진 작고 조용한 마을은 빌라로는 아주 적당하다. 여행자들은 재빨리 사라지고 슬라브만 광장에 혼자 남아 둘레를 살폈다.

광장을 가로질러 작은 강이 흐른다.

5월에는 강물이 가득 차고 굉장히 빠르게 흐른다.

강의 다리는 얼마 전에 지어진 듯 튼튼하게 보였다. 광장 다른 편에는 2층 건물이 두 채 있는데, 마을 회관과 병원일 것이다.

한 건물 1층에는 식당과 제과점이 있다.

식당 앞 의자에는 머리를 들고 호기심이 가득한 눈빛으로 슬라브를 바라보는 노인 세 명이 앉아 있다.

Lina eble pravis, Dragino estis kiel ĉiuj vilaĝoj, tute ordinara. La aŭtobuso ekveturis kaj eble nur post du aŭ tri horoj estos alia al la urbo. Slav proksimiĝis al la olduloj, salutis ilin kaj demandis kie troviĝas la lernejo. Li deziris vidi la lernejon, kie iam instruis lia patrino.

– Ne estas lernejo – preskaŭ ĥore respondis la olduloj.[73] – Ne estas infanoj kaj ne estas lernejo. Ĉi tie nur geolduloj loĝas.

– Sed iam estis, ĉu ne? – interrompis ilin Slav.

– Estis, estis – respondis unu el ili, kiu aspektis iom pli juna. – Mi mem lernis en ĝi, kiam mi estis infano, sed tio estis delonge.

– Mi estas filo de Velika – la instruistino, ĉu vi memoras ŝin?

– Kial ne – respondis la pli juna oldulo. – Ŝi estis instruistino ĉi tie antaŭ kvindek jaroj. Tre bela kaj bona virino. Ŝi instruis miajn gefilojn, sed estis delonge. Kiel ŝi fartas?

– Ŝi forpasis. Mi deziris vidi la vilaĝon, kie ŝi loĝis kaj instruis.

– Bone, bone, sed oni detruis la lernejon. Nun sur ĝia loko estas hotelo, sed ankaŭ en ĝin neniu venas kaj ĝi malplenas.

Dum la tuta jaro neniu venas ĉi tien.

Nin forgesis kaj Dio, kaj reĝo.

---

73) old-a   =maljuna; malnova.

아마 리나의 말이 맞는다. 드라기노는 보통의 모든 마을과 완전 비슷하다. 고속버스는 출발했고, 두세 시간 뒤에는 다른 도시에 도착해 있을 것이다. 슬라브는 노인들에게 다가가 인사를 건네고 학교가 어디 있냐고 물었다.

어머니가 가르치셨다는 학교를 보고 싶었다.

"학교는 없어요." 노인들이 거의 합창하듯 대답했다.

"아이도 없고 학교도 없어요. 여기는 늙은이들만 살아요."

"하지만 과거엔 있었죠." 슬라브가 그들 말 사이로 끼어들었다.

"있었지요. 있어." 노인 중 젊어 보이는 노인이 대답했다. "어렸을 때 거기서 배웠죠. 오래전 일이지만요."

"저는 교사 벨리카의 아들입니다. 선생님을 기억하시겠어요?"

"왜 기억을 못 하겠어요." 그 젊은 노인이 말했다. "그 선생님은 여기서 50년 전에 교사로 계셨어요. 아주 예쁘고 좋은 여자 분이셨습니다. 선생님이 내 아들딸을 가르쳤지요. 그러나 오래전 일입니다. 선생님은 어떻게 지내시나요?"

"돌아가셨습니다. 저는 어머님이 살아 생전에 교사로 일하셨던 마을을 찾고 싶었어요."

"알겠어요. 좋아요. 그러나 학교는 부서졌어요. 지금 그곳에는 호텔이 있죠. 그러나 역시 그곳에도 아무도 오지 않아 텅 비어 있어요. 1년 내내 아무도 여기 오지 않아요. 하나님도, 임금도 우리를 잊었어요.

— Se vi deziras vidi kie estis la lernejo – mi montros al vi – proponis unu el la olduloj kaj energie ekstaris de la benko.

Slav dankis kaj ekiris post la viro, kiu gvidis lin sur kruta[74] strato, serpentumanta preter malaltaj domoj kaj florplenaj kortoj, kiuj dormis sub la ombro de fruktaj arboj. Ambaŭ iris al granda konstruaĵo, blanka, simila al ŝipo, ĉirkaŭ kiu videblis bela parko.

— Tio estas la hotelo de Dragino. Ĝi nomiĝas "Nova Vivo", ĉi tie estis iam la lernejo. Niaj avoj mem konstruis la lernejon, sed kiel mi diris, oni rapide malkonstruis ĝin. Proksime estas mineralakva fonto kaj oni faris basenon kun varma akvo.

Slav rigardis la hotelon. Ĝi estis unu el tiuj modernaj konstruaĵoj, kiujn oni nun konstruas el aluminio kaj vitro. De la lernejo tamen restis nenio.

— Do, mi lasos vin – diris la maljunulo. – Se vi deziras eniru la hotelon. Ene estas kafejo. Oni diras, ke bonan kafon oni faras ĉi tie.

Slav dankis al la maljunulo kaj ekiris al la enirejo de la hotelo, sed antaŭ eniri en ĝin, li haltis. Malantaŭ la hotelo, ne tre malproksime, estis monteto, kiun kovris maldensa arbareto kaj sur la monteto videblis preĝejo, kvazaŭ ĉizita en la roko. La loko aspektis neordinara. La preĝejo kiel nesto pendis super la rivero.

---

74) krut-a   가파른, 급히 경사진, 비탈진, 절벽의, 험한.

학교가 어디 있었는지 보기를 원한다면 내가 안내해 줄
게요."

노인 한 명이 말하고는, 힘차게 의자에서 일어섰다.

슬라브는 감사하고, 낮은 집들과 과일나무 그늘에 누워
자는 꽃이 가득한 마당 사이로 뱀처럼 구불구불한 비탈
진 길 위를 안내해 주는 노인 뒤로 걸어갔다.

두 사람은 하얗게 배를 닮고, 둘레에는 예쁜 공원 있는
커다란 건물로 갔다. "이곳이 드라기노의 호텔입니다.
이름이 '노바비보'이고, 여기가 예전 학교가 있던 곳
이에요.

우리 할아버지들이 직접 학교를 건축했지요. 그러나 내
가 말한 대로 빨리 부쉈어요. 가까이에 광천수 샘이 있
어 따뜻한 물이 있는 수영장을 만들었죠." 슬라브는
호텔을 바라보았다. 요즘 사람들이 알루미늄과 유리로
짓는 현대식 건물이었다.

"지금 학교로 아무것도 남은 것이 없어요. 그럼 나는
이만 갈게요." 노인이 말했다.

"호텔로 들어가기를 원한다면 안에 카페가 있어요. 여
기 커피가 맛있다고 해요."

슬라브는 노인에게 감사하고 호텔 입구로 갔다. 그러나
들어가기 전에 멈췄다.

호텔 뒤에 그렇게 멀지 않은 곳에, 듬성듬성 숲이 있는
작은 언덕이 있었다.

언덕 위에는 마치 바위에 조각한 듯 기도원이 보였다.
장소가 평범치 않아 보였다.

기도원은 새 둥지처럼 강 위에 매달려 있다.

Ĝi estis masonita el ŝtonoj kaj de ĉi tie, de la hotelo, videblis, ke ĝi ne estas malgranda, sed forta kaj masiva. Slav iom meditis kaj decidis, ke estos pli bone grimpi sur la monteton kaj trarigardi la preĝejon ol eniri en la hotelon. Li ekiris sur la strato, kiu gvidis al la preĝejo. Post kelkaj minutoj li eniris en la obskuran templon. La dimanĉa diservo estis finita, sed ene ankoraŭ videblis kelkaj maljunulinoj, kiuj diligente krucsignis.

Slav trarigardis la ikonojn kaj altaron. La preĝejo estis malnova. Eble ankaŭ lia patrino venis ĉi tien dum la grandaj kristanaj festoj, meditis Slav. Li bruligis kandelon kaj kelkajn minutojn staris senmova antaŭ la ikono de Sankta Dipatrino. Elirante el la templo, en la antaŭnavo li rimarkis ŝtonplaton.

Slav proksimiĝis pli bone trarigardi ĝin kaj li restis ŝokita. La marmora plato estis sankta ŝtono kun ĉizita Traca Ĉevalrajdanto. Slav ne kredis al siaj okuloj. Traca Ĉevalrajdanto! Kiel instruisto pri historio, li bone sciis kion signifas tio.

En la tuta lando oni trovis nur kelkajn marmorplatojn kun Traca Ĉevalrajdanto, kiuj restis de tracoj kaj ilia historia valoro estis ege granda.

Slav iom pli atente trarigardis la marmorplaton.

Ja, sur ĝi estis ĉevalrajdanto kun siaj servistoj kaj hundo dum ĉasado.

돌로 지어졌고, 여기 호텔에서 볼 때 작지는 않고 강하고 튼튼하게 보였다.

슬라브는 호텔로 들어가는 것보다 언덕을 올라가 기도원을 둘러보는 것이 더 좋겠다고 생각했다. 기도원으로 인도하는 거리 위로 걸어가다가, 얼마 뒤 어두운 성당으로 들어갔다.

일요일에 예배의식은 끝났지만, 안에는 아직 열심히 십자가를 긋는 할머니 몇 분이 보였다.

슬라브는 조각상과 제단을 둘러보았다.

기도원은 낡았다. 아마 기독교 대축제 때 어머니도 여기에 왔었을 거라고 슬라브는 생각했다.

촛불을 밝히고 성모 마리아의 조각상 앞에 몇 초간 움직이지 않고 섰다.

성당에서 나와 본당 앞에서 돌판을 보았다.

슬라브는 돌판을 더 자세히 보려고 가까이 갔다가, 충격을 받고 머물렀다.

대리석 판은 트라키아 기병이 새겨진 거룩한 돌이었다.

슬라브는 자기 눈을 믿을 수 없었다.

역사교사로서, 트라키아 기병이 무엇을 의미하는지 잘 알고 있었다.

온 나라 안에서 트라키아에서 남아 역사적인 가치가 아주 큰 트라키아 기병이 있는 대리석판은 오직 몇 개밖에 없다.

슬라브는 조금 더 주의해서 대리석 판을 살폈다.

정말 그 위에는 개와 시종을 거느리고 사냥하는 기병이 새겨져 있었다.

— Tio ĉi estas ege rara kaj valorega trovitaĵo – diris al si mem Slav.

Li ne rimarkis, ke malantaŭ li ekstaris pastro, kiu silente kaj esploreme observis lin. Slav turnis sin al li.

— Tio estas Traca Ĉevalrajdanto – diris Slav. – Ĉu oni trovis ĝin proksime?

— Jes – respondis la pastro. – Ni trovis ĝin, kiam ni plivastigis la areon ĉirkaŭ la preĝejo.

— Eble ĉi tie estis Traca Sanktejo – supozis Slav.

— Mi ne kredas – skeptike kuntiris lipojn la pastro, kiu estis korpulenta, eble samaĝa kiel Slav kun densa iom griziĝinta barbo kaj kun helaj okuloj, kiuj daŭre strabis Slav streĉe kaj supekteme. Lia longa nigra sutano estis eluzita kaj malpura. Sub ĝi videblis liaj kotaj kaj deformitaj ŝuoj. La pastro ŝajnigis, ke ne komprenas la grandan historian valoron de la traca marmorplato.

— Ĉu vi loĝas ĉi tie? – demandis Slav.

— Jes, ĉi tie mi naskiĝis kaj mi loĝas tie – kaj li fingromontris al la dometoj, kiuj estis sur la kontraŭa monteto. – Vin mi ne vidis ĝis nun.

— Jes – respondis Slav. – Mi venis de la urbo. Mia patrino du jarojn instruis ĉi tie. Fin-fine, post tiom da jaroj, mi venis vidi kie ŝi loĝis kaj kie ŝi instruis.

— Bone, bone. Kia estis ŝia nomo?

— Velika Nedeva.

"정말 귀하고 가치 있는 발견을 했군." 슬라브는 혼잣말했다.

뒤에서 호기심을 가지고 조용히 자기를 살피는 천주교 신부가 서 있는 것을 알아차리고는 신부 쪽으로 몸을 돌렸다.

"이것이 트라키아 기병이군요." 슬라브가 말했다. "사람들이 이것을 가까이에서 발견했나요?"

"예." 신부가 대답했다. "기도원을 넓힐 때 발견했어요. 아마 이곳에 트라키아 성당이 있었겠죠." 슬라브가 짐작했다. "나는 믿지 않아요." 건강하고 아마 슬라브와 비슷한 나이에 조금 회색의 무성한 턱수염과 계속해서 슬라브를 긴장하며 의심스럽게 쳐다보는 밝은 눈을 가진 신부가 냉소적으로 입술을 깨물었다. 길고 검은 사제복은 낡았고 더러웠다. 그 밑으로 진흙이 묻고 모양이 변하게 된 신이 보였다.

신부는 트라키아 대리석 판의 중요한 가치를 알지 못하는 것처럼 보였다.

"여기 사시나요?" 슬라브가 물었다. "예, 여기서 태어났고 저기에서 살아요." 그리고 손으로 반대편 언덕 위에 있는 작은 집을 가리켰다. "나는 선생님을 지금껏 본 적이 없어요." "예." 슬라브가 대답했다.

"나는 도시에서 왔어요. 어머니가 2년간 이곳에서 가르치셨어요. 마침내 오랜 세월 뒤, 어머니가 어디서 사셨는지 어디에서 가르쳤는지 보려고 왔습니다."

"알겠어요. 좋습니다. 어머니 성함이 어떻게 되시죠?"

"벨리카 네데바입니다."

— Mi ne konas ŝin. Tiam mi ankoraŭ ne frekventis lernejon. Dio benu vin. Mi estas pastro Spiridon. Ĉi tie ĉiuj konas min.

La pastro manpremis la manon de Slav kaj poste rapide eliris. Ankoraŭ iomete Slav rigardis la Tracan Ĉevalrajdanton, mantuŝis ĝin, kvazaŭ li deziris karesi ĝin. Slav ne kredis, ke ĝuste ĉi tie, en tiu ĉi eta, kaŝlokita kaj nekonata preĝejo estas tia granda arkeologia trovitaĵo. Li decidis nepre informi historiistojn kaj sciencistojn pri tiu ĉi traca monumento. Ĉi tie, en la fora pasinteco, certe estis traca loĝloko kaj la arkeologoj ankoraŭ ne esploris ĝin. Pri tio aludis la bela kaj pitoreska ĉirkaŭaĵo, la mineralakva fonto, la rivero.

Slav iris al la vilaĝa placo por atendi la aŭtobuson. La maljunuloj jam ne sidis sur la benko kaj la placo aspektis vasta kaj dezerta. Neniu videblis ĉirkaŭe, nur rustokolora hundo kuŝis sub jarcenta morusarbo, proksime al la rivero.

La aŭtobuso venis kaj dum la veturado Slav meditis pri Traca Ĉevalrajdanto. Li vere trovis ion neordinaran kaj pro tio li estis tre emociita. Baldaŭ li devis reveni ĉi tien kun iu sia kolego tracologo por montri al li la marmorplaton. Post semajno, tamen Slav dronis en okupoj kaj li preskaŭ forgesis pri Dragino kaj pri Traca Ĉevalrajdanto.

"저는 모르겠군요. 그때 저는 아직 학교에 다니지 않았어요. 하나님의 축복이 임하시길. 나는 **신부 스피리돈**입니다. 이곳에서는 모두 나를 알죠."

신부는 슬라브의 손을 꽉 잡고 나중에 재빨리 나갔다. 여전히 슬라브는 트라키아 기병을 바라보고 마치 그것을 쓰다듬기 원하는 듯 손으로 만져 보았다.

슬라브는 정말 이곳에, 이 작고 숨겨진 장소, 알려지지 않은 기도원에 그렇게 큰 고고학적 발견물이 있다는 것이 믿어지지 않았다.

역사가와 과학자에게 이 트라키아 기념물을 꼭 알리리라 마음먹었다. 이곳은, 아주 먼 과거에 트라키아의 거주지임이 분명하지만 아직 고고학자들이 조사하지 않았다. 이것에 대해 예쁘고 멋진 주변 여건, 광천수 샘, 강이 암시한다.

슬라브는 고속버스를 기다리려고 마을 광장으로 갔다. 노인들이 앉았던 의자는 텅 비어 있고 광장은 넓은 사막처럼 보였다.

주변에 사람은 아무도 보이지 않고, 오직 털의 색이 바랜 개 한 마리가 강 옆 100년 된 뽕나무 아래 누워 있다.

고속버스가 와서 차를 타고 가는 동안에도 슬라브는 트라키아 기병을 생각했다. 정말 무언가 특별한 것을 발견한 것 같아 감정이 복받쳤다.

대리석 판을 보여 주려고 어느 트라키아학 동료와 함께 곧 여기로 돌아와야만 한다.

그러나 일주일 뒤 슬라브는 일에 빠져서 드라기노 마을과 트라키아 기병을 잊었다.

Proksimiĝis la fino de la lernojaro, li devis ekzameni la lernantojn, hejme komenciĝis renoviĝo kaj li ne havis tempon okupiĝi pri io alia.

La somero pasis kiel mallonga elspiro kaj je la fino de oktobro Slav iris al Dragino. Li deziris paroli kun pastro Spiridon por transdono de la marmorplato en la arkeologian muzeon.

Estis trankvila aŭtuna tago. La arbaro sur la monteto ruĝis kaj flavis, kaj ĵetis kuprokolorajn rebrilojn sur la vilaĝplacon. La susuro de la rivero alflugis kiel babilo kaj ĉie regis silento, kvazaŭ delonge neniu venis ĉi tien. Ne videblis homoj sur la placo, nek sur la etaj krutaj stratoj. Slav iris al la preĝejo, eniris ĝin kaj ĉirkaŭrigardis. La Traca Ĉevalrajdanto mankis. Li ege miris. Tie, kie ĝi estis apogita al la muro, nur faŭkis granda truo. Eble la marmorplato staris tie por ŝtopi la truon. En la preĝejo estis nur malalta, kaduka oldulino, kiu kolektis la restaĵojn de la estingitaj kandeloj kaj ĵetis ilin en ujon kun akvo.

— Bonan tagon – salutis ŝin Slav.

— Dio donu bonon – respondis la oldulino kaj rigardis lin streĉe kvazaŭ ŝi deziras rememori ĉu ŝi vidis lin iam.

— Mi estis ĉi tie antaŭ duonjaro – diris Slav – kaj tie, en antaŭnavo, staris ŝtono sur kiu estis ĉizita ĉevalrajdanto. Nun mi ne vidas ĝin.

학년 말이 가까워지고 학생들 시험을 채점하고 집에서 수정 작업을 시작했다.

무언가 다른 일을 할 시간이 거의 없었다.

여름은 짧은 호흡처럼 지나갔고 10월 말에야 슬라브는 드라기노에 갔다.

고고학 박물관에 대리석 판을 전달하는 건에 관해 스피리돈 신부와 이야기하고 싶었다.

조용한 가을날이다. 언덕 위의 숲은 빨갛고 노랗게 물들어서 마을 광장 위쪽이 구리색 빛을 띠었다.

강의 살랑거리는 소리가 잡담처럼 날아가고 마치 오래전부터 아무도 여기에 오지 않은 것처럼 모든 곳이 다 조용했다.

광장 위에도 작은 비탈진 거리에도 사람은 보이지 않았다. 슬라브는 기도원에 가서 그 안에 들어가 둘러보았다. 거기에 트라키아의 기병이 없어서 깜짝 놀랐다.

벽에 기대여 있던 곳에 커다란 구멍만 남아 있다.

아마 대리석 판이 구멍을 막으려고 거기 있었던 듯했다. 기도원에는 키 작고 노쇠한 할머니만 있었다. 할머니는 꺼진 초의 자루를 모아 물과 함께 통에 집어 던졌다.

"안녕하세요." 슬라브가 인사했다.

"하나님의 축복이." 할머니가 대답하고는 긴장하며 마치 언젠가 만나본 기억을 찾으려는 듯 뻔히 쳐다보았다. "저는 6개월 전에 여기 왔었어요." 슬라브가 말했다.

"저기 본당 앞에 기병이 새겨진 돌판이 있었어요. 지금은 볼 수가 없네요.

Ĉu oni ne metis ĝin en alian lokon?

La avino rigardis lin suspekteme kaj diris:

— Oni ŝtelis ĝin. Ni diris al la polico, sed oni ne trovis ĝin.

— Ĉu pastro Spiridon estas ĉi tie?

— Ne. De duonjaro li ne servas ĉi tie. Li aĉetis belan, grandan, domon en Bregovo. Jam tie li estas pastro. Liaj gefiloj studas en Anglio kaj pastro Spiridon kun sia edzino ekloĝis en Bregovo. Ili bone fartas tie. Nun ili havas multe da mono kaj kion li faru ĉi tie, en tiu ĉi dezerta, senhoma vilaĝo?

— Kaj kiu estas nun pastro ĉi tie?

— Venas juna pastro, Aleksi estas lia nomo, sed li respondecas[75] pri la preĝejoj de tri vilaĝoj kaj ĉi tien venas nur foje semajne. En nia vilaĝo ne restis preĝantoj. La maljunuloj unu post alia forpasas kaj junuloj ne estas.

Slav eliris el la preĝejo. La Traca Ĉevalrajdanto ne plu estis ĉi tie. Nun li meditis pri pastro Spiridon kaj kvazaŭ denove Slav vidis lian suspekteman akran rigardon kaj liajn helajn ruzajn okulojn.

Pastro Spiridon aĉetis grandan belan domon en Bregovo kaj liaj gefiloj studas en Anglio – diris al Slav preĝejservistino. Ĉu tio ne havis ian ligon al la ŝtelita Traca Ĉevalrajdanto?

---

75) respond-i <他> 대답하다; 적합하다 ; 일치하다 ; 책임지다

누가 다른 곳에 두었나요?"

할머니는 의심스럽게 쳐다보더니 말했다. "누가 훔쳐 갔어요. 경찰에 말했지만, 아직 찾지 못했어요."

"스피리돈 신부는 여기 계시나요?"

"아니요. 6개월 전부터 여기서 근무하지 않아요. 예쁘고 큰 집을 브레고보에 샀어요. 이제는 거기 신부입니다. 자녀들은 영국에서 공부해요. 스피리돈 신부는 부인과 함께 브레고보에서 살아요. 거기서 많은 돈을 가지고 잘 지내고 있어요. 여기는 사막 같고 사람도 없는 마을인데 이곳에서 무엇을 하겠어요?"

"그러면 지금 여기 신부는 누구인가요?"

"젊은 신부가 왔는데 이름이 알렉시예요. 3개 마을의 기도원을 책임지고 있어서 여기에는 일주일에 한 번만 와요. 우리 마을에는 기도자가 남아 있지 않아요. 노인들은 한 명씩 돌아가시고 청년들은 없어요."

슬라브는 기도원에서 나왔다.

트라키아의 기병은 이제 여기에 없다.

지금 스피리돈 신부를 생각했다. 마치 의심스러운 날카로운 시선과 밝고 교활한 눈을 보는 듯했다.

"스피리돈 신부는 브레고보에 크고 멋진 집을 샀고, 자녀들은 영국에서 공부해요."

기도원 여자 봉사자가 슬라브에게 한 말이 자꾸 떠올랐다. 그것이 도둑맞은 트라키아의 기병과 어떤 연결을 갖지 않을까?

Rapida negoco

Ĉiun matenon oĉjo Grozdan vekiĝis frue. Li havis
bonan kutimon. Kiam la unuaj sunradioj, similaj al ora
spiko, falis sur tegmenton de lia eta domo, li eliris el
la korto kaj kun sia hundo Atilo ekpromenadis.
Proksime al la domo estis granda parko, kiu dronis en
verdaĵo. Oĉjo Grozdan kaj Atilo iradis sur unu el la
padoj malrapide, trankvile kaj tiel ĉirkaŭiris la tutan
parkon. Li profunde enspiris la freŝan matenan aeron
kaj ĉe li Atilo kuris tien kaj reen, saltis, kontenta, ke
ili duope denove estas en la parko ĉe la verda mola
herbejo kaj la altaj arboj.
— Ne estas pli grandaj amikoj en la tuta loĝkvartalo
ol oĉjo Grozdan kaj Atilo — ŝercis la najbaroj.
Post la forpaso de onklino Katja, la edzino de oĉjo
Grozdan, Atilo estis ĉiam ĉe li. Petro, lia filo, loĝis
kun sia familio en unu el la novaj loĝkvartaloj de la
urbo kaj tre malofte vizitis la patron, sed oĉjo
Grozdan ne sentis sin sola. Kun Atilo ili estis ĉiam
kune. Li amis Atilon kiel sian infanon kaj Atilo certe
sentis tiun ĉi amon.
Oĉjo Grozdan neniam forgesos malagrablan akcidenton,
kiu okazis antaŭnelonge. Foje li riparis la tegmenton
de la barako malataŭ la domo, en kiu estis la lignoj
kaj karbo por la vintra hejtado.

빠른 협상

그로즈단 삼촌은 매일 아침 빨리 일어나는 좋은 습관을 가지고 있다. 황금 이삭 같은 첫 햇살이 작은 집 지붕 위에 떨어질 때, 그로즈단 삼촌은 마당으로 나와 애완 견 **아틸로**와 함께 산책하러 나갔다. 집 가까이에 푸름 속에 잠겨 있는 큰 공원이 있다. 그로즈단 삼촌과 아틸 로는 여러 갈래 길 중 하나로 천천히 편안하게 걸어서 공원을 한 바퀴 돈다.

아침의 신선한 공기를 깊게 들어 마시는 동안 아틸로는 옆에서 이리저리 달리고 뛰고, 둘이서 다시 푸르고 부 드러운 풀밭과 키가 큰 나무가 있는 공원에 있게 되어 기뻐한다.

"온 거주지역에서 그로즈단 삼촌과 아틸로보다 더 큰 친구가 없어."

이웃사람이 농담했다. 그로즈단 삼촌의 아내 카탸 숙모 가 돌아가신 뒤로 아틸로는 항상 삼촌 곁을 지켰다.

삼촌의 아들 **페트로**는 자기 가족과 함께 도시의 다른 거주 지역에 사는데 아주 가끔 아버지를 찾아올 뿐이지 만 그로즈단 삼촌은 그다지 외로움을 타지 않았다.

아틸로와 늘 함께 있기 때문이다. 자식처럼 사랑하는 삼촌의 마음을 아틸로는 분명 느끼고 있을 것이다.

그로즈단 삼촌은 얼마 전에 생긴 불쾌한 사건을 결코 잊을 수 없을 것이다.

한 번은 집 뒤에 있는 막사 지붕을 수리했다. 거기에는 겨울에 불 때려고 나무와 석탄을 쌓아 두었다.

Li staris sur la malnova lingna ŝtuparo, sed subite la ŝtuparo ŝanceliĝis kaj oĉjo Grozdan falis. Forta doloro trançis lian maldekstran kruron. "Mi rompis ĝin, diris al si oĉjo Grozdan." Li provis ekstari, sed ne sukcesis, ne povis ekmoviĝi kaj kuŝis senhelpa sur la grundo. Proksime estis neniu. Eĉ se li ekkrius, neniu aŭdus lin. La najbara domo estis malproksime de lia domo. Oĉjo Grozdan kuŝis, premis dentojn pro doloro kaj rezonis kiamaniere li rampi al la domo. Post dek minutoj li ekprovis rampi, sed vane. Nur du metron li sukcesis ventre rampi, sed liaj fortoj elĉerpiĝis. Li restis kuŝi senespere, sentanta akran doloron. Subite al li proksimiĝis Atilo. Verŝajne iel ĝi eksentis, ke kun lia dommastro okazis io malbona. Atilo ekstaris ĉe oĉjo Grozdan kaj proksimigis kapon al lia. Li ĉirkaŭbrakis Atilon kaj ĝi komencis malrapide tiri oĉjon Grozdan al la hejmo.

Li ne memoris kiom da tempo rampis kun Atilon, sed ili duope sukcesis iri al la pordo de la domo, eniri kaj oĉjo Grozdan telefonis al Petro, la filo, kaj al la ambulanco. La filo venis, venis la ambulanco, kiu veturigis oĉjon Grozdan al malsanulejo.

La kruro de oĉjo Grozdan resaniĝis, sed li neniam forgesos la helpon de Atilo. Nun li kaj la hundo denove promenadis en la parko kaj kune pasigis la horojn kaj la tagojn.

그날 그로즈단 삼촌이 오래된 나무 계단 위에 섰다가 갑자기 계단이 흔들리는 바람에 떨어지는 사고로 왼쪽 다리가 칼로 자른 듯했다.

"부러졌구나." 그로즈단 삼촌이 혼잣말했다.

일어서려고 했지만 꼼짝할 수가 없어 하는 수 없이 땅 위에 누워 있었다. 가까이에 아무도 없었다. 비록 소리를 질렀을지라도 아무도 듣지 못했을 것이다. 이웃집은 한참 떨어져 있다. 그로즈단 삼촌은 누운 채로 극심한 고통에 이빨을 깨물면서도 어떻게 집으로 기어갈까 궁리했다. 10분 뒤 기어가려는 생각을 포기했다. 배로 겨우 2m 기어갔는데 힘이 다 소진됐다. 심한 통증과 함께 절망을 느끼며 누워 있었다.

그때 갑자기 아틸로가 가까이 왔다. 집주인이 뭔가 나쁜 일이 일어난 것을 느낀 듯했다. 아틸로는 그로즈단 삼촌 옆에 머리를 가까이 대고 낑낑거리면서 꼬리를 쳤다. 그로즈단이 아틸로를 손으로 쓰다듬자 아틸로는 그로즈단 삼촌을 천천히 집 쪽으로 잡아당기기 시작했다. 아틸로와 함께 얼마 동안이나 기었는지 정확하지 않다. 그러나 둘은 집 문까지 와서, 집 안으로 들어가는 데 성공했다. 그로즈단 삼촌은 아들 페트로와 응급실에 전화했다. 아들이 오고 구급차도 와서 그로즈단 삼촌을 병원으로 이송했다. 그로즈단 삼촌의 다리는 다시 건강해졌지만 아틸로의 도움을 결코 잊을 수 없었다. 지금 삼촌과 아틸로는 다시 공원에서 산책하고 함께 하루를 보낸다. 그로즈단 삼촌은 아틸로에게 사람에게 하듯 말한다.

Oĉjo Grozdan parolis al Atilo kiel al homo, Atilo rigardis lin senmove per siaj grandaj humidaj[76] okuloj, kvazaŭ komprenis ĉiujn liajn vortojn.

Iun tagon, tute neatendite venis Petro. Oĉjo Grozdan ekĝojis kaj ekstaris renkonti lin.

— Saluton – diris la maljunulo. – Mi ne kredas, ke vi venis viziti min. Kiel vi fartas? Kiel fartas via edzino kaj la infanoj?

— Ĉiuj ni fartas bone – repondis Petro, — sed mi tre rapidas kaj ne povas resti pli.

— Kio okazis? Kial vi tiel rapidas? – miris oĉjo Grozdan.

— Feliĉe aperis bona negoco kaj mi ne devas preterlasi ĝin. Vi scias, ke mi bezonas monon, tamen vi ne povas doni al mi, ĉar via pensio estas ege malgranda. Iu konato deziras aĉeti Atilon kaj mi venis preni ĝin.

— Kiel! Ĉu vere vi vendos ĝin? – ne povis kredi oĉjo Grozdan.

— Jes, mi vendos ĝin. Mi bezonas monon!

Kaj Petro sen pluraj klarigoj ligis Atilon per rimeno[77] kaj kondukis ĝin al la aŭto. Oĉjo Grozdan staris senmova, kiel fulmofrapita arbo, kaj nur rigardis Petron, kiu rapide malproksimiĝas kun Atilo.

---

76) humid-a   =malseka 습기있는, 습(濕)한. 다습한
77) rimen-o   가죽끈, 혁대(革帶), 피대(皮帶); <機> 벨트

아틸로는 물기 있는 커다란 눈을 꿈뻑이면서 꼼짝하지 않고 말을 다 알아듣는 것처럼 삼촌을 바라본다.

어느 날 저녁 예고도 없이 페트로가 방문했다.

그로즈단 삼촌은 기뻐하며 일어섰다.

"안녕." 노인이 말했다. "네가 나를 찾아오다니 믿을 수 없구나. 어떻게 지내니? 네 처와 아이들도 잘 지내니?"

"우리 모두 잘 지냅니다." 페트로가 대답했다. "하지만 매우 급한 일이 있어서 오래 머무를 수 없어요."

"무슨 일 있니? 왜 그렇게 서두르니?" 그로즈단 삼촌이 놀라며 물었다.

"다행스럽게 좋은 협상을 했어요. 그냥 두어서는 안 되거든요. 알다시피 저는 돈이 마침 궁해요. 아버지도 저를 도울 수 없는 형편이시잖아요. 연금이 아주 적으니까요. 아는 사람이 아틸로를 사고 싶어 해요. 그래서 아틸로를 데려가려고 왔어요."

"그럴 수가! 정말 아틸로를 팔 거니?" 그로즈단 삼촌은 믿을 수 없었다.

"예, 팔 거예요. 돈이 필요하거든요." 그리고 페트로는 다른 아무런 설명도 없이 아틸로를 끈으로 묶어 자동차로 끌고 갔다. 그로즈단 삼촌은 벼락 맞은 나무처럼 움직이지 않고 있다. 그리고 급하게 아틸로와 함께 멀어져 간 페트로를 망연자실한 채 멍하니 쳐다볼 뿐이었다.

Robinzono de Danuba bordo

Ĉi somero estis varma kaj seka. Pli ol du monatoj ne pluvis. La folioj de la arboj velkis, blanka polvo abunde kovris ilin, kvazaŭ oni raspis[78] sur ilin kreto n.[79] Ne eblis elteni la tagan varmon. Ĉirkaŭe eĉ unu arbo ne videblis, sub kiu oni povus iom ripozi. Nur tie, kie Danubo kurbiĝis estis kelkaj salikarboj kaj inter ili preskaŭ ruinita kabano. En la kabano loĝis viro, kies aĝon oni malfacile povis difini. Alta, maldika kiel nigra vergo kun densa barbo kaj helaj okuloj, akraj kiel diamantoj, li loĝis sola kun kvin grandaj hundoj, kiuj sindone gardis lin. Neniu sciis, kiam li ekloĝis en la kabano, farita iam de la fiŝkaptistoj. Foje semajne la nekonata ulo venis en la vilaĝon por aĉeti panon. Ĉiam du el la hundoj akompanis lin kaj la aliaj tri restis gardi la kabanon. Vintre kaj somere la viro surhavis grandajn verdajn kaŭĉukbotojn, ne laŭ lia mezuro, per kiuj paŝis peze kaj malrapide kiel policestro. En la vilaĝo neniu kuraĝis alparoli lin. La ulo aĉetis panon kaj foriris. La infanoj kuris kaj kaŝis sin de li kaj de liaj grandaj hundoj, kiuj lante kaj minace sekvis lin. Neniu sciis lian nomon kaj oni nomis lin Robinzono.

---

78) rasp-i　　<他> (줄로) 쓸다: 거칠게 쓸다: 썰다, 마구깎다: 강판질하다
79) kret-o　　<鑛> 백악(白堊) ; 분필(粉筆).

다뉴브 강가의 로빈조노

이번 여름은 따뜻하고 건조했다.

두 달 이상 비가 오지 않았다.

나뭇잎은 마르고 마치 분필을 마구 깎은 것처럼 하얀 먼지가 가득 덮었다. 한낮의 더위를 참을 수 없다.

주변에 그늘에서 조금이라도 쉴 수 있는 나무 한 그루 보이지 않았다.

다뉴브 강이 구부러진 곳에 버드나무 몇 그루가 있고, 그사이에 다 무너진 오두막집이 있다.

오두막에는 나이를 쉽게 짐작할 수 없는 남자가 살고 있다. 키가 크고 검은 지팡이처럼 마르고 덥수룩한 수염과 다이아몬드처럼 날카롭고 밝은 눈동자를 가진 그 남자는 혼자인 자기를 열심히 지켜주는 큰 개 다섯 마리와 함께 살고 있다. 예전에 낚시꾼에 의해 지어진 오두막에 언제부터 그가 사는지 아무도 몰랐다.

일주일에 몇 번 이 낯선 남자는 빵을 사러 마을에 왔다. 개 두 마리가 항상 따라왔다. 다른 세 마리는 오두막을 지킨다.

겨울과 여름에 남자는 몸에도 맞지 않는 커다란 푸른 고무장화를 신고 경찰서장처럼 위엄있게 천천히 걸었다. 마을에서 아무도 감히 그에게 말을 걸지 않았다.

남자는 빵을 사고 곧 마을을 떠났다.

조용히 위협하듯 따라다니는 큰 개 때문에 아이들은 도망가고 몸을 숨긴다. 누구도 그 사람의 이름을 모른 채 그저 **로빈조노**라고 부른다.

Kiam Robinzono venis ĉi tien, Rajo – la vilaĝestro provis ekscii kiu li estas kaj de kie li venis, sed Robinzono incitis[80] kontraŭ li la hundojn kaj de malproksime ekkriis:

– La grundo estas al tiu, kiu loĝas sur ĝi!

De tiam ĉiuj evitis la kabanon ĉe la salikarboj kaj la patrinoj timigis la infanojn per li. Ne estis klare kiel Robinzono vivtenas sin. Plej ofte oni vidis lin fiŝkaptadi kaj vendi fiŝojn al la ŝoforoj, kiuj veturis sur la proksima aŭtovojo. En la longaj someraj tagoj Robinzono sidis sur la sojlo de la kabano kaj ĉizis figurojn el lingo. Iam dum tagoj oni ne vidis lin, sed kien li iris – neniu sciis.

Ĉijare jam je la fino de la printempo evidentiĝis, ke la somero estos varma kaj seka. Eĉ nubeto ne aperis sur la vitreca ĉielo kaj de nenie alblovis vento. La homoj kaŝis sin. De la varmo, la kampo vastiĝis kiel bakita nigra pano. La akvonivelo de Danubo falis kaj iun matenon rumana ŝipo ensabliĝis kontraŭ la salikarboj. De la bordo, la ŝipo similis al grandega blanka monumento, klinita flanke, kiu ĉiumomente renversiĝos kaj falos.

Unuaj rimarkis ĝin la infanoj el la vilaĝo kaj post horo sur la bordo, proksime al la salikarboj, ariĝis grupo da vilaĝanoj, kiuj sidis kaj gapis la klinitan ŝipon.

---

80) incit-i   <他> 약올리다, 화나게 하다, 자극하다, 꼬드기다

로빈조노가 여기 왔을 때, 마을 촌장 **라요**는 누구고 어디서 왔는지 알려고 했지만, 로빈조노는 개를 자극해서 거부 의사를 전하고 멀리서 소리쳤다.

"땅은 그 위에서 사는 사람 것이다."

그때부터 모든 사람이 버드나무 옆 오두막을 피하고 어머니들도 아이들을 두렵게 했다.

로빈조노가 어떻게 생계를 유지하는지 분명치 않다. 사람들은 자주 로빈조노가 고기를 잡아 가까운 고속도로 위에서 차로 지나가는 운전사에게 생선을 파는 광경을 보았다.

긴 여름날 로빈조노는 오두막 입구에 앉아서 나무에 조각했다.

언젠가는 여러 날 얼굴을 보지 못했는데 어디로 갔는지 아무도 몰랐다.

올봄 끝 무렵에 여름은 덥고 건조한 것이 확실해졌다. 유리 같은 하늘 위엔 작은 구름조차 보이지 않고 어디에도 바람이 불지 않았다. 사람들은 숨었다. 더위로 인해 들판은 구운 검은 빵처럼 넓어졌다.

다뉴브 강의 수위는 떨어져 어느 아침에 루마니아 배가 버드나무 건너 모래턱에 빠졌다.

강가에서 배는 한쪽으로 기울어 매 순간 흔들리고 넘어지는 거대한 하얀 기념비 같았다.

마을 아이들이 처음 그것을 알아차렸고 1시간 뒤에는 버드나무 근처 강가에 앉아서 기울어진 배를 구경하는 사람들이 가득했다.

Okazis alifoje ŝipoj ensabliĝi ĉi tie, sed nun, en tiu ĉi varma, sufoka kaj enua tago, tio por la vilaĝanoj estis granda kaj amuza spektaklo. Ili sidis, rigardis kaj brue komentis la okazintaĵon. La viroj grave meditis, ke almenaŭ du aŭ tri tagojn la ŝipo restos ĉi tie.

— Baldaŭ oni ne eltiros ĝin. Por tio necesas fortega, granda trenŝipo.

— Ja, la ŝipo mem estas granda — meditis Vlad, ĉirkaŭ kvardekjara malalta viro kun hararo kiel seka pajlo.

— Certe oni eltiros ĝin — insistis avo Dano, kies cigaredo ĉiam pendis, kvazaŭ gluita sur lia malsupra lipo.

— Rumanoj meritas tion — ridaĉis onjo Dona, korpulenta ruĝvizaĝa vilaĝanino, simila al matura persiko.

La vilaĝanoj gapis iom da tempo kaj kiam la suno tro ekardis ili unu post alia ekiris sur la polva vojo al la vilaĝo.

Ĝis tagmezo sur la ferdeko de la ŝipo videblis maristoj, kiuj vagis tien-reen, sed kiam la ferdeko varmiĝis kiel rostilo, ili kaŝis sin. Silento, profunda kaj majesta, premis la bordon kaj la riveron, kvazaŭ ili estis sub grandega vitra bokalo. Eĉ se nur branĉeto rompiĝus oni povus aŭdi la krakon kilometrojn malproksime. Ne videblis ankaŭ la alta, maldika figuro de Robizono. Ĉu li kaŝis sin en la kabano?

언젠가 여기에 배가 빠진 적이 있었지만, 지금 이 덥고 숨 막히고 지루한 날에 이것은 마을 사람에게 매우 즐거운 구경거리였다. 그들은 앉아서 바라보고 소란을 피우며 사건을 나름대로 해석했다. 남자들은 적어도 2~3일 배가 여기에 머물 거라고 진지하게 생각했다.

"금방 배를 끌어내지 못할 거야. 그러려면 아주 크고 강한 예인선이 필요해."

"맞아, 배 자체도 커야 해." 40세인 키가 작고 마른 짚더미 같은 머리카락을 가진 남자 **블라스**는 생각했다.

"분명 배를 끄집어낼 거야." 마치 아랫입술에 달라붙은 듯 담배를 항상 물고 사는 **다노** 할아버지가 주장했다. "루마니아 사람은 그럴 만도 해."

익은 복숭아처럼 **빨간** 얼굴의 튼튼한 마을주민 **도나** 아줌마가 비웃었다.

마을 사람들이 조금 멍하니 바라보다가 해가 너무 뜨거워지자 하나둘씩 마을로 향하는 먼지 덮인 길로 걸어갔다.

점심때까지 배 철갑판에는 이쪽저쪽으로 헤매는 선원이 보이더니 철갑판이 구운 쇠처럼 뜨거워지자 어딘가로 숨었다.

깊고도 장엄한 고요가 강가와 강을 장악했다. 마치 거대한 유리병 아래 놓인 것처럼, 아주 작은 나뭇가지 부러지는 소리가 멀리 1km 밖에서도 들릴 정도였다.

로빈조노의 크고 마른 얼굴은 어디에서도 볼 수 없다. 오두막에 숨었는가?

La nokto estis pli teda kaj turmenta. La klinita ŝipo similis al ebriulo, apoganta sin al arbo. La luno kiel oranĝa globo ĵetis palan lumon.

Matene, kiam la suno aperis sur la horizonto, simila al fritita ovo, ies ombro ekglitis ĉe la kabano. Ŝanceliĝante kun siaj grandegaj botoj, Robinzono proksimiĝis al la olda boato, metis ion en ĝin, puŝis la boaton en la riveron, eniris ĝin kaj ekremis al la ŝipo. Li ankoraŭ ne atingis la ŝipon kaj du maristoj aperis sur la ferdeko. De malproksime ili komencis diri ion al Robinzono, timigitaj de lia akra kiel tranĉpikilo rigardo, sed Robizono kvazaŭ ne aŭdis ilin. Li stariĝis en la boato kaj donis al la maristoj sakon kaj malnovan ladvazon. En la sako estis pano kaj en la ujo – akvo. La maristoj komprenis kial li venis kaj helpis lin grimpi sur la ferdekon. Robinzono ekstaris ĉe ili kaj strabis okulojn al la rumana bordo, sed tie neniu videblis. La maristoj trinkis akvon de la ujo, parolis ion al li, ridis, sed Robinzono ne komprenis ilin. Unu el la maristoj, alta, larĝŝultra, eble la kapitano de la ŝipo, elprenis kelkajn monbiletojn kaj donis ilin al Robinzono. Li alrigardis la monbiletojn per sia tranĉa rigardo kaj redonis ilin al la kapitano. Dum tiom da tempo la kapitano kaj Robinzono ŝovis la monbiletojn unu al alia. La kapitano donis la monbiletojn, sed Robizono redonis ilin.

여름밤을 지내기란 더 성가시고 괴로웠다.

기울어진 배는 나무에 기댄 술 취한 사람 같았다.

오렌지빛 전구 같은 달은 희미한 빛을 내보냈다.

아침에 해가 달걀부침처럼 수평선에 떠올랐을 때, 그림자 하나가 오두막에서 미끄러지기 시작했다. 커다란 장화를 신고 흔들리듯 걷는 로빈조노는 낡은 작은 배로 갔다. 무언가를 배에 넣고 강으로 배를 밀어내어 올라타더니 큰 배를 향해 노를 저어 갔다.

큰 배에 도착하지 않았을 때, 선원 두 명이 철갑판 위에 나타났다.

창칼처럼 날카로운 로빈조노의 시선 때문에 두려움에 떠는 선원들은 멀리서 무언가를 로빈조노에게 말하기 시작했다.

그러나 로빈조노는 마치 못들은 듯했다.

작은 배에 서서 선원들에게 가방과 오래된 양철대야를 주었다. 가방에는 빵이, 대야에는 물이 들어있다.

선원들을 로빈조노가 왜 왔는지 이해하고 철갑판으로 기어오르도록 도왔다. 로빈조노는 그들 옆에 서서 철갑판을 흘깃 보았지만 거기에는 아무도 없었다.

선원들은 대야에 담긴 물을 마시고 무언가를 말하고 웃었지만, 로빈조노는 알지 못했다. 선원 중 하나인 키가 크고 넓은 어깨를 가진, 아마 큰 배의 선장인듯한 사람이 얼마의 돈다발을 쥐어 로빈조노에게 주었다.

로빈조노는 날카로운 시선으로 돈다발을 보더니 선장에게 돌려주었다. 선장과 로빈조노는 돈다발을 서로 밀어냈다. 선장이 돈다발을 주고 로빈조노는 돌려주었다.

― Ne, ne ― diris Robinzono kaj ridis. Ĝis nun neniu vidis lin ridi. Unuan fojon li ridis kaj liaj dentoj flavi s[81] kiel maizaj grajnoj.

― Denove mi venos, denove ― ripetis Robinzono, sed la maristoj ne komprenis lin kaj amike frapetis[82] lian nudan brunigitan de la suno dorson.

---

81) flav-a 노란, 누런, 황색(黃色)의; 노랑
82) frap-i   <他> 치다, 두드리다,부딪치다, 깜짝 놀라게 하다, 갑자기 주의 (注意)를 일으키게 하다, 눈에 부딪치다

"아닙니다. 아니에요." 로빈조노는 말하고 웃었다.
지금까지 로빈조노가 웃는 것을 보지 못했다.
처음으로 웃었고, 이빨은 옥수수 낟알처럼 누렇다.
"다시 봅시다. 다시." 로빈조노는 되풀이하였지만 선원들은 이해하지 못했고, 해에 그을린 갈색 맨 등을 친구같이 손으로 토닥였다.

Solecaj animoj

Galina trafoliumis la ĵurnalon, serĉante la paĝon kun la anoncoj. Ŝi komencis legi ilin kaj trovis la anoncon, kiun ŝi mem sendis al la ĵurnalo antaŭ du semajnoj. "Sesdek kvin jara virino, loĝanta sola, serĉas viron kun kiu ekloĝu kune kaj ili kune forpelu la solecon." Ŝi remetis la ĵurnalon kaj alrigardis la bildon, kiu pendis sur la muro. Ĝi estis mara pejzaĝo. Trankvila blua maro, senborda kaj senfina. Nur fore videblas insuleto, soleca, kaj verŝajne senhoma, vualita en griza nebulo. Live – kruta roko kaj sur ĝi lumturo, kiu direktas la ŝipojn al la bordo kaj en ŝtormaj mallumaj noktoj sendas lumon kaj esperon.

Galina ŝatis tiun ĉi pejzaĝon, sed jam ne memoris kiu kaj kiam donacis ĝin al ŝi, eble okaze de iu ŝia naskiĝtaga festo, kiam ŝi estis juna, havis multe da geamikoj kaj ŝia vivo estis senfina festo. Tiam ŝi naĝis en maro de ĝojo kaj senzorgoj kaj ne bezonis lumturon, kiu sendu al ŝi lumon kaj esperon. La jaroj tamen forpasis nesenteble, ŝi jam estas sesdek kvin jara, sola kiel la senhoma insulo sur la pejzaĝo.

Galina ne havis parencojn, konatojn kaj ŝiaj tagoj delonge ne flugis, sed rampis turmente, monotone kiel la minutoj de la malnova vekhorloĝo sur la breto, restinta de ŝiaj gepatroj.

외로운 영혼

갈리나는 광고가 있는 페이지를 찾으면서 신문을 넘기고 있다.

2주 전 신문사에 자신이 보낸 광고를 찾아냈다.

'65세 여자로 혼자 살고 있는데 같이 살면서 함께 외로움을 쫓아낼 남자를 찾고 있습니다.'

신문을 내려놓고 벽에 걸린 그림을 쳐다보았다.

바닷가 풍경화다. 경계가 없는 파란 바다는 조용하고 끝없이 펼쳐져 있다.

멀리 외로운 작은 섬이 보이는데 사람 하나 없이 회색 안개에 싸여 있다.

왼쪽에는 가파른 바위와 그 위에 등대가 있다.

등대는 배를 해안으로 안내하고 비바람 치는 어두운 밤에 빛과 희망을 준다.

갈리나는 이 풍경화를 좋아하지만, 누가 언제 주었는지는 기억나지 않는다.

아마 어느 해 생일 축하 선물일 것이다.

젊고, 친구가 많고 삶이 끝없는 축제 같던 그때 바다에서 수영하고 즐기며 걱정이 없어 빛과 희망을 줄 등대가 필요 없었다.

어느덧 65세인 지금은 풍경화 속 인적없는 섬처럼 외롭다.

갈리나는 친구도, 친척도 없어 오래전부터 하루가 날아가지 않고 부모님께 물려받은 선반 위의 오래된 자명시계 분침처럼 단조롭게 고통 속에서 기어간다.

Tre malofte iu telefonis al ŝi, tre malofte iu gastis al ŝi. Nun ŝia deziro estis trovi edzon kun kiu forpelu la solecon kiel ŝi skribis en la anonco. Tamen ĝis nun ŝi ne sukcesis trovi viron, kiu ekamu ŝin kaj ŝi ekamu lin, kaj kun kiu daŭrigi la vivon. Tio estis la plej granda, la plej kara ŝia revo.

Kiam Galina junis, ŝi havis multajn amikojn, sed neniu el ili iĝis ŝia edzo. Eble la kulpo estis same ŝia. Kiel advokato Galina bone salajris kaj estis ege memfida. La viroj, al kiuj ŝi plaĉis – al ŝi ne plaĉis kaj inverse. Tial ŝi ne edziniĝis. Post la paso de la jaroj ŝi komencis trankviligi sin. Oni povas vivi sen edzo, diris ŝi al si mem, sed nun bedaŭris, ke ne edziniĝis, ke ne havas infanon kaj estas sola.

Jam de jaroj ŝi aperigis anoncojn kaj ĉiam legis la anoncojn en la ĵurnaloj. Ŝi telefonis, oni telefonis al ŝi, renkontiĝis kun diversaj viroj. Ĉiam ŝajnis al ŝi, ke la viro, kiun ŝi atendas, venos neatendite, sed ŝi devas serĉi lin kaj tial ŝi ne ĉesis skribi kaj aperigi anoncojn.

Nun, post apero de ŝia nova anonco, ŝi atendis maltrankvile la eksonoron de la telefono. Ŝia koro tremis kiel timigita pasero. Kiaj estos la viroj, kiuj telefonos al ŝi, demandis sin Galina. Ĉu ili estos simpatiaj, inteligentaj, bonkoraj, aŭ ordinaraj, ne tre kleraj, sen planoj kaj sen celoj en la vivo?

아주 가끔 누군가가 전화를 걸고 아주 가끔 누군가가 자신을 찾아왔다. 지금 바라는 것은 광고에 쓴 것처럼 외로움을 함께 몰아낼 남편을 구하는 것이다.

지금까지는 자기를 사랑해 주는, 그리고 자신이 사랑해서 삶을 함께할 남자를 발견하는 데 성공하지 못했다. 그것이 지금으로서는 가장 크고, 가장 가치 있는 소망이다.

갈리나가 젊었을 때는 많은 친구가 있었지만, 그들 중 누구도 남편이 되지 않았다. 부부의 인연을 맺지 못한 데는 서로에게 문제가 있다. 변호사로서 갈리나는 급여가 많아 자신만만했다. 남자들 마음에 맞으면 자기 마음에 들지 않았고, 반대 상황도 있었다. 그래서 결혼하지 않았다. 수년이 지난 뒤 마음의 안정이 찾아왔다.

'남편 없이도 살 수 있어.' 혼잣말했다.

하지만 지금은 결혼하지 않은 것을, 자식도 없이 혼자인 것을 후회한다.

벌써 몇 년 전부터 광고를 내고 항상 읽었다. 직접 전화하고 사람들이 전화를 걸어 와서 여러 남자와 만났다. 항상 자기가 기다리는 남자가 기대하지 않게 다가올 것처럼 느껴져서 계속 찾아야 하기에 광고 내기를 멈추지 않았다. 지금 새로운 광고가 나간 뒤, 불안하게 전화벨 소리를 기다렸다.

마음은 두려움에 떠는 참새처럼 떨었다. 갈리나는 '내게 전화하는 사람은 어떤 사람일까?' 궁금했다.

동정적이고 지적이고 마음씨가 착할까, 아니면 평범하고 그리 현명치 않고 계획도 없고 삶의 목적도 없을까?

Jam ŝi ne estis tre postulema.[83] Ŝi revis pri bonkora viro, kiu komprenu ŝin kaj estu preta loĝi kun ŝi ĝis la fino de la vivo.

La telefono subite eksonoris kaj Galina ektimiĝis. Ŝi kvazaŭ vekiĝis de profunda sonĝo kaj rapide levis la telefonaŭskultilon. Laŭ la voĉo ŝi konjektis, ke la viro estas samaĝa kiel ŝi.

— Bonan tagon – diris ĝentile la viro – mi telefonas pro la anonco.

— Jes – respondis Galina.

— Mi ŝatus, ke ni renkontiĝu. Kiam al vi estos oportune?

— Eble venontsemajne – diris Galina heziteme.

La voĉo de la viro ŝajnis al ŝi konata kaj ŝi provis rememori kiam kaj kie ŝi aŭdis tiun ĉi voĉon. Eble li tlefonis iam same. Galina decidis daŭrigi la konversacion por rememori de kiam ŝi konas tiun ĉi voĉon kaj ŝi komencis demandi la viron.

— Kie vi loĝas? – demandis ŝi.

— En Sofio – respondis la viro.

— Ĉu vi estas pensiulo?

— Jes, jam de unu jaro.

— Kion vi laboris?

— Mi estis inĝeniero en uzino, sed dum la lastaj kelkaj jaroj mi laboris en privata firmao – klarigis li.

---

83) postulema 달래기 좋아하는, 뻔뻔스러운, 외람된, 체면없는

그렇다고 너무 뻔뻔한 태도를 보이지 않는다.

자기를 이해하고, 마음씨 착하고, 생애 끝까지 함께 살도록 준비한 남자의 꿈을 꾸었다.

갑작스레 전화벨이 울려서 갈리나는 두려웠다.

깊은 꿈에서 깨어난 듯 재빨리 전화 수화기를 들었다.

목소리를 듣고는 남자가 동갑내기라고 짐작했다.

"안녕하세요." 남자가 부드럽게 말했다.

"광고 때문에 전화 드렸습니다."

"예." 갈리나가 대답했다.

"만나고 싶습니다. 언제가 편하신가요?"

"오는 주말에." 갈리나가 주저하며 말했다.

남자의 목소리가 아는 사람인 듯했다.

'언제 어디서 이 목소리를 들었을까?'

기억하려 애썼다.

아마 언젠가 똑같은 전화를 한 것 같았다.

갈리나는 언제 이 목소리를 알게 되었는지 기억해내려고 대화를 계속하기로 마음먹었다.

남자에게 "어디 사시나요?" 갈리나가 물었다.

"소피아입니다."

"연금을 받고 계십니까?"

"예, 1년 전부터요."

"무슨 일을 하셨나요?"

"철공장에서 기술자였고, 마지막 몇 년은 개인 회사에서 일했습니다." 남자가 설명했다.

Evidente por li estis agrable konversacii kun ŝi kaj tial li respondis detale.

— Kaj kiel vi nomiĝas? – demandis Galina.

— Mia nomo estas Mihail Noev.

Galina stuporiĝis.Nun ŝi ĉion rememoris.

— Dankon, sinjoro Noev. Mi telefonos al vi – diris ŝi kaj rapide remetis la telefonaŭskultilon.

Galina restis senmova. "Mihail Noev" – nevole murmuris ŝi. Antaŭ tridek kelkaj jaroj ŝi konatiĝis kun li. Tiam ili ambaŭ estis junaj kaj ili konatiĝis same pere de anonco. Ŝi ne memoris ĉu tiam ŝi aperigis la anoncon aŭ tralegis ĝin en iu ĵurnalo.

Mihail ege plaĉis al ŝi, belstatura, kun nigra hararo kaj profundaj kaŝtankoloraj okuloj. Li estis el urbo Varna, sed loĝis kaj laboris en Sofio. Tiam, kiam ili renkontiĝis, Galina tremis pro emocio kaj similis al eta fragila infano. Mihail kondutis ĝentile, kare kaj Galina esperis, ke ili estos bonega familio. Dum tuta monato ili estis kune kaj havis neforgeseblajn momentojn, spektis teatrajn prezentojn, koncertojn. Ili pasigis unu semajnon en luksa montodomo en la montaro. Ĉio estis kiel en fabelo, sed subite Mihail malaperis, kvazaŭ li dronis en la tero. Li ne respondis al ŝiaj telefonalvokoj kaj Galina ne sciis kio okazis. Vane ŝi provis vidi lin kaj demandi kial li ne deziras plu renkontiĝi kun ŝi.

분명 여자와 대화하는 것이 유쾌한 듯 자세하게 대답했다.

"그럼 이름은 무엇입니까?" 갈리나가 물었다.

"내 이름은 **미하일 노에브**입니다."

갈리나는 깜짝 놀랐다. 이제야 모든 것이 기억났다.

"감사합니다. 노에브 씨. 제가 전화 드릴게요." 말하고는 빨리 수화기를 내려놓았다.

갈리나는 움직이지 않고 얼어붙은 듯 있었다.

'미하엘 노에브.' 의식하지 않고 중얼거렸다.

30여 년 전 그 남자를 알았다.

그때 두 사람은 젊었고 똑같이 광고 때문에 알게 되었다. 그때도 광고를 냈는지, 어느 신문에서 보았는지 기억나지 않는다.

미하일은 마음에 들었다. 멋지고 검은 머리카락, 깊은 밤색 눈을 가졌다. **바르나** 라는 도시 출신이고 소피아에서 살고 일했다. 그들이 만났을 때 갈리나는 감정이 떨렸고 작고 연약한 어린아이 같았다.

미하일은 젊잖고 사랑스럽게 행동했고 갈리나는 그들이 아주 좋은 가족이 되길 희망했다.

한 달 내내 함께 있으며 잊을 수 없는 순간을 보냈고, 극장 공연과 음악회를 같이 봤다.

일주일을 산 속에 있는 화려한 산장에서 보냈다.

모든 것이 동화 같았다.

어느 날 갑자기 미하일이 사라졌다. 마치 땅에 잠긴 것처럼, 전화에 대답하지 않았고 갈리나는 무슨 일이 생겼는지 알지 못했다. 직접 보고 왜 더 만나지 않으려는지 묻고 싶었지만 소용없었다.

Fin-fine ŝi decidis ne plu serĉi lin kaj forgesi lin.

Kaj jen, nun tute neatendite,[84] li, Mihail Noev, telefonis al ŝi. Eble li same ne edziĝis, ne havas familion kaj daŭre telefonas al virinoj de la anoncoj.[85] Aŭ eble lia ŝatata okupo estas kolekti anoncojn kaj telefoni al diversaj solecaj virinoj, sed certe li tute ne intencas eklogi kun tiuj virinoj kaj kun ili forpeli la solecon.

---

84) neatendite 뜻밖에, 갑자기, 의외로, 돌연히
85) anonc-i <他> 알리다, 통지하다; 발표하다; (손님이 온 것을) 전하다.
　　anonco 공고, 발표

마침내 더는 찾지 않고 잊기로 했다. 그런데 여기 지금 전혀 뜻밖에 미하일 노에브가 전화를 한 것이다. 아마 결혼하지 않고 가족도 없고 계속해서 광고를 낸 여자에게 전화했을 것이다. 아니면 좋아하는 일이 광고를 모으고, 여러 외로운 여자들에게 전화 거는 일일 테지. 그러나 그는 분명 그런 여자들과 함께 살면서 외로움을 쫓아내기를 원치 않는다.

Raŝo la fotografisto

Ne estas pli belaj tagoj ol tiuj, kiujn mi pasigis kiel junulo en urbeto Istar. En la malvarmetaj printempaj matenoj tra la placo de la urbeto preskaŭ ne aperis homoj. Mi havis la kutimon trinki kafon en iu kafejo en la centro de la urbeto, situanta sub altaj kaŝtanarboj. Mi malfaldis la matenan gazeton, trinkante etajn glutojn de la aroma kafo kaj ĝuante la kvietajn printempajn matenojn. Post nelonge en la kafejon eniris mia aĝa amiko Raŝo la fotografisto. Li sidiĝis je mia tablo kaj komenciĝis niaj senfinaj interparoloj.

Stranga homo estas mia amiko. La plej etaj aferoj povus lin impresi. Li admiris la branĉoriĉajn arbojn, la senfinan horizonton. Li ŝatis diskuti la agojn de la homoj kaj analizi ilin. Li havis multajn rememorojn, kiujn li detale rakontis.

Ĉu vi scias – demandis li min. – Mi ne naskiĝis ĉi tie. Mi estas invitita edzo, sed ĉiuj homoj ĉi tie konas kaj estimas min, ĉar mi faras la plej belajn fotojn . Mi havas riĉan arkivon. Mi konservas sennombrajn fotojn. Ĉe mi multaj homoj povas trovi fotojn, faritajn de mi, kiam ili naskiĝis, poste, kiam ili estis baptitaj, kiam ili komencis frekventi lernejon, kiam ili finis gimnazion, kiam ili estiĝis soldatoj aŭ kiam ili geedziĝis aŭ eksedziĝis.

사진가 라쇼

청년시절 작은 도시 **이스타르**에서 보낸 날들은 무척 아름다운 기억으로 남아 있다.

아직 추운 어느 봄날 아침 작은 도시의 광장에는 지나가는 사람이 아무도 없다.

작은 도시 중심부에, 키가 큰 밤나무 아래에 자리한 카페에서 커피를 자주 마셨다. 향기 나는 커피를 마시면서 조용한 봄날 아침을 즐기며 조간 신문을 폈다. 조금 뒤에 동갑내기 친구 사진가 **라쇼**가 들어왔다. 내가 자리에 앉자마자 우리의 끝없는 수다가 시작되었다.

내 친구 라쇼는 이상야릇한 사람이다. 아주 작은 일도 인상적으로 보고 느낀다. 가지가 많은 나무, 끝없는 수평선에 감탄한다. 사람들의 행동에 대해 토론하고 분석하기를 좋아한다. 풍성히 토론할 많은 기억을 가지고 있다.

그가 내게 물었다. "너는 아니? 난 이 고장에서 태어나지 않았어. 나는 초대받은 남편인데 여기 모든 사람이 나를 존경해. 왜냐하면 내가 가장 멋진 사진을 찍으니까.

나는 풍부한 기록을 가지고 있어.

수많은 사진을 보관하고 있지.

내게는 내가 찍은 많은 사람의 사진이 있지. 그들이 태어났을 때, 자라서 침례 받을 때, 학교에 다니기 시작할 때, 고등학교를 졸업할 때, 군인이 되었을 때, 결혼했을 때나 이혼했을 때.

Mi estas la viva historio de tiu ĉi urbeto. En ĉiu nuptofesto, kie mi faris fotojn poste la novedzino nepre naskis bebon. Kvazaŭ ia magio estas en mia fotoaparato. Kaj ĉu vi scias kion foje diris al mi juna virino: "Raŝo, mi divorcos, denove mi edziĝos kaj mi invitos vin por fari la nuptajn fotojn."

Raŝo ruze ridetis. Liaj brovoj moviĝis super la malnovaj okulvitroj, kiel moviĝantaj komoj, kaj liaj malgrandaj grizaj okuloj rigardis min ruze. Neniam mi sukcesis diveni kiom aĝa li estas. Li estis energia, moviĝema, kvazaŭ li estus muntita el risortoj. Li ne povis longe resti en unu loko. Ĉiam li marŝis, ĉirkaŭiris, emociiĝis de la problemoj de urbeto kaj li estis plena je ideoj kaj proponoj kio kaj kiel estu farita por ke pliboniĝu la vivo de la homoj.

Ĉu vi scias – diris li – kie ajn mi laboris, ĉiam mi havis ideojn, kaj la ideoj ja estas granda afero, ili movas la mondon. Estis ĉefoj, kiuj respektis miajn ideojn, sed estis ankaŭ tiaj, kiuj ne atentis ilin kaj perdis. Mi gajnis monon, sed same mi perdis.

Raŝo ne estis profesis fotografisto, sed amatoro. Li laboris en unu el la uzinoj en la urbo, sed mi ne komprenis ĉu li estis fandisto, seruristo aŭ eble li estis tornisto.

– Foje mi proponis al mia malnova direktoro ian raciigon – rakontis Raŝo.

나는 이 작은 도시의 살아있는 역사야. 모든 결혼 축하 때 거기서 내가 사진을 찍었어. 나중에 새 신부는 꼭 아이를 낳았지.

어떤 매력이 내 사진기에 있는 것처럼, 한 번은 젊은 여자가 내게 뭐라고 말했는지 너는 아니?

'라쇼, 이혼할 거예요. 그리고 다시 결혼할 거예요. 그래서 결혼사진 찍으러 당신을 초청할게요.' "

라쇼는 간교하게 살짝 웃었다. 눈썹이 콤마처럼 오래된 안경 위에서 움직였다. 작은 회색 눈은 교활하게 나를 바라보았다.

몇 살인지 짐작하기 쉽지 않다.

마치 용수철이 장착된 것처럼 힘이 넘치고 활동적이다. 한곳에 오래 머무르지 않는다.

항상 걸어가고 둘레를 돌고 작은 도시 문제에 감정을 쏟고, 사람들의 삶을 개선하기 위해 무엇을 어떻게 하는지 생각과 제안이 많다.

"너는 아니?" 라쇼가 말했다.

"어디서 일하든 나는 항상 생각이 많아. 생각은 정말 큰 일을 할 수 있어. 생각이 세계를 움직여. 내 생각을 존중하는 사장이 있었어. 그러나 관심 갖지 않고 잊어버리는 사람들도 있어. 돈을 벌었지만 똑같이 잊어."

라쇼는 직업적인 사진가가 아니라 아마추어다.

도시 철공장에서 일했다.

용접공이나 자물쇠 장수인지 확실하지는 않지만 아마 선반공이었을 것이다.

– Mi estis ordinara laboristo, sed al mi venis la ideo kiel faciligi la laboron kaj ŝpari tempon.

Mi priskribis mian ideon kaj prezentis ĝin al pridiskut o.[86] Mi atendis unu semajnon, duan semajnon, sed la direktoro ne vokis min, por ke ni priparolu mian raciigon.

Fin-fine iun tagon mi renkontis lin ĉe la enirejo kaj demandis lin kio okazas. Li alrigardis min, kvazaŭ unufoje li vidas min kaj iom enigme li diris al mi: "Venu al mi por ke ni interparolu."

Mi eniris lian kabineton kaj li renkontis min kvazaŭ mi estus la ĉefa inĝeniero de la uzino.

Tuj li ordonis, ke oni preparu kafon. Li prenis el la fridujo botelon da konjako kaj plenigis mian glason. Ni tintigis la glasojn kiel malnovaj amikoj kaj li ekparolis: "Raŝo, – diris li – tre interesa estas via ideo. Vi ja estas vera inĝeniero kaj mi tute ne sciis kia homo laboras ĉi tie. Mi trarigardis vian ideon kaj se mi enkondukos ĝin, nia uzino gajnos multe, sed estas unu problemo. Vi estas nek inĝeniero, nek specialisto, nur ordinara laboristo. Tiun ĉi mirindan ideon, kiun vi donas, vi devas science prezenti kaj por tiu celo estas bezonata konsultanto. Mi konsentas estiĝi scienca konsultanto de via raciigo. Ni proponos ĝin al la sciencista konsilantaro je la nomo de ni ambaŭ."

---

86) diskut-i [자] ~을 토론(토의)하다, 논의하다, 검토하다

"한번은 내가 옛 부장에게 어떤 합리적인 생각을 제안했지." 라쇼가 이야기했다.

"나는 일개 보통의 노동자였지만 일을 어떻게 하면 쉽게 하고 시간을 절약할지 방법이 생각났어.

내 생각을 도안으로 그려서 제안함에 제출했지.

일주일, 이 주일을 기다렸어.

그런데 부장이 내 개선안에 대해 말해 보라고 나를 부르지 않았어.

마침내 어느 날 입구에서 그 사람을 만나 무슨 일이 있는지 물었지. 부장은 나를 처음 보듯 쳐다보았어.

수수께끼처럼 내게 말했지.

'이야기하게 내게 오시오.'

나는 사무실로 들어갔지. 나를 철공장의 주요 기술자인 것처럼 나를 만나 주었어. 부장은 사람들에게 커피를 준비하라고 바로 지시했어. 부장 냉장고에서 꼬냑 한 병을 들고 내 잔에 채웠어. 우리는 오랜 친구처럼 건배했지. 부장이 말하기 시작했어. '라쇼씨! 당신의 생각은 매우 흥미로워요. 당신은 진짜 기술자고 나는 이곳에 어떤 사람이 일하는지 전혀 몰라요. 당신의 생각을 잘 살피고 내가 그것을 받아들이면 우리 철공장은 많이 벌 것이지만 한 가지 문제가 있어요. 당신은 기술자도 아니고 전문가도 아니고 단지 평범한 노동자예요. 당신이 준 이 놀랄만한 생각을 과학적으로 발표해야 하고 그러기 위해서는 협력자가 필요해요. 내가 당신 개선안의 과학적인 협력자가 되기로 동의했어요. 우리 둘의 이름으로 그것을 과학자 위원회에 제안합시다.'

Ĉiam, kiam Raŝo rakontis tiun ĉi historion, liaj okuloj brilis. Liaj brovoj minace moviĝis supren-suben kaj Raŝo preskaŭ kriis:

— He, sinjoro direktoro, - arde ekzaltiĝis li. - Neniam mi konsentos, ke alia homo aldonu sian nomon sub mia ideo. Ĉiu ideo estas granda afero!

Poste iom trankvile Raŝo aldonis:

— Jes, mi rifuzis al la direktoro, ke li estiĝu scienca konsultanto de mia raciigo kaj tiel mi perdis multe da mono. Se mi konsentus, mi gajnus multe, multege da mono. Por efektivigo de mia ideo, la direktoro sukcesus akiri monon, multe da mono. Sed diru kian signifon havas la mono. Ĉu ne estas pli bone, ke homo estu principa kaj honesta. Neniam mi mensogis kaj neniam mi mensogos. Dum la milito nia roto pasis tra iu hungara vilaĝo kaj ni devis dum certa tempo resti tie - rakontis Raŝo. - Mi vidis, ke iu hungaro plugas per traktoro, sed ĝiaj antaŭaj radoj moviĝis tien kaj tien kaj la hungaro koleriĝis. Li menciis, ke la traktoro antaŭnelonge estas riparita. Mi diris al li, ke mi provos kompreni kie estas la difekto. Mi rimarkis, ke mankas iu obturilo kaj mi proponis al li, ke mi ĝin faru. La hungaro alkondukis min al bone ekvarita riparejo. Mi tornis obturilon kaj riparis la traktoron. La hungaro restis kontenta kaj invitis min gaste. Li ja havis bonan brandon.

-이 역사를 이야기할 때면 항상 라쇼의 눈은 빛났다.-
눈썹을 위협적으로 위아래로 움직이고 거의 소리를 쳤
어. '허, 부장님.' 뜨겁게 흥분했지.

'내 생각에, 내 이름이 아닌 다른 이름이 추가되는 것
에 결코 동의할 수 없어요. 모든 생각은 크나큰 일입니
다.' 나중에 조금 차분하게, 라쇼는 덧붙였다.

'예, 부장님이 내 개선안에 과학적 협력자가 되는 것
을 거부합니다.' 그래서 나는 많은 돈을 잃었어. 내가
동의했다면 많은, 아주 많은 돈을 벌었을 텐데. 내 생
각을 실현하고 부장은 많은 돈을 얻는 데 성공했을 텐
데. 그러나 돈이 무슨 의미가 있는지 말해.
사람은 원칙적이고 정직한 것이 더 좋지 않니?
결코, 나는 거짓말하지 않고 결코 거짓말하지 않을 거
야. 전쟁 때 우리 중대는 어느 헝가리 마을을 지나갔
지. 거기서 얼마간 머물러야만 했어." 라쇼가 이야기
했다.

"어느 헝가리 사람이 트랙터로 밭 가는 장면을 보았
어. 바퀴가 한쪽으로만 움직여 헝가리 사람은 화가 났
어. 트랙터를 얼마 전에 수리했다고 했어. 내가 고장이
어디서 왔는지 봐 주겠다고 말했지. 어느 배출기가 빠
진 것을 알았어. 그래서 내가 그것을 만들어 주겠다고
제안했지. 헝가리 사람은 잘 정돈된 수리 장소로 나를
안내했지. 나는 배출기를 용접해서 트랙터를 수리했지.
헝가리 사람은 기뻐하다가 나를 손님으로 초대했어. 그
는 좋은 브랜디를 가지고 있었어.

Vespere mi iris al lia hejmo. Ili min renkontis kiel gravan gaston. Kvankam estis milito, ili aranĝis la manĝotablon per diversaj manĝaĵoj, brando kaj bonega hungara vino. Ni sidis kun la dommastro, la hungaro, kies traktoron mi riparis kaj lia edzino kaj iu junulino priservis nin. Mi rigardis la junulinon kaj miaj okuloj ĉiam ŝin pririgardis – juna, bela kun nigraj kiel rezino pezaj haroj, kunplektitaj je du longaj harplektaĵoj, kun grandaj okuloj kiel du brilantaj olivoj, gracia staturo, svelta talio. Vestita en bela nacia kostumo kaj botetoj, novaj kaj glaceaj.

Mi rigardis la junulinon, sed al mi ŝajnis, ke ŝiaj okuloj estas tristaj kaj kvazaŭ larmetojn mi rimarkis en tiuj profundaj klaraj okuloj. Juna mi estis, mia sango ardis kaj eble la dommastro same rimarkis miajn rigardojn, varmigitajn de la brando kaj la densa hungara vino.

— Jen estas Ĵuĵana, nia bofilino – diris li – sed ŝi restis malfeliĉa kiel ni. Nian filon oni murdis en la orienta fronto. Ĵus ili geedziĝis kaj oni vokis lin al la fronto. Ili ne sukcesis iom ĝoji unu la alian. Kaj Ĵuĵana same estas sola. Ŝiaj gepatroj frue forpasis kaj ŝi restis ĉe ni. Ni devas edzinigi ŝin. Mi vidas, ke vi estas serioza junulo kun lertaj manoj, restu ĉe ni··· Edziĝu al Ĵuĵana.

Mi ne atendis tian proponon. Ŝajne mi ne komprenis lin bone. Mi sciis sufiĉe da hungaraj vortoj.

저녁에 그 사람 집에 갔어. 그들은 나를 중요한 손님으로 대접했어. 전쟁 중이었는데 여러 가지 먹을 것, 브랜디, 아주 좋은 헝가리 포도주로 식탁을 마련했어. 우리는 집주인이자 헝가리 사람이며 내가 고쳐준 트랙터 주인과 함께 앉았고, 부인과 어느 아가씨가 우리를 대접해 주었어.

아가씨를 보자 내 눈은 계속해서 그 아가씨를 지켜봤어. 젊고 예쁘고, 두 개의 긴 머리 묶는 것으로 묶은 수지처럼 검고 무거운 머리카락, 두 개의 올리브처럼 빛나는 큰 눈, 날씬한 몸매에 가는 허리, 예쁜 민속 정장에 윤이 나고 새 단화를 신은 아가씨였지.

그러나 눈은 슬픈 듯 보였어. 마치 작은 눈물방울을 깊고 밝은 눈에서 알아차렸지. 나는 젊었고 내 피는 뜨거웠지. 집주인은 브랜디와 진한 헝가리 포도주로 빨갛게 된 내 시선을 알아챘어.

'이 아가씨는 **주자나**이고, 내 며느리요. 그러나 우리처럼 불행하게 남아 있어요. 동부전선에서 사람들이 내 아들을 죽였어요. 얼마 전에 결혼하자마자 남편이 전선으로 소환되었지요. 그들은 서로 얼마 동안의 기쁨도 누리지 못했어요. 주자나 역시 혼자요. 부모는 일찍 돌아가셨고 우리 곁에 며느리만 남았어요. 그 아이를 결혼시켜야 해요. 내가 보기에 당신은 실력 있는 손기술을 가진 점잖은 젊은이니 우리와 함께 머물고 주자나와 결혼해 주시오.'

나는 그 제안을 기다리지 않았어. 마치 잘 이해하지 못한 척했지. 나는 헝가리 말을 충분히 알아.

Mi ne eraris. La dommastro parolis serioze kaj rigardis min rekte en la okulojn. Li volis diveni kion mi pensas.

— Bela estas Ĵuĵana — diris mi al li, — sed mi ne povas resti ĉi tie kaj edziĝi al ŝi. Se mi saviĝos el la milito, mi devas iri hejmen. Mi volas reveni tien, kie mi naskiĝis ĉe la patrino, patro, fratoj kaj fratinoj. Mi ne povas loĝi en alilando.

— Eh, estus bone se vi savos vin kaj viva kaj sana vi revenus al via naskiĝloko. Bona junulo vi estas kaj estu feliĉa — diris la dommastro.

Mi vidis en liaj okuloj, ke li bedaŭras, ke mi ne akceptis lian proponon, sed samtempe mi eksentis estimon al li. Li komprenis, ke mi diris ĝuste tion, kion mi pensis, ke mi ne mensogis lin. Kaj Ĵuĵana bruligis mian koron. Tre bela estis tiu hungarino kaj ankoraŭ mi ne povas forgesi ŝin. Kavazaŭ eĉ nun mi vidas ŝian flaman rigardon kaj tiun molan rebrilon en ŝiaj okuloj, eble pro la larmetoj. He, bela hungarino, sed mia koro ne permesis al mi resti. Post la fino de la milito mi revenis, sed multaj restis en la hungara stepo··· por ĉiam. Sed kion fari, milito.

Raŝo rigardetis al la altaj kaŝtanarboj super la kafejo kaj en liaj okuloj mi vidis molan rebrilon, eble similan al tiu, kiun li vidis en la okuloj de la bela Ĵuĵana, iam antaŭ multaj jaroj.

나는 잘못이 없어. 집주인이 신중하게 말하고 나를 가만히 쳐다봤어.

내가 무슨 생각을 하는지 짐작하고 싶었겠지.

'주자나는 예뻐요.' 내가 말했어.

'그러나 나는 여기 머물고 결혼할 수가 없어요. 내가 전쟁에서 살아남으면 집으로 가야만 해요. 어머니, 아버지, 형제자매가 있는 내가 태어난 곳으로 돌아가고 싶어요. 다른 나라에서 살 수 없어요.'

'아, 살아서 건강하게 고향으로 돌아가는 것이 좋아요. 당신은 좋은 젊은이니 행복하세요.' 집주인이 말했어.

나는 그 사람 눈에서 자기 제안을 받아들이지 않아 안타까워하는 것을 보았지. 그러나 동시에 존경심도 느꼈지. 내 생각을 바로 말하고 거짓말하지 않은 것을 이해해주어서. 그리고 주자나는 내 가슴을 불타게 했어.

그 헝가리 아가씨는 정말 아름다워서 아직도 그 여자를 잊을 수 없어." 지금도 눈물 때문에 뜨거웠던 시선과 눈 속의 부드러운 빛을 보는 것 같았죠. "아! 아름다운 헝가리 아가씨! 그러나 나는 거기 머물 수가 없었어. 전쟁이 끝나서 나는 고국으로 돌아왔지만, 대부분의 사람은 헝가리 초원에서 계속 머물렀지, 영원히... 그러나 무슨 말을 하니? 전쟁인데."

카페 위 큰 밤나무를 쳐다보는 라쇼의 눈에는 언젠가 오래전에 아름다운 주자나의 눈에서 본 것과 비슷한 부드러운 빛이 있는 것을 나는 보았다.

— Kio okazis kun la dommastro, kun lia edzino, kun Ĵuĵana? – demandis sin voĉe Raŝo. – Nu la maljunuloj delonge forpasis, sed ĉu Ĵuĵana trovis edzon kaj ĉu ŝi estis feliĉa?

Enpensiĝinte mi aŭskultis la rememorojn de Raŝo. Ili min promenigis jen tra la senbruaj stratoj de Istar, jen tra malproksimaj urboj. Ili min renkontis kun konataj kaj nekonataj homoj.

Raŝo heredis de siaj gepatroj du malgrandajn agropecojn, sed li havis disputon kun siaj nevinoj kaj jam kelkajn jarojn li juĝprocesis kun ili pri tiuj du agropecetoj.

— Kial vi juĝprocesas? – demandis mi lin. – Vi havas ĉion, vi ne bezonas tiujn du agropecetojn.

— Tiel estas, mi ne bezonas la agropecetojn kaj mi pretas donaci ilin al miaj nevinoj, sed ili faras ĉion eblan por akiri ilin. Hej, la homoj estas ja nesatigeblaj. Ju pli multe ili havas, des pli multe ili volas. Mi scias, ke tiujn du agropecojn ili ne bezonas. Neniam ili kulturos la agropecojn, nek plugos, nek prisemos ilin. Ili forvendos la agrojn kaj la monon ili fordrinkos. Ĝuste tial mi juĝos ilin. Mi same malfacile kultivos la agrojn, sed tiuj du agropecoj estas de miaj gepatroj. Ili dum sia tuta vivo prilaboris la kampojn, kurbiĝante al si la dorsojn. Ili laboris, ŝvitis kaj nutris nin per tio. Por tiu gepatra tero mi trapasis tutan Hungarion.

'집주인, 아내, 주자나에게 무슨 일이 일어났을까?'
라쇼가 소리 내어 혼잣말했다.

'그 늙은이는 오래전에 죽었겠지만, 주자나는 남편을 찾아서 행복하게 살았을까?' 생각에 잠겨 나는 라쇼의 기억을 더듬으며 하는 말을 들었다.

그것들이 나를 여기 이스타르의 소리 없는 거리로, 저기 먼 도시로 산책하게 한다. 그것들이 나를 아는 사람, 모르는 사람과 만나게 한다.

라쇼는 부모님께 작은 경작지 두 곳을 물려받았다. 그러나 여자 조카들과 소유권 분쟁이 생겨 몇 년째 두 작은 경작지에 대하여 재판 중이다. "왜 재판을 하니?" 내가 물었다. "너는 많은 것을 가지고 있는데 그런 작은 경작지들은 필요 없잖아."

"그렇지. 나는 작은 경작지가 필요치 않아. 여자 조카들에게 그것을 주려고 준비했어. 그런데 그들은 그것을 얻으려고 가능한 모든 일을 했어. 맞아, 사람은 정말 만족할 수 없어. 많이 가질수록 더 많이 원해. 그들에게 두 작은 경작지가 필요하지 않은 것을 나는 알아. 그들은 결코 경작지를 가꾸거나 씨를 뿌리지 않아. 그들은 경작지를 팔아버리고 돈을 먹어치우겠지. 바로 그래서 나는 재판하는 거야. 나도 마찬가지로 경작지를 가꾸기는 어려워.

그러나 그 두 경작지는 부모님에게 받은 거야. 부모님은 평생 허리가 휘도록 땅을 돌보았어. 그들은 일하고 땀 흘리고 그것으로 우리를 양육했어. 부모님의 땅을 지키기 위해 나는 헝가리 전역을 걸었어.

Mi estis en tranĉejoj, pluvo min malsekigis kaj obuso j[87] min surŝutis.[88] Ĉu nun mi devas donaci tiujn agrojn al iuj, kiuj eĉ fingron ne movis por ĝi···

Raŝo rigardis al la kaŝtanarboj, al la serena matena ĉielo kaj li meditis kian belan foton li povus fari, se ĝuste en tiu momento li estus vid-al-vide[89] sur la altaĵo Almaŝ.

Al mi estis agrable aŭskulti lin, ne rapidi, rigardi la arbojn kaj la nestojn de hirundoj.

Lia obtuza[90] voĉo portis min kiel flugilon super la malgranda kaj kvieta urbeto.

---

87) obus-o <軍> 포탄(砲彈), 유산탄.
88) surŝuti<他> ..위에 뿌리다.
89) vidal vide 얼굴을 맞대고, 눈앞에, 대면하여.
90) obtuz-a (칼날이) 무딘; (색,빛,소리 따위가) 희미한, 똑똑치 않은; (날씨가) 흐린; 우둔한, (마음이) 둔한, 예민하지 못한; <數> 둔각(鈍角)의; <植> 둔형(鈍形)의

나는 칼 공장에 다녔고 비에 젖었고, 포탄이 쏟아지는 전장에 나갔어. 내가 그렇게 지킨 경작지들을 지금 손가락 하나 움직이지 않는 누구에게 선물해야만 하는가? 라쇼는 밤나무와 청명한 아침 하늘을 쳐다보고 알마슈 제단 위에서 대면하여 그 순간을 바라본다면 얼마나 예쁜 사진을 만들 수 있는지 깊이 생각했다.

이야기를 듣는 것이, 서두르지 않고 나무와 제비 둥지를 바라보는 것이 나는 유쾌하다. 흐릿한 목소리는 나를 작고 조용한 작은 도시 위로 날개처럼 실어다 준다.

Fantomo en la hotelo

La monaĥejo "Sankta Pantelejmono" troviĝis en tre bela arbara loko, inter jarcentaj fagoj. Ĝi similis al granda blanka ŝipo en la arbaro. Proksime al la monaĥejo estis lago kun diafana malvarma akvo, en kiu naĝis trutoj. En la arbaro estis groto kaj oni parolis, ke en ĝi antaŭ multaj, multaj jaroj loĝis ermito.

Ĉiun matenon de la monaĥejo aŭdiĝis la tinto de la preĝeja sonorilo, kiu vekis la proksiman vilaĝon. Dum la lastaj jaroj la monaĥoj en "Sankta Pantelejmono" unu post la alia adiaŭis la pekan mondon kaj ekis al la eterneco. En la monaĥejo restis loĝi nur avo Nestor, korpulenta, blankharara maljunulo kun helbluaj okuloj kaj kara rideto, kiu zorgis pri la monaĥejo kaj matene tintigis la sonorilon. Helpis lin du knaboj, kiuj paŝtigis la monaĥejajn kaprojn.

Avo Nestor silente kaj kviete pasigis la tagojn en la monaĥejo kaj estis certa, ke ĉi tie ĝisatendos sian lastan teran tagon. Tamen ne ĉiam okazos tiel, kiel la homo planas. En la monaĥejon venis juna viro. Neniu en la vilaĝo konis lin kaj neniu komprenis de kie li venis. Oni eksciis nur lian nomon – Krum. Li estis malalta, dika kun etaj okuloj, similaj al la okuloj de apro.

호텔의 유령

'성 판텔레이모노' 기도원은 매우 아름다운 숲속에 자리하고 있다.

숲속 수백 년 된 너도밤나무 사이에 있는 커다란 흰 배를 닮은 모습으로 멋진 자태를 드러낸다. 기도원 가까이 호수에는 송어가 헤엄치고 투명하고 차가운 물이 가득하다. 숲에는 동굴 집이 있는데 그 안에서 옛날에 은둔자가 살았다고 말했다.

기도원에서는 아침마다 가까운 마을을 깨우는 종소리가 울린다.

지난 몇 년 동안 '성 판텔레이모노' 수도사들이 차례로 죄 많은 세상을 이별하고 영원한 나라로 갔다.

기도원에는 건강한 흰머리 노인 **네스토르** 할아버지만 살고 있다. 밝은 파란 눈에 사랑스러운 웃음이 가득한 그 노인은 기도원을 관리하며 아침에 종을 친다. 또 두 명의 남자아이가 할아버지를 도와 기도원 염소가 풀을 뜯도록 방목하는 일을 한다.

네스토르 할아버지는 기도원에서 하루를 조용하고 편안하게 보낸다. 여기서 영원의 삶을 기다리는 것이 분명했다.

그러나 항상 사람들이 계획하는 대로 되는 것은 아니다. 기도원에 젊은 남자가 왔다. 마을에서 누구도 그 사람을 모르고 어디서 왔는지도 알 수 없다.

이름은 **크롬**이다.

키가 작고 뚱뚱하고, 돼지처럼 작은 눈을 가졌다.

Krum venis je la fino de la printempo, renkontis avon Nestro kaj klarigis al li, ke oni komisiis lin zorgi pri la monaĥejo.

–Baladaŭ komenciĝos renovigo de la monaĥejo kaj en ĝi estos hotelo – diris Krum. – En tiun ĉi belan monaĥejon venos multaj turistoj, kiuj ne nur admiros la monaĥejon, la pitoreskan naturon, sed tranoktos ĉi tie. Verŝajne post unu aŭ du jaroj komencos veni same eksterlandanoj.

– Sed kial? – ne komprenis avo Nestor. – Tio estas monaĥejo. La homoj venas ĉi tien preĝi kaj peti absolvon.

– He, avo Nestor, – ekridetis Krum kaj liaj apraj okuletoj ekbrilis – en la nuna epoko la kredo estas mono. La monaĥejo ne povas ekzisti sen mono. Necesas mono por ĝia renovigo. Vi bone vidas, ke ĉio ĉi tie estas malnova kaj ruiniĝas. Tial en la monaĥejo estos hotelo. Oni venos, tranoktos ĉi tie kaj pagos. Ĉe la lago mi konstruos restoracion. En la lago estas multe da fiŝo, en la restoracio ni kuiros freŝan truton kaj ĉiuj estos kontentaj.

– Tamen tiu ĉi sanktejo iĝos drinkejo. Oni drinkos, ebriiĝos, diboĉos – triste murmuris avo Nestor.

– Ne zorgu pri tio – trankviligis lin Krum. – Zorgu pri via maljuneco. La monaĥejo iĝos fama kaj same la proksima vilaĝo iĝos konata.

크룸은 봄 끝물에 와서 네스토르 할아버지를 만나서 동네 사람들이 자기에게 기도원을 관리하라고 맡겼다고 설명했다.

"곧 기도원 보수가 시작되고 그 안에 호텔이 들어설 겁니다." 크룸이 말했다. "이 아름다운 기도원에 많은 관광객이 와서 기도원과 멋진 자연을 감탄할 뿐만 아니라 여기서 숙박을 할 수 있어요. 정말 1, 2년 뒤에는 외국 사람들이 올 겁니다."

"왜?" 네스토르 할아버지는 이해할 수 없었다. "이곳은 기도원이라, 사람들은 기도하고 용서를 구하려고 이곳에 와."

"아이고, 네스토르 할아버지." 크룸이 싱긋 웃으며 돼지처럼 작은 눈을 번쩍거렸다.

"지금 시대에 돈이 믿음이죠. 기도원도 돈 없이는 존재할 수 없어요. 보수하려고 해도 돈이 필요해요. 여기 있는 모든 것이 낡고 부서진 줄 잘 아시잖아요. 그러므로 기도원에 호텔이 들어와요.

사람들이 와 여기서 잠을 자고 돈을 지급하죠. 호수 곁에 식당을 지을 거예요. 호수에 물고기가 많아요. 호텔에서 신선한 송어를 요리하면 모두 만족할 거예요."

"그러나 이 거룩한 곳이 술집이 되잖아. 사람들이 술 마시고 취하고 타락할 거야."

네스토르 할아버지가 슬픈 목소리로 중얼거렸다.

"관심 두지 마세요." 크룸은 안정시켰다.

"늙는 것에 관심을 기울이세요. 기도원은 유명해지고 똑같이 가까운 마을도 잘 알려질 겁니다.

Mi faros la vojon al la monaĥejo, por ke oni venu ĉi tien per aŭtoj. Kaj mi zorgos same pri vi, avo Nestor. Mi loĝigos vin en moderna pensiono por maljunuloj. Tie vi loĝos trankvile.

— Avo Nestor alrigardis Krum severe kaj diris:

— Ne zorgu pri mi. Ne malŝparu monon por mi en pensiono. Mi ankoraŭ povas zorgi pri mi mem.

Post kelkaj tagoj avo Nestor malaperis kaj neniu eksciis kien li iris.

Krum komencis renovigi la monaĥejon kaj konstrui hotelon. Venis laboristoj, konstrumaŝinoj kaj ekestis streĉa laboro. Post du jaroj la monaĥejo estis renovita, la hotelo konstruita kaj ĉe la lago aperis moderna restoracio.

La monaĥejo rapide iĝis fama kaj multe da homoj komencis viziti ĝin. Iuj pasigis ĉi tie sabaton kaj dimanĉon, aliaj restis eĉ kelkajn tagojn. Krum kontentis kaj fieris, ĉar lia plano brile realiĝis. Li mem loĝis en la hotelo, en luksa apartamento. La pli grandan parton de la tago li pasigis en la restoracio ĉe la lago. Tie por li estis ĉiam rezervita tablo. Krum preferis trinki ruĝan vinon, kiun li mendis el la vinkelo en la proksima urbo. La boteloj havis etikedon "Monaĥeja vino".

Iom post iom la gastoj en la hotelo iĝis pli multaj kaj pli multaj. Krum bone sciis reklami la hotelon.

사람들이 차를 타고 여기 오도록 기도원에 가는 길을 만들 거예요. 그리고 똑같이 네스토르 할아버지도 돌볼 게요. 노인을 위한 현대적인 기숙사로 옮겨 드릴 겁니다. 거기서 편안하게 사세요."

네스토르 할아버지는 크룸을 쳐다보며 엄하게 말했다. "나에 관해 관심을 두지 마시오. 나를 위해 기숙사에 돈을 헛되이 쓰지 마시오. 나는 아직 내 몸을 스스로 돌볼 수 있소."

며칠 뒤 할아버지는 사라지고 아무도 어디로 갔는지 모른다.

크룸은 기도원을 보수하고 호텔을 짓기 시작했다.

노동자, 건설기계가 들어오고 긴장된 일이 일어났다.

2년 뒤 기도원은 새로이 단장 되고 호텔이 지어지고 호수 옆에는 현대식 식당이 들어섰다. 기도원은 빠르게 유명해지고 많은 사람이 찾아오기 시작했다.

어떤 사람은 이곳에서 주말을 보내고 어떤 사람은 며칠 간이나 머물렀다.

크룸은 만족하고 자랑스러웠다. 왜냐하면, 계획대로 다 이루어졌기 때문이다.

크룸은 호텔의 화려한 객실에서 살았다. 하루 대부분을 호텔 옆 식당에서 보냈다. 거기에는 크룸을 위한 지정 탁자가 있다. 가까운 도시 포도 창고에서 주문한 적포도주 마시기를 좋아했다. 병에는 '기도원 포도주'라는 꼬리표가 붙어 있다.

호텔에 손님이 점점 많아졌다.

크룸은 호텔 광고하는 것을 잘 안다.

Komencis veni fremdlandanoj. Bruaj kompanioj ĝis noktomezo amuziĝis en la restoracio ĉe la lago kaj de tie alflugis kantoj kaj gajaj krioj. Avo Nestor pravis, la monaĥejo kaj la ĉirkaŭaĵo iĝis diboĉejo.

Foje matene, kiam Krum jam estis en la restoracio kaj trinkis sian matenan kafon kaj glason da ruĝa vino, venis Vlado, la administranto de la hotelo.

— Sinjoro – diris li, — estas granda problemo. La gastoj, kiuj estas en la dekkvina ĉambro deziras tuj foriri. Ili venis hieraŭ vespere, pagis por kvin tagoj, sed ĉi matene decidis foriri kaj postulas, ke mi redonu la monon, kiun ili pagis.

— Kial? – demandis Krum kaj liaj eta okuloj ekbrilis kolere.

— Ili diras, ke la tutan nokton ne povis dormi. En la ĉambro aŭdiĝis paŝoj, la pordo de la banejo senĉese fermiĝis kaj malfermiĝis. Plurfoje ili staris de la litoj, ŝaltis la lampon, ĉirkaŭrigardis, sed neniu estis en la ĉambro. Tamen, kiam ili denove enlitiĝis kaj ekdormis, la pordo de la banejo denove malfermiĝis kaj fermiĝis kaj denove aŭdiĝis paŝoj en la ĉambro. Ili tute nervoziĝis, iliaj du infanoj ege timiĝis kaj oni ankoraŭ ne povas trnkviligi ilin. Ili diras, ke en la hotelo estas fantomo kaj eĉ minuton plu ne restos ĉi tie.

— Stultaĵoj – kriegis Krum. – Ĉu ili estas frenezaj aŭ idiotoj? Kiajn fantomojn ili sonĝis? Certe ili estis ebriaj.

외국인들이 오기 시작했다. 시끄러운 친구들은 한밤중까지 호수 옆 식당에서 놀았다. 거기서 노래와 즐거운 소리가 날아다닌다. 기도원과 주변이 타락하는 곳이 된다는 네스토르 할아버지의 말이 맞았다.

한번은 아침에 크룸이 벌써 식당에서 아침 커피와 적포도주를 마시고 있을 때 호텔지배인 **블라도**가 왔다.

"사장님," 블라도가 말했다.

"큰 문제가 있어요. 15호실에 있는 손님들이 바로 떠나기를 원해요. 그들은 어제 밤에 와서 5일간 지내려고 돈을 냈는데 오늘 아침 떠난다고 통보하고 돈을 돌려달라고 해요."

"왜?" 크룸이 묻는 동안 작은 눈에는 노기가 서렸다.

"밤새 잠을 못 잤다고 합니다. 객실에서 걷는 소리가 나고, 화장실에서는 문이 계속해서 열렸다 닫혔다 했답니다. 여러 차례 침대에서 일어나 불을 켜고 둘레를 살폈지만, 객실에는 아무도 없었대요. 다시 침대에 누워 자려고 하면 화장실 문이 다시 열렸다가 닫히고 다시 객실에서 걷는 소리가 났대요.

그들은 전부 신경이 예민해져서 두 어린 자녀는 크게 두려워하고 아직도 그들을 편안하게 해 줄 수 없어요. 호텔에 유령이 있다고 말하며 일 분도 더 여기 머물 수 없다고 말했어요."

"바보 같으니!" 크룸이 크게 소리쳤다.

"그들이 미쳤거나 바보냐?

어떤 유령을 꿈꾸나? 분명 그들은 취했어."

— Eble — konsentis Vlado, — sed kion mi faru?

— Redonu al ili la monon. Mi ne bezonas tiajn frenezulojn! — ordonis Krum kaj kuntiris siajn densajn brovojn.

La gastoj de la dekkvina ĉambro foriris, sed post du tagoj la okazintaĵoj ripetiĝis. En la hotelo venis juna familio, tre simpatiaj edzo kaj edzino, kiuj planis tri tagojn pasigi ĉi tie. Tamen post la unua nokto ili diris al Vlado, ke tutan nokton ne dormis, ĉar en la ĉambro aŭdiĝis paŝoj kaj la pordo de la banejo senĉese malfermiĝis kaj fermiĝis. Vane Vlado trankviligis ilin, sed ili deziris tuj foriri.

Post ili aliaj gastoj same subite foriris. Krum furioziĝis, kriis kaj Vlado ne sciis kiel agi. La gastoj venis, pasigis nokton en la hotelo, subite foriris kaj Vlado devis al ĉiuj redoni la monon.

Tio, kio okazis nokte en la hotelo, rapide disvastiĝis. La malbonaj novaĵoj kvazaŭ havas flugilojn kaj jam preskaŭ ne venis gastoj. Iom post iom la restoracio senhomiĝis. La tabloj estis malplenaj. La orkestranoj foriris kaj en la granda salono ekregis profunda silento. Antaŭ monato sur la aŭtoparkejo ne estis loko. Tiom da multaj estis la aŭtoj, sed nun tie videblis nur la aŭto de Krum.

Krum koleriĝis, blasfemis kaj estis certa, ke iu ŝerctrompis lin.

"아마도." 블라도가 동의했다.

"그러나, 어떻게 할까요?"

"돈을 돌려줘! 그런 정신병자는 어서 가라고 해." 크룸은 지시하고 짙은 눈썹을 찡그렸다.

15호 객실 손님이 떠나고 이틀 뒤 사건이 반복되었다. 호텔에 젊은 가족이 왔다. 매우 사려 깊은 남편과 아내는 3일간 여기 머물려고 계획했다.

그러나 하룻밤 뒤 그들이 블라도에게 '밤새도록 잠을 못 잤다. 방에 이상한 발자국 소리가 나고 화장실 문이 계속해서 열렸다 닫혔기 때문이라'고 말했다.

블라도는 그들을 안정시키려고 했지만 아무런 소용없이 당장 나가기를 원했다. 그들 뒤로 다른 손님들도 똑같이 갑자기 떠났다.

크룸은 화가 나서 소리치고 블라도는 어떻게 할지 알지 못했다. 손님들이 호텔에서 하룻밤을 보내면 갑자기 떠났다.

블라도는 모든 손님에게 돈을 돌려 줘야 했다.

호텔에서 밤에 일어난 이상한 일들은 빠르게 소문이 났다. 나쁜 소식은 마치 날개를 가진 것처럼 벌써 손님이 오지 않게 되었다. 식당도 손님이 조금씩 줄었다.

탁자는 비었다.

연주 단원도 떠나고 커다란 홀에는 침묵만 흘렀다.

한 달 전만 해도 자동차 주차장에는 빈자리가 없었다. 그 정도로 많은 자동차가 주차했는데 지금은 크룸의 차만 보였다. 크룸은 화가 나서 저주를 퍼부었다. 그리고 누군가가 희롱하며 속인다고 확신했다.

Nun, sidanta sola en la restoracio antaŭ glaso da vino, de tempo al tempo li kolere kriegis:

— Se mi scius kiu estas tiu ĉi kanajlo, mi mortpafos lin kiel hundon! Li bone vidos kiu estas Krum Vanev!

En la restoracio estis neniu, krom Krum kaj la kelnerino Ginka, kaj tial neniu aŭdis la minacojn de Krum.

Ordinare malfrue nokte Krum revenis ebria en sian hotelan ĉambron, enlitiĝis kaj tuj ekdormis. Same ĉi nokte li revenis ebria, senvestiĝis, kuŝis en la lito kaj ekdormis, sed post dek minutoj pezaj paŝoj en la ĉambro vekis lin. Iu paŝis malrapide kaj singardeme. Kiu li estas? – meditis timeme Krum, kuŝanta ŝtonigita en la lito kaj atendanta, ke tiu, kiu paŝas en la ĉambro, proksimiĝos al li. Krum pretis salti, kapti la nekonaton, sed en la mallumo li nenion vidis, tamen la paŝoj daŭre aŭdiĝis. Post minuto la pordo de la banejo komencis malfermiĝi kaj fermiĝi.

Eble mi sonĝas aŭ mi multe drinkis ĉi nokte – meditis Krum time. Subite li saltis de la lito, ŝaltis la lampon kaj komencis detale esplori la ĉambron. Li rigardis en ĉiuj anguloj, en la vestŝranko, sub la lito, malantaŭ la tablo. La pordo de la banejo estis larĝe malfermita, sed neniu estis en la banejo. Glacia ŝvito surverŝis Krum kaj li tremis kiel folio. Ĝis mateno li ne ekdormis kaj forfumis tutan skatolon da cigaredoj.

지금 식당 포도주잔 앞에 혼자 앉아 있다. 때로 화가 나서 소리쳤다.

"내가 이 깡패를 안다면 개죽이듯 총으로 쏴 죽일 거야. 크룸 바네브가 누구인지 잘 보게 될 거야."

식당에는 크룸과 긴카라는 여종업원 외에는 아무도 없다. 그래서 아무도 크룸의 위협을 듣지 않았다. 크룸은 보통 밤늦게 술이 취한 채 호텔 방으로 돌아와 침대에 눕고 곧 잠이 들었다.

마찬가지로 오늘 밤도 술에 취한 채로 돌아와 옷도 벗지 않고 침대에 누워 잠이 들었다.

그러나 10분 뒤, 방 안에서 나는 무거운 발걸음 소리가 크룸을 깨웠다. 누군가가 천천히 조심스럽게 걸었다. '누구일까?' 침대에 누워 돌이 된 듯 굳어, 방 안에서 걸어 다니는 물체가 가까이 올 때를 두려움 속에 기다리면서 크룸은 생각했다.

크룸은 정체를 알 수 없는 그것을 잡으려고 했지만, 어둠 속에서는 아무것도 보이지 않았다. 그러나 걷는 소리는 계속해서 들려왔다. 1분 뒤, 화장실 문이 열리고 닫히기 시작했다. '내가 꿈을 꾸나? 아니면 오늘 밤 술을 너무 과하게 마셨나?' 크룸은 두려웠다.

갑자기 침대에서 벌떡 일어나 불을 켜고 자세히 방을 살피기 시작했다.

방의 사방 구석, 옷장, 침대 밑, 탁자 위를 살폈다.

화장실 문은 크게 열려 있었지만, 아무도 없다.

식은땀이 흘러내렸다. 몸을 꽃잎처럼 부르르 떨었다.

아침까지 잠을 못 이루고 담배 한 갑을 다 피웠다.

— Avo Nestor anatemis[91] min – plurfoje ripetis Krum.

- Mi certas, ĉar kiam li foriris venene alrigardis min.

Du noktojn Krum ne povis dormi. La paŝoj en la ĉambro ne ĉesis. Li iris dormi en alia ĉambro de la hotelo, sed tie etis la samo.

Post kelkaj tagoj Krum subite ekveturis ien. Vlado atendis lin tutan semajnon reveni, sed Krum ne revenis, nek telefonis. Tiam Vlado ŝlosis la hotelon kaj iris en la vilaĝon, kie li loĝis.

Pasis jaro. Silento kaj mistero volvis[92] la hotelon kaj neniu kuraĝas eniri ĝin.

---

91) anatem-o 저주(咀呪); (카톨릭교의) 이단선언.
92) volv-i <他> 감다 : 말다. volviĝi 감기다; 말리다

"네스토르 할아버지가 나를 저주했구나." 크룸은 여러 번 되풀이했다.

"할아버지가 떠날 때 악의를 가지고 나를 바라본 것이 확실해."

이틀간 크룸은 잠을 잘 수 없었다.

방에서 걷는 소리가 멈추지 않았다. 호텔의 다른 방으로 자러 갔지만, 거기도 마찬가지였다.

며칠 뒤 크룸은 갑자기 어딘가로 가버렸다.

블라도가 일주일 내내 크룸이 돌아오기를 기다렸지만, 돌아오지도 전화하지도 않았다.

그러자 블라도는 호텔 문을 잠그고 마을로 가서 살았다. 몇 년이 지났다. 침묵과 신비가 호텔을 감싸고 있어 아무도 감히 거기 들어가려고 하지 않았다.

La frenezulo kaj la paco

La loĝkvartalo estis ĉe la rando[93] de la urbo. Ĝi aperis preskaŭ nerimarkeble antaŭ du jaroj. Oni nomis ĝin "Revo", tamen la vorto "kvartalo" ne estis tre preciza, ĉar ĝi konsistis nur je kvin altaj loĝdomoj. Proksime al la domoj estis parko, same nova, kun bedoj, floroj, arbetoj, maldikaj kiel infanaj brakoj, etenditaj al la ĉielo. En la mezo de la parko estis infanludejo kun glitiloj kaj luliloj.

En la novaj domoj loĝis junaj familioj kaj nun, en la komenco de la somero, en la parko estis multe da patrinoj kaj infanoj. La infanoj lulis sin, glitiĝis, kuris inter la benkoj kaj la patrinoj sidis kaj atentis, ke ili ne falu kaj ne rompu brakon aŭ kruron, aŭ ne kverelu unu kun alia.

Subite en la mezo de la infanludejo aperis stranga viro. Li estis mezaĝa, iom neglekte vestita kun griaza pantalono kaj flava ĉemizo. Lia longaj haroj libere falis sur liajn ŝultrojn. Se oni rigardis lin dorse, certe opinius, ke estas virino, ĉar li tre maldikis.

La viro staris senmova sur la infanludejo, strabante la ĉielon kvazaŭ serĉis ion tre gravan tie. La patrinoj alrigardis lin mire, sed post sekundoj ŝajnigis, ke ne rimarkas lin. La viro staris kaj ne moviĝis.

---

93) rand-o 가장자리, 변(邊), 테두리, 가

미친 사람과 평화

거주지는 도시 외곽에 있었지만, 2년 전에 거의 알아차릴 수 없게 생겼다. 사람들은 '레보' 라고 부른다.
그러나 '지역' 이라는 단어는 정말 정확하지 않다.
왜냐하면, 그곳은 오직 다섯 개 큰 건물로 되어있기 때문이다.
건물 근처에 공원이 있는데 마찬가지로 새것이고, 화단, 꽃, 하늘로 뻗은 어린아이 팔처럼 마른 작은 나무들이 있고, 공원 가운데는 미끄럼틀과 그네가 있는 어린이 놀이터가 자리했다.
새 건물에는 젊은 가족들이 살고 있다. 한창 여름이 시작되는 때라 공원에는 엄마와 아이가 북적거렸다. 아이들은 그네나 미끄럼틀을 타거나 공원 의자 사이로 달리고, 엄마들은 앉아서 자식들이 넘어지지 않도록, 팔이나 다리를 다치지 않도록, 아니면 서로 다투지 않도록 주의를 기울인다.
갑자기 어린이 놀이터 한가운데에 이상한 남자가 나타났다. 중년 나이에 회색 바지와 누런 셔츠를 아무렇게나 입었다. 긴 머리카락은 자유롭게 어깨까지 늘어뜨렸다. 등 뒤에서 쳐다본다면 분명 여자라고 생각할 것이다. 깡 말랐기 때문이다. 남자는 움직이지 않고 마치 뭔가 아주 중요한 것을 찾듯이 하늘을 쳐다보면서 어린이 놀이터에 서 있다. 엄마들은 놀라서 쳐다보다가 얼마 뒤 그 남자를 모른 체했다.
남자는 서서 움직이지 않았다.

Kaj kiam la patrinoj jam opiniis, ke la strangulo restos tie senmova kaj silenta, li komencis terure krii:

— Bomboj! Bomboj! Milito! Milito!

Estiĝis tumulto. La patrinoj eksaltis de la benkoj, ĉirkaŭbrakis la infanojn kaj timigitaj forkuris malproksimen de la infanludejo, kie restis nur la strangulo kriante:

— Bomboj! Bomboj! Milito! Milito!

Unu el la patrinoj kun sia eta ido alkuris al malproksima benko, sur kiu sidis maljuna viro.

— Ĉu vi timiĝis? — demandis li ŝin.

— Jes — respondis la patrino. — Mi ne scias kial ĉiuj frenezuloj promenas libere en la urbo kaj ne estas en la malsanulejoj. Nenie oni povas esti trankvilaj. Ja, ĉi tie ludas infanoj. Li timigis ilin kaj nokte ili sonĝos koŝmarojn.

— Li ne estas danĝera — trankviligis ŝin la maljunulo.

— Mi konas lin. Li nomiĝas Andreo. Antaŭe li estis bona, saĝa viro, inĝeniero. Verŝajne de antaŭnelonge vi loĝas ĉi tie?

— Jes, jam de du monatoj.

— Tial vi ne scias, ke antaŭ tri jaroj ĝuste ĉi tie estis fabriko pri infanteriaj minoj — klarigis la maljunulo. — En tiu ĉi fabriko laboris Andreo. Tamen okazis eksplodo. Multaj laboristoj pereis. Neniu scias kia estis la kialo.

이상한 사람이 움직이지 않고 조용히 머무를 것이라고 엄마들이 생각할 즈음, 남자는 무섭게 소리를 쳤다.

"폭탄, 폭탄, 전쟁, 전쟁."

소란스러웠다. 두려움에 사로잡힌 엄마들이 의자에서 벌떡 일어나 자기 아이들을 팔로 감싸안고 놀이터에서 멀리 도망쳤다.

놀이터에는 이상한 사람만 홀로 남아서 소리를 질렀다. "폭탄, 폭탄, 전쟁, 전쟁." 엄마 중 한 명이 어린 자녀를 데리고 멀찍이 떨어진 의자에 앉아 있는 노인에게로 뛰어갔다. "무서운가요?" 노인이 아이 엄마에게 물었다.

"예." 아이 엄마가 대답했다. "저는 모든 미친 사람이 병원에 있지 않고 도시에서 자유롭게 다니는지 이해할 수 없어요. 어디서도 안심할 수가 없어요. 이곳에는 어린이들이 놀잖아요. 그 사람이 아이들을 두렵게 해서 아이들이 밤에 악몽을 꾸거든요."

"그 사람은 위험하지 않아요." 노인이 여자를 안심시켰다. "나는 그 사람을 알지요. 이름이 **안드레오**입니다. 전에는 마음 착하고 똑똑한 기술자였어요. 아이 엄마는 여기에 산 지 얼마 안 되지요?"

"예, 두 달 전부터 살았어요."

"그러니 3년 전에 바로 이곳에 보병대 광산 공장이 있었던 것을 모르지요." 노인이 말했다.

"이 공장에서 안드레오는 일했죠.
그런데 폭발사고가 났어요. 많은 노동자가 죽었어요. 원인이 무엇인지 아무도 몰라요.

Verŝajne iu laboristo eraris ion aŭ malatente agis. Andreo ne pereis, sed freneziĝis. Tiu ĉi loko memorigas lin pri la eksplodo[94] kaj tial li ofte venas ĉi tien kaj kriegas.

La frenezulo[95] denove komencis krii:

— Bomboj! Bomboj! Milito! Milito!

Tamen, kiam li vidis, ke estas sola sur la infanludejo, trankviliĝis kaj iom mallaŭte li ekkantis:

— Paco! Estiĝis paco! Silento kaj trankvilo! Mi alportis la pacon sur la tuta tero.

— Jes – diris la maljunulo. – Andreo pravas. Nun estas paco.

Poste la maljunulo alrigardis la patrinon kun la knabineto kaj aldonis:

— Oni ne devas timi la frenezulon, sed la veran milton. Via filineto vivu en paco. La milito estu nur en la imago de la frenezulo.

---

94) eksplod-i <自> 폭발(爆發)하다, 터지다 eksplodo 폭발
95) frenez-a   미친, 광란(狂亂)의 frenezi<自> = esti freneza 미치다.
   frenezulejo 광인수용소

어느 노동자가 주의를 기울이지 않았죠.

안드레오는 죽지 않았고 살아남은 대신 미쳤어요.

이곳이 폭발사고를 기억나게 하니 자주 여기에서 소리 질러요."

미친 사람은 다시 소리치기 시작했다.

"폭탄, 폭탄, 전쟁, 전쟁."

그러나 어린이 놀이터에 혼자 남아 있는 것을 보고 안정을 찾고 조금 작게 소리쳤다.

"평화, 평화가 있다. 조용함과 평안함! 내가 온 땅에 평화를 가져왔다."

"예." 노인이 말했다.

"안드레오가 맞아요. 지금은 평화죠."

노인이 어린 여자아이를 데리고 온 엄마를 바라본 뒤 덧붙였다.

"미친 사람을 두려워할 필요는 없어요. 진짜 전쟁을 두려워해야죠. 따님이 평화롭게 살도록. 전쟁은 오직 미친 사람의 상상 속에만 있어야 해요."

La kolero de Demir Baba

Ni sidis kun Kumaricata en lia korto sub la maljuna pirujo. Sur la manĝotablo antaŭ ni estis telereto kun bonkvalita blanka fromaĝo, surverŝita per heliantoleo, spicita per ruĝa pipro kaj unu botelo da forta brando, hejme produktita de li. Kumaricata enverŝis po iom da brando en la glasetojn kaj ekrigardis al la strato. Estis malvarmeta aprila antaŭvespero. Ĉirkaŭe estis eĉ ne unu homo. En la kontraŭa korto estis florantaj du prunarbetoj kaj inter ili blankis unuetaĝa dometo.

Kumaricata preparis sin por la nova ekspozicio kaj invitis min por montri al mi siajn lastajn grafikaĵojn. En lia metiejo, tra la vitra pordo videblis la grandega litografia premilo, kiu similis al peza bubalo kaj ĉirkaŭ ĝi, alkroĉitaj je la kalkitaj muroj pendis kelkaj grafikaĵoj. Mi alrigardis ilin ankoraŭfoje. Estis du monaĥejoj, strato de malnova Sofio kaj inter ili ia malalta konstruaĵo.

— Kumarica – demandis mi – kiel estas nomita tiu grafikaĵo, tie, dekstre de la maŝino?

— Ĉu tiu? – postsekvis mian rigardon Kumaricata. – Tio estas mahometana monaĥejo Demir Baba. Mi pentris ĝin, kiam mi laboris en Isperih···

Li trinketis du glutojn de la brula brando kaj en liaj hele bluaj okuloj aperis ŝercemaj flametoj.

데미르 바바의 분노

우리는 마당의 오래된 소나무 아래 **쿠마리짜**와 함께 앉았다. 우리 앞 식탁에는 빨간 후추로 양념한 질 좋은 하얀 치즈가 놓인 작은 접시, 직접 집에서 주조한 센 브랜디 한 병이 놓여있다.

쿠마리짜는 작은 잔에다 브랜디를 조금씩 붓고는 거리를 바라보았다. 아직은 차가운 4월 저녁이 되기 직전 무렵이었다. 주변에는 아무도 없었다. 반대쪽 마당에는 서양 자두 두 송이가 꽃 피었고, 그 꽃 사이로 하얀색 작은 단층집이 보인다.

쿠마리짜는 새 전시회를 준비하고 있다.

자신의 마지막 필사작품을 보여 주려고 나를 초대한 것이다. 유리문을 지나 작업실로 가면 물소를 닮은 커다란 석판인쇄 압축기가 보인다.

그 옆 석회 칠한 벽에 필사작품 몇 점이 걸려 있다. 여러 번 그것들을 바라보았다.

두 개의 기도원, 오래된 소피아의 거리, 그리고 그사이에 어떤 키 작은 건물이다.

"쿠마리짜!" 내가 물었다.

"저기 기계 오른쪽에 있는 필사작품은 무어라고 부르나요?" "그것?" 쿠마리짜는 내 시선을 따라갔다. "그것은 이슬람 기도원 **데미르 바바**야. 내가 **이스페리**에서 일할 때 그렸어."

불타는 듯 강한 브랜디 두 모금을 마신 쿠마리짜의 밝고 파란 눈엔 농담 어린 작은 불꽃이 나타났다.

Li komencis malrapide obtuze paroli kaj nesenteble li enrevigis min malproksime-malproksime, ie al la Danuba ebenaĵo kaj al mondo, vualita en mistero kaj beleco.

Kiam mi komencis labori en Isperih, nenion mi aŭdis pri Demir Baba, sed miaj kolegoj[96] decidis konduki min kaj montri ĝin al mi. Iun dimanĉon ni iris tien kaj io tre forte allogis min. Ĉu tiel ŝajnis al mi, sed mi eksentis profundan emocion kaj mi decidis nepre pentri ĝin. Tiu ideo ne trankviligis min. Tage kvazaŭ mi vidus ĝin antaŭ miaj okuloj kaj nokte mi sonĝis ĝin, sed ĉiam mi prokrastis la momenton, kiam mi komencos ĝin pentri.

Iun tagon mi ne eltenis kaj mi ekiris. Mi estis sola. Mi kunportis paperfoliojn kaj krajonojn. Mi alproksimiĝis al ĝi kaj mi troviĝis en alia mondo. Ĉirkaŭe regis silento. Estis printempo kiel la nuna kaj mi eksentis nur la susuron de junaj freŝaj folioj. Alte super mi, super la deklivoj, inter kiuj sin kaŝis la monaĥejo islama, etendiĝis senfina blua ĉielo. Mi troviĝis en ĉarmega mondo, dronanta en tenera melodio.

Preskaŭ nenion mi sciis pri Demir Baba. Miaj amikoj rakontis al mi nur legendon pri li kaj ili menciis, ke Demir Baba en bulgara lingvo signifas "la fera patro".

---

96) koleg-o 동료(同僚), 동학(東學), 동반(同伴), 동배(同輩), 짝(패)

그는 천천히 모호하게 말하기 시작했다.

아득히 멀고 먼 다뉴브 평원의 어딘가 아름다움과 신비의 베일에 싸인 세계 속으로 나를 이끌어갔다.

"내가 이스페리에서 일하기 시작할 때는 데미르 바바에 대하여 아무것도 들은 것이 없어. 그러나 동료 한 명이 안내해서 내게 보여 주려고 작정했었지.

어느 일요일에 우리가 갔을 때 그곳은 어딘지 모르게 무척 매력적이었어. 왜 그렇게 내게 보였을까? 의아했지만 깊은 감명을 받은 나는 꼭 그리려고 결심했어. 그 생각은 나를 가만 내버려 두지 않았어. 낮에 눈으로 본 그대로 밤에 꿈을 꾸었어.

그러나 시작할 때를 늦추었지.

어느 날 참지 못하고 종이 수첩과 연필을 들고 갔어. 거기에 가까이 가서 보니 다른 세계에 있었지. 둘레는 조용했어. 지금과 같은 봄이었어. 새로 피어난 어린 꽃잎의 살랑거리는 소리를 느꼈어.

내 위로 높이, 절벽 사이 이슬람 기도원이 숨어 있는 절벽 위로 파랗고 끝없는 하늘이 펼쳐졌어.

나는 부드러운 선율에 잠겨 매력적인 세계 속에 있었어. 데미르 바바에 대해 거의 아무것도 몰라.

내 친구들은 거기에 대한 전설만을 이야기 해 주었지.

그들은 불가리아 말로 데미르 바바가 '철의 아버지'를 의미한다고 했어.

Mi pentris kaj enprofundiĝinta kaj absorbita de la pentrado mi ne rimarkis, ke ĉirkaŭ mi estiĝis ĉiam pli kaj pli mallume. La firmamento super mi de hele blua estiĝis plumbokolora kaj ĝi komencis min premi kiel grandega metala kovrilo. La arboj ĝis antaŭ unu horo trankvilaj kaj hele verdaj ŝajne same malheliĝis. Mi komencis percepti terurajn malklarajn sonojn. Ĉirkaŭe io muĝis grincis aŭ sufere spiris. Mi eksentis, ke la tuta naturo ribelas. Ŝajnis al mi, ke nur post unu sekundo ĉi tie, en tiu valeto, ekfuriozos fortega tempesto kaj forigos min kaj ĉion ĉirkaŭe. Mi ektimis. Mi estis sola. Mia malforta krio dronus en la abismo de ventego kaj mallumo. La forto min premis kiel fera pugno kaj mi povis nek moviĝi, nek spiri. Mi faris vanajn klopodojn apartiĝi de la loko, kie mi sidis kaj tre malrapide pene mi komencis surgrimpi la deklivon por eliri el tiu malluma kaldrono. Miaj kruroj pezis kaj ĉiuj miaj muskoloj tremis. Mi streĉis lastajn fortojn por elrampi. Mia gorĝo sekiĝis kiel centjara senakva puto. Kia estis tiu fenomeno, elsuĉinta miajn fortojn? Neniam dum mia vivo mi sentis tian teruron. Relative juna, ĵus fininta tridek jarojn, por la unua fojo mi sentis minacon de neatendita ventego. Mi sentis min ege, ege malgranda kaj malpeza kiel floko. La ventego ĉiumomente povus forpreni kaj forporti min alte en la ĉielon kaj plu neniu nek vidos nek aŭdos min.

나는 그리기에 깊이 빠져 내 주위가 점점 어두워지는 것을 깨닫지 못했어. 내 위로 펼쳐진 밝은 파란 하늘은 납색이 되었고, 커다란 철뚜껑처럼 나를 누르기 시작했어. 1시간 전까지 온화하고 밝게 푸르게 보이던 나무들도 똑같이 어두워진 것처럼 보였어. 무시무시한 소리가 들리기 시작했어.

주변에서 무언가가 소리 내고 이를 갈거나 고통스럽게 숨을 쉬었어. 나는 모든 자연이 갑자기 반항한다고 느꼈지. 1초 뒤 여기 작은 계곡에 아주 센 강풍이 노하여 불 것이고 나와 주변의 모든 것을 몰아낼 거야.

나는 두려웠어. 혼자였거든. 나의 약한 외침은 강한 바람과 어둠의 심연 속에 잠겨버렸어. 자연의 힘은 나를 철주먹처럼 압박해서 나는 움직이지도 숨을 쉴 수도 없을 지경이었어. 앉아 있는 곳에서 벗어나려고 했으나 소용없었어.

그 어두운 냄비 같은 곳에서 나오려고 절벽을 매우 천천히 기어올랐어.

다리는 무거웠고 모든 근육은 떨렸어. 절벽을 기어오르려고 마지막 힘을 끌어당겼어. 목은 백 년 된 물 없는 우물처럼 바짝 말랐어.

나의 힘을 빨아들이는 그런 현상은 무엇일까? 평생 그런 공포는 처음 느꼈어. 30살을 갓 넘은 젊은 내가 처음으로 그런 놀라운 강풍의 위협을 느낀 터라, 내가 눈송이처럼 아주 작고 가볍다는 것을 알았어. 강풍은 언제든 나를 붙잡아 하늘로 높이 날려버릴 수 있어. 그 누구도 나를 보거나 들을 수 없어.

Mi ne memoras kiel mi revenis hejmen. Nenion mi rememoras. La timo longe kaŝiĝis en mia koro kiel vipuro.[97] Kiam ajn mi rememoras tiun travivaĵon, ĉiam mi havas la senton, ke tie, apud la monaĥejo de Demir Baba sin kaŝis ia nerimarkebla forto multe pli potenca kaj pli terura ol la naturaj ventegoj.

Ŝajne vere mi aŭdis spiradon kaj mi sentis koleron similan al ondiĝanta[98] maro en malbonaŭgura nokto.

Post kelkaj tagoj en Isperho oni parolis, ke en tiu tago, kiam mi pentris la monaĥejon, de tie malaperis la sanktaj ŝuoj de Demir Baba. Mi mem ne atentis tiujn onidirojn, sed ŝajnis al mi , ke la lokaj homoj estis ege emociiĝintaj. Al neniu mi kuraĝis diri, ke ĝuste tiam mi estis en la monaĥejo kaj ĝin mi pentris. Vere mi neniun vidis eniri, aŭ eliri el la monaĥejo. Mi estis certa, ke tiam krom mi, ĉirkaŭe estis neniu. Al neniu mi rakontis kion mi eksentis, kiam super la monaĥejo malheliĝis kaj la ventego komencis ĝemblovi en la branĉoj de la arboj.

Mi kaŝis la nefinitan pentraĵon de la monaĥejo kaj mi decidis ĝin forgesi. La homoj en la urbo estiĝis ĉiam pli kaj pli maltrankvilaj. Ili miris kaj ne komprenis kiu povus forŝteli la sanktajn ŝuojn de Demir Baba. Tia strangaĵo ne okazis en daŭro de multaj, multaj jaroj.

---

97) vipur-o <동물> 살무사
98) ondi, ondadi <自> 파도치다, 물결치다, 파동하다.

어떻게 집으로 돌아왔는지 기억이 나지 않아. 아무것도 기억나지 않아. 두려움은 오랫동안 살모사처럼 내 마음 속에 숨어 있었지.

그 경험을 기억할 때마다 나는 데미르 바바 기도원 옆 에는 자연의 강풍보다 훨씬 더 세고, 훨씬 무서운, 알 수 없는 힘이 숨어 있다는 걸 항상 느껴. 정말 숨소리 를 듣는 듯했고, 점괘가 나쁜 밤에 파도치는 바다와 같 은 분노를 느꼈어.

며칠 뒤 이스페리에서 내가 기도원을 그린 날, 데미르 바바의 거룩한 신발이 사라졌다고 사람들이 말했어. 나 는 그런 사람들의 말에 관심 두지 않지만, 지역주민은 크게 동요하는 것처럼 보였어.

바로 그때 누구에게도 그날 내가 기도원에 있었고 기도 원을 그렸다고 감히 말하지 못했어. 정말로 나는 기도 원에 누가 들어오고 누가 나갔는지 아무도 보지 못했 어. 그때 나 외에는 주위에 아무도 없었다는 것은 분명 해.

누구에게도 기도원 위가 어두워지고 강풍이 나뭇가지에 한숨 쉬듯 불기 시작할 때 내가 느낀 것을 이야기하지 않았어.

나는 끝내지 못한 기도원 그림을 숨기고, 그것을 잊기 로 마음먹었어.

도시에서 사람들은 항상 점점 더 불안해.

그들은 누가 데미르 바바의 거룩한 신발을 훔칠 수 있 는지 놀라워했고 이해하지 못했어. 그런 이상한 일은 많고 많은 세월이 지나는 동안 일어나지 않았어.

Ĉi tie la homoj vivis kviete kaj trankvile kaj por ili tio estis okazintaĵo, alportanta en ilia vivo ion neordinaran. Eble pro tio tiel ekscite ili ĝin komentis. Sed por mi la vivo estis kiel ĉiam. Mi iris al laborejo, revenis kaj mi jam preskaŭ ne rememoris la travivitan teruron, kiam mi pentris la monaĥejon.

Foje en kudrejo, kie mi laboris, hazarde mi aŭdis interparolon, kiu min forte impresis. Frumatene la juna kudristino Ŝirin tre emociiĝinte kaj timige rakontis ion al siaj koleginoj. Mi alproksimiĝis al la virinoj, kiuj ĉesigis sian laboron kaj aŭskultis kun gapantaj buŝoj. La okuloj de Ŝirin, larĝe malfermitaj, similis al du grandaj bluaj gutoj.

— Jes – ripetis per tremanta voĉo ŝi. – Ĉinokte en mia sonĝo aperis Demir Baba, alta, belstatura, forta.

En la rigardoj de iuj el la virinoj aperis konfuzo, sed Ŝirin daŭrigis:

— Li ekstaris antaŭ mi kaj diris: "Ŝirin, sciu, se tiu, kiu ŝtelis miajn ŝuojn ne redonos ilin en la monaĥejo, vi ĉiuj pereos de soifo. Ĉiuj akvofontoj sekiĝos kaj por ĉiam tie ĉi ne estos akvo."

Mi aŭskultis Ŝirin, mi rigardis ŝiajn klarajn bluajn okulojn kaj por mia granda miro denove mi eksentis tiujn tremojn tra la dorso kaj tiun malfortiĝon, kiu min obsedis en la tago, kiam mi estis tie por pentri la monaĥejon.

여기에서 사람들은 조용하고 안정되게 살아. 그들에게 그것은 삶에 무언가 평범하지 않은 것을 가져다주는 사건이었어.

아마 그것 때문에 그렇게 흥분하여 설명했지. 그러나 내게 삶은 언제나처럼 존재해. 나는 일터로 갔다 돌아왔지.

내가 기도원을 그릴 때 겪은 공포는 까마득히 기억하지 못해.

한번은 내가 일하는 봉제 공장에서 우연히 아주 인상적인 대화를 들었어.

이른 아침에 젊은 재단사 쉬린이 크게 감정에 벅차 두려워하며 동료에게 뭔가 이야기했어. 일을 멈추고 멍하니 입 벌린 채 듣는 여자들에게 가까이 갔지.

쉬린의 눈은 크게 떠서 두 개의 커다란 파란 물방울을 닮았어. '예' 떨리는 목소리로 쉬린이 되풀이했어. '어젯밤 꿈에, 키가 크고 멋지고 힘센 데미르 바바가 나타났어.' 여자 중 누군가의 눈은 당황하는 빛이 보이지만 쉬린은 계속했어.

'내 앞에 서더니 말했어. 쉬린아! 알아라. 내 신발을 훔친 자가 기도원에 돌려주지 않으면 너희 모두 갈증으로 죽을 거야.

모든 샘물이 마를 것이고 영원히 이곳에 물은 없어.' 나는 쉬린의 말을 듣고 분명한 파란 눈동자를 쳐다보았어. 엄청난 놀라움 때문에 다시 등골이 떨리고 내가 기도원을 그리려고 거기 있던 날 나를 장악했던 그 무력감을 느끼기 시작했어.

Mi decidis svingi[99] per mano kaj foriri, sed ia kaŝita forto ne permesis al mi retiriĝi disde la grupiĝintaj virinoj.

La sonĝo de Ŝirin rapide disvastiĝis tra la urbeto. La homoj ĝin rerakontis. Mi ne scias kiu kredas kiu ne kredas, sed tiu ĉi sonĝo longe vagis de buŝo al buŝo. Eĉ ia streĉeco komenciĝis inter la homoj. Tiu regiono estis senpluva kaj se vere la somero okazus seka, la homoj tie povus esti kondamnitaj je pereo.

La tagoj pasis, sed ne pluvis. Aperis granda sekeco. La akvofontoj kaj la putoj sekiĝis, la homoj forvelkis kaj komencis moviĝi kiel ombroj, turmentiĝantaj kaj malgrasaj. La tero krevis[100] kaj ĉie aperis grandaj profundaj fendoj kiel kavoj de okuloj. Ĉio forvelkis kaj sekiĝis. La ebenaĵo similis al forno, kiu ŝutas ardon kaj lafon.

La homoj nur lekis al si la fenditajn lipojn kaj kun espero ili rigardis la serenan ĉielon, sed vane. Semajnon post semajno ne videblis eĉ ne unu nubeto. Eĉ bloveto ne movetis la forvelkitajn foliojn de la arboj. Mi miris, kie mi kaŝu min de la varmego. Post laboro mi iris hejmen. Mi demetis la vestojn kaj mi kuŝis senmova pensante, ke nur tiele mi povus eviti la suferigan varmegon.

---

99) sving-i <他>(손. 기. 꼬리 등을) 흔들다, 휘두르다; 휘날리다
100) krev-i <自> 파열(破裂)하다, 터지다, 폭발하다, 갈라지다

나는 손을 흔들고 가려고 마음먹었지만 뭔가 숨겨진 힘이 뭉쳐있는 여자들에게서 떨어져 나오도록 허락하지 않았어. 쉬린의 꿈은 빠르게 작은 도시로 퍼져갔지. 사람들은 다시 그것을 이야기했어.

나는 누가 믿고 누가 믿지 않은지는 몰라. 그러나 이 꿈은 오래도록 입에서 입으로 퍼져갔지.

어떤 긴장감이 사람들 사이에 떠돌게 됐지. 그 지역은 비가 오지 않았어. 정말로 여름이 건조기가 계속된다면 거기 사람들은 사형선고를 받은 셈이지. 날이 지나갔지만 비는 오지 않았어. 커다란 건조상태가 나타났어. 샘물과 우물이 말랐지. 사람들은 힘이 빠지고 고통스러워하며 마른 그림자처럼 움직였어. 땅은 갈라지고 모든 곳에 눈의 움푹 들어간 것처럼 커다란 깊은 틈이 나타났어. 모든 것이 시들고 말랐지.

평야는 열기와 용암을 분출하는 난로 같았어. 사람들은 갈라진 입술을 침으로 핥으면서도 희망을 버리지 못하고 맑은 하늘을 쳐다보았어.

그러나 소용없었어. 몇 주일이 지나도 작은 구름 한 점조차 보이지 않았지. 바람 한 점 없어 나무의 시든 잎조차 조금도 움직이지 않았어.

나는 더위를 피해 어디로 숨어야 할지 몰랐어.

일이 끝나고 집으로 갔어.

옷을 벗고 움직이지 않고 있어야 숨이 막히는 더위를 피할 수 있다고 생각하면서 숨었어.

Iun tagon mi tamen decidis lasi ĉion kaj malgraŭ la terura ardo preni la nefinitan pentraĵon de la monaĥejo kaj denove iri tien. Ŝajnis al mi, ke en la valeto, inter la deklivoj,[101] mi povus por mallonga tempo kaŝi min de la granda varmego.

Tre malfacile mi alvenis en la monaĥejo. Laca, ŝvitkovrita, malfortiĝinta, dronanta en polvo, mi sidiĝis sur unu ŝtono por ripozi. Post nelonge io igis min stariĝi kaj eniri en la monaĥejon. Kiel ĉiam la peza pordego el kverko ne estis ŝlosita. Mi malfermetis ĝin. Ĝi dolorige knaris kaj el la duonlumo, kiu regis interne, aperis la ŝuoj de Demir Baba. Senbrue, kviete ili estis en la loko, tie, kie ili estis de jarcentoj. Ĉu mi sonĝis? Mi ne povis kredi miajn okulojn. Jes, tio estis la sanktaj ŝuoj de Demir Baba. Tiu, kiu ŝtelis ilin, verŝajne pripensis tion kaj senbrue lasis ilin en la sama loko.

Mi reakiris mian spiriton. Subite min obsedis ĝojo kaj malpezeco. Al mia animo iĝis hele kaj facile. Mi volus tuj ekkuri al la urbo kaj diri al ĉiuj, ke la sanktaj ŝuoj de Demir Baba denove estas en la monaĥejo.

Kiam mi eliris eksteren kaj ĝoje kaj entuziasme pretis ekiri al la urbo, subite ekpluvis. Pezaj malvarmetaj gutoj ekfalis sur mian kapon, mian ĉemizon kaj la pantalonon. Neniam mi dum mia vivo estis tiel feliĉa.

---

101) dekliv-o 비탈, 사면, 경사, 구배

어느 날 모든 것을 그대로 두고, 아직 끝내지 않은 기도원 그림을 무서운 열기가 가져갈지라도, 다시 거기 가리라 마음먹었지. 절벽 사이 작은 계곡이라면 잠시라도 뜨거운 더위에서 나를 숨길 수 있을 것처럼 생각됐거든. 몹시 어렵게 기도원에 도착했어.

지치고 땀에 젖고 힘이 빠지고 먼지를 뒤집어쓴 나는 쉬려고 돌 위에 걸쳐 앉았지. 얼마 뒤에 뭔가가 나를 일으켜 기도원에 들어가게 했어. 언제나처럼 무거운 떡갈나무 대문은 잠겨 있지 않았어.

나는 문을 열었지. 그것은 고통스러운 신음처럼 삐걱 소리를 냈어.

안을 밝히는 어스름한 조명 아래로 데미르 바바의 신발이 나타났어.

소리 없이 조용하게 수백 년 전부터 있었던 그 자리에 있었어. 내가 꿈을 꾸고 있는가? 내 눈을 믿을 수 없었어. 맞았어. 그것은 정말 데미르 바바의 신발이었어. 그것을 훔쳐 간 자가 정말 그것을 생각하고 소리 없이 같은 자리에 둔 거지. 나는 숨을 쉬었어. 갑자기 기쁨과 날아갈 듯 가벼움을 느꼈어. 내 마음이 밝고 편해졌지. 나는 곧 마을로 뛰어가 모두에게 거룩한 신발이 다시 기도원에 있다고 말하고 싶었어. 내가 밖으로 나와 기쁘고 흥분하여 마을로 가려고 준비할 때 갑자기 비가 내렸어.

무겁고 차가운 빗방울이 내 머리와 셔츠와 바지 위로 떨어졌지.

내 평생 그렇게 행복한 적은 다시 없었어.

Kvazaŭ mi povus flugi. Mi sentis, ke se mi kaptus arbon - mi elradikigus ĝin, kvazaŭ mi estus la plej forta homo en la mondo. En tiu tago mi ekkredis sonĝojn kaj miraklojn.

Koljo Kumaricata denove ekridis per sia infaneca rideto kaj li ruze[102] min alrigardis.

—Vi estas pentristo kaj vi devas kredi miraklojn - respondis mi.

Sur la kalkita muro en lia laborĉambro klare vidiĝis la grafikaĵo de Demir Baba. Mi rigardis kaj mi ne povis deturni mian rigardon de ĝi. Kvazaŭ ĝi vere elradiis sorĉan forton.

---

102) ruz-a   교활(狡猾)한; 간사한, 꾀많은, 음흉한

날아갈 듯했지. 내가 나무를 잡았다면 마치 세상에서 가장 힘이 센 사람처럼 그것을 뿌리째 뽑을 것 같이 느꼈어. 그날 꿈과 기적을 믿게 되었어."

고료 구마리짜는 다시 어린애 같은 웃음을 하며 음흉하게 나를 쳐다보았어.

"너는 화가야, 그리고 반드시 기적을 믿어야 해." 나는 대답했다.

작업실의 석회 칠한 벽 위에 데미르 바바의 필사작품이 선명하게 보였다.

나는 쳐다보고 그것으로부터 시선을 뗄 수 없다.

마치 그것이 정말 매력적인 힘을 비추는 것 같다.

La delfeno

La maro estis kvieta kiel infano post laciga ludado. La tago lante foriris. La urbo, situanta sur la monteto, similis al belega pentraĵo. Super la tegolaj tegmentoj briletis la kupraj fadenoj de la lastaj sunradioj. Daniel iris al la moleo. En la posttagmezaj horoj li ŝatis naĝi en la maro. Tio estis lia la plej granda plezuro. La maro vastiĝis antaŭ lia rigardo kiel senfina blua tolo. De la ŝtona moleo Daniel saltis en la malvarmetajn ondojn. Trankvile, malrapide li naĝis. Je cent metroj de la moleo estis roko en la maro. Daniel proksimiĝis kaj ekstaris sur ĝi. De tie la urbo similis al fabelo. Sur la monteto la domoj estis kiel blankaj mevoj. Videblis kelkaj malnovaj preĝejoj pro kiuj la urbo aspektis fantazia kaj mistera. Ŝajnis al Daniel, ke staras antaŭ granda ekrano kaj spektas filmon pri la mezepoko. La urbaj stratoj estis etaj kaj mallarĝaj. Sur la terasoj de la kafejoj kaj restoracioj sidis homoj, kiuj nun, posttagmeze, trankvile trinkis freŝigajn trinkaĵojn kaj senzorge babilis unu kun alia.

Daniel rigardis la moleon. Ĉe ĝi estis haveno por boatoj kaj jaktoj. Tie videblis du belegaj luksaj jaktoj, similaj al grandaj blankaj cignoj. Certe interne ili estis ege modernaj, komfortaj, konvenaj por gajaj amuzaj maraj promenoj.

돌고래

바다는 지친 놀이 뒤의 어린아이처럼 조용하다. 낮은 천천히 물러갔다. 언덕 위에 있는 도시는 아름다운 풍경화를 닮았다. 기와지붕 위에는 마지막 햇빛의 구릿빛 햇살이 자잘하게 빛나고 있다.

다니엘은 방파제로 갔다. 오후에 바다에서 수영하는 걸 좋아한다. 그것이 가장 큰 즐거움이다. 바다는 눈앞에 끝없이 파란 헝겊처럼 넓게 펼쳐져 있다.

돌로 된 방파제에서 다니엘은 차가운 파도 속으로 뛰어들었다. 안정되게 천천히 수영했다. 방파제에서 100m쯤 떨어진 바다에 바위가 있다.

다니엘은 가까이 가서 그 위에 섰다. 거기서 보는 도시는 동화를 닮았다. 언덕 위의 집들은 하얀 갈매기같다. 오래된 기도원 몇 곳이 보이는데 그것 때문에 도시는 환상적이고 신비스럽게 보였다. 커다란 병풍 앞에 서서 중세 시대 영화를 보는 것 같다.

도시의 거리는 작고 좁다. 오후에 카페와 식당의 테라스에는 사람들이 앉아서 신선한 음료를 조용히 마시며 편안하게 대화하고 있다.

다니엘은 방파제를 쳐다보았다.

옆에는 배와 요트가 정박할 만한 아담한 항구가 있다. 거기에 큼직한 백조를 닮은 아주 예쁘고 화려한 요트 두 척이 보였다.

즐겁고 유쾌하게 바다 산책을 할 수 있도록 실내는 현대적이고 편안하고 적당하다.

La jaktojn posedis la plej riĉa viro en la urbo – Niko Primov. Neniu sciis de kie li havas tiom multe da mono kaj kia estas lia okupo. Li posedis la plej elegantajn restoraciojn en la urbo kaj du hotelojn sur la suda parto de la monteto, ĉe la plaĝo, kie la sablo estis kiel ora pulvoro.

La rigardo de Daniel denove direktiĝis al la moleo. Tie sidis maljuna fiŝkaptisto, kiu verŝajne ne fiŝkaptadis, sed ripozis, rigardante la maron. Proksime al li staris du knabinoj, altaj, sveltaj, blondharaj kun longaj femuroj kaj ruĝaj bankostumoj. Ili certe estis fremdlandaninoj. Ĉi somere en la urbeton venis multaj fremdlandanoj.

Subite la knabinoj komencis krii ion kaj fingromontri al Daniel, sed li ne komprenis kion ili krias kaj kion ili montras. La maljuna fiŝkaptisto ekstaris de la eta seĝo, sur kiu sidis, kaj same komencis krii kaj montri ion en la maro. Daniel turnis sin kaj stuporiĝis. Al li naĝis granda fiŝo, kiu rapide proksimiĝis al la roko. La fiŝo estis ĉirkaŭ du metrojn longa kaj tre similis al ŝarko, sed Daniel scii, ke en Nigra Maro ne stas ŝarkoj. Li naskiĝis kaj loĝas ĉe la maro kaj neniam li vidis ŝarkojn.

La fiŝo proksimiĝis al la roko kaj Daniel rimarkis, ke ĝi estas delfeno, sed tian grandan delfenon li ĝis nun ne vidis.

도시에서 가장 부자인 **니코 프리모브**가 요트를 가지고 있다. 아무도 그가 어디서 그렇게 많은 돈을 가지게 됐는지 직업이 무엇인지 모른다.

그는 도시에 아주 멋진 식당을 모래가 황금 가루처럼 있는 해안 근처에 호텔 두 곳을 가지고 있다. 다니엘은 시선을 다시 방파제로 향했다. 거기에 늙은 낚시꾼이 앉아 있는데, 낚시는 하지 않고 바다를 보면서 쉬고 있다. 가까이에 여자아이가 둘이 서 있다. 마르고 큰 키에 긴 넓적다리를 가진 금발의 아이들은 **빨간 수영복**을 입었다. 분명 외국 사람이다.

이번 여름에 이 작은 도시로 외국인이 많이 왔다. 여자아이들이 갑자기 뭔가 외치며 다니엘에게 손가락으로 무언가를 가리켰다.

하지만 다니엘은 무슨 소리를 하는지 무엇을 가리키는지 알지 못했다. 늙은 낚시꾼도 앉아 있던 작은 의자에서 일어나더니 똑같이 뭔가를 소리치며 가리키기 시작했다.

다니엘이 몸을 돌리자 정신이 아득해졌다. 바위로 **빠르게** 다가오는 큰 물고기가 자기를 향해 헤엄쳐 오고 있었다. 물고기는 약 2m 길이로 상어와 비슷했다.

그러나 흑해에는 상어가 없다는 것을 알고 있다. 바닷가에서 태어나고 살지만 한 번도 상어를 본 적이 없다. 물고기는 바위로 가까이 다가왔다.

다니엘은 그것이 돌고래임을 알아차렸지만 그렇게 커다란 돌고래는 지금까지 보지 못했다.

La delfeno komencis ĉirkaŭnaĝi, saltis super la ondoj, subakviĝis kaj kvazaŭ ludis. Tiu ĉi ludo daŭris kelkajn minutojn. Poste la delfeno lante malproksimiĝis kaj Daniel eknaĝis al la bordo. La knabinoj tuj demandis lin:

— Ĉu vi ne timis tiun ĉi grandan fiŝon?

— Ne. Ĝi estas delfeno – respondis Daniel.

La maljuna fiŝkaptisto aldonis:

— Neniam mi vidis tian grandan delfenon.

— Strange – alrigardis lin Daniel – de kie ĝi alvenis?

— Verŝajne ĝi naĝis post iu ŝipo. De la ŝipo oni ĵetis al ĝi nutraĵon kaj ĝi sekvis la ŝipon ĝis ĉi tie – klarigis la maljunulo.

— Kiam mi vidis ĝin, mi ne supozis, ke estas delfeno. Estas mirinde observi ĝin, kiel ĝi naĝas, ludas. Ĝi kvazaŭ deziris proksimiĝi al mi kaj ludi kun mi – diris Daniel.

— La delfenoj estas tre inteligentaj. Ili ŝatas la homojn, ne timas ilin – ekparolis denove la maljunulo.

– Eble vi aŭdis, ke la delfenoj helpas la homojn.

— Jes.

— Tamen la lokaj fiŝkaptistoj ne ŝatas ilin. La delfenoj disŝiras la fiŝkaptistajn retojn kaj manĝas la pli malgrandajn fiŝojn, kaptitajn en la retoj – diris la maljunulo.

— Delonge mi ne vidis delfenon ĉi tie.

돌고래는 주변을 돌면서 헤엄을 쳤고 파도 위에서 뛰고 물속으로 들어가며 마치 노는 듯했다. 이 놀이는 몇 분간 계속했다.

나중에 돌고래는 조용히 멀어지고 다니엘은 해안으로 수영해서 나왔다. 여자아이들이 바로 물었다.

"이 커다란 물고기가 무섭지 않나요?"

"아니요, 그것은 돌고래입니다." 다니엘이 대답했다. 늙은 낚시꾼이 덧붙였다. "나는 그렇게 큰 돌고래를 본 적이 없소."

"이상해요." 다니엘은 노인을 바라보았다. "어디서 왔을까요?"

"그것은 어느 배 뒤에서 헤엄쳤어요. 배에서 먹을 것을 던져 줘서 그것은 여기까지 배를 따라 왔겠죠." 노인이 설명했다.

"내가 그것을 보았을 때 돌고래라고 짐작하지 못했어요. 그것이 어떻게 헤엄치고 노는지 관찰하고 놀랐지요. 그것은 마치 내게 가까이 와서 같이 놀기를 원한 듯했어요." 다니엘이 말했다.

"돌고래는 지능이 무척 높아요. 자기를 무서워하지 않는 사람을 좋아해요." 다시 노인이 말을 꺼냈다.

"돌고래가 사람을 돕는다는 말을 들었지요."

"예."

"그러나 지역 낚시꾼은 그것들을 좋아하지 않아요. 돌고래가 낚시꾼들의 그물을 찢어 버리고 그물 속에 갇힌 작은 물고기를 잡아먹어요." 노인이 말했다.

"오래전부터 여기서 돌고래를 보지 못했어요."

— Jes — kapjesis la maljunulo. — Dum la lastaj jaroj la delfenoj malaperis. Kiam mi estis infano, mi ofte vidis ilin. La delfenoj naĝas en gregoj. Estis mirinda vidindaĵo.

— Mi devas iri. Hodiaŭ estis bonege vidi tiun ĉi delfenon. Ĝis revido — diris Daniel kaj foriris.

La sekvan tagon posttagmeze Daniel denove venis sur la moleon. Li saltis en la maron kaj eknaĝis al la roko. Li supozis, ke hodiaŭ ne vidos la delfenon, sed ege surpriziĝis, kiam rimarkis, ke la delfeno denove proksimiĝas al la roko. Denove ĝi naĝis ĉirkaŭ la roko, kvazaŭ deziris diri, ke jam konas Daniel. Iam Daniel legis, ke la delfenoj helpas unu la alian, neniam ili forlasas la malsanajn delfenojn kaj helpas ilin naĝi, tamen estas same solecaj delfenoj. Eble tiu ĉi estis soleca. Daniel aŭdis, ke la delfenoj iel konversacias inter si, fajfas kaj tiel interkompreniĝas. Tiu ĉi delfeno ŝajne deziris diri ion al Daniel.

La delfeno pli kaj pli proksimiĝis al la roko, turniĝis, saltis, subakviĝis kaj ĝia ludo estis belega. Verŝajne ĝi ĝojis, ke vidas homon kaj montras al li siajn spertojn. La delfeno kvazaŭ diris: "Rigardu min kaj divenu kiam mi elnaĝos kaj flugos super la ondoj."

Kiam la delfeno laciĝis, turnis sin kaj malproksimiĝis. Daniel longe postrigardis ĝin, poste li eknaĝis al la bordo, kie denove estis la maljuna fiŝkaptisto.

"예." 노인이 맞는다고 머리를 끄덕였다.

"지난 여러 해 동안 돌고래가 나타나지 않았어요. 내가 어렸을 때 자주 그것들을 봤지요. 돌고래는 무리를 지어 헤엄쳐요. 놀랄만한 볼거리죠."

"가 봐야 해요. 오늘 이 돌고래를 봐서 아주 좋아요. 안녕히 계세요." 다니엘이 말하고 떠났다.

다음 날 오후 다니엘은 다시 방파제로 갔다. 바닷속으로 뛰어들어 바위까지 수영했다. 오늘은 돌고래를 볼 수 없으리라고 짐작했다.

그러나 돌고래가 다시 바위로 가까이 오는 것을 알았을 때 매우 놀랐다. 돌고래는 마치 다니엘을 다 안다고 말하고 싶어 하듯, 바위 둘레를 헤엄쳤다. 언젠가 읽은 책에서는 돌고래가 서로 돕고 아픈 동료 고래를 그대로 내버려 두지 않고 헤엄치도록 돕는다고 했다. 그러나 외로운 돌고래들도 있다. 아마 이 돌고래는 외로운가 보다. 돌고래는 어떻게든 서로 대화하고 '쉿' 소리 내서 서로 소통한다고 들었다. 이 돌고래도 무언가 다니엘에게 말하고 싶어 하는 듯 보였다. 돌고래는 점점 바위에 가까워지고 몸을 돌리고 뛰고 물속에 가라앉았다. 놀이는 아주 멋졌다. 사람을 본 것이 기뻐서 자기 실력을 보여 준 것이다.

돌고래는 마치 '나를 보세요. 그리고 내가 언제 파도 위에서 헤엄치고 날아가는지 맞춰 보세요.' 하고 말하는 듯했다. 이젠 지쳤는지 돌고래가 몸을 돌려 멀어졌다. 다니엘은 오랫동안 뒷모습을 지켜보다가 낚시꾼이 있는 해안으로 수영해 나왔다.

- Vi iĝis amikoj kun la delfeno - diris la maljunulo.

- Jes - respondis Daniel. - Hodiaŭ ĝi naĝis ege proksime al la roko kaj ŝajnis al mi, ke ĝi jam rekonas min, eĉ ĝi kvazaŭ deziras diri ion al mi. Mi havas la senton, ke inter ni ekestis ia ligo.[103]

- Povas esti - diris la maljunulo. - La delfenoj eligas iajn sonojn, kiuj influas al la homoj.

- Jes, mi sentis ion - diris Daniel.

- Laŭ la ĉinoj la delfeno estas simbolo de la savo, rapideco kaj amo.

- Verŝajne vi multe legis pri la delfenoj - rimarkis Daniel.

- Mi estis instruisto — respondis la maljunulo. — Kiam mi estis juna, mi multe legis, sed nun miaj okuloj doloras kaj mi preferas promenadi. Mi venas ĉi tien, rigardas la maron kaj tiel mi ripozas. Vi estas juna, ĉu vi havas edzinon?

- Ne - respondis Daniel.

- Mi kredas, ke la delfeno alportos al vi amon kaj feliĉon, kiel mencias la ĉina mitologio. Ja, la delfeno estas simbolo de la amo.

- Mi esperas - ekridetis Daniel.

- Ne hazarde la delfeno vin elektis kaj venas al vi - substrekis la maljunulo kaj preparis sin foriri.

---

103) lig-i <他> 묶다, 동이다, 매다 ; 연결하다, 결합(結合)하다, 단결(團結)하다, 결박(結縛)하다 ligo 결합(結合), 협회, 연맹, 동맹.

"돌고래와 친구가 되었네요." 노인이 말했다.

"예." 다니엘이 대답했다.

"오늘 그것이 바위 아주 가까이 헤엄쳐 왔어요. 무언가를 내게 말하고 싶어 하는 것처럼, 마치 나를 알아보는 것처럼 보이네요. 우리 사이에 어떤 유대감이 있다는 느낌이 들었어요."

"가능하지요." 노인이 말했다.

"돌고래는 사람에게 영향을 주는 어떤 소리를 내요."

"예, 저도 그것을 느껴요." 다니엘이 말했다.

"중국인에 따르면 돌고래는 구원, 신속함, 사랑의 상징이에요."

"정말로 돌고래에 관해 많이 읽으셨네요." 다니엘이 알아차렸다.

"나는 교사였어요." 노인이 대답했다.

"내가 젊었을 때 많이 읽었지요. 그러나 지금은 책을 읽기엔 눈이 고통스러워 산책을 더 좋아해요. 여기 와서 바다를 보면서 쉬지요. 젊으신데 부인은 있나요?"

"아닙니다." 다니엘이 대답했다.

"중국 신화학자가 언급한 것처럼 돌고래가 사랑과 행운을 가져다주리라고 믿어요. 정말 돌고래는 사랑의 상징이니까요."

"저도 바랍니다." 다니엘이 실웃음을 터뜨렸다. "돌고래가 젊은이를 택해서 다가온 것은 우연이 아니에요." 노인이 강조하고 떠날 채비를 했다.

Li estis malalta, magra, sed energia, vestia en hela pantalono, senkolorigita de la suno kaj en malnova ruĝa ĉemizo. Liaj okulvitroj estis kun granda dioptrio kaj pro tio li aspektis iom ridinda. Ĉifita pajla ĉapelo kovris la duonon de lia vizaĝo, kiu estis sulkigita, simila al seka pruno.

— Ĝis revido — diris la maljunulo. — Morgaŭ mi denove venos. Venu same vi. Vi devas renkontiĝi kun via nova amiko — la delfeno.

— Kompreneble. Mi nepre venos — respondis Daniel.

Tutan semajnon je unu sama horo posttagmeze Daniel iris al la moleo kaj naĝis al la roko. Kiam li jam staris sur la roko, aperis la delfeno, proksimiĝis al li kaj komencis ludi: subakviĝis, elnaĝis, flugis super la ondoj. Daniel sentis la ĝojon de la delfeno kaj li mem ĝojis. "La delfeno estas mia ŝanco — diris al si Daniel."

Foje la maljuna fiŝkaptisto demandis Daniel:

— Kiel vi nomis la delfenon? Vi devas doni nomon al ĝi.

— Mi ne scias ĉu ĝi estas masklo.

— Ne gravas kia ĝi estas. Nun la nomoj de la knaboj kaj knabinoj estas la samaj. La delfeno ne ofendiĝos se ĝi estas ino kaj vi donos al ĝi viran nomon.

— Bone. Mi nomos ĝin Amo — diris Daniel. — Ĝi alportos al mi la amon.

노인은 키가 작고 말랐으나 힘이 넘쳐 보였다.

빛바랜 바지를 입고 오래된 빨간 셔츠를 입었다.

안경 도수가 높아 조금 웃기게 보인다.

구겨진 밀짚모자는 마른 자두를 닮았는데 주름진 얼굴의 반을 가렸다.

"안녕히 가시오." 노인이 말했다.

"내일 다시 올게요. 똑같은 시각에 오세요. 새 친구 돌고래를 만나야지요."

"당연하죠. 꼭 올 겁니다." 다니엘이 대답했다.

일주일 내내 오후 같은 시각에 다니엘은 방파제로 가서 바위까지 수영했다.

바위 위에 설 때면 돌고래가 나타나서 가까이 다가와 잠수하기, 헤엄치기, 파도 위로 날기 같은 놀이를 했다.

다니엘은 돌고래의 기쁨을 느끼고 혼자 즐거워했다.

'돌고래가 나의 기회구나.' 다니엘은 혼자 말했다.

한번은 늙은 낚시꾼이 다니엘에게 물었다.

"돌고래를 어떻게 부르나요? 이름을 주어야만 해요."

"그것이 수컷인지 몰라요."

"그것은 중요하지 않아요.

요즘은 남자아이나 여자아이의 이름이 같아요.

돌고래가 암컷이라도 남자 이름을 지어준다고 상처받지 않을 거요."

"알겠습니다. **아모**(사랑)라고 부를게요." 다니엘이 말했다. "그것이 제게 사랑을 가져다줄 겁니다."

— Bonege. Ĉiu bezonas amon, kaj la homoj, kaj la delfenoj – konkludis[104] la maljunulo. – Ni devas ami, por ke ni estu feliĉaj.

Iun tagon posttagmeze la delfeno ne venis al la roko. Daniel vane atendis ĝin kaj kriis: "Amo, Amo", sed la delfeno ne videblis. Eble ĝi fornaĝis. Eble aperis grego de delfenoj kaj ĝi fornaĝis kun ili – opiniis Daniel.

La delfeno ne venis la sekvan tagon.

— Ĉu vi ne vidis la delfenon? – demandis Daniel la maljunulon.

— Ne – respondis li. – Jam du tagojn mi ne vidis ĝin.

— Kio okazis?

— La maro estas granda. Eble ie alie ĝi ludas. Ĉi tie ĝi enuiĝis kaj trovis pli bonan lokon – supozis la maljunulo.

Daniel malsereniĝis.

La sekvan tagon Daniel denove venis sur la moleon kaj pretis tuj salti en la maron, sed rimarkis, ke la maljunulo rigardas lin iom strange.

— Kio okazis? – demandis Daniel.

— Ĉu vi scias kies estas tiuj ĉi du jaktoj? – montris la maljunulo la luksajn jaktojn en la haveno.

— Jes – respondis Daniel. – La jaktoj de Niko Primov. Ĉiuj konas lin.

104) konklud-i <他> 결론(結論)을 내리다, 결말을 짓다; 맺다, 체결하다

"아주 좋아요. 사람이나 돌고래, 모든 것은 사랑을 원해요." 노인이 결론지었다.

"우리가 행복해지려면 사랑해야만 해요."

어느 날 오후에 돌고래는 바위로 오지 않았다. 헛되이 기다리다가 소리쳤다.

"사랑아, 사랑아." 그러나 돌고래는 볼 수 없었다.

아마 멀리 헤엄쳐 갔을 것이다. 돌고래 무리가 나타나 함께 멀리 헤엄쳐 갔을 것이다.

다니엘은 생각했다. 다음날도 돌고래는 오지 않았다.

"돌고래를 보지 못하셨나요?" 다니엘이 노인에게 물었다.

"보지 못했어요." 노인이 대답했다.

"벌써 이틀 새 그것을 보지 못했어요."

"무슨 일이 있었나요?"

"바다는 넓어요. 다른 어딘가에서 놀겠지요. 여기에 싫증이 나서 더 좋은 장소를 찾았겠지요." 노인이 짐작했다. 다니엘의 안색이 흐려졌다.

다음날 다니엘은 다시 방파제로 와서 곧 바다로 뛸 준비를 했지만, 노인이 평소와 달리 자기를 보고 있는 것을 알아차렸다.

"무슨 일이 있었나요?" 다니엘이 물었다.

"저 요트 두 척이 누구 것인지 아나요?" 노인이 항구에 있는 값비싼 요트를 가리켰다.

"예." 다니엘이 대답했다.

"니코브 프리모브의 요트죠. 모두 그 사람을 알죠.

— La restoracio "Lazuro" estas lia – diris la maljunulo.

— Jes, mi scias.

— Hodiaŭ mi aŭdis, ke en restoracio "Lazuro" oni kuiris por la fremdlandanoj specialaĵon, delfinan lumbaĵon kun drogherboj, sinapo[105] kaj mustardo. Mi ne deziris diri al vi, sed mi vidas vin malĝoja, strabanta senĉese la maron, atendanta la delfenon kaj mi kompatis vin. Jes, tiaj estas ni – la homoj.

Daniel restis senmova. Hodiaŭ la maro furiozis.[106] Grandaj ondoj kolere batis la moleon.[107] Salaj maraj ŝprucgutoj malsekigis la vizaĝon de Daniel kaj fluis sur liaj vangoj kiel larmoj.

---

105) sinap-o <植> 겨자(芥子).
106) furioz-a 노하여 펄펄 뛰는, 격렬한, 맹렬한 furiozi<自>노하여 펄펄 뛰다; 격렬하다, 맹렬하다
107) mole-o <海>방파제(防波堤).

식당 '**라주로**'는 그 사람 것이지요." 노인이 말했다. "예, 저도 알아요."

"오늘 식당 라주로에서 외국인들을 위해 특별한 것, 약초와 겨자를 넣은 돌고래 등심을 요리했다고 들었어요. 말하고 싶지 않지만, 젊은이가 슬퍼서 돌고래를 기다리면서 끊임없이 바다를 곁눈질하는 것을 내가 보았지요. 위로할게요. 정말 우리 인간은 그렇지요."

다니엘은 움직이지 않고 머물렀다.

오늘 바다는 화가 났다. 커다란 파도가 성내며 방파제를 때렸다. 소금기 있는 바다의 내뿜는 물방울이 다니엘의 얼굴을 적시고 눈물처럼 뺨 위로 흘렀다.

La nekonata viro

Kiam la nekonata viro venis por loĝi en al vilaĝo, neniu atentis[108] lin. Li aĉetis malnovan domon, iomete riparis ĝin, rekonstruis la tegmenton, farbis la barilon de la korto kaj faris garaĝon[109] por sia aŭto.

Dum la unuaj kelkaj monatoj li ne aperis en la vilaĝo kaj kvazaŭ li forestis. Eble li loĝis en iu urbo kaj decidis veni tien ĉi nur de tempo al tempo, sed kiam la somero nerimarkeble forpasis kaj la velkintaj folioj de la arboj memorigis pri la alveno de la aŭtuno, la homoj komencis pli ofte renkonti lin en la vilaĝo. Oni vidis lin en lavendejo, en la kafejo ĉe la placo, sur la stratoj. Alta, maldika, ĉirkaŭ sesdek kvin jara kun densa, sed tute blanka hararo, kun grizaj okuloj kaj vangosta vizaĝo. Li estis ĉiam vestita en kostumo kun kravato kaj tio faris plej grandan impreson al la lokaj homoj, ĉar neniu el la viroj en tiu malgranda montara vilaĝo tiel vestiĝis.

La nekonata viro kun neniu konversaciis, kun neniu renkontiĝis. Nur de tempo al tempo li interŝanĝis po kelkajn vortojn kun Cecka - la vendistino en la magazeno kaj same kun Petranka, la junulino, kiu laboras en la kafejo.

---

108) atent-a 차근차근한. atenti <自・他> 주의하다, …을 소중히 하다
109) garaĝ-o * (유료)주차장. garaĝ= parko, remizo

모르는 남자

모르는 남자가 마을에 살려고 왔을 때, 아무도 주목하지 않았다.

오래된 집을 사서 조금 수리하고 지붕을 다시 만들고 마당 차단 봉을 색칠하고 자동차를 위한 주차장을 만들었다.

처음 며칠 동안 마을에 나타나지 않고 마치 없어진 듯했다. 아마 어느 도시에 살며 여기에는 때때로 오리라 마음먹은 듯했다.

어느새 여름이 지나가고 나무의 시든 잎이 가을이 온 것을 상기시켜 줄 때 사람들은 마을에서 그 남자를 더 자주 만나게 됐다.

라벤더 꽃집에서, 광장 옆 카페에서, 거리에서.

그는 키가 크고 말랐다.

65세쯤 되서 무성하지만 새하얀 머리카락, 회색 눈과 광대뼈 있는 얼굴, 항상 넥타이를 맨 정장 차림이었는데 그것이 지역주민에게 큰 인상을 주었다.

그 작은 산골 마을에서 남자 중에는 그렇게 옷 입은 사람은 아무도 없기 때문이다.

모르는 남자는 누구와도 이야기하지 않고 누구와도 만나지 않았다.

때로 백화점 여자 판매원 **쩩카**와 카페에서 일하는 아가씨 **페트란카**랑 몇 마디 나눌 뿐이다.

Ju pli pasis la tagoj, des pli la homoj demandis sin, kiu kaj de kie li estas, kie li loĝis antaŭe, pri kio li okupiĝis kaj kial li elektis ĝuste ilian vilaĝon por ekloĝi? La demandoj estis multaj, sed ili restis sen respondo. Neniu sciis, kiu li estas. Ili nur supozis, ke li estas pensiulo, kiu decidis loĝi ĉi tie en trankvilo kaj silento. Al ili li ŝajnas inteligenta, sed pri kio li okupiĝas, estis enigmo. Kaj, ĉar la demandoj restis sen respondo, kaj ilia scivolemo kreskis, en la vilaĝo svarmis diversaj onidiroj. Iuj asertis, ke li estis granda ĉefo, ke li okupis gravajn kaj respondecajn postenojn, sed antaŭnelonge li pensiuliĝis kaj tial li venis tien ĉi por pasigi sian maljunecon malproksime de la bruo en la grandaj urboj. Aliaj aludis, ke li estas homo kun suspektinda pasinteco, ke li havis malklarajn aferojn kaj decidis sin kaŝi de iuj, kiuj lin konas. Triaj supozis, ke li estas strangulo, alkutimiĝinta loĝi sola, for de la homoj kaj vanteco. Iuj pli energiaj provis lin esplori kaj trovi pli kredindajn faktojn pri li, sed ili ne sukcesis. Ili pridemandis tie kaj ĉi tie, menciis pri li antaŭ siaj konatoj en la proksima urbo, sed vane. Nenion ili eksciis kaj la enigmo pri la nekonato restis. Iom post iom la homoj alkutimiĝis kun li, sed ili evitis lin. Ili ne alparolis lin aŭ demandi pri io. Li kvazaŭ preferis pasigi la tagojn hejme kaj nur de tempo al tempo oni lin vidis sur la vilaĝa placo.

날이 갈수록 사람들은 누구인지 어디서 왔는지 전에는 어디서 살았고 무슨 일을 했는지, 왜 이 마을에서 살려고 하는지 궁금했다. 질문은 많았지만, 대답을 들을 수 없었다. 누구인지 아무도 알지 못했다. 그들은 단지 조용하고 편안하게 여기에 살려고 마음먹은 연금수급권자라고 짐작했다. 그들에게 그 사람은 지식인같이 보였지만 무슨 일을 했는지는 수수께끼다. 질문이 대답 없이 남겨졌기 때문에 호기심은 커졌다. 마을에 여러 가지 소문이 무성했다. 누구는 그 사람은 큰 회사 사장으로 주요하고 책임 있는 자리에 있었는데 얼마 전에 은퇴해서 큰 도시의 소음에서 멀리 떠나 노년을 보내려고 여기에 왔다고 확신했다.

누구는 그 사람은 의심스러운 과거를 가진 사람으로 분명하지 않은 일을 했고 아는 사람에게 자신을 숨기려고 마음먹었다고 미루어 짐작했다.

또 다른 누구는 그 사람은 혼자 사는 데 익숙하여 사람들에게서 멀리 떠난 이상한 사람, 공허한 사람이라고 짐작했다. 어떤 사람은 더 힘이 있게 조사하고 믿을만한 사실을 찾으려고 시도했지만 성공하지 못했다. 사람들은 여기저기서 알아보고 가까운 도시의 지인들 앞에서 그 사람을 언급했지만 소용없었다. 아무것도 알지 못했고 모르는 남자에 대한 수수께끼는 더욱 궁금증을 자아냈다. 조금씩 익숙해졌지만, 그 사람을 피했다.

그 사람에게 말을 걸거나 무엇을 묻지 않았다.

그 사람은 집에서 온종일 보내기를 좋아했다.

때때로 마을 광장에 나타났다.

Lia domo troviĝas ĉe la rando de la vilaĝo, sur la strato, kiu deklivis suben al la ŝoseo al la urbo.

Sed iun tagon la nekonato serioze maltrankviligis preskaŭ la tutan vilaĝon. Tio estis en la komenco de oktobro. Trian tagon la pluvo ne ĉesis. Pluvis, la pluvo plifortiĝis kaj evidentiĝis, ke tutan semajnon pluvos.

En la vilaĝo estis nur baza lernejo kaj kelkaj lernantoj, kiuj frekventis gimnazion, ĉiun tagon piedmarŝis al la urbo, kiu troviĝis tri kilometrojn de la vilaĝo.

Hodiaŭ, kiam Veska revenis de la lernejo, Milka, ŝia patrino, demandis ŝin kiel ŝi sukcesis iri al la lernejo en la forta pluvo. Veska respondis, ke la matene, kiam ili ekiris al la lernejo kun ŝiaj amikinoj Katja kaj Ljubka, Nekonatulo, kiu loĝas ĉe la rando de la vilaĝo, proponis al ili veturigi per sia aŭto al la urbo kaj ili veturis kun li.

Milka ektremis. Ŝia vizaĝo paliĝis kaj ŝi komencis akre riproĉi Veska-n:

— Kiel vi kuraĝas veturi en la aŭto de Nekonatulo? Vi nek scias, nek konas lin. Neniu scias kiu li estas! Oni parolas, ke li estas krimulo kaj farus al vi ion malbonan aŭ veturigus vin ien kaj malhonorigus vin!

— Sed, panjo, ni estis tri knabinoj kaj nenian fiagon li povus kaŭzi al ni. Kaj ŝajnas al mi, ke li ne estas krimulo, bonedukita kaj kultura li estas···

집은 도시로 가는 차도 쪽을 향해 남쪽으로 경사진 마을 변두리에 있다.

그러나 어느 날, 모르는 남자가 심각하게 거의 모든 마을을 불안하게 만들었다.

그것은 10월 초에 일어났다. 3일간 비가 멈추지 않았다. 비가 오더니 더욱 거세지고 일주일 내내 비올 것이 분명해졌다.

마을에는 초등학교만 하나 있고 매일 마을에서 3km 떨어진 도시로 걸어서 고등학교에 다니는 몇 명 학생이 있었다.

오늘 베스카가 학교에서 돌아올 때, 엄마 미르카는 거센 빗속에서 어떻게 학교에 무사히 갔는지를 물었다. 베스카는 아침에 여자 친구 카탸, 류브카와 함께 학교로 출발했을 때 마을 변두리에 사는 모르는 남자가 자기 차로 도시에 가자고 제안해서 같이 갔다고 대답했다.

미르카는 떨기 시작했다.

하얘진 얼굴로 날카롭게 베스카를 꾸중했다.

"어떻게 감히 모르는 사람의 차를 타고 같이 갈 수 있니? 너는 그 사람을 알지 못하잖아. 그 사람이 누구인지 아무도 몰라. 사람들은 그 사람이 죄인이고 너희에게 무언가 나쁜 일을 할 것이고 너희를 어딘가로 데려가 부끄럽게 할 거라고 말해."

"하지만 엄마, 우리는 세 명이고 그 아저씨는 어떤 좋지 않은 행동을 하려고 안 했어요.

범죄자가 아니고 잘 교육받고 교양 있는 것처럼 보였어요."

— Nenion mi volas aŭdi! — ĉesigis ŝin Milka. — Kaj neniam vi kuraĝu eniri lian aŭton.

Sed, evidente, Veska ne taksis serioze la averton de ŝia patrino kaj post kelkaj tagoj iu najbarino diris al Milka, ke ŝi vidis Veska-n denove eniri en la aŭton de Nekonatulo survoje al la urbo. Tio nervozigis Milka-n. Ŝi saltis kaj ekiris al la domo de Nekonatulo. Nur post kelkaj minutoj ŝi estis antaŭ la pordo kaj komencis forte frapi al portdo. Nekonatulo eliris kaj mire alrigardis ŝin. Ĝis nun neniu el la vilaĝo vizitis lian domon, nek serĉis lin por io. Li malfermis la buŝon por demandi Milka-n, kion ŝi volas, sed ŝi ne permesis al li eĉ sonon prononci.

— Sinjoro! — komencis kolere kaj minace[110] ŝi — Mi ne scias, kiu vi estas, sed mi avertas vin ne okupiĝi kun mia filino! Tio konvenas nek al via aĝo, nek al viaj jaroj. Se mi ekscios, ke vi ankoraŭ foje proponos al ŝi veturigi ŝin al la urbo per la aŭto, mi plendos al la polico kaj mi juĝos vin! Ĉu vi ne hontas!

Nekonatulo restis konsternita. Li rigardis ŝin kaj ne sciis kion respondi.

— Pluvis kaj mi volis helpi la knabinojn por ke ili ne marŝu piede - diris li.

— Tion al iu alia vi diru. Mi estas patrino kaj mi tre bone scias, kion vi volis. Ĉu vi komprenis?

---

110) minac-i <他> 위협(威脅)하다, 협박(狹薄)하다.

"아무 소리도 듣기 싫어!" 미르카가 말을 중단시켰다. "앞으로는 그 사람 자동차에 절대 타지 마!"

그러나 베스카가 엄마의 경고를 심각하게 여기지 않은 것이 분명했다.

며칠 뒤 어느 이웃집 여자가 미르카에게 베스카가 도시로 가는 길에 모르는 남자의 차에 또 탔다고 말했다. 그것이 미르카를 신경 쓰게 만들었다.

엄마는 뛰어서 모르는 남자의 집으로 갔다. 몇 분 뒤 문 앞에 서서 세게 문을 두드렸다. 모르는 남자가 나와서 놀라 쳐다보았다. 지금까지 마을의 누구도 집을 찾아오거나 무엇 때문에 찾은 적이 없었다.

무엇을 원하느냐고 미르카에게 물으려고 입을 열었다. 그러나 미르카는 소리 내는 것조차 허락하지 않았다. "아저씨!" 화가 나서 위협적으로 말했다.

"나는 아저씨가 누군지 몰라요. 그러나 내 딸에게 신경 쓰지 말라고 경고합니다. 그것은 아저씨 나이에도, 세월에도 맞지 않아요. 아저씨가 여전히 차로 도시까지 내 딸을 데려다주는 것을 내가 알게 되면 경찰에 신고해서 재판받게 할 겁니다. 부끄럽지 않으세요?"

모르는 남자는 놀라서 가만히 있었다. 여자를 바라보고 무엇이라고 말할지 몰랐다.

"비가 와서 그들이 걸어서 가지 않도록 여자아이들을 돕고 싶었어요." 모르는 남자가 말했다.

"그것은 다른 사람에게 말하세요. 나는 엄마입니다. 아저씨가 무엇을 원하는지 잘 압니다. 아시겠어요?"

Li provis[111] diri ankoraŭ ion, sed Milka turniĝis kaj ekiris tiel rapide kaj impete[112] kiel ŝi venis.

La novaĵo rapide disvastiĝis kaj ĉiuj en la eta montara vilaĝo jam sciis, ke Nekonatulo veturigas la knabinojn al la urbo per la aŭto. Iuj, kiel Milka, suspektis lin pri maldecaj intencoj, sed aliaj senkulpigis lin. Estas virinoj, kiuj diris, ke Nekonatulo kompatis la knabinojn kaj proponis veturigi ilin al la urbo, por ke ili ne marŝu tri kilometrojn piede en la pluvo.

Ĉar en la vilaĝo okazis preskaŭ neniaj eventoj, tiu novaĵo kelkajn tagojn kaptis la atenton de la homoj. Oni pridiskutis ĝin en la domoj, en la drinkejo kaj en la kafejo. Iuj patrinoj serioze avertis siajn filinojn eviti Nekonatulon. Sed kiel ĉiu miraklo por tri tagoj ankaŭ tion oni rapide forgesis. Nekonatulo preskaŭ ne videblis en la vilaĝo. Kvazaŭ li estis foririnta ien kaj lia domo senhomiĝis.

La vintro pasis, venis la printempo, la arboj verdiĝis, en la kortoj ekfloris la printempaj floroj. La sunradioj pli kaj pli varmigis la korojn kaj la sudvento forpelis la zorgojn, la maltrankvilojn kaj ridetoj ekbrilis sur la vizaĝoj de la homoj. La pli junaj komencis frumatene iri al la agroj, kiuj ĉi tie en la monto, estis malgrandaj, sed la homoj ilin kulturis kaj prizorgis.

---

111) prov-i <他> 시험(試驗) 해보다. 실험(實驗)하다; 시련(試鍊) 하다
112) impet-i <自>돌진(突進)하다. 비약(飛躍)하다;《轉》열망(熱望)하다

아직 무언가를 말하려고 했지만 미르카는 몸을 돌려 온 것처럼 그렇게 빨리 급하게 출발했다.

소문은 빠르게 퍼져서 작은 산골 마을은 모두 모르는 남자가 여자아이들을 차로 도시까지 데려다준 일을 알게 되었다.

미르카처럼 어떤 사람은 부적절한 의도라고 의심했지만, 다른 사람들은 변명해 주었다.

모르는 남자가 여자아이들을 불쌍하게 보고 빗속에서 3km나 걸어서 가지 않게 하려고 도시로 태워다 주려고 제안했다고 말하는 여자들도 있었다.

마을에는 거의 어떤 사건도 일어나지 않기 때문에 그 소식은 며칠간 사람들의 주의를 끌었다.

사람들은 집에서, 술집에서, 카페에서 그 일을 가지고 토론했다.

어떤 엄마들은 모르는 남자를 피하라고 딸에게 심각하게 경고했다.

그러나 모든 기적이 삼 일만 유효하듯 사람들이 빠르게 그것을 잊었다.

모르는 남자는 마을에서 거의 볼 수 없다. 마치 어딘가로 가서 집에 사람이 없는 듯했다. 겨울이 지나가고 봄이 왔다. 나무는 푸르렀고 마당에는 봄꽃이 피었다. 햇볕이 마을을 더욱 따뜻하게 해주고 남풍이 걱정과 불안함을 쫓아냈다. 사람들의 얼굴은 웃음기로 빛났다.

더 젊은 사람들은 이른 아침에 산에 있는 작은 경작지로 걸어갔다.

Iun posttagmezon malbona informo kvazaŭ glacia vento pasis super la vilaĝo — Nedelĉo, la kvinjara filo de Kanĉov-familio malaperis. Li eliris el la korto, lia patrino Vera, ne rimarkis lin kaj kiam ŝi serĉis lin, li jam forestis. Ŝi ekiris tra la vilaĝo por serĉi lin, sed nenie lin trovis. Ŝi demandis, pridemandis, sed vane, de la infano ne estis eĉ spuro. Tiu ĉi sciigo rapide disvastiĝis tra la tuta vilaĝo. La homoj maltrankviliĝis. La viroj kolektiĝis en la drinkejo por decidi kion fari. La korŝira ploro de Vera aŭdiĝis kiel malbonsigna sireno.

— Certe li ekiris al la arbaro - supozis la viroj. — Ni devas disiĝi en grupojn kaj traserĉi la arbaron.

Ili ekiris, rapidis, ĉar baldaŭ vesperiĝos kaj en la mallumo ili trovus nenion. La placo senhomiĝis kaj silentiĝis en maltrankvila atendado. Nur el la domo de Kanĉov-familio daŭre alflugis la plorego de Vera. La horoj malrapide kaj pene pasis, sed la viroj ne revenis. La virinoj ilin atendis kun kuntiritaj koroj kaj kun rigardoj, fiksitaj al la densa pinarbaro, kiu de norde kaj de okcidente ĉirkaŭis la vilaĝon. La suno kvazaŭ time subiris kaj ĝiaj lastaj radioj similis al savmanoj.

Kiam la virinoj, kiuj estis en la kafejo ĉe la placo, jam opiniis, ke ĉi vespere la viroj ne povus trovi Nedelĉo-n, el la rando de la vilaĝo aperis Nekonatulo.

어느 오후에 나쁜 소식이 얼음 같은 바람처럼 마을 위로 지나갔다.

칸초브 가족의 다섯 살 된 아들 **네델초**가 사라졌다. 마당에서 나갔는데 엄마 **베라**는 알아차리지 못했다. 엄마가 찾았을 때 이미 없어졌다. 아이를 찾으려고 마을 전체를 다녔지만 어디서도 찾을 수 없었다. 엄마는 묻고 또 물었지만 소용없었다.

어린아이는 흔적조차 없었다. 이 소식이 빠르게 온 마을에 퍼졌다. 사람들은 불안했다. 남자들은 무엇을 할지 결정하려고 술집에 모였다. 베라의 마음 찢는 울음이 나쁜 표시의 사이렌처럼 들렸다.

"분명히 그 아이는 숲으로 갔어." 남자들이 짐작했다. "우리는 여러 무리로 나눠서 숲을 찾으러 다녀야 해." 그들은 출발했고 서둘렀다. 왜냐하면, 곧 저녁이 될 것이기 때문이다. 그리고 어둠 속에서는 아무것도 찾을 수 없다. 광장에는 사람이 없고 불안한 기다림 속에 조용했다.

칸초브 가족의 집에서 계속해서 베라의 통곡 소리만 날아갔다. 시간도 천천히 애를 쓰며 지나갔다. 그러나 남자들은 돌아오지 않았다. 여자들은 긴장한 마음으로 북쪽으로 서쪽으로 마을을 둘러싼 무성한 소나무숲에 고정된 시선으로 그들을 기다렸다.

해는 두려운 듯 가라앉고 마지막 햇빛은 구원의 손을 닦았다. 광장 옆 카페에 있던 여자들은 오늘 저녁 남자들이 네델초를 발견할 수 없을 거라고 생각할 때, 마을 변두리에서 모르는 남자가 나타났다.

Li rapide marŝis al la placo, portanta mane Nedelĉo-n. Petranka el la kafejo unua lin vidis tra la fenestro kaj ĝoje ekkriis:

— Troviĝis Nedelĉo! Nekonatulo lin portas!

La virinoj eksaltis kvazaŭ vekitaj de subita tondro kaj ekkuris eksteren. Nekonatulo haltis, transdonis Nedelĉon al iu el ili kaj mallaŭte diris:

— Li dormis je la Genov- herbejo, apud la granda pino. Hazarde mi lin vidis.

— Estu viva kaj sana – diris iu el la virinoj.

— Dio vin benu – aldonis alia.

— Kuru, diru al Vera, ke ŝia Nedelĉo troviĝis, kaj al la viroj, ke ili revenue – diris avino Tena.

Nekonatulo turniĝis por ekiri, sed Petranka lin haltigis

— Sinjoro, atendu, eniru, por ke ni almenaŭ per unu kafo regali vin.

Nekonatulo ekrigardis ŝin, por sekundo li enpensiĝis, sed ekiris al la kafejo. Li sidiĝis ĉe iu tablo kaj la virinoj lin ĉirkaŭis. Petranka alportis la kafon.

— Bonvolu, sinjoro, — diris ŝi. — Delonge vi ne venis en la kafejon, verŝajne vi havas laboron?

— Jes, — respondis li. – Mi ne havas liberan tempon.

— Kion vi faras? Malofte vi eliras el la domo – daŭrigis per la demandoj Petranka.

— Verkisto mi estas. Mi verkas. Mi venis tien ĉi en la vilaĝon por verki trankvile.

손에 네델초를 안고 광장으로 서둘러 갔다.

카페에서 창을 통해 처음으로 그 사람을 본 페트란카가 기뻐 외쳤다.

"네델초를 찾았어! 모르는 사람이 데리고 왔어." 여자들은 갑작스러운 천둥 때문에 깬 것처럼 뛰어서 밖으로 달려갔다.

모르는 남자는 멈춰서 네델초를 그들 중 한 명에게 넘겨주고 조용하게 말했다.

"큰 소나무 옆 풀밭 게노브에서 자고 있었어요. 우연히 봤어요."

"살아있고 건강해." 여자 중 누군가가 말했다. "하나님의 축복이." 다른 사람이 덧붙였다.

"베라에게 달려가 네델초를 찾았다고 그리고 남자들에게 돌아오라고 말해라!" **테나** 할머니가 말했다. 모르는 남자는 출발하려고 몸을 돌렸다. 그러나 페트란카가 세웠다. "아저씨! 기다리세요! 우리가 적어도 커피 한 잔을 대접하도록 들어가세요." 모르는 남자는 여자를 쳐다보고 잠깐 생각하더니 카페로 들어갔다. 어느 탁자에 앉았다. 여자들이 그 사람을 둘러싸고 페트란카는 커피를 가져왔다. "드십시오. 아저씨!" 여자가 말했다. "오래전부터 카페에 오지 않으셨는데 일이 있으신가요?" "예!" 남자가 대답했다. "나는 한가한 시간이 없어요."

"무엇을 하시나요? 가끔 집에서 나가시죠." 질문으로 페트란카는 계속했다. "나는 작가입니다. 글을 씁니다. 조용히 글을 쓰려고 이 마을에 왔어요."

— Verkisto — interrigardis sin la virinoj. Ne ĉiuj klar
e[113] komprenis kion signifas esti verkisto, sed sur iliaj
vizaĝoj aperis estimo kaj respekto.

---

113) klar-a 맑은, 밝은, 뚜렷한, 청랑(晴朗)한; 활짝 개인; 똑똑한(소리 등
이); 명백(明白)한

"작가시구나." 여자들이 서로 쳐다보았다. 모두 작가가 무엇을 의미하는지 분명히 이해한 것은 아니다. 그렇지만 얼굴에는 존경과 존중의 빛이 나타났다.

Senĉesa veturado

Veronika veturis. Ŝia vivo similis al vojo, sen komenco kaj sen fino. Antaŭ ŝia rigardo la pejzaĝoj ŝanĝiĝis kiel en filmo. Estis maturaj tritikaj kampoj, similaj al la blondaj junulinaj haroj, fruktaj ĝardenoj, vinberujoj, herbejoj kun freŝa verda herbo.

Dum monatoj Veronika trapasis[114] valojn, montojn, riverojn. Ŝi venis ĉe la maro, sed ne haltis tie, daŭrigis la veturadon. La sezonoj ŝanĝiĝis. Post la frosta vintro, venis la bunta printempo, sekvis la somero kaj la mola aŭtuno, simila al trankvila suspiro post streĉa laboro.

Nenie Veronika restis pli ol du monatoj. Nur en urbo Burgas ŝi pasigis tutan jaron kaj kiam opiniis, ke restos loĝi en tiu ĉi urbo, ŝi denove devis ekvojaĝi, vagis de nordo al sudo, kaj de oriento al okcidento. Ŝi vojaĝis kaj vojaĝis, simile al homo, kiu trinkas akvon, sed ne povas sattrinki. En ŝia koro estis cindro, griza kaj peza kiu amarigis[115] ŝin, kvazaŭ ŝi glutis venenajn pilolojn. Sub tiu ĉi cindro bruletis karbo, kiuj subite ekflamos.

En kiun ajn urbon Veronika venis, oni rapide rekonis ŝin kaj nenie ŝi povis kaŝi sin.

---

114) trapasi <他> 지나가다, 통과하다.
115) amar-a 쓴; 쓰라린; 지독한; 통렬한; 가혹한; 무정한

끝없는 여행

베로니카는 여행했다. 베로니카의 인생은 시작도 없고
끝도 없는 길과 같다.
그녀의 시선 앞에서 풍경은 영화 필름처럼 변했다.
아가씨의 금발을 닮은 잘 익은 밀밭, 과수원, 포도밭,
신선한 푸른 수풀이 자라는 풀밭이 있다.
여러 달 동안 베로니카는 계곡, 산, 강을 지나갔고,
바닷가에도 갔다. 그러나 거기서 멈추지 않았고,
여행은 계속됐다. 계절이 바뀌었다.
추운 겨울을 지나 여러 가지 색이 만발하는 봄이 오고,
여름의 긴장된 노동 뒤에 안정된 한숨 같은 부드러운
가을이 뒤따랐다.
어디서도 두 달 이상 머물지 않았다.
부르가스라는 도시에서만 1년을 지냈는데, 그 도시는
살만하다고 생각해서였다.
다시 여행을 시작해 북에서 남으로, 오른쪽에서 왼쪽으
로 헤맸다.
물을 마셔도 갈증을 해소하지 못한 사람같이 여행하고
또 여행했다.
마음에는 마치 독약을 마신 것처럼 쓰리게 하는 회색의
무거운 잿더미가 놓여있다.
이 잿더미 아래서 갑자기 석탄이 작은 불꽃을 피워냈다.
베로니카가 어느 도시에 가든 사람들이 쉽게 알아본다.
어디에서도 자신을 숨길 수 없다.

Oni facile rekonis ŝin, ĉar antaŭ la komenco de la senfina veturado, Veronika estis ĵurnalistino en unu el la plej spektataj televizioj. Tiam ŝiaj raportaĵoj kaj informoj vekis debatojn, diskutojn, eĉ juĝprocesojn, kiujn oni longe memoris.

Kiam en la urboj Veronika serĉis laboron, la ĉefoj de la entreprenoj longe strabis ŝin kaj estis certaj, ke ŝi ŝercas. Ili opiniis, ke Veronika venis fari raportaĵon pri la problemoj en la entrepreno, kvankam ke ŝi detale klarigis al ili, ke jam ne estas ĵurnalistino kaj ne plu laboras en la televizio. Ŝi diris, ke venis loĝi en tiu ĉi urbo kaj serĉas laboron, sed oni ne kredis ŝin kaj certis, ke ŝi estas kaŝita ĵurnalistino.

Iuj ĉefoj tamen oficigis ŝin kaj verŝajne ili fieris, ke en la entrepreno laboros bela kaj alloga virino, konata ĵurnalistino. Kiam unuan fojon la ĉefoj vidis ŝin, ili miris, ke antaŭ ili staras tia bela virino, strabis ŝin stupore, rigardis ŝiajn grandajn okulojn, allogajn lipojn, sveltan korpon, ŝiajn malmolajn mamojn kiel du maturajn pomojn, kaj ŝiajn fortajn femurojn.

En la novaj urboj neniu sciis kia estis ŝia antaŭa vivo. Ja, la laboro en la televizio estis streĉa, nervoza, sed Veronika ŝatis ĝin. De matene ĝis vespere ŝi faris raportaĵojn, intervjuojn kun famaj personoj. Ofte ŝi ne havis tempon tagmanĝi aŭ vespermanĝi. Malfrue nokte ŝi revenis hejmen kaj tuj kuŝis en la liton.

이 끝없는 여행을 시작하기 전, 베로니카는 가장 많이
보는 텔레비전의 기자였다.

그 때문에 사람들이 쉽게 그녀를 알아보았다.

그때 베로니카의 보도와 뉴스는 수많은 토론과 문제를
낳고, 재판절차에서도 관심사가 되었다.

그것들을 사람들은 오래도록 기억했다.

도시에서 일을 찾을 때, 회사 사장은 오랫동안 그녀를
살펴보고 농담한다고 생각했다.

그들은 베로니카가 회사 안의 문제를 보도하려고 왔다
고 주장한다.

이미 기자가 아니고, 다시는 텔레비전에서 일하지 않는
다고 자세히 설명해도, 이 도시에 살려고 일을 찾는다
고 말해도 사람들은 믿지 않고, 몰래 잠입하는 기자라
고 확신했다.

그러나 어느 사장이 채용하더니, 회사에 예쁘고 매력적
인 유명 여기자가 일한다고 자랑을 늘어놓았다.

한 번은 사장이 베로니카를 보더니 그렇게 예쁜 여자가
서 있어 놀라는 기색이었다. 멍 하니 곁눈질했다. 큰
눈, 매력적인 입술, 날씬한 몸매, 잘 익은 사과처럼 경
직된 가슴, 튼튼한 넓적다리를 바라보았다. 새로운 도
시에서는 베로니카의 이전 삶이 어땠는지 아무도 모른
다. 정말 텔레비전 일은 긴장되고 신경 쓰이지만 베로
니카는 그것을 좋아했다. 아침부터 저녁까지 보도물을
만들고 유명한 사람과 인터뷰했다. 자주 점심이나 저녁
을 먹을 시간도 없다. 밤에 늦게 집에 돌아와 바로 침
대에 누웠다.

Ŝiaj tagoj kunfandiĝis kaj ofte ŝi ne certis ĉu estas tago aŭ nokto. La ĉefoj en la televizio donis al ŝi la plej malfacilajn taskojn, dirante: "Vi estas virino, sorĉistino, kiu ĉarmigas deputitojn, ministrojn kaj ili pretas tuj konfesi al vi eĉ tion, kion al neniu alia ili pretas diri." Ŝi mem ne sciis kiel ŝi sukcesas ĉarmigi ilin. Ja, ŝi nur rigardis ilin atente kaj demandis. Kutime ili provis mensogi ŝin, sed n, sed nesenteble ili diris la veron. Eble ŝi daŭre laboros en la televizio, sed iun tagon oni komisiis al ŝi intervjui la faman filmreĝisoron Radostin Vasilkovski. Ŝia kolegino Irena devis intervjui Vasilkovski, sed ŝi malsaniĝis kaj Veronika transprenis ŝian taskon.

Tio estis la unua intervjuo de Veronika kun filmreĝisoro kaj ŝi devis bone antaŭprepari sin. Ŝi ne deziris ekstari antaŭ Vasilkovski kiel diletanto, kiu nenion scias pri la laboro de la filmreĝisoro. Veronika tralegis recenzojn pri la filmoj de Vasilkovski, eĉ lian libron, en kiu li priskribas momentojn el sia laboro pri diversaj filmoj. Post semajno devis okazi la premiero de lia plej nova filmo "Timo kaj amo".

Veronika telefonis al Vasilkovski kaj petis, ke li akceptu ŝin por la intervjuo.

– La plej bone estus, se vi venus en mian domon – proponis Vasilkovski. – Mi loĝas en kvartalo "Tilioj". Hejme ni trankvile konversaciu.

날들은 섞어져서 자주 낮인지 밤인지 확실하지 않다.

텔레비전 사장은 '당신은 여자고 다른 누구에게도 말하려고 하지 않은 것조차 당신에게 바로 고백할 준비가 된 토론자나 장관에게 매력을 주는 마법사다.' 라고 말하면서 가장 어려운 일을 맡긴다.

베로니카 자신도 어떻게 그들에게 매력을 주었는지 모른다. 정말 주목해서 그들을 쳐다만 보고 질문했다.

습관적으로 그들은 거짓말하려고 했지만, 느낄 수 없게 진실을 말했다.

아마 계속해서 텔레비전에서 일한다면 어느 날 유명한 영화감독 **라도스틴 바실코브스키**의 인터뷰를 맡겼을 것이다. 여자 동료 **이레나**가 바실코브스키 인터뷰 맡았는데 아파서 베로니카가 그 일을 떠맡았다.

그것은 영화감독과 하는 첫 인터뷰였다.

그래서 사전준비를 잘 해야 했다. 바실코브스키 앞에서 영화 연출이라는 일에 대해 아무것도 모르는 아마추어로 서고 싶지 않았다. 베로니카는 바실코브스키 영화에 대한 비평이나 여러 영화에 대한 작업의 순간을 자세히 적은 바실코브스키의 책도 통독했다.

일주일 뒤에 바실코브스키의 가장 최근 영화 '두려움과 사랑'의 시사회가 열리기로 되었다.

베로니카는 바실코브스키에게 전화해서 인터뷰를 위해 시사회에 들어가도록 부탁했다.

"내 집으로 온다면 가장 좋겠지요." 바실코브스키가 제안했다. "나는 '틸리오' 지역에 살아요. 집에서 조용히 대화하지요."

— Dankon — diris Veronika.

La sekvan tagon kun la kameraisto ŝi estis en la loĝkvartalo "Tilioj" . Vasilkovski renkontis ilin ĉe la pordo de la domo. Antaŭ si Veronika vidis altan, kvardekjaran viron kun nigra hararo kaj revemaj okuloj, kiuj tuj ravis[116] ŝin.

La vilao, en kiu loĝis Vasilkovski, havis vastan korton, kiun tiam, en la mezo de januaro, kovris neĝo. Ie-tie videblis arbetoj kaj certe printempe la tutan korton estas verda kun multaj floroj. Vasilkovski invitis ilin en la gastĉambron, kies muroj estis lignotegitaj. Ĉio ĉi tie estis el hela lingo: la mebloj, la ĉizita plafono, kiu prezentis grandan sunon kun multaj radioj, eĉ la lustro, kiu pendis de la plafono, estis el lingo. En la angulo de ĉambro staris kameno, en kiu la flamoj ludis kiel senzorgaj lupidoj. Estis agrable varme kaj odoris je pinarbo kaj freŝaj pomoj. Sur la planko kuŝis vasta ursa felo, sur la muroj estis jataganoj kaj batalŝildoj. Eble Vasilkovski ŝatas ĉasi, supozis Veronika.

Ili sidiĝis ĉe la kafotablo en profundaj foteloj. De ĉi tie videblis la vitra verando, kiu similis al granda ekrano al la blanka neĝo sur la korto kaj la arbetoj, kiuj surhavis dikajn neĝajn peltojn. La kameraisto pretigis la kameraon.

— Do, ni komencu — diris Vasilkovski.

---

116) rav-i <他> 황홀하게 하다, 매혹하다, 반하게하다, 몹시 바쁘게하다

"감사합니다." 베로니카가 말했다.

다음 날, 카메라 기자와 함께 '틸리오' 지역에 갔다. 바실코브스키는 집 문에서 그들을 만났다.

눈앞에서 베로니카는 키가 큰 마흔 살 남자를 보았다. 검은 머리카락에 곧 반하게 만드는 꿈 꾸는 듯한 눈을 가진 바실코브스키가 사는 빌라에는 1월 중순에 눈 덮힌 넓은 마당이 딸려 있었다.

여기저기 작은 나무들이 보였는데 분명 봄에는 모든 마당 안이 여러 가지 꽃으로 푸를 것이다. 바실코브스키는 벽이 나무로 덮인 응접실로 그들을 안내했다.

모든 것은 밝은 나무로 되어있다.

가구, 빛이 많이 나는 커다란 해가 새겨진 천장, 천장에 매달린 샹들리에조차 나무로 되어있다.

방구석에는 불꽃이 철없는 이리 새끼처럼 노는 벽난로가 버티고 있다.

기분 좋게 따뜻하고, 소나무와 신선한 사과 냄새가 났다. 마루 위에는 커다란 곰 털가죽이 깔려있고 벽에는 긴 칼과 방패가 장식되어 있다.

바실코브스키가 사냥을 좋아할 거라고 베로니카는 짐작했다.

그들은 커피 탁자 옆 깊은 안락의자에 앉았다.

거기서는 마당의 하얀 눈을 향하고 있는 커다란 병풍같은 유리 베란다와 두꺼운 눈 털가죽을 입은 작은 나무가 보였다.

카메라맨은 카메라를 준비했다.

"그럼 시작합시다." 바실코브스키가 말했다.

Veronika estis preta starigi la unuan demandon, sed ŝi fartis maltrankvile. Neniam ŝi estis maltrankvila, kiam intervjuis politikistojn aŭ ministrojn, sed nun ŝi iom tremis kaj ŝia buŝo sekiĝis. Veronika ne sciis kiel Vasikovski parolas, ĉu li uzas mallongajn aŭ longajn frazojn, ĉu preferas ĉion detale klarigi aŭ respondas seke kaj kurte.

La konversacio komenciĝis pri lia nova filmo, kiun Veronika ne spektis kaj tial ŝi demandis kial la titolo de la filmo estas "Timo kaj amo".

— Kial? — ripetis Vasilkovski la demandon, alrigardis ŝin kaj en liaj okuloj denove aperis la revemo, kiun Veronika rimarkis jam ĉe la alveno.

— La timo estas en ĉiuj ni de la naskiĝo ĝis la morto. Ni portas ĝin kiel valizon. Kiam ni estas infanoj, ni ne povas ekdormi, ĉar ni timas la mallumon. Subkonscie ni sentas, ke se ni ekdormos, ni ne vekiĝos. La dormo estas kiel la morto. Io nekomprenebla kaj mistera. Ni ekdormas kaj tuj ni transiras en alian mondon kaj ne scias ĉu ni revenos de tie aŭ ne. Tial, kiam ni estas infanoj, ni deziras, ke oni legu al ni fabelojn. La fabeloj gardas nin. Ni timas la eternecon. Ni ne povas alkutimiĝi, ke nia vivo, kompare al la eterneco, daŭras nur minutojn. Por mi la filmoj estas fabeloj por infanoj. Ni konstante serĉas sencon en ĉio, eĉ en tio, kio ne havas sencon.

베로니카는 첫 질문을 하려고 했지만 불안했다. 정치가나 장관을 인터뷰할 때도 전혀 불안하지 않았는데, 조금 떨리고 입술이 말랐다. 베로니카는 바실코브스키가 어떻게 말할지, 짧거나 아니면 긴 문장을 사용할지, 모든 것을 자세히 설명하는 것을 더 좋아하는지 아니면 건조하게 그리고 거칠게 대답할지 알지 못했다. 대화는 베로니카가 보지 못한 새로운 영화에 대해 시작되었다. 그래서 영화 제목이 왜 '두려움과 사랑'인지 물었다. "왜요?" 바실코브스키는 질문을 되풀이했다. 여자를 바라보았다. 눈에서는 베로니카가 입구에서 이미 알아차린 꿈 꾸는 듯한 것이 다시 나타났다.

"두려움은 태어나서 죽을 때까지 우리 모두 안에 있어요. 우리는 여행용 손가방처럼 가지고 다녀요. 우리가 아이였을 때 우리는 잠들 수 없어요. 왜냐하면, 어둠을 두려워하니까요. 무의식적으로 우리가 잠들면 깨어나지 못하리라는 것을 느껴요.

잠은 죽음과 같아요. 뭔가 이해할 수 없고 신비롭죠. 우리는 잠들면 곧 다른 세계로 옮겨 가요. 그리고 거기서 돌아올지 그렇지 않을지 알지 못해요. 그래서 우리가 아이였을 때 동화를 읽어주기를 원해요. 동화는 우리를 지켜 줘요. 우리는 영원성을 두려워해요. 영원성과 비교해서 우리 삶은 단지 몇 분 지속하니 그것에 익숙할 수 없어요. 나에게 영화는 아이에게 동화예요.

우리는 끊임없이 모든 것에서 의미를 찾아요.

심지어 의미가 없는 것에서도요.

Pere de la filmoj, de la literaturo ni donas sencon de la mondo, en kiu ni vivas.

En la gastĉambron eniris la edzino de Vasilkovski.

Ŝi estis juna kun longa nigra hararo kaj ebonkoloraj okuloj, vestita en ruĝa silka robo, kiu brilis kaj surhavis larĝan zonon.

Ŝi proponis teon, dolĉaĵojn kaj sidiĝis ĉe la tablo, ĉe Vasilkovski.

— Dankon Elen — diris mallaŭte Vasilkovski.

Veronika sciis, ke Elen Vasilkovski estas aktorino, sed dum la lastaj jaroj ŝi ludis nek en teatro, nek en filmoj.

Veronika demandis kial Vasilkovski iĝis filmreĝisoro.

Ja, li studis juron. Lia respondo estis iom stranga.

— Mi amas la lumon. Mi ne povas vivi sen lumo. La kinoarto estas lumo kaj mi plej forte sentas la lumon, kiam mi filmas. Vi laboras per la vortoj, per la voĉoj kaj mi laboras per la sunradioj. La lumo estas mia peniko per kiu mi pentras bildojn.

Veronika aŭskultis lin kaj nesenteble enpaŝis en alian mondon.

Vasilkovski ravis ŝin per rigardo, per la tembro de sia agrabla voĉo, per la vortoj.

Tiu ĉi viro narkotis ŝin kaj Veronika pretis dum horoj sidi kaj aŭskulti lin.

Li radiis harmonion kaj trankvilecon.

영화나 문학을 통해서 우리가 사는 세계의 의미를 줘
요."
응접실에 바실코브스키의 부인이 들어왔다.
부인은 길고 검은 머리카락, 흑단 같은 눈, 큰 혁대가
있는 빛나는 빨간 비단 웃옷을 입고 젊었다.
차와 과자를 권하면서 바실코브스키 옆 탁자에 앉았다.
"고마워요, 엘렌."
바실코브스키가 작은 소리로 말했다.
베로니카는 배우인 엘렌이 지난 몇 년간 연극이나 영화
에 나오지 않은 것을 안다.
베로니카는 바실코브스키가 왜 영화감독이 되었는지 물
었다.
바실코브스키는 법을 공부했다.
대답은 조금 이상 했다.
"나는 빛을 좋아해요. 나는 빛 없이 살 수 없어요. 영
화는 빛이고 내가 영화를 찍을 때 빛을 가장 세게 느껴
요. 기자는 말로 소리로 일하지만 나는 햇빛으로 일해
요. 빛은 내가 그림을 그리는 붓이에요."
베로니카는 그말을 들으면서 자신이 느끼지 못하는 새
다른 세계로 들어갔다.
바실코브스키는 시선으로, 상냥한 목소리의 음색으로,
말로 베로니카를 매혹시켰다.
이 남자는 여자를 마취시켰다.
그래서 베로니카는 여러 시간 앉아서 들었다.
바실코브스키는 조화와 평안함을 내비쳤다.

Vasilkovski estis vestita en eleganta lana kostumo, ĉokoladkolora, la kolumo de lia helflava ĉemizo ne estis butonumita kaj la nodo de lia ĉerizkolora kravato estis iom malstreĉita. Li parolis pri sia laboro tiel, kvazaŭ li estis sola en la ĉambro kaj voĉe meditis.

Veronika konjektis, ke li estas el la homoj, kiujn ne interesas la mono, sed nur la laboro. Ŝi konis kelkajn virojn kiel lin kaj ŝi sciis, ke por ili la laboro estas la plej grava. Ĝi estis ilia forto kaj igis ilin liberaj kaj sendependaj. Veronika decidis demandi kion Vasilkovski opinias pri la politiko kaj la sociaj problemoj.

— Oni multe diskutas pri la politiko kaj la sociaj problemoj. Tamen ne estas nur tiuj ĉi problemoj. Ĉiuj ni devas atente observi nian vivon kaj mediti pri tio, kio okazas al ni mem. Mediti, agi kaj ne atendi, ke iu alia zorgos pri ni kaj decidos anstataŭ ni.

— Kaj kial necesas la arto, ĉu ni bezonas muzikon, literaturon, kinon? – starigis Veronika sian lastan demandon.

— La respondo estas tre facila kaj logika – komencis Vasilkovski. – La arto amuzas la homojn, sed ĝi estas nepre bezonata. Ĝi instigas nin pensi. Se ni alkutimiĝos pensi pere de la arto, ni pensos kaj meditos pri ĉiuj niaj problemoj en la vivo. Kiam oni legas, oni devas penetri ne nur en la vortojn, sed same en la spacon inter ili, inter la linioj.

바실코브스키는 부드러운 양모의 초콜릿색 정장을 입었고 밝고 노란 셔츠의 목 부분은 단추를 잠그지 않았고, 체리 색 넥타이의 매듭은 조금 느슨했다. 마치 방에 혼자 있고 소리로 생각하는 것처럼 그렇게 자기 작업에 대해서 말했다. 베로니카는 이 사람은 돈이 아니라 오직 일에 흥미가 있는 사람이라고 짐작했다. 베로니카는 이 사람과 같은 여러 남자를 알지만, 이 사람은 일이 가장 중요한 것을 알았다. 그것은 이 사람의 힘이어서 이 사람을 자유롭게 하고 남에게 의존하지 않게 만든다. 베로니카는 정치와 사회 문제에 대하여 무슨 주장을 하는지 묻기로 마음먹었다.

"사람들이 정치와 사회 문제에 대해 많이 토의해요. 하지만 오직 이 문제만 있는 것이 아니에요.
우리는 모두 주목해서 자기 인생을 살피고, 우리 자신에게 일어나는 일에 대해서만 깊이 생각해야 해요.
생각하고 행동하고 다른 누군가가 우리에 관해 관심 두고 우리 대신 결정하도록 기다리지 말아야 해요."

"그럼 왜 예술이 필요합니까? 우리는 음악, 문학, 영화가 필요하지요." 베로니카가 마지막 질문을 제기했다.

"대답은 아주 쉽고 논리적이죠." 바실코브스키가 시작했다. "예술은 사람을 즐겁게 해요. 그리고 그것은 꼭 필요해요. 그것은 우리를 생각하게 만들어요. 우리가 예술을 통해 생각하는 데 익숙해지면 우리는 삶에서 모든 우리 문제에 대해 생각하고 깊이 탐구하게 되죠. 우리는 책을 읽을 때 단어뿐만 아니라 단어 사이, 행간까지 똑같이 깊이 뚫고 들어가야 해요.

Mi deziras, ke la spektantoj de miaj filmoj vidu ne nur la bildojn, kiujn mi montras, sed komprenu ilian signifon. La arto devas veki la penson kaj fantazion.

La konversacio iĝis longa kaj Veronika decidis fini ĝin.

— Mi ne deziras okupi plu vian tempon – diris ŝi.

Ili disiĝis kiel bonaj amikoj. Veronika adiaŭis Elen kaj promesis telefoni, kiam oni prezentos la intervjuon en la televizio. Kiam Veronika sidiĝis en la aŭto, ŝi sentis, ke dum horoj estis en profunda vinkelo, kie trinkis la plej bonan ebriigan vinon.

De tiu ĉi tago Veronika kvazaŭ konstatnte vidis antaŭ si Vasilkovski, liajn brunajn okulojn, kiuj rigardis ŝin senĉese. Kiam ŝi parolis kun iu, ŝi nevole demandis sin ĉu parolas precize kaj kion opinios Vasilkovski, se ŝi parolas kun li. La virojn, kiujn Veronika renkontis, ŝi komparis al li. Neniu el la viroj, kiujn ŝi konis, havis la allogan forton kaj influon de Vasilkovski. Nokte Veronika sonĝis lin, klare vidis lin antaŭ si. Li ion mallaŭte diris al ŝi, sed ŝi ne komprenis la vortojn, kiuj tamen emociigis ŝin. Ŝia koro galopis kiel ĉevalo, ŝi ŝvitis kaj vekiĝis, stariĝis de la lito, longe promenis en la malluma ĉambro kaj rigardis tra la fenestro la stelan ĉielon, rememorante la vortojn de Vasilkovski pri la lumo. Veronika deziris, ke rapide tagiĝu, ke la suno aperu, ŝi timis la mallumon kaj ŝajnis al ŝi, ke io malbona okazos.

나는 내 영화를 보는 사람이 내가 표현한 영상뿐만 아니라 그 의미를 이해하길 원해요. 예술은 생각과 환상을 깨야 해요."

대화는 깊어지고 베로니카는 마쳐야만 했다.

"더는 감독님의 시간을 뺏고 싶지 않아요." 베로니카가 말했다. 그들은 좋은 친구처럼 헤어졌다. 베로니카는 엘렌에게 작별 인사하고 텔레비전에서 인터뷰를 내보낼 때 전화하기로 약속했다. 베로니카가 차에 앉았을 때, 여러 시간 취하게 하는, 가장 좋은 포도주를 마시는 깊은 포도주 창고에 있었다고 느꼈다. 이날부터 베로니카는 끊임없이 마치 자기 눈앞에 계속해서 자기를 쳐다보는 바실코브스키의 갈색 눈을 보는 듯했다. 어느 누구와 말할 때 의도하지 않게 바실코브스키와 이야기한다면 얼마나 정확히 말할까 어떤 주장을 할까 궁금했다. 베로니카가 만나는 남자들을 그 사람과 비교했다. 베로니카가 아는 남자 그 누구도 바실코브스키가 가진 매력적인 힘과 영향력에서 비교할 수 없었다. 밤에 그 사람 꿈을 꾸었다. 자신 앞에서 분명하게 그 사람을 보았다. 무언가 조용하게 말했다. 단어를 이해하지 못했지만, 감정을 불러일으켰다. 심장은 말처럼 뛰었다. 땀을 흘리고 잠에서 깨어나면, 침대에서 일어나 오랫동안 어두운 방에서 걸었다. 바실코브스키의 빛에 대한 말들을 다시 기억하면서 창을 통해 별이 있는 하늘을 바라보았다. 베로니카는 빨리 낮이 되고 해가 나타나기를 원했다. 어둠이 두려웠다. 뭔가 나쁜 일이 일어날 것처럼 보였다.

Vasilkovski kvazaŭ flustris al ŝi: "Ne timu, nun mi rakontos al vi fabelon kaj vi denove ekdormos."

Veronika ne povis plu vivi sen vidi lin. Por ŝi Vasilkovski estis sopiro, kiu puŝis ŝin al frenezo. Neniam ŝi supozis, ke tio okazos al ŝi.

Veronika ne sciis ĉu tio estas amo, enlogiĝo aŭ frenezo. Ŝi komencis strange konduti, ofte telefonis al li, serĉis kialojn paroli kun li, spionis lin, provis ekscii liajn kutimojn. Ŝi bone konsciis, ke ĉio, kion ŝi faras, estas naiva kaj ridinda, sed ne povis rezigni. Iu terura forto instigis ŝin al tiuj ĉi stultaĵoj. Ŝi spektis ĉiujn liajn filmojn kaj verkis recenzojn pri ili.

Iom post iom Veronika kaj Vasilkovski komencis renkontiĝi. Ili trinkis kafon aŭ vespermanĝis en iu restoracio. Por Veronika tiuj estis la plej feliĉaj kaj sunaj tagoj.

La lumo, pri kiu parolis Vasilkovski, lumigis Veronika kaj ŝi kvazŭ ne paŝis, sed flugis. En la televizio ŝi entreprenis la plej respondecajn kaj malfacilajn taskojn. Ŝi laboris inspire kaj elane, ŝi sciis, ke Vasilkovski interesiĝas pri ŝia laboro kaj subtenas ŝin. Oni ofte vidis Vasilkovski kaj Veronika en teatroj kaj koncertoj.

Iun printempan tagon Veronika rapidis al kafejo "Neptuno", kie atendis ŝin Vasilkovski. Ĉio en la urbo estis verda: la arboj, la parkoj.

마치 바실코브스키가 속삭이는 것 같았다.

"두려워 마세요. 지금 내가 동화를 이야기해 줄 테니 다시 잠들게 될 거예요."

베로니카는 그 사람을 보지 않고는 더 살 수 없었다.

베로니카는 바실코브스키가 미치도록 그리웠다.

결코, 그런 일이 일어나리라고 짐작하지 못했다.

베로니카는 그것이 사랑인지 유혹인지 정신병인지 알지 못했다. 이상하게 행동하기 시작해서 자주 그 사람에게 전화하고 함께 말할 이유를 찾고 몰래 살피고 습관을 알고자 했다.

자기가 하는 모든 일이 순진하고 웃긴다는 것을 잘 알지만 그만둘 수 없었다.

어떤 무서운 힘이 이 바보스러운 짓을 하도록 만들었다. 그 사람의 모든 영화를 보고 그것들에 대해 비평을 썼다. 조금씩 베로니카와 바실코브스키는 만나게 됐다. 커피를 마시거나 어느 식당에서 저녁을 먹었다.

베로니카에게는 그것들이 가장 행복하고, 빛나는 날이었다. 그 남자가 말한 빛이 베로니카를 빛나게 했다. 그래서 걷는 것이 아니라 마치 나는 듯 했다.

텔레비전에서 가장 책임 있고 어려운 일을 맡게 됐다. 영감을 갖고 뛰면서 일했다. 그 남자가 베로니카 일에 흥미를 갖고 지지하는 것을 알았다. 바실코브스키와 베로니카를 극장이나 음악회에서 사람들이 자주 보았다.

어느 봄날 바실코브스키가 기다리는 **카페 '넵투노'**로 서둘러 갔다.

도시에서 나무, 공원과 모든 것이 푸르렀다.

La arboj similis al knabinoj kun verdaj ombreloj, la ĉielo bluis kiel infana okulo, la aero estis kristale pura kaj Veronika facilanime spiris, kvazaŭ trinkis malvarman montaran akvon. La printempa lumo brilis en ŝi.

Vasikovski sidis ĉe unu el la tabloj kaj fumis. Tre malofte li fumis cigaredojn kaj de malproksime li aspektis embarasita.[117] Veronika proksimiĝis, kisis lin kaj sidiĝis ĉe li.

— Kio okazis? – demandis ŝi.

Li ne alrigardis ŝin kaj mallaŭte ekparolis:

— Ĉi matene Elen starigis al mi ultimaton, mi forlasu la domon, aŭ vin. Delonge ŝi sciis pri ni, sed ĝis hodiaŭ ŝi eĉ vorotn ne diris. Verŝajne Elen plu ne eltenas.

— Ĉu vi forlasos la domon kaj venos loĝi ĉe mi? – demandis Veronika.

Vasilkovski diris amare.

— Ne estas tiel facile.

— Kio ligas vin al ŝi? Vi delonge ne amas ŝin. Ŝi ne komprenas vin kaj nur tedas vin.

— Jes, sed ne eblas subite forlasi ĉion – diris Vasilkovski.

— Pli bone estas subite forlasi ĉion ol daŭrigi ĉion longe kaj turmente – konstatis firme Veronika.

---

117) embarasi <他> 곤란하게 하다, 쩔쩔매게 하다; 방해하다

나무는 푸른 우산을 든 여자아이를 닮았고 하늘은 어린 아이 눈동자처럼 파랗고 공기는 수정처럼 맑았다. 베로니카는 편한 마음으로 숨을 쉬었다. 마치 산의 차가운 물을 마신 것처럼 봄빛이 자기 속에서 빛났다. 바실코브스키는 탁자에 앉아 담배를 피우고 있다. 아주 가끔 담배를 피운다.

멀리서 보니 당황한 사람처럼 보인다.

베로니카는 가까이 다가가 키스하고 옆에 앉았다.

"무슨 일 있나요?" 베로니카가 물었다.

베로니카를 바라보지 않고 조용하게 말을 꺼냈다.

"오늘 아침 엘렌이 내게 최후통첩을 했어요. 집을 버리거나 당신을 버리라고. 오래전부터 우리에 대해 알았지만, 오늘까지 한마디도 하지 않았어요. 정말 아내는 더는 참지 못해요."

"집을 떠나 저랑 살려고 오시나요?"

베로니카가 물었다.

바실코브스키가 쓰리게 대답했다.

"그렇게 쉽지가 않아요."

"무엇이 그 여자와 선생님을 묶고 있나요? 오래전부터 사랑하지 않잖아요. 부인은 선생님을 이해하지도 않고 지겹다고 하잖아요."

"맞아요, 그러나 갑자기 모든 것을 버리기는 불가능해요." 바실코브스키가 말했다.

"모든 것을 길게 고통스럽게 지속하는 것보다는 갑자기 모든 것을 버리는 것이 더 좋아요." 베로니카는 단호하게 얘기했다.

— Jes, sed ŝi amas min. Mi jam ne amas ŝin, sed ŝi – jes.

— Decidu! Se ŝi jam starigis al vi ultimaton, via vivo kun ŝi iĝos koŝmara – diris Veronika serioze.

Post tiu ĉi renkontiĝo foje-foje Vasilkovski tranoktis en la loĝejo de Veronika. Li ankoraŭ ne povis decidi kion fari kaj tio komencis kolerigi Veronika. Ŝi tamen ne deziris starigi al li ultimaton kaj certis, ke fin-fine Vasilkovski elektos ŝin. Ja, ŝi estis pli juna ol Elen kaj pli alloga. Veronika ne ŝatis la batalojn, la konkurojn, la rivalecon. Ŝi sciis, ke tiu, kiu perdas la batalon, iĝas malica kaj kruela.

Iun malfruan nokton Vasilkovski venis en la loĝejon de Veronika. Ŝi atendis lin. La vespermanĝo delonge estis preta. Ŝi kuiris lian ŝatatan manĝaĵon – farĉitajn paprikojn, estis ruĝa vino kaj glaciaĵo por deserto. Vasilkovski ŝatis tiun ĉi vinon kaj kiam ili levis la glasojn por tintigi ilin, li diris:

— Hodiaŭ mi donis peton por divorco.

Veronika silentis. Ili vespermanĝis kaj ne konversaciis. Veronika ne rapidis. Vasilkovski, la viro pri kiu ŝi revis, kiun ŝi amis je sia tuta koro, jam estis kun ŝi.

La tagoj pasis kiel rapida vagonaro. Veronika laboris streĉe. Ĉiun tagon ŝi intervjuis, raportis, kuris de loko al loko, ĉiam estis tie, kie okazas la gravaj eventoj. Ŝi estis unu el la plej famaj ĵurnalistinoj.

"그래요, 그러나 아내는 나를 사랑해요. 나는 아내를 사랑하지 않지만, 아내는 사랑해요."

"결심하세요. 부인이 벌써 최후통첩을 했다면 부인과 함께 하는 선생님의 삶은 악몽이 될 거예요." 베로니카가 진지하게 말했다.

이 만남 뒤 번번이 바실코브스키는 베로니카의 아파트에서 밤을 보냈다. 무엇을 할지 아직 결정할 수 없었다. 그것이 베로니카를 화나게 했다. 그러나 최후통첩하기를 원치 않고 그 남자가 자신을 선택하리라고 확신했다. 정말 베로니카는 엘렌보다 젊고 더 매력적이다. 베로니카는 싸움, 경기, 경쟁을 좋아하지 않는다. 싸움에서 진 사람은 나쁘고 잔인하다고 알고 있다.

어느 늦은 밤, 바실코브스키는 베로니카의 아파트에 왔다. 베로니카는 그 남자를 기다렸다. 저녁 식사는 오래 전에 차려져 있다. 그 남자가 좋아하는 먹을 것, 양념된 고추를 요리했다. 적포도주와 디저트용 아이스크림이 있다. 그 남자는 이 포도주를 좋아했고, 건배하러 잔을 위로 들 때 말했다.

"오늘 이혼 요청을 했어요." 베로니카는 조용했다. 그들은 저녁을 먹고 대화하지 않았다. 베로니카는 서둘지 않았다. 자신이 꿈꾸던 남자, 온 마음으로 사랑하는 바실코브스키가 벌써 자기 옆에 있다. 날들은 급행기차처럼 지나갔다. 베로니카는 긴장하며 일했다. 매일 인터뷰하고 보도물을 쓰고 이리저리 뛰어다녔다.

중요한 사건이 발생한 곳에는 항상 거기 있었다.

가장 유명한 기자였다.

Tiun ĉi monaton Vasilkovski estis province, ĉe la maro, kie li filmis novan filmon. Kelkfoje tage Veronika telefonis al li kaj ŝi planis baldaŭ veturi kaj estis kun li kelkajn tagojn.

Hodiaŭ, kiel ĉiam, je la oka horo vespere komenciĝis la televiziaj novaĵoj. Veronika spektis ilin kaj subite ŝi aŭdis:

— Hodiaŭ mortigis sin la aktorino Elen Vasilkovski, la edzino de la konata filmreĝisoro Vasilkovski.

Veronika svenis. Antaŭ ŝiaj okuloj iĝis mallumo. Nenion plu ŝi vidis kaj aŭdis.

La memmortigo de Elen frakasis Veronika. Ŝi bone sciis, ke ŝi estas la kialo pri la memmortigo kaj en tiu ĉi momento Veronika decidis forveturi, malaperi, malaperi por ĉiam. Tiel komenciĝis ŝia senĉesa veturado.

Veturante en aŭtobuso aŭ en vagonaro Veronica meditis, ke certe en sia lasta sekundo de la vivo Elen anatemis ŝin. "Kial mi agis tiel – demandis sin Veronika. – Kial la amo, la sopiro blindigis min? Mi deziris, ke li estu kun mi, ke li estu ĉe mi. Mi, simile al infano, deziris, ke li rakontu al mi fabelojn en la malluma ĉambro, por ke mi ne timiĝu. Ja, Elen estis bona virino. Kiel mi vundis ŝin?"

Tamen Veronika vane serĉis respondojn al tiuj ĉi demandoj. Ja, ŝi ne povis returnigi la tempon.

이달 바실코브스키는 새로운 영화를 찍는 바닷가 시골에 있다.

며칠 베로니카는 전화 걸고, 그곳에 가서 한동안 함께 지낼 계획이다. 오늘 언제나처럼 저녁 8시에 텔레비전 뉴스가 시작되었다. 베로니카는 그것을 보고 갑자기 소리를 들었다.

"오늘 여배우이며 유명 영화감독의 아내인 엘렌 바실코브스키가 자살했습니다." 베로니카는 흔들렸다. 눈앞이 캄캄해졌다. 아무것도 보거나 들을 수 없다. 엘렌의 자살은 베로니카를 부쉈다. 자신이 자살의 원인임을 잘 알고, 이 순간 떠나서 영원히 사라지기로 했다. 그렇게 해서 끝없는 여행이 시작되었다.

버스나 열차로 여행하면서 베로니카는 엘렌이 삶의 마지막 순간에 자신을 저주했다고 깊이 생각했다.

'왜 내가 그렇게 행동했을까?' 베로니카는 궁금했다. '왜 사랑, 그리움은 우리를 눈멀게 할까? 나는 그 남자가 나랑 있고 내 옆에 있기를 원했다. 어린아이와 같이 나는 그 사람이 내가 무섭지 않도록 어두운 방에서 동화를 이야기해 주기를 원했다. 정말 엘렌은 좋은 여자인데 어쩌다 내가 그 여자에게 상처를 주었나?' 베로니카는 이 질문의 답을 찾았지만 소용없었다. 시간은 되돌릴 수 없으니까.

PRI LA AŬTORO

Julian Modest (Georgi Mihalkov) naskiĝis la 21-an de majo 1952 en Sofio, Bulgario. En 1977 li finis bulgaran filologion en Sofia Universitato "Sankta Kliment Ohridski", kie en 1973 li komencis lerni Esperanton. Jam en la universitato li aperigis Esperantajn artikolojn kaj poemojn en revuo "Bulgara Esperantisto".
De 1977 ĝis 1985 li loĝis en Budapeŝto, kie li edziĝis al hungara esperantistino. Tie aperis liaj unuaj Esperantaj noveloj. En Budapeŝto Julian Modest aktive kontribuis al diversaj Esperanto-revuoj per noveloj, recenzoj kaj artikoloj.
De 1986 ĝis 1992 Julian Modest estis lektoro pri Esperanto en Sofia Universitato "Sankta Kliment Ohridski", kie li instruis la lingvon, originalan Esperanto-literaturon kaj
historion de Esperanto-movado. De 1985 ĝis 1988 li estis ĉefredaktoro de la eldonejo de Bulgara Esperantista Asocio. En 1992-1993 li estis prezidanto de Bulgara Esperanto-Asocio. Nuntempe li estas unu el la plej famaj bulgarlingvaj verkistoj.
Kaj li estas membro de Bulgara Verkista Asocio kaj Esperanta PEN-klubo.

저자에 대하여

율리안 모데스트는 1952년 5월 21일 불가리아의 소피아
에서 태어났다. 1977년 소피아의 '성 클리멘트 오리드
스키' 대학에서 불가리아어 문학을 공부했는데 1973년
에스페란토를 배우기 시작했다. 이미 대학에서 잡지
'불가리아 에스페란토사용자'에 에스페란토 기사와
시를 게재했다.
1977년부터 1985년까지 부다페스트에서 살면서 헝가리
에스페란토사용자와 결혼했다. 첫 번째 에스페란토 단
편 소설을 그곳에서 출간했다. 부다페스트에서 단편 소
설, 리뷰 및 기사를 통해 다양한 에스페란토 잡지에 적
극적으로 기고했다. 그곳에서 그는 헝가리 젊은 작가
협회의 회원이었다.
1986년부터 1992년까지 소피아의 '성 클리멘트 오리드
스키' 대학에서 에스페란토 강사로 재직하면서 언어,
원작 에스페란토 문학 및 에스페란토 운동의 역사를 가
르쳤고. 1985년부터 1988년까지 불가리아 에스페란토
협회 출판사의 편집장을 역임했다.
1992년부터 1993년까지 불가리아 에스페란토 협회 회장
을 지냈다.
현재 불가리아에서 가장 유명한 작가 중 한 명이다.
불가리아 작가 협회의 회원이며 에스페란토 PEN 클럽
회원이다.

Esperantaj verkoj de Julian Modest

1. Ni vivos! –dokumenta dramo pri Lidia Zamenhof.
2. La Ora Pozidono –romano.
3. Maja pluvo –romano.
4. D-ro Braun vivas en ni –dramo
5. Mistera lumo –novelaro.
6. Beletraj eseoj –esearo.
7. Mara stelo –novelaro
8. Sonĝ vagi –novelaro
9. Invento de l' jarcento –komedio
10. Literaturaj konfesoj –esearo
11. La fermata konko –novelaro
12. Bela sonĝ –novelaro
14. La viro el la pasinteco –novelaro
15. Dancanta kun ŝarkoj – originala novelaro
16. La Enigma trezoro – originala romano por adoleskuloj
17. Averto pri murdo – originala krimromano
18. Murdo en la parko – originala krimromano
19. Serenaj matenoj – originala krimromano
20. Amo kaj malamo – originala krimromano
21. Ĉasisto de sonĝoj – originala novelaro
22. forgesu mian voĉon – 2 noveloj

율리안 모데스트의 저작들

-우리는 살 것이다!-리디아 자멘호프에 대한 기록드라마
-황금의 포세이돈-소설
-5월 비-소설
-브라운 박사는 우리 안에 산다-드라마
-신비한 빛-단편 소설
-문학 수필-수필
-바다별-단편 소설
-꿈에서 방황-짧은 이야기
-세기의 발명-코미디
-문학 고백-수필
-닫힌 조개-단편 소설
-아름다운 꿈-짧은 이야기
-과거로부터 온 남자-짧은 이야기
-상어와 함께 춤을-단편 소설
-수수께끼의 보물-청소년을 위한 소설
-살인 경고-추리 소설
-공원에서의 살인-추리 소설
-고요한 아침-추리 소설
-사랑과 증오-추리 소설
-꿈의 사냥꾼-단편 소설
-내 목소리를 잊지 마세요- 소설 2편